老練な船乗りたち

ジョルジ・アマード

老練な船乗りたち

――バイーアの波止場の二つの物語

高橋都彦訳

水声社

本書は、武田千香の編集による
〈ブラジル現代文学コレクション〉の
一冊として刊行された。

目次

キンカス・ベーホ・ダグアの二度の死

船だまりにいるゼリアへ。

詩と人生の師、居酒屋の卓ではベヒート・ダグア、ポーカーの卓では品のよい蒼白き船長、今は天使の翼で未知の海を航海している故カルロス・ペナ・フィーリョに、語ると約束したこの物語を。

ライースとフイ・アントゥーニスへ、彼らの友愛にあふれたペルナンブーコの家でキンカスとその仲間たちは友情の温もりで大きくなった。

「自分の弔《とむら》いは、てんでんに自分でやったらいい。できないことなんてないさ」

（これが、傍らにいたキテリアによると、キンカス・ベーホ・ダグアの辞世の句だ）

I

今日に至るまでキンカス・ベーホ・ダグアの死についてかなりの混乱が続いている。いまだ解明されていない疑問、不合理な事実関係、食い違いのある証人たちの供述、さまざまな空白がある。時刻、場所、辞世の句について明確なことはない。看《み》とる人もなく、派手なこともせず、辞世の句も残さずに彼は朝ひっそりと死んだという説を家族は、隣近所や知合いから支援されてずっと主張して譲らないのだ。一方、もうひとつの広く世間に知れわたり取り沙汰されたあの説によれば、それよりも二十時間ほど後に、夜も白み始め、月が海上から姿を消し、バイーアの波止場の周辺で不可思議なことが起きたときに死んだというのだ。しかしながら確かな証人たちに聞き取られ、あちこちの坂道や奥まった路地で広く噂され、口から口へと語り継がれた辞世の句は、そういう人々の意見によれば、単にこの世との別れの言葉というだけでなく、ひとつの予言的な証言、深い内容のこもったメッセージ（と現代の若い作家ならば書くだろう）だった。

マヌエウ親方や信頼できる女、どんぐり眼《まなこ》のキテリアなど確かな証人があれほど多くいたにもかかわらず、人々にあっと言わせたあの言葉だけでなく、確かに時刻にも疑問があり、どんな状況にあったかは論議を呼んでいるが、キンカス・ベーホ・ダグアがバイーアの海に没し、永遠の旅に発ち、もう二度と帰らない人となったあの記憶すべき夜の一部始終をも、まったく真実ではないと言う者がいる。世の中とはこんなもので、軛《くびき》にかけられた牛のように秩序や法や通常の手順や公印の押してある書類にがんじがらめになり、それ以外はどんなことでも疑ってかかり否定する者がいるのだ。そういう連中は、医者が正午頃に署名した死亡証明書を勝ち誇ったように見せびらかし、キンカス・ベーホ・ダグアが友人やその他そこに居合わせた人々に向かって大きく心地よい声ではっきりと言ったように、自由で自発的な意思により旅立ちまで激しく生きた時間を、印刷した文字と印紙があるというだけの理由で、そのありきたりな紙切れにより抹殺しようとするのだ。

故人の家族——尊敬すべき娘と前途洋々たる官吏で、しかつめらしい娘婿と、マロッカス伯母さんと、銀行にささやかな預金をもつ商人である彼の弟——は何もかもひどいいかさまで、酒浸りの酔っ払いや法と社会の埒外にいるごろつきや恥知らずどものでっちあげに過ぎないのだ、そんな奴らに通りやバイーアの港や白い砂浜や広々とした夜を闊歩させることはない、刑務所の格子でも見せておけばよいのだ、と決めつけている。家族の者たちは、キンカスが自分たちにとって面白くない存在になり恥となったこの数年間に、彼が送った忌まわしい生活の全責任を、不公平なことに彼の友人たちに押しつけている。子供たちの無邪気な姿を眼の前にしては彼の名は口にすらされず、彼のしでかしたことは話題にされないほどだった。子供たちには懐かしく思い出される祖父ジョアキン〔ジョアキンの愛称がキンカス〕は、ずっと前にみんなに愛され敬われつつ品よく死んだことになっていた。このことから数年前に肉体的なものではないが、少なくとも品位の上で第一の死があったことが了解され、都合三度の死はキンカスを死の記録保持者、死のチャンピオンとし、また後の出来事——死亡証明書から彼が海中に没した時まで——を、もう一度親戚の生活に嫌がらせをし、彼らの生活を不愉快なものにし、彼らを辱め、街の噂話の餌食にしようという意図のもとに、彼が仕組んだ茶番であったと我々は考えてもさしつかえないだろう。彼は博打《ばくち》仲間からは人も羨むつきのある博打打ちとして、さらには長年にわたる、また評判のカシャッサ〔砂糖黍から作った蒸留酒、ピンガとも言う〕飲みとして一目置かれてはいたが、尊敬すべき折目正しい人物とは言えなかった。

キンカス・ベーホ・ダグアの死（あるいは相続いて起こったふたつの死）の謎が完全に解き明かされるか私にはわからない。しかし彼自身勧めていたように、私はやってみることにする。たとえ不可能なことでも、大事なことはやってみることだからだ。

II

市場の前の通りや坂道で、またアグア・ドス・メニーノスの野外市でキンカスの最期の時（下手くそな詩が載った小冊子〔この作品の舞台バイーアが位置するブラジル北東部には、地元の民衆的な英雄や聖人や事件から国際的、時事的なニュースまで、さまざまなことを題材とした韻文形式の民衆文学があり、挿し絵入り小冊子として野外市などで歌われ、売られている〕まで、即興詩人クイーカ・ジ・サント・アマーロによって作られ、広く売られていた）を語っていたごろつきたちは、家族の者に言わせれば、このように故人の思い出を軽んじていたのだ。それに故人の思い出というのは、ご存じのように神聖なもので、カシャッサ飲みや博打打ちやインド大麻の密輸人のあまりきれいでない口の端に掛かるものではないのだ。辱めを受けたキンカスの娘婿のレオナルド・バヘットの役所の同僚を含めて、あれほどおおぜいの立派な人たちがゆきかうエレベーター・ラセルダ〔バイーアの町は文字通り山の手と下町に分かれ、これをつなぐ大型のエレベーター〕の入口に立って、俗っぽい詩《うた》を歌っている連中の貧弱な詩に供されるものでもない。人間はひとたび死ぬと、たとえ生前狂気の沙汰を行なったとしても、そのもっとも真正な尊厳を回復するのだ。死はその見えない手で過去の汚点を拭い去り、故人の思い出はダイヤモンドのように輝くのだ。これが、隣人や友人から喝采を受けた家族の言い分だ。彼らによると、キンカス・ベーホ・ダグアは死んだときに、家柄のよい州歳入局の模範的な役人で、落着いた足取りをし、髭を入念に剃り、アルパカの黒い上着を着、鞄を抱え、時勢や政治について自分の意見を述べると近所の人に敬意をもって聞かれ、けっして居酒屋に入ることはなく家でカシャッサを適量たしなむ、あの昔の尊敬すべきジョアキン・ソアーレス・ダ・クーニャに戻ったと言うのだ。実際、家族は数年前から、死んだと世間に伝えた時からキンカスの思い出をまったく称讃に値する努力によりあのように一点の曇りもない輝かしいものにすることに成功していた。ゆきがかり上どうしても彼のことに触れなければならないときには、彼の過去について語った。しかしながら残念なことに、近所の誰かやレオナルドの同僚の誰かやヴァンダ（恥をかかされた娘）のおしゃべりな友だちがキンカスを見つけたり、あるいは第三者を通じて彼のことを知ったりすることが時々あった。まるで自分自身の思い出を汚すために死者が墓から起きあがってくるかのようだった。市場の船だまりの界隈《かいわい》で昼近くまで日向で酔って寝ていたり、ピラール教会の中庭で汚いぼろを着て脂《あぶら》じみたカードに向かっていたり、さらには、いかがわしい生活をしている黒人女や混血の女と抱き合いながらサン・ミゲル坂でかすれ声で歌を歌っていたりしていた。何て恐ろしい！

とうとう、あの朝、タブアン坂に店を構える聖像彫刻師がバヘット家の小さいながらも小ぎれいな家に悲痛な面もちでやってきて、娘のヴァンダと娘婿のレオナルドに、キンカスが豚小屋同然の惨めな家で完全にのびて死んでいると知らせたときに、その夫婦の胸から申し合わせたように漏れたのは安堵の溜息だった。これからは定年退職した州歳入局官吏の思い出は、彼が人生の黄昏《たそがれ》時に身をやつした浮浪者の首尾一貫しない行為によって乱され泥まみれにされることはもうないのだ。当然受けるべき安らぎの時が来たのだ。もう自由に、なんらうろたえる気遣いなくジョアキン・ソアーレス・ダ・クーニャのことを話題にすることも、役人として夫として父親として市民としての彼の行動をたたえることも、彼の人徳を子供たちに模範として示すことも、また彼らに祖父の思い出を大切にするよう教えることもできるのだ。

　縮れた髪が白い痩せた老人、聖像彫刻師は詳しく述べていった。ミンガウ〔小麦粉やタピオカで作った粥（かゆ）〕やアカラジェー〔フェイジャン豆の粉をヤシ油で揚げた食物〕やアバラー〔フェイジャン豆をすりおろしバナナの皮にくるんで焼いた菓子〕などの食物を売る黒人女がその朝、キンカスに大事な用件があった。彼はカンドンブレー〔アフリカ、主として西アフリカのヨルーバ族の宗教とカトリシズムとが習合した呪術的宗教〕の儀式に欠くことのできない、しかも見つけるのが難しいある草を手に入れてやるとその女に約束していた。黒人女はその草のためにやってきて、至急受け取らなければならなかった。シャンゴー〔カンドンブレーのもっとも力のある神的存在で、稲妻と火に関係する〕を祀る聖なる時期だった。急な階段の上にある寝室の戸はいつものように開いていた。ずっと前からキンカスは百年以上経た立派な鍵をなくしていたのだ。もっとも彼は博打でつきのない、ほとんど稼ぎのない日に、その鍵に年月日も含めて詳しい来歴をつけ、教会の聖なる鍵だとでっちあげ、観光客に売りつけたという話だ。黒人女は声をかけたが返事がないので、まだ寝ているものと思い、戸を押した。キンカスは粗末なベッド――シーツは汚れて黒く、破れたベッド・カバーが両脚の上にかかっていた――の上に横になったまま笑っていた。いつもの歓迎の笑みなので、女は何も気づかなかった。約束の草のことを尋ねたが、彼は返事もせず笑っていた。右足の親指が靴下の穴から覗き、ぼろ靴が床にあった。キンカスの冗談をよく知り、慣れっこになっていた黒人女はベッドに座り、急いでいるのだと言った。彼がつねったり触ったりする悪い癖のある放埒な手を伸ばさないのに驚いた。もう一度、右足の親指に視線を注ぎ、奇妙だと思った。キンカスの体に触れてみた。愕然として立ちあがり、冷たい手に気づいた。階段をかけ下り、そのニュースを触れて歩いた。

　娘と娘婿は黒人女やら草やら、おさわりやらカンドンブレーやらが飛び出してくるその詳しい話を不愉快そうに聞いていた。落着き払って話を微にいり細をうがって語るのが好きな聖像彫刻師を彼らは頭を振ってまるでせき立てるかのようだった。その男だけが大酒盛りのあった夜に漏れ聞いたので、キンカスの親戚のことを知っていた。それでやってきたのだ。彼は「ご愁傷様」と挨拶しようと悲痛な表情を使った。

　レオナルドが役所に出る時刻だった。妻に言った。「先にいってなさい。ぼくは役所に回る。じきにいくさ。出勤簿にサインしければならない。課長に話し……」

　彼らは聖像彫刻師に家に入るように言い、彼が部屋に入ると椅子を勧めた。ヴァンダは着替えにいった。聖像彫刻師はレオナルドにキンカスのことを語った。タブアン坂には、あの人のことを悪く思ってた人なんかいませんよ。どういうわけであの人は――娘さんや娘さんのご亭主のあなたにお目にかかってわかったんですが、家柄もよく財産もあるお方なのに――あんな浮浪者の生活なんかしたんでしょうね？　何か面白くないことでも？　きっとそうでしょう。たぶん奥さんがあの人を裏切ったんでしょう。よくあるんですよ。そして聖像彫刻師は額に両手の人差し指を当てて〔妻や愛する女に裏切られた男の額には角が生えるという俗説がある〕悪趣味な質問をした。当たったでしょう？

「家内の母のオタシリアさんは立派な人でした！」

　聖像彫刻師は顎を掻いた。それじゃどういうわけで？　しかしレオナルドは取り合わず、寝室から呼んでいるヴァンダの話を聞きにいった。

「知らせる必要があるわ……」

「知らせる？　誰に？　それに何で？」

「マロッカス伯母さんとエドゥアルド叔父さんに……ご近所に。お葬式に呼ぶのよ……」

「何だってすぐに近所に知らせるんだ？　後でぼくが話して聞かせるさ。さもないと、とんでもない話の種になってしまうよ……」

「でも、マロッカス伯母さんには……」

「ぼくが伯母さんとエドゥアルド叔父さんに話をするさ……役所に回ったら……急いでいきなさい、まごまごしていると、知らせにきたその何とかという男が出ていって、その辺に触れて歩くから……」

「いったい誰が予想したかしら……誰も看とる人もいないで、こんなふうに死ぬだなんて……」

「誰のせいなんだ？　まったく身から出た錆《さび》じゃないか、気がおかしくて……」

部屋では聖像彫刻師がキンカスの十五、六年前のカラー写真を見て、彼が高いカラーに黒いネクタイを着け、先のとがった口髭、艶々した髪、血色のよい顔をした身なりのよい紳士に写っているのに驚いていた。その横には同じような額のなかで、咎めるような目付きと硬い口もとをしたオタシリアが黒いレースのドレスに包まれていた。聖像彫刻師は不機嫌そうな表情をとくと眺めた。

「亭主を騙《だま》すような女の顔じゃないな……そのかわり、どうしてどうして難物だったにちがいない……立派な人だって、ほんとかね……」

Ⅲ

ヴァンダが着いたとき、その坂の住人が数人、死体を眺めていた。聖像彫刻師が声をひそめて言った。「娘だよ。娘と娘婿と姉弟《きょうだい》がいたんだ。立派な人たちだ。娘婿はお役人で、イタパジッピに住んでるんだ。たいした家だ……」

彼らは娘を通すために道を開け、彼女が死体に身を投げ出して取りすがり、涙にかきくれ、おそらくは泣き崩れるだろうと考え、それを見たいものだと思っていた。粗末なベッドの上では、継ぎはぎだらけの古いズボンをはき、ぼろぼろのシャツと脂じみた大きすぎるチョッキを着たキンカス・ベーホ・ダグアがまるで楽しいことがあるかのように笑みを浮かべていた。ヴァンダは、髭を剃ってない顔や汚い両手や破れた靴下から顔をのぞかせる足の親指を見て身動きできなくなった。彼女には流す涙も、その部屋をいっぱいにする啜り泣きもなかった。それらは、キンカスが気ちがい沙汰を始めて間もない頃、見捨てた家へ彼を連れ戻そうと何度か試みたときにむなしく使ってしまったのだ。今はただ恥ずかしさのあまり顔を赤らめ、眺めているばかりだった。

それはとうてい人前に出せるような死人ではなく、運に見放されて死んでいった浮浪者の死体で、死に様には品位も尊厳もなく、皮肉っぽく笑い、人のことを、またきっとレオナルドやほかの家族の者のことを馬鹿にして笑っているのだろう。死体収容所へ持っていかれ、そこから警察の死体運搬車に運ばれ医学部の学生の実習授業に使われ、最後には十字架も碑もない浅い墓穴に埋められる死体だ。家族も家庭も献花も祈りもない、飲む、打つ、買う三拍子揃ったキンカス・ベーホ・ダグアの死体だ。二十五年間の立派で実直な勤めを終えて定年退職した州歳入局の非の打ちどころのない役人で模範的な夫であり、誰もが脱帽し握手を求めたジョアキン・ソアーレス・ダ・クーニャではない。どうして五十にもなる男が家族や家や生涯の習慣や旧知を捨て去り、通りをほっつき歩き、安居酒屋で飲んだくれ、淫売宿に通い、汚いみなりをし、髭も剃らずに暮らし、忌まわしい豚小屋に住み、惨めったらしい粗末なベッドに寝られるのだろう？　ヴァンダはもっともらしい説明が思いつかなかった。オタシリアが亡くなってから——そんな厳粛な時すらキンカスは家族のもとに帰ることを承知しなかった

――幾度か夜になると夫とそのことを話し合った。気がちがったわけではなかった。少なくとも精神病院の狂気ではなかった。その点では医者たちの意見に相違はなかった。それでは、どう説明したらよいのか？

しかし今は、そういったことすべてが、その積年の悪夢、家族の尊厳における汚点が終わったのだ。ヴァンダは母親からある種の実用的な感覚、てきぱきと決断し実行に移す能力を受け継いでいた。自分の父親の不愉快な戯画である死者を眺める一方、すべきことを決めていった。まず死亡証明書のために医者を呼ぶ。それから遺体にそれ相応の服を着せ、家へ運び、母のオタシリアの隣に埋葬する。葬式は、今は不景気だから、そんなに高くつかないように、そうかといってご近所や知合いやレオナルドの同僚の手前、みっともなくないようにしなくては。マロッカス伯母さんとエドゥアルド叔父さんに助けてもらうわ。そしてヴァンダはそんなことを考えながらも目をキンカスのにやにやした顔にじっと向けて父親の恩給の行方を考えた。わたしたちが受け継ぐのかしら、それとも遺族扶助金だけかしら？　たぶんレオナルドが知っているわ……。

彼女は、まだじろじろ見ている物好きな連中のほうに振り返った。あのタブアン坂の下らない連中だわ。キンカスが仲間になっていい気になった下らない連中よ。ここで何をしているのかしら？　キンカス・ベーホ・ダグアが息を引き取って、いなくなったことがわからないのかしら？　彼が悪魔のこしらえたものだったことが。悪い夢、まったくの悪夢だというのがわからないのかしら？　もう一度ジョアキン・ソアーレス・ダ・クーニャが戻ってきて、少しの間、家族に囲まれてまともな家の団欒を楽しみ、尊厳を取り戻すのよ。帰る時がきたのだし、今度ばかりはキンカスも娘のわたしや主人の眼の前で嘲笑ったり、放っておいてくれと言ったり、皮肉っぽくさよならと言ったり、口笛を吹きながら出ていったりするなんてできないわ。今は粗末なベッドにじっと横になっているのよ。キンカス・ベーホ・ダグアはいなくなったんだわ。

ヴァンダは頭をあげ、そこにいる人たちを勝ち誇ったような眼で眺め回し、あのオタシリアのような声で命じた。「何かご用でも？　そうでなかったら、お引き取りください」

その後、聖像彫刻師に言葉をかけた。「お医者様を呼んで頂けるでしょうか？　死亡証明書がいるので」

聖像彫刻師はうなずいた。強い印象を受けた。ほかの者はゆっくりと引き下がった。ヴァンダと遺体だけになった。キンカス・ベーホ・ダグアは笑みを浮かべ、右足の親指は靴下の破れた穴のなかで大きくなっていくようだった。

Ⅳ

ヴァンダは座る場所を探した。粗末なベッドのほかにあるものと言えば、空の灯油缶ひとつだけだった。彼女はそれを立て、埃を吹き払い、腰を下ろした。どれくらいしたら医者がくるかしら？　それにレオナルドは？　夫が役所でどぎまぎしながら上司に舅の急死を説明しているさまを想像した。レオナルドの上司は歳入局のよい頃に父のジョアキンを知ったのだわ。それに誰もがあの頃に彼と知合いになったのだし、誰もが彼のことを立派だと思っていたし、誰だって彼の運命を想像することなんてできやしなかったでしょう。レオナルドは父親の気ちがい沙汰を上司とあれこれ話し、なぜそんなことをしたのか説明しようとしてやりきれない思いをしているでしょう。もしもニュースがデスクからデスクへと囁かれ、同僚たちの間に拡がり、人の悪い笑いや下卑た冗談や悪趣味な解釈が口にされたなら、事態は最悪だわ。その父親ときたら十字架だわ、わたしたちにまるで受難者のような生活をさせたのよ。いま、わたしたちは丘の頂上にいるんだわ。もう少しの辛抱よ。ヴァンダは横目で死者をうかがった。そこでは死者は笑みを浮かべ、まわりのすべてを際限なく面白がっていた。

……死んだ人を憎むのはいけないことよ、まして、それが自分たちの父親なら。ヴァンダは自分の感情を抑えた。彼女は宗教心に篤く、ボンフィン教会〔この教会は、さまざまな宗教が融合した信仰をもつバイーアの民衆にもっとも人気があり、祀られているセニョール・ド・ボンフィンはさまざまな奇跡を起こすという〕に通い、少々心霊論者でもあり霊魂再来説を信じていた。それにいまではキンカスの笑みもほとんど気にならなかった。指図しているのは、結局わたしだし、じきに彼はやましいことのない市民、あの穏やかなジョアキン・ソアーレス・ダ・クーニャに戻るのだから。

聖像彫刻師が医者を連れて入ってきた。医者は若い男で、有能な職業人を演じようということにまだ気を配っているところを見るときっと卒業して間もないのだろう。聖像彫刻師が死人を指し、医者はヴァンダに挨拶し、ぴかぴかの革鞄を開けた。ヴァンダは立ちあがり、灯油缶を脇にのけた。

「何で亡くなったんですか？」

説明したのは聖像彫刻師だった。「こんな状態で死んでいるのが見つかったんです」

「何か病気に罹っていましたか？」

「知りませんね。かれこれ十年この人を知ってますが、いつも牛のように丈夫でしたよ。先生がもし……」

「何ですって？」

「……カシャッサを病気だと言わないんだったら。かなりやってましたよ。飲みっぷりがよかったんですよ」

ヴァンダが咎めるように咳払いをした。医者は彼女に向かって言った。「使用人でしたか？」

短く重苦しい沈黙が生じた。消え入るような声だった。「父でした」

若くて人生経験の乏しい医者だ。よそ行きを着、身ぎれいにし、踵の高い靴を履いたヴァンダを推し量った。途方もなく貧しい死者と底知れないほど惨めな部屋をこっそり眺めた。

「それでお父さんはここで暮らしていたのですか？」

「あらゆる手を尽くして家に帰ってもらおうとしたのです。父は……」

「気がちがっていたのでは？」

ヴァンダは両腕を拡げ、泣きたくなった。医者はそれ以上尋ねようとしなかった。ベッドの縁に座り調べ始めた。小首をかしげて言った。「笑ってるじゃないですか？　人をからかって喜ぶ者の顔だ」

ヴァンダは眼を閉じ、両手を握りしめ、恥ずかしさのあまり顔を真っ赤にした。

V

家族会議はそれほど長くはかからなかった。バイシャ・ド・サパテイロ通りのレストランのテーブルで意見の交換をした。賑やかな往来を陽気で足早な群衆が通り過ぎていた。真っ正面に映画館があった。遺体は叔父のエドゥアルドの友人が経営する葬儀社の手に委ねられた。二割引きだった。

叔父のエドゥアルドが説明した。「本当に高いのは棺桶なんだ。それに参列者が多いと車だ。えらくかかる。この頃じゃ死ぬこともできやしないな」

彼らは新しい黒い服一着（生地はたいしたものではなかったが、エドゥアルドも言ったように、土中の虫の餌食にするにはもったいないほどだった）、やはり黒い靴一足と白いシャツとネクタイと靴下一足を近くで買ってきていた。パンツは必要なかった。エドゥアルドはいちいち出費があると手帳にメモしていた。彼は倹約についてはなかなかのもので、彼の食料雑貨店は繁盛していた。

身内の者がレストランで魚料理を食べ、葬式について話し合っている一方、葬儀社の専門家の巧みな腕にかかってキンカス・ベーホ・ダグアは再びジョアキン・ソアーレス・ダ・クーニャに戻っていった。本当に意見の分かれたのは細かなことひとつで、どこから柩を出すかという点だった。

ヴァンダは、遺体を家に運び、居間で通夜をし、一晩中客にコーヒーや酒やつまみを出すことを考えていた。お祈りをあげてもらうためにホッキ神父を呼ぶ。たくさんの人に、役所の同僚や古い知人や家族ぐるみの友人にきてもらえるように朝早く葬儀を行う。レオナルドは反対していた。何のために遺体を家に運ぶのか？　何のために近所の人や友人を招き、おおぜいの人に迷惑をかけるのか？みんなに故人の気ちがい沙汰を、人には言えない晩年の生活を思い出させるだけじゃないか、世間の前に家族の恥を曝すだけじゃないか？　ちょうどその朝の役所で起こったように。そのことでもちきりだった。それぞれキンカスについての逸話をひとつ知っていて、大笑いしながら話した。ぼく自身、舅がそんなことを、そんなに多くやっていたとは夢にも思っていなかった。そのひとつひとつが身の毛がよだつようなもので……あの人たちの多くが、キンカスはもう死んでいて葬式も済んでいるとか、または田舎で立派に暮らしているとかと信じているとは考えていなかったが。それに子供たちは？　子供たちは、神様のもとで清らかに安らいでいる模範的な祖父の思い出を大切にしている。だから、そんなことをすれば、突然両親が浮浪者の死体を抱えて戻ってきて無邪気な子供たちの眼の前に投げ出すことになる。言うまでもなく面倒はかかるし、出費だってかさむのだ。それではまるで葬式や新しい服や靴一足の出費だけではまだ十分ではないというようだ。ぼく、このレオナルドときたら靴が一足いるというのに、倹約のために古靴に半張りの修理をしたのだ。いまこんなぐあいに金が出ていったら、いったいいつになったら新しい靴のことが考えられるのだ？

レストランの魚料理に舌鼓を打っていたきわめて太った伯母のマロッカスも同じ意見だった。「いちばんいいのは、彼が田舎で死んで、電報がきたと触れ回るよ。後で七日目のミサに呼ぶのよ。きたい人はくるし、車を出す必要もないわ」

ヴァンダはフォークをとめた。「不愉快なことはあったけど、わたしの父なのよ。浮浪者のように埋葬するのはいやよ。もしあなたのお父さんだったら、レオナルド、あなたそれでいい？」

叔父のエドゥアルドはあまり感傷的ではなかった。「それじゃ浮浪者じゃなかったとしたら、彼はいったい何だったんだ？　それもバイーアでいちばん悪い奴だったんだぞ。兄だからと言って、否定するわけには……」

伯母のマロッカスはお腹も心もいっぱいでゲップをした。「かわいそうにジョアキンは……性格はよかった。悪意のあることは何ひとつしなかったわ。そういう生活が好きだったのよ。それぞれの運命なのね。子供の時分からそうだったわ。ある時、エドゥアルド、あなた覚えてる？　サーカスといっしょに逃げ出そうとしたわ。髪の毛が抜けるほどひどく殴られたわ」詫びるかのように横にいるヴァンダの腿を叩いた。「それにねえ、あなた、あなたのお母さんという人はかなりかかあ天下だったわよね。ある日、彼は姿をくらましたの。小鳥のように自由になりたいってわたしに言ったわ。実際、面白い人だったわ」

誰も面白いと思わなかった。ヴァンダは嫌な顔をし、意地を張った。「わたし何も父のことを弁護しているわけじゃないの。とてもわたしたちを苦労させたわ、わたしと立派だった母を。それにレオナルドだって。でもそうだからと言って野良犬のように埋葬させたくはないの。人に知られたら何て言われるかしら？　気がおかしくなる前は、それは立派な人だったわ。きちんと埋葬されてしかるべきよ」

レオナルドは哀願するように彼女を見た。ヴァンダと議論してみても始まらないことを知っていた。

彼女はいつも最後には自分の意見や望みを押し通すのだ。ジョアキンとオタシリアの時代もやはりそうだった。ただちがうのは、ジョアキンはある日すべてを投げ出し姿をくらましたことだ。遺体を家まで引きずっていき、知人や友人に通知しに出かけ、人々を電話で呼び集め、一晩中起きて過ごし、キンカスの噂話や忍び笑いや目配せなど、そういったことすべてを出棺までの間じっと耐えている以外に仕方がないのだろうか？　あの舅はこれまでもぼくの生活を苦いものにし、最大の不快を与えた。新聞を開くたびに「彼がまた」を、現に一度あったように浮浪生活のかどで投獄されたというニュースに出くわすのではないかと始終恐れていた。ヴァンダに拝み倒されて警察のなかを、あっちへいけ、こっちへこいと言われて歩きまわり、最後に中央署の地下で裸足にパンツだけのキンカスが泥棒や詐欺師と悠々と博打を打っているのを見つけたあの日のことは、思い出したくもない。そうしてこのようなことすべてが終わってやっと一息つけると思っていた矢先に、なおもまるまる一昼夜あの遺体と付き合わなければならないし、家に帰って……。

しかしエドゥアルドも賛成ではなかった。すでにこの商人は葬式の費用を分担することに同意していたので、重みのある意見だった。「ヴァンダ、それだけで十分じゃないか、キリスト教徒として埋葬されるんだから。神父も呼ぶし、新しい服も着せるし、花輪もある。それにはまったく値しなかったが、ともかくおまえの父親だし、わたしの兄でもあるんだから。それでいい。しかしなぜ遺体を家に搬送するんだ……」

「なぜ？」レオナルドがオウム返しに言った。

「……おおぜいの人に迷惑をかけ、参列者のために車を六台から八台借りなければならないと言うのかい？　一台いくらだか知ってるかい？　それにタブアンからイタパジッピまでの遺体の搬送費は？　ひと財産かかる。どうしてここから葬式を出さないんだ？　われわれが参列者としていくさ。車一台で十分だ。その後で、もしもきみたちがどうしてもと言うなら、七日目のミサに人を呼ぶさ」

「田舎で死んだと伝えなさいな」伯母のマロッカスは自分の案を引っ込めなかった。

「それでいいじゃないか？　どうしていけないいんだ？」

「それで誰が遺体を見ているの？」

「われわれさ。何でほかに？」

　ヴァンダは最後に折れた。実際、遺体を家へ運ぶというのはゆき過ぎだと思った。面倒がかかり、出費がかさみ、うんざりするばかりだ。キンカスをできるだけひっそりと埋葬し、後で事実を友人たちに知らせ、七日目のミサに呼ぶのがいちばんいい。このように取り決められた。デザートが注文された。近くで拡声器が、ある不動産会社の販売計画の優秀さをがなり立てていた。

VI

　叔父のエドゥアルドは食料雑貨店に戻った。店をろくでもない店員たちだけに任せておくわけにはいかないのだ。伯母のマロッカスは後ほど通夜にくると約束した。すべてをやりっ放しにして知らせを確かめようと駆けつけたので、一度家に戻る必要があった。レオナルドはヴァンダ自身の意見に従って、役所に出ない午後を利用して不動産会社にいき、買おうとしていた土地を分割払いで購入する契約を結ぶことにした。運がよければ、いつか自分たちの家が持てるだろう。

　彼らは、ヴァンダとマロッカスが午後、レオナルドと叔父のエドゥアルドが夜というように一種の交替制を採ることにした。タブアン坂は悪名高い坂で、ごろつきや売春婦がたむろし、婦人が夜分、出歩ける場所ではなかった。翌朝には一族が揃って葬儀に集まることになった。

こうして午後、ヴァンダが独り父の遺体のそばにいることになった。貧しく精一杯の生活の物音が坂一帯に拡がっていたが、死者が着替えをして疲れた後、体を休めているぼろアパートの四階にまではほどんど聞こえてこなかった。

葬儀社の男たちは見事な仕事をした。立派な腕を持ち、よく訓練されていた。様子を見ようとちょっと立ち寄った聖像彫刻師が言ったように「同じ死んだ人とは見えないほどだった」。髪に櫛を入れ髭を剃り、黒い服、純白なシャツにネクタイを締め、ぴかぴかの靴を履き、柩――見事な棺桶で（ヴァンダは満足そうにこう思った）、金色の把手がつき、縁には襞飾りがある――のなかで休んでいるのは、まぎれもなくジョアキン・ソアーレス・ダ・クーニャだった。板と木の三脚で即席にテーブルのようなものをこしらえ、その上に立派で荘厳な柩が乗せられていた。二本の大きな蝋燭――中央祭壇の大蝋燭だ、とヴァンダは得意に思った――が弱い明かりを投げかけていた。というのも、バイーアの光が窓から入り、部屋を隅々まで明るくしていたからだ。そんなにまぶしい陽光、そんなにおびただしい晴れやかな明るさは死にたいして敬意を欠いているようにヴァンダには思われ、蝋燭を無駄にし、その荘厳な輝きを奪っていた。ヴァンダは一瞬、節約のために蝋燭を消そうと思った。しかし蝋燭を二本使おうと十本使おうと葬儀社はきっと同じ料金を取るだろうと、窓を閉めることにした。すると部屋のなかは薄暗くなり、聖なる炎がめらめらと拡がった。ヴァンダは椅子（聖像彫刻師からの借物）に腰を下ろし、満ち足りた気分になった。子としての義務を果たしたという単なる満足感ではなく何かもっと深いものだ。

満ち足りた溜息が彼女の胸から漏れた。両手で栗色の髪を直した。それは、まるでついにキンカスを飼い馴らしたかのようであり、ある日彼が面と向かってオタシリアを嘲笑して彼女の強い手から引き抜いたあの手綱を再び彼にかけたかのようだった。微笑がかすかにヴァンダの唇に浮かんだ。その辱はもしそれを特徴づけている、厳しさを感じさせるある種の硬さがなかったならば、美しく魅力的なものだったろう。彼女は、家族、とりわけ自分自身とオタシリアがキンカスに苦労させられた仇を取ったと感じていた。あの何年にもわたる屈辱。十年もジョアキンはあのようなばかげた生活を送ったのだ。《バイーアの浮浪者の王》と新聞の三面記事に書かれ、お手軽なおもしろネタに飢えた文士の雑文のなかで下賤な連中の典型として挙げられ、十年もの間、家族を辱め、人には言えないあのような悪名で家族を泥まみれにしたのだ。《サルヴァドールいちばんのカシャッサ飲み》《市場の船だまりのぼろをまとった哲学者》《いかがわしい舞踏会の長老》《キンカス・ベーホ・ダグア》《けた外れの浮浪者》と新聞は書き立て、時には彼の卑しい写真が載ることもあった。ああ、自分の義務もわきまえない父親という十字架を運命により背負った娘がどれだけ世間で苦労するか！

しかし今は満たされていた。そして贅沢と言えるほどの柩のなかで黒い服を身に着け、信心深げに後悔しているという姿勢で胸のうえで両手を組んでいる遺体を見ていた。蝋燭の炎が高くなり、新しい靴を光らせた。何もかも見苦しくない、もちろん、部屋を除いて。こんなにも悩み苦労した者には慰めだわ。ヴァンダは、オタシリアが遠い宇宙の一隅にいて幸せに感じるだろうと思った。なぜなら、とうとうオタシリアの意志が通され、献身的な娘があの善良で小心、おとなしい夫で父だったジョアキン・ソアーレス・ダ・クーニャ——あの頃、彼を物わかりよく妥協させようと思ったら、声を荒立て、難しい顔をするだけでよかった——を取り戻したからだ。今、胸のうえで両手を組んでここにいるのだ。あの浮浪者、《いかがわしい舞踏会の王》、《低級な淫売地区の長老》は永遠に消えてなくなったのだ。

残念なのは、彼が死んでしまい、そのため自分の姿を鏡に映して見させることができず、娘や侮辱を受けた立派な家族の勝利を認めさせせられないことだ。

ヴァンダは心から満ち足り、自分の一方的な勝利に終わった今、寛大で心優しくなりたいと思った。葬儀社の腕のよい男たちが石鹸水に浸した布切れでキンカスの体の汚れを取り除いただけでなく、この最後の十年間をも浄めたかのように、彼女はこの年月を忘れたかった。それは、子供の頃や青春時代や婚約や結婚の時のこと、さらには、まるで隠れるようにズックの椅子に座って新聞を読み、「キンカス！」とオタシリアの声が咎めるように呼ぶと、震え出すジョアキン・ソアーレス・ダ・クーニャのおとなしい姿だけを思い出すためだった。

彼女はこのような父を好ましく思い、優しさを感じ、そのような父を懐かしく思い、もう少し努力したら、感動することも、自分が両親をなくした不幸せで悲しい娘だと感じることもできただろう。

暑さが部屋のなかで増していた。窓が閉まっているので、海風は入口が見つからなかった。それにヴァンダも海風を望んでいなかった。海、港、風それに山を登る坂道や通りの物音は、もう終わったものではあるが、あの忌まわしい狂態とも言うべき生活の一部だったからだ。ここには、自分と亡くなった父、懐かしいジョアキン・ソアーレス・ダ・クーニャと、それと彼が残したもっとも愛すべき思い出だけが存在すべきなのだ。彼女は記憶の底から忘れていた光景を取り出す。ボンフィンの祭りの時にヒベイラにかかったサーカスに連れていってくれた父。めったなことでは笑顔を見せない彼が大笑いをしながら、大の大人が子供の乗物にまたがってあんなに嬉しそうにしているのはそれまでおそらく見たことがなかっただろう。また、ジョアキンが歳入局で昇進したときに友人や同僚が開いてくれた祝賀会のことを思い出した。家は人でいっぱいだった。ヴァンダは小娘で、恋を知りそめた頃だった。その日、祝辞が述べられ、ビールが飲みかわされ、万年筆がその役人に贈られたが、満面にこぼれるばかりの喜びを表していたのは、部屋のなかにできた人垣のまんなかに立ったオタシリアだった。まるで自分が祝われているかのようだった。ジョアキンは感激したような様子もみせずに挨拶を聞き、握手し、万年筆を受けとった。まるでそういったことは嫌なことで、それを口に出して言う勇気がないかのようだった。

ヴァンダは、とうとう彼女に求婚することに決めたレオナルドの次の訪問を告げた時の彼の表情も思い浮べていた。彼は頭を振り、呟いた。「かわいそうな奴だ……」

ヴァンダは婚約者についての批判を許さなかった。「かわいそうな奴ですって、どうして？　家柄はいいし、勤め先もいいし、酒飲みでも、道楽があるわけでもないし……」

「それは知っているさ……それは知っているさ……ほかのことを考えていたんだよ」

奇妙だった。父と関連のある出来事の詳細については、あまり思い出さなかった。まるで彼は積極的に家庭生活に加わっていなかったようだ。オタシリアのことならば、母が加わっていた場面、事実、言った言葉、出来事を思い浮べて何時間でも過ごせるのに。実際、あのばかげた日に、レオナルドを《大ばか者》だとこき下ろし、彼女とオタシリアを見つめ、思いも寄らず面と向かって「おまえたちときたら毒蛇だ！」と叫んだとき、初めてジョアキンは彼女たちの生活のなかで重みを持ち始めたのだ。

そして彼はそう言うと、もっとも些細な、もっともありふれたことをしているかのようにまったく落ち着き払って立ち去り、それっきり戻らなかった。

しかしながらヴァンダはそれについては考えたくなかった。再び子供の頃に戻り、その頃であれば、なおもジョアキンのもっと正確な姿が見られた。例えば、髪をカールし、泣き虫だった五歳の頃に、あの驚くほどの高熱を出した時のことだ。ジョアキンは小さな病人のベッドのそばに座って手を取ったり薬を飲ませたりして寝室を離れようとしなかった。よい父、よい夫だった。その最後の思い出によりヴァンダは十分に心を動かされ、通夜にもっと人がいれば、よい娘の務めとして少しは泣くこともできると思った。

打ち萎れた表情で遺体を見つめた。蝋燭の明かりが映っているぴかぴかの靴、きちんと折り目のついたズボン、身体にぴったりあった上着、胸の上で組んだ敬虔な両手。髭を剃った顔のうえに目をとめた。そしてショックに、最初のショックに見舞われた。

笑みを見たのだ。皮肉っぽく卑猥で嬉しそうにしている者の笑みだ。笑みはいっこうに変わっていず、それには葬儀社の専門家でもどうすることもできなかった。ヴァンダも彼らに注文するのを、よりふさわしい、死の荘厳さにもっと合った顔つきを注文するのを忘れていた。キンカス・ベーホ・ダグアのあの笑みは依然として残っていた。そして、その侮りとふざけた笑みを眼の前にしては、新しい靴は――まったくの新品で、一方、かわいそうにレオナルドは自分の靴に二度目の靴底修理をしなければならないというのに――何の役に立つだろう？　黒い服、純白なシャツ、剃った髭、撫でつけた髪、祈るように置かれた両手は何の役に立つだろう？　キンカスはそれらすべてを嘲笑い、その笑いは大きく拡がっていき、徐々に不潔な部屋にこだましていくではないか！　唇と眼で笑い、眼は、葬儀社の男たちが片隅に忘れていった汚い、継ぎはぎの当たった服の山をじっと見つめていた。キンカス・ベーホ・ダグアの笑みだ。

そしてヴァンダは、陰鬱な静寂のなかではっきりと侮辱的な調子のこもった明瞭な言葉を耳にした。

「毒蛇め！」

ヴァンダは愕然とし、眼はオタシリアの眼のような光を放ったが、顔は血の気を失った。それは、気ちがい沙汰をするようになって間もない頃、彼女とオタシリアが家庭の団欒や定まった習慣や失われた品のよさに再び彼を連れ戻そうとしたときに、彼が唾でも吐くように使った言葉だ。死んで柩のなかに横たわり、足もとに蝋燭を点され、立派な服を着た今でも降参しないのだ。口と眼で笑っていた。口笛を吹き始めたとしても驚くにはあたらなかった。さらにその上、片方の手の親指——左手の親指——がもう一方のうえに正しく重ねられていず、無秩序に嘲るように宙に浮かんでいた。

「毒蛇め！」と再び言い、からかうように口笛を吹いた。

ヴァンダは椅子のうえで身震いし、顔を手で撫でた——わたし頭がおかしくなっているのかしら？——息苦しく感じ、暑さが耐え難くなり、頭がくらくらした。階段のところで苦しそうな息遣いがした。伯母のマロッカスが太った体を揺すって部屋に入ってくるところだった。姪が椅子の上で取り乱し、蒼ざめ、眼を死人の口もとに釘づけにしているのを見た。

「おやおや、あなた、ずいぶん参っているわね。やっぱりこの部屋が暑いから」

姉の巨体を見るとキンカスのけしからぬ笑みはさらに拡がった。ヴァンダは耳を塞ぎたいと思った。前の経験からいって、彼がどんな言葉でマロッカスを表現して喜ぶか承知していたからだ。しかし死人の声を聞かないようにと耳を手で塞いで何の役に立つだろう？　聞こえた。「屁《へ》袋め！」

マロッカスは階段をあがってきた疲れがどうやら治まると、遺体を見もしないで窓をいっぱいに開け放った。

「彼に香水をつけたの？　頭がぼおっとするような臭いがするわ」

開け放った窓からさまざまな賑やかな往来の物音が入り、海風が蝋燭の火を消し、キンカスの顔をそっと撫で、青くて晴れがましい明るさが彼のうえに拡がった。唇に得意げな笑みを浮かべ、キンカスは柩のなかで体を楽にした。

Ⅶ

すでにその頃にはキンカス・ベーホ・ダグア急死の報はバイーアの街々に広まっていた。確かに、市場の小商人は喪に服していることを表すために店を閉めたわけではなかった。そのかわり、観光客に売りつけていた装飾品や藁で編んだ袋や粘土細工の値段をすぐさまあげ、こうして故人に弔慰を表していた。市場の界隈では、見る見るうちに人だかりができ、自然発生的なデモさながらに人々がゆきかい、情報が飛びかい、エレベーター・ラセルダに乗り、市電に乗ってカウサーダにいき、バスに乗ってフェイラ・ジ・サンターナにいった。優雅な黒人女パウラはタピオカのパンケーキを載せた屋台の前でさめざめと泣いた。もうその日の午後には、ベーホ・ダグアがやってきて垢抜けたお追従を言ったり、巨大な胸を覗いたり、品のないことを申し込んだり、笑わせたりすることはないのだ。

帆を降ろした帆船《サヴェイロ》〔三角帆をそなえた一本または二本マストの船で港湾内の貨客運搬や漁船として使われている〕では、海の女神イエマンジャーの国の男たち、赤銅色の海の男たちが失望のこもった驚きの色を隠さなかった。どうしてそんなふうにタブアン坂の部屋で死ぬことがあったんだろう、どうして《老練な船乗り》がベッドの上で死んだんだろう？　キンカス・ベーホ・ダグアは、どんなに疑い深い者も納得させてしまう声と身振りで、けっして陸《おか》では死ぬことはない、月の光を浴びた海、限りない大海原だけが彼の悪戯《いたずら》に値する墓場だと断固として、またあれほど何度も宣言したではないか？

帆船の艫《とも》に賓客として招かれ、すばらしい魚料理や、かぐわしい湯気を立てる土鍋や、手から手へと回されるカシャッサの壜を前にしてギターが爪弾かれると、いつも彼の船乗りとしての本能が目覚める一瞬があった。立ちあがり、よろよろした。カシャッサのせいで海の男たちの、あのよろけるような均衡の取り方をするのだ。彼は自分の《老練な船乗り》としての身分を述べた。船を持たない、海から離れた、陸で堕落した老練な船乗りさ。だが自分のせいじゃないんだ。帆を上げ、舵を取るために、嵐の夜に波をけたてるために、海のために生まれたのだから。運命が台なしにされたんだ。青い制服に身を包み、パイプをくわえた船長になれたはずなんだ。それでも海の男にはちがいないのさ。そのために船長の孫娘だった母マダレーナから生まれ、曾祖父以来の海の男なんだ。それに、もしこの帆船を任せてもらえば、一度も航海したことはないが、あのあたり、ほんの近くのマラゴジッピやカショエイラではなく、遠くアフリカの海岸へ船を外洋に操ることができるのさ。血は争えないのさ。航海のことは何も教わる必要なんかないのさ。生れながらに知っている。もしご臨席の皆様のなかにお疑いの方がいらっしゃったら、出てきていただきたい……彼は酒壜をさし上げ、ごくごくと飲んだ。帆船の親方たちは疑っていなかった。まったく本当にちがいない。波止場や浜辺では、子供たちは生まれながらに海のことを知っているし、なぜそんな不思議なことがあるのか調べてみても仕方のないことさ。そこでキンカス・ベーホ・ダグアは真面目くさって誓うのだ。彼の最期の時間、最期の瞬間の栄誉を海に与えることにした、と。自分をわずかばかりの墓穴に縛りつけはさせない、そうだとも、そんなことはさせない！　死ぬ時がきたら、海の自由をよこせと言い、これまでやったことのない航海、これ以上はない大胆な横断航海を、例のない冒険をやらせろと言ってやる。帆船の親方のなかでもいちばん勇敢で、何事にも動じない、年齢もわからないマヌエウ親方はうなずいて賛成した。人生経験により何も疑わないようになっていたほかの者も同意し、カシャッサをもう一杯飲んだ。ギターが爪弾かれ、海上の夜の魅力、ジャナイーナ〔前出の海の女神イエマンジャーの異名〕の宿命的な誘惑が歌われた。《老練な船乗り》は誰よりも大声で歌ったのだ。

それでは、どうして突然タブアン坂の部屋で死んだんだろう？　信じられないことだ。

帆船の親方たちは半信半疑でその知らせに耳を傾けた。キンカス・ベーホ・ダグアは人をかついでは喜び、一度ならず多くの人を騙したことがあったからだ。

丁半博打やトランプ博打やブラックジャックをやっていた男たちは熱気をはらんだ勝負をやめ、儲けを忘れ、呆然としていた。ベーホ・ダグアは、誰言うことなく決めた親分ではなかっただろうか？正式の喪服のような午後の陰が彼らの上に降りてきた。酒場であろうと居酒屋であろうと、酒屋や食料品店のカウンターであろうと、カシャッサを飲むところでは、悲しみが支配し、誰かが飲んでいたとすれば、それは取り返しのつかない喪失のためだった。カシャッサをぐいぐいやればやるほど、ますます頭が冷徹に冴えわたり、一度も完全に悪酔いしたことのない彼よりも飲みっぷりのよい男がいただろうか？　彼はありとあらゆる種類のカシャッサの色、味、香の微妙な違いを心得ていて、銘柄、産地を人には真似のできないほど正確に当てることができた。いったい、何年水を口にしなかっただろう？　ベーホ・ダグアと呼ばれるようになったあの日からだ。

記念すべきことでも、血沸き肉踊るというような話でもないが、その時の様子を語ってみる価値はある。というのも、《ベーホ・ダグア》〔「水だという叫び声」の意〕という渾名が決定的にキンカスの名の一部になったのは、その遠い日からのことだからだ。彼は、市場の外側にある、感じのよいスペイン人ロペスの店に入った。常連なので、店の者の手を煩わせずに大威張りで自分で酒をつぐことができた。透明で申し分のない生一本のカシャッサがあふれんばかりに入った壜がカウンターにあるのが眼に入った。コップになみなみとつぎ、口をきれいにしようと唾を吐き、一気にコップを傾けた。そして人間離れした叫び声が市場の朝のしじまを破り、エレベーター・ラセルダすらも、その深い土台から揺り動かした。致命傷を負った動物、裏切られ悲惨な目に遭った男の叫びだった。「みずぅぅぅ！」

悪名高い卑しくて薄汚いスペイン野郎め！　きっと誰かが殺されかかっているのだと四方から人々

が駆けつけ、店にいた客はげらげらと大笑いした。このキンカスの「水だという叫び声」はじきにちょっとした話になり、市場からペロウリーニョ坂へ、セーチ・ポルタス広場からジッキへ、カウサーダからイタポアンへと広まった。その時からキンカス・ベーホ・ダグアと呼ばれるようになり、どんぐり眼《まなこ》のキテリアは最大限に優しくなると、いつでも噛む歯の間から「ベヒート」と言うのだった。

浮浪者やならず者、小密輸人や陸《おか》に上がった船乗りが夜も更けた頃に家庭や家族や愛を求める、あのもっとも安い女たちの家でも、悲しい性の取引を終えて疲れた女がいくらかの優しさを望んでいたときに伝わったキンカス・ベーホ・ダグアの訃報はやはり悲しいもので、もっとも憂いに満ちた涙を流させた。女たちはまるで近親者を失ったかのように嘆き悲しみ、悲惨な状態のなかで突如、支えを失ったかのように感じた。幾人かの女は貯えを持ち寄って、故人のためにバイーアでもっとも美しい花を買い求めることに決めた。どんぐり眼のキテリアと言えば、同じ娼家の仲間たちの涙ながらの心遣いに包まれ、彼女の悲しみの絶叫はサン・ミゲウ坂を通り抜け、ペロウリーニョ広場まで届かんばかりで、胸の張り裂けるようなものだった。慰めは酒にしか見つけられず、飲んでは啜り泣き、その合間にもっとも優しく並はずれた、またもっとも陽気で分別のある、あの忘れられない愛人をほめそやした。

女たちはキンカスの人柄を如実に物語る事実、詳細、言った言葉を思い起こした。ベネジッタが入院しなければならなくなったとき、三カ月になる息子を二十日以上も世話したのは、ほかならない彼だった。やらないことと言えば、子供に胸を出して授乳することくらいだった。そのほかは何でもした。おむつを取り替え、お尻を拭き、風呂に入れ、ミルクを飲ませた。

つい二、三日前も二人のぐれた若者、良家のどら息子がヴィヴィアーナの遊廓で悪ふざけの挙げ句、クララ・ボアを殴ろうとしたとき、彼女を守ろうと恐れを知らないチャンピオンのように身を挺したのは、年老いて酔っ払った彼ではなかっただろうか？　それに、昼に食堂の大きなテーブルに着いた彼よりも楽しい客がいるだろうか？　彼よりも面白い話を知っている者、彼よりも恋のつらさを上手に慰めてくれる者、彼のように父や兄のような者がいるだろうか？　午後も半ばが過ぎ去ろうという頃、どんぐり眼のキテリアは椅子から転がり落ち、ベッドへ運ばれ、彼のことを思い起こしながら眠ってしまった。かなりの数の女がその夜は客を引くことも迎えることもしないことに決め、喪に服した。まるで聖週間の木曜日か金曜日のようだった。

Ⅷ

町に明かりがともされ、人々が仕事をやめる日暮れ時に、キンカス・ベーホ・ダグアのもっとも親しい四人の友だち——クリオー、黒人「おかっぱ頭」、マルチン伍長、それに「突風」——は死者の部屋に向けてタブアン坂を下っていた。ありのままに言えば、彼らはまだ酔ってはいなかった。もちろん、知らせに動揺して彼らなりに飲んではいたが、眼の赤いのは流した涙や量り知れない心痛のせいで、くぐもった声や心もとない足取りについても同じことが言える。これほど長年にわたる友人、いちばんの仲間、バイーアでももっとも申し分のない浮浪者が亡くなったときに、どうしてまったく素面《しらふ》でいられようか？　マルチン伍長がシャツの下に隠し持っていたかも知れない酒壜については、何も確認されていない。

夜が神秘的に近づく、その黄昏時になると、死者はかなり疲れているように見えた。ヴァンダは気づいていた。それもそのはずだ。彼は笑ったり、卑猥な言葉を呟いたり、しかめっ面をして見せたりして午後を過ごしたからだ。レオナルドと叔父のエドゥアルドが五時頃にやってきたときすら、その時もキンカスはじっとしていなかった。レオナルドを《間抜け》と罵り、エドゥアルドを嘲笑した。しかし暮色が町に降りたとき、キンカスは落着きがなくなった。まるで何かを待っているのだが、なかなかこないというようだった。ヴァンダは忘れようと、自分を欺こうと夫や叔父や伯母との話をはずませ、遺体を見るのを避けていた。彼女の望んでいることは、家に帰り、休み、何か眠るのに役立つ錠剤を飲むことだった。どうしてキンカスの眼は窓のほうを向いたりドアのほうを向いたりしているのか？

　知らせは同時に四人の友だちに届いたのではなかった。最初に知ったのはクリオーだった。彼はバイシャ・ド・サパテイロの商店の宣伝に多岐にわたる才能を発揮していた。擦り切れた古いモーニングを着て、顔を塗りたくり、ある店の入り口に立って、ひどい払いにもかかわらず、店の安さ、長所をほめちぎり、通行人に冗談を言って足をとめさせ、ほとんど力ずくで引きずり込むように店に入れようとしていた。時々喉の渇きがひどくなると——喉や胸をからからにするひどい仕事だった——近くの居酒屋にいって声の調子を整えるために一杯引っかけた。そういう往復の際に知らせがまるで胸をひどく殴るかのように乱暴に耳に届き、口をつぐませた。うな垂れて戻り、店に入り、主人のシリア人にその日の午後はもう当てにしてくれるなと告げた。クリオーはまだ若く、喜びも悲しみも心に深く影響を及ぼすのだ。独りではその恐ろしいショックに耐え切れなかった。ほかの親友、いつもの仲間のそばにいかなければならなかった。

　帆船の船だまりの前や土曜日ごとのアグア・ドス・メニーノスの夜の市やセーチ・ポルタス広場やリベルダージ街道のカポエイラ〔黒人奴隷の間から生まれた、音楽に合わせて踊るように戦う、足技を主とする武術〕の模範試合には、ほとんどいつも大きな人垣ができていた。船乗りや市場の小商人やヨルーバの宗教の司祭やカポエイラの使い手やならず者たちが長話やばか騒ぎや熱のこもったカードの勝負や月明かりの漁や娼窟のどんちゃん騒ぎに加わっていた。キンカス・ベーホ・ダグアには数多くの崇拝者や友だちがいたが、その四人は切っても切れない仲だった。彼らは何年もの間、金があってもなくても、うまいものを食べて満腹の時もひどく腹を空かしている時も、毎日会い、毎晩集まっては酒を分かち合い、喜びも悲しみもともにしてきた。クリオーは今になって初めて自分たちがいかに互いに結びついていたかに気づき、キンカスの死はまるで片腕、片足をもがれたかのように、片眼をくり抜かれたかのように身体の一部を失ったかのように思えた。あらゆる知識の持主、カンドンブレーの女司祭セニョーラが常々言っているあの心の眼を奪われたかのようだった。クリオーはみんなで揃ってキンカスの遺体の前にいかなければならないと考えた。

黒人おかっぱ頭を探しにいった。その時刻には、きっとセーチ・ポルタス広場にいて知合いの動物宝くじ《ジョゴ・ド・ビショ》〔二十五種の動物の絵に数字が割り振られた非合法の宝くじ〕売りの手伝いをし、その晩のカシャッサの飲み代を稼いでいるにちがいない。黒人おかっぱ頭は身の丈二メートルにも届きそうで、胸をふくらますとさながら彫像といったぐあいで、それほど大きく強かった。この黒人を怒らせると、誰も手がつけられなかった。幸いなことに彼は生まれつき陽気で大人しかったので、まずそんなことはめったに起こらなかった。

クリオーは予想したように、彼をセーチ・ポルタス広場で見つけた。彼はそこで小さな市場の歩道に腰を下ろし、ほとんど空になった酒壜をつかんでさめざめと泣いていた。横にはさまざまな浮浪者が苦悩とカシャッサをともにし、彼の嘆きと嘆息に声を合わせていた。クリオーはその光景を見て、彼がもうニュースを知ったと察した。黒人おかっぱ頭は一杯やっては涙を拭い、やけになってわめいていた。「おれたちのおやじが死んじまった……」

「おれたちのおやじが……」ほかの者がうめいた。

心を慰める酒の壜が回され、黒人の眼には涙がいっそう溢れ、激しい苦悩は大きくなった。

「いい奴が死んじまった……」

「いい奴が……」

時折、新入りが、それも時には何のことか知らずにその座に加わった。黒人おかっぱ頭は新入りに壜を差し出し、身を切られたような叫び声を発した。「奴はいい奴だった……」

「いい奴だった……」と、なぜ嘆き悲しみ、カシャッサがただで飲めるのかと説明を待っている新入りを除いて、そのほかの者が繰り返した。

「おまえも言え、とんでもねえ野郎だ……」と黒人おかっぱ頭は立ち上がりもせずに力のありそうな腕を伸ばし、両目に凶悪な輝きを見せて、その新来者を揺り動かした。「それとも、おまえは奴が悪い奴だったと思うのか?」

誰かが、事態が険悪にならないうちに、あわてて説明した。

「キンカス・ベーホ・ダグアが死んだんだよ」

「キンカスだって……いい奴だった……」と、コーラスの新しいメンバーは得心し、空恐ろしくなって言った。

「もう一本だ!」と黒人おかっぱ頭は啜り泣きながら請求した。

黒人の少年が一人身軽に立ちあがり、近くの酒屋に向かった。「おかっぱ頭がもう一本よこせってさあ」

キンカスの死は、その知らせが届く先々でカシャッサの消費を増大させた。遠くからクリオーはその光景を眺めていた。知らせは彼よりも速く伝わったのだ。黒人のほうも彼を見て、度胆をぬく唸り声を発し、両腕を天に向けて伸ばし、立ちあがった。「弟分のクリオー、おれたちのおやじが死んじまったんだ」

「おれたちのおやじが……」ほかの者が口を揃えて繰り返した。

「黙れ、ばかたれが。舎弟のクリオーに挨拶させろ」

もっとも貧しく、もっとも礼儀正しいバイーアの人々の心優しい儀式が行なわれた。ほかの者は口をつぐんだ。クリオーのモーニングの裾が風にひるがえり、塗りたくった顔の上に涙が流れ始めた。彼と黒人おかっぱ頭は三度抱擁し合い、啜り泣きを交えた。クリオーは新しい壜を手に取り、それに慰めを求めた。黒人おかっぱ頭は慰めが見つからなかった。

「夜の明かりが消えちまった……」

「夜の明かりが……」

「あの人のところにいくのに、ほかの者を探そう」とクリオーが提案した。

マルチン伍長のいそうなところは三、四カ所あった。まだ前夜の疲れでカルメーラの家で寝ているか、市場のところの船だまりで話をしているか、アグア・ドス・メニーノスの市で博打を打っているかだ。十五、六年前に陸軍を除隊してからは、その三つ、つまり女と話と博打しかマルチンはやっていなかった。けっしてそれ以外のまともな職についたことはなく、女とばか者が暮らしていくのに十分なものを貢いでくれた。栄光ある軍服を身に着けた後に働くなどということは、マルチン伍長には明らかに屈辱のように思えた。男っぷりのよいムラート〔白人と黒人の混血〕だという誇りと、カードにかけての鮮やかな手並みで一目置かれていた。ギターの腕は言うまでもない。

彼はアグア・ドス・メニーノスの市で器用な手さばきでカードを操っていた。いとも簡単に何人かのバスやトラックの運転手の精神的な喜びに一役買い、人生の実践的見習いを始めたばかりの二人の黒人少年の教育に協力し、さらに何人かの市商人がその日の売り上げで得た儲けを使ってしまうのを助けていた。このように彼はもっとも称賛に値する行いをしていた。したがって、それらの市商人のうちの一人が、彼の親としての名人技にうっとりしたように見えず、「こんなについているのはいんちきくさい」と口のなかで呟いたのは、実際どう説明したらよいのかわからない。伍長は罪のない青い眼をその性急な批判者にあげ、もしもお望みならば、またそれ相応の能力があるならば、親をしたらいい、とカードを差し出した。彼、マルチン伍長にしてみれば、親に対抗して金を張り、親をまたたくまに負かし、まったくすってんてんにするほうを好んだのだ。そして彼の公正なやり方を当てこすることを許さなかった。どのようなものであれ、自分の清廉さを疑った囁きには元軍人としてことのほか神経を尖らした。それほど神経を尖らしていたので、もう一度挑発されたならば、間違いなくこの男の顔を殴りつけたことだろう。若い連中の興奮は高まり、運転手たちはわくわくし、両手を擦り合わせた。このように自然に思いがけずに起こったいい喧嘩ほど面白いものはない。そんな時、あわやという時にクリオーと黒人おかっぱ頭が悲劇的な知らせと、カシャッサが底にほんの少し残った壜をもって現われた。まだ遠くから伍長に向かって叫んだ。「死んじまった！　死んじまったんだ！」

マルチン伍長は洞察力鋭い目で彼らを見つめ、正確に計算しようと壜をじっくり見て、まわりの連中に説明した。「何か重大なことが起こったようだ。奴らがもう、一本空けてるんだからな。黒人おかっぱ頭の奴が宝くじに当たったか、クリオーの奴が嫁さんを決めたかだ」

クリオーはつける薬がないほどロマンティックなので、何度となく激しい情熱の犠牲になって婚約したからだ。婚約するたびに初めは陽気に、少し経つと解消ということで悲しく達観して、しかるべくそれを記念する席が設けられた。

「誰かが死んだとさ……」と運転手の一人が言った。マルチン伍長は耳を澄ます。

「死んじまった！　死んじまった！」

二人は知らせの重みにうなだれてやってきた。セーチ・ポルタスからアグア・ドス・メニーノスまで、帆船の船だまりとカルメーラの家に寄り、多くの人に悲しい知らせを伝えてきた。なぜ誰もかれもキンカスの死を知るとすぐに酒壜を開けるのだろう？　道すがらたくさんの人がいて、キンカスにはそれほどたくさんの知人や友人がいるのだから、苦悩と喪の使者である彼らのせいではない。その日、バイーアの町ではいつもの時間よりもずっと早く人々は酒を飲み始めた。それもそのはず、キンカス・ベーホ・ダグアのような人物が毎日死ぬわけではないからだ。

マルチン伍長は喧嘩を忘れ、カードを持った手をあげたまま、彼らをますます注意深く眺めていた。泣いている、もう間違いない。黒人おかっぱ頭の声が押し殺されて届いた。

「みんなのおやじさんが死んじまった……」

「イエス・キリスト、それとも州知事？」と冗談の才能のある黒人少年の一人が尋ねた。黒人の手が少年を空中に差しあげ、地面に投げつけた。

全員、ことは重大であると察した。クリオーは酒壜をあげて言った。「ベーホ・ダグアが死んじまった！」

マルティンの手からカードが落ちた。意地の悪い市商人は、自分の最悪の疑いが確かめられるのを見た。エースやクイーン、親のカードが大量に散らばった。しかし彼にまでキンカスの名前が知れわたっていたので、言争いしないことにした。マルチン伍長はクリオーに壜をよこせと言い、それを空にし、忌々しそうに投げ捨てた。野外市や、通りのトラックやバスや、海のカヌーや往来する人々を長い間眺めた。急に何かむなしい気分に襲われ、近くの市商人の屋台にある鳥籠のなかの鳥の囀りさえ耳に入らなかった。

泣くような男ではなかった。軍人というものは、たとえ制服を脱いだ後でも泣かないのだ。しかし眼は小さくなり、声は変わり、威勢のよさがすっかり消えた。まるで子供のような声で尋ねた。「何でそんなことになったんだ？」

カードを拾い集めてから二人に合流した。まだ突風を見つけなければならなかった。この男には、リベルダージ街道のヴァウデマールのカポエイラの仲間のなかでかならず跳び回っている木曜日と日曜日の午後を除いては確かな居場所がなかった。鼠や蛙を捕まえては、医学検査や科学実験の研究所に売っていた。そのため突風はたいした人物、もっとも尊重される意見の持主になっていた。奴は多少なりとも科学者じゃないか、博士たちと話をするじゃないか、難しい言葉を知ってるじゃないか？

彼らはあちらこちら歩き回り、何度も酒を飲んだすえにやっと、まるで寒いというかのようにだぶだぶの上着に身を包み、独りぶつぶつ言っている彼に出会った。彼もすでに別の経路からその知らせを聞き、友だちを探していたのだ。彼らに遇うと手をポケットのひとつに入れた。涙を拭うハンカチを取り出すのだとクリオーは思った。しかしポケットの底から突風が取り出したのは、磨いたエメラルドのような小さな蛙だった。「キンカスのために取って置いたんだ。こんなにきれいなのはお目にかかったことがないよ」

IX

彼らが部屋の戸口に着くと、突風は片手を前に差し出した。広げた掌には目の飛び出た蛙が乗っていた。彼らは互いに重なり合うようにして戸口に立ちどまった。黒人おかっぱ頭はなかを覗こうと大きな頭を突き出していた。突風は恥じ入り、動物をポケットに収めた。

家族の者は弾んでいた話をやめた。敵意のある四組の目が品位に欠けたグループに注がれた。今までこれが足りなかったのだとヴァンダは考えた。礼儀にかけては、あのキンカス以外にはけっして誰にも引けを取らないマルチン伍長が使い古した帽子を脱ぎ、居合わせた人々に挨拶した。「今晩は、皆さん。わたしどもは彼にお会いしたいと思いまして……」

一歩なかに進み、他の者が後に続いた。家族の者は片側に寄り、彼らは柩を取り囲んだ。クリオーが、その遺体はキンカス・ベーホ・ダグアではないと見まちがえるほどだった。笑みを見てやっとキンカスだとわかった。四人の男は驚いていた。こんなにこざっぱりとし品よく立派な身なりをしたキンカスは彼らにはけっして想像もできなかっただろう。彼らは一瞬のうちに心の平静を失い、酔いは魔法にかかったように覚めた。家族の存在、とりわけご婦人方の存在で動転し、臆病になり、どう振舞ったらいいのか、どこに手を置いたらいいのか、死者を前にしてどうしたらいいのかわからなくなった。

クリオーは真っ赤に塗った顔、擦り切れたモーニングを着たばかげた姿で、ほかの三人を見つめ、できるだけ早く帰ろうと懇願した。マルチン伍長は戦いの前日に敵の大軍を見ている将軍のようにためらっていた。突風は戸のほうに一歩歩いたほどだ。いつもほかの者の陰にいて、覗こうと大きな頭を突き出している黒人おかっぱ頭だけが一瞬も逡巡しなかった。キンカスが彼に笑いかけ、黒人もにっこりした。人間の力をもってしてはそこから、おやじさんのそばから彼を引き離すことはできないだろう。彼は突風の腕をつかみ、クリオーの懇願に目で応えた。マルチン伍長は悟った。軍人は戦場から逃げないのだ。四人は柩のそばを離れ、部屋の奥にいった。

片側にジョアキン・ソアーレス・ダ・クーニャの家族、娘と娘婿と姉弟《きょうだい》がいて、もう一方にはキンカス・ベーホ・ダグアの友人たちがいて、双方とも今はそこで口をつぐんでいた。突風はポケットに手を入れ、怯えている蛙に触っていた。これをキンカスに見せてやりたいなあ！　まるでバレエの所作のように友人たちが柩のそばを離れると親戚の者たちが近づいた。ヴァンダは軽蔑と非難のこもった視線を父親に投げつけていた。死んだ後でも、こんなぼろを着た連中との付合いのほうがいいのね。

彼らをキンカスは待っていたのだ。夕方の落着きのなさは、この浮浪者たちの到着が遅れていたため、遅かったためなんだわ。父を打ち負かし、父をとうとう服従させ、汚い言葉を吐く口を沈黙させ、彼のあらゆる挑発にたいして見せた、静かで威厳に溢れた抵抗で父を負かしたのだとヴァンダが信じ始めた矢先に、再び死者の顔に笑みが輝き、彼女の眼の前にある遺体はこれまで以上にキンカス・ベーホ・ダグアのものになっていた。侮辱されたオタシリアの思い出がなかったなら、彼女はその戦いを放棄し、恥ずべき遺体をタブアン坂に打ち捨て、このまだほとんど使ってない柩を葬儀社に返し、新しい服をどこかの行商人に半値で売り払ったことだろう。沈黙は耐えられないものになってきた。

レオナルドが妻と伯母のほうに振り返った。「あなたたちの帰る時間だと思う。もう少しすると遅くなってしまう」

数分前にヴァンダがひたすら望んでいたのは、家に帰って休むことだった。歯を食いしばった。そうやすやすと負けるような女ではない。彼女は答えた。「もう少ししたら」

黒人おかっぱ頭は床に腰を下ろし、頭を壁にもたせかけた。突風は足で彼を突っついた。故人の家族の前でそんなふうにくつろぐのはぐあいが悪い。クリオーは帰りたかった。マルチン伍長は咎めるように黒人をじっと見つめていた。黒人おかっぱ頭は友だちの邪魔な足を手で押し返した。彼の声は潤んでいた。「この人はおれたちのおやじだった、おやじのキンカス……」

その言葉で、まるでヴァンダは胸を拳骨で殴られたかのような、レオナルドは平手打ちを食ったかのような、エドゥアルドは唾を吐きかけられたかのような思いにさせられた。伯母のマロッカスだけは、みんなから狙われている唯一の椅子に腰掛けて脂肪を揺すって笑った。「何ておかしい人なんでしょう！」

黒人おかっぱ頭はマロッカスに魅せられ、泣いていたのが笑い出した。黒人の大きな笑い声は啜り泣きよりもさらに人を驚かせるものだった。部屋のなかに轟き渡った。そしてヴァンダは黒人の笑いの陰にもうひとつの笑い声を耳にした。キンカスがひどく嬉しそうにしている。「何て失礼なんでしょう！」彼女の無愛想な声は、その出かかった率直な感情の発露を打ち砕いた。

伯母のマロッカスは咎められたので、立ちあがり、黒人おかっぱ頭の熱い視線にたえず見守られながら部屋のなかを数歩、歩いた。彼は彼女を頭のてっぺんから足の爪先までじろじろ眺め、確かにかなり年を食っているが、自分がいいと思っているように大きくて太っているので好みの女だと思った。抱き締められないような、そんなやせた女は嫌いだ。もしこのおれさまが浜辺でこのご婦人に出会ったら、二人はすごいことになるぞ。彼女を見るだけでいいんだ。そうすればすぐに女っぷりがわかるんだ。伯母のマロッカスは疲れて神経が高ぶっていると言って、帰りたい気持ちを表に出し始めた。柩の前の椅子に陣取っていたヴァンダは応えなかった。まるで金庫を見張っている番人のようだった。

「疲れているのは、わたしたちみんなだ」とエドゥアルドが言った。

「本当に彼女たちは帰ったほうがよかった……」レオナルドは、商店がすっかり閉まって娼婦やならず者が我が物顔にするので、遅くなったタブアン坂を恐れていた。

マルチン伍長は育ちがよいので、それに力を貸したいと思って申し出た。

「もし皆さんがお休みに、ひと眠りしにいらっしゃりたいのでしたら、われわれが彼のことを引き受けましょう」

エドゥアルドは、そうもいかないことを承知していた。そばに家族の者が誰もついていないで、あの連中に遺体を任せておくことはできない。だが、その申し出を受けられたらどんなにかいいのだが、そうできれば！　一日中、食料雑貨店の隅から隅まで歩き回り、客の注文を聞いたり店員に言いつけたり、まともな人間なら参ってしまう。エドゥアルドは規則正しく早寝をし、夜明けとともに起き出していた。店から戻ると風呂に入り、夕食を済ませ、長椅子に座り、足を伸ばし、それから寝るのだ。この兄のキンカスときたら、おれに嫌な思いをさせることしか知らない。この十年間、ほかのことをやったためしがない。今晩だって彼のお陰でサンドイッチを少しつまんだだけで今時分まで立っていなければならない。十年も親しくしてきたこの浮浪者たちに、友だちになぜ任せておいてはいけないのか？　おれやマロッカスやヴァンダやレオナルドはいったいここで、この汚らしい豚小屋、鼠の巣で何をしているんだ？　彼は思っていることを口に出す勇気がなかった。ヴァンダは露骨なので、彼、エドゥアルドが世の中に出て間もない頃にキンカスの懐に助けを求めたことを言い出しかねなかった。彼はいくらか好意を感じてマルチン伍長を見た。

突風は黒人おかっぱ頭を立たせようとしたが、成功せず、自分も座った。蛙を掌に乗せてもてあそびたかった。こんなに見事なのは見たことがない。子供の頃、一時期神父が運営する孤児院で過ごしたことのあるクリオーは、おぼろげな記憶のなかから祈りをすっかり思い出そうとしていた。死者には祈りが必要だといつも聞いていた。それに神父も……。もう神父さんはきたのだろうか、それとも明日にならないとこないのだろうか？　質問が喉をくすぐり、我慢できなかった。

「神父さんはもうきたのですか？」

「明日の朝……」とマロッカスが答えた。

ヴァンダは眼で彼女を非難した。何だってそんな変な人と口をきくのかしら？　しかし厳粛な雰囲気を取り戻したので、ヴァンダは気分がよかった。わたしが浮浪者を部屋の隅に追いやり、黙らせたのだわ。どっちみち、ここで夜を過ごすわけにはいかないわ。わたしも伯母のマロッカスも。最初、彼女は、通夜に飲物も食物もないので、キンカスの下品な友人たちはいつまでもいないだろうと漠然と期待していた。なぜ彼らがいるのかわからなかった。死者への友情からだなんてありえない、あの連中は誰にも友情なんか持たないのだから。いずれにせよ、そういう友人たちがいるのは不愉快だけど、たいしたことではないわ。明日、葬儀に参列しないのであれば。朝になって葬儀に戻ってきたら、わたし、ヴァンダが主導権をもう一度握り、家族と遺体だけになり、ジョアキン・ソアーレス・ダ・クーニャを質素に厳粛に埋葬するのよ。彼女は椅子から立ちあがり、マロッカスに呼びかけて「いきましょう」と言った。それからレオナルドに言った。「あまり遅くまでいないでください、あなたは休まなければならないわ。エドゥアルド叔父さんが一晩中いてくれるって、さっき言ってくれたわ」

エドゥアルドは椅子を自分のものにし、うなずいた。レオナルドは市電まで彼女たちを送っていった。マルチン伍長は思い切って「お休みなさい、奥様方」と言ったが、返事は得られなかった。蝋燭の明かりだけが部屋を照らしていた。黒人おかっぱ頭は眠っていた、ひどい鼾《いびき》だ。

X

夜の十時になるとレオナルドは灯油缶から立ちあがり、蝋燭に近づき、時間を見た。口を開けて椅子に座って窮屈そうに眠っているエドゥアルドを起こした。

「帰りますよ、朝六時には戻りますから、そうしたら、叔父さん、家に帰って着替えする時間があるでしょう」

エドゥアルドは脚を伸ばし、自分のベッドのことを思った。首が痛かった。部屋の隅ではクリオーと突風とマルチン伍長がひそひそ話をしていて、このうちの誰がどんぐり眼《まなこ》のキテリアの心とベッドをキンカスから引き継ぐかという議論に熱中していた。マルチン伍長は自分が黒人女カルメーラの心とすらりとした身体を我が物にしているという事実により後継者のリストから消されるのを、目にあまる身勝手さをさらけ出して認めようとしなかった。エドゥアルドは、レオナルドの足音が通りに消えると、そのグループを見つめた。議論はやみ、マルチン伍長は商人に笑いかけた。こちらは、ぐっすりと寝ている黒人おかっぱ頭を羨ましそうに見ていた。再び椅子に座り、両足を灯油缶に乗せた。首が痛んだ。突風はこらえ切れずポケットから蛙を取り出し、床の上に置いた。蛙は跳びはね、おかしかった。まるで部屋に放たれた化物のように見えた。エドゥアルドは眠れなかった。柩のなかの動かない死者を見た。死者はただ一人、悠々と横になっている。畜生、何だっておれはこんなところにいて、通夜をしてるんだ？　葬式にくるだけじゃ十分じゃないのか？　費用を分担しているじゃないか？　おれの暮らしのなかでは人聞きの悪い厄介者だったキンカスのような兄のことなんだから、弟としての義務を十二分に果たしているんだ。

立ちあがり、両脚、両腕を動かし、口を開けて欠伸《あくび》をした。突風は小さな緑色の蛙を手のなかに隠した。クリオーはどんぐり眼のキテリアのことを考えていた。まったくいい女で……エドゥアルドは彼らの前に立ちどまった。

「ひとつ教えてくれないか……」

生まれつき、また必要に迫られて人の心を読みとるのに優れたマルチン伍長は居住まいを正した。

「閣下、何なりとも」

ひょっとしたらこの商人は長い夜を乗り切るのに役立つ酒を買ってこいと言うのじゃないかな？

「あんたたちは一晩中いるのかい？」

「彼のそばにですか？　そうであります。自分たちは友人でありました」

「それなら、わたしは家で少し休んでくる」と言ってポケットに手を入れ、札を一枚取り出した。伍長、クリオー、突風の目は彼の動作を見守った。「ほら、これでサンドイッチでも買いなさい。だが、彼を独りぽっちにしちゃいかんよ、一分だって」

「安心していってください。自分たちがそばについております」

黒人おかっぱ頭はカシャッサの匂いを嗅いで目を覚ました。飲み始める前にクリオーと突風は煙草に、マルチン伍長は本当の煙草のみだけしか味わえない黒くて強い五十センターヴォの葉巻の一本に火を点けた。匂いの強い煙を黒人の鼻のしたに吹きつけたが、それでも目を覚まさなかった。しかし酒壜（家族によれば、マルチン伍長がシャツの下に隠し持っていたという問題の最初の一壜）の栓を抜くとすぐに黒人は目を開け、一杯飲ませろと言った。

最初の一杯で四人の友人の際立った批判精神に火が点いた。あのキンカスの家族ときたら、えらそうにしていたが、けちでしみったれなことがわかったさ。何でもかんでも半分で済ましてら。客の座る椅子はどこにある？　貧乏人の通夜にだって通り相場の飲物と食物はどこにある？　マルチン伍長はいろいろな通夜に出たことがあるが、こんな殺風景なのにはお目にかかったことがなかった。いくら貧しい家のだって、コーヒーの一杯、カシャッサの一杯ぐらいは出した。キンカスはそんな扱いを受けるべきじゃない。えらそうにしていたって、友だちに何も出さないで死んだ人をこんな惨めな目にあわせていたら何になるんだ？　クリオーと突風は椅子と食物を探しに出かけ、マルチン伍長は少なくとも最小限の品位をそなえた通夜を準備する必要があると思った。椅子に腰掛けて、灯油缶と酒を集めてこいと命令した。黒人おかっぱ頭は灯油缶に座を占め、うなずいた。

遺体そのものについては、家族はよくやったと言わなければならない。新しい服、新しい靴、優雅なもんだ。それに見事な蝋燭、教会みたいだ。それでも花を忘れてる。花のない遺体なんてどこにある？

「まったく紳士だぜ」と黒人おかっぱ頭がほめた。「まったく立派な死人だよ！」

キンカスはほめ言葉に笑い、黒人はキンカスに笑い返した。

「おやじさん……」と黒人は感動して言い、いつものキンカスのうまい冗談を聞いたときにしたように脇腹を指で突っついた。

クリオーと突風が灯油缶とサラミソーセジと酒でいっぱいの罎を何本かもって戻ってきた。彼らは遺体のまわりに半円形になった。それからクリオーがいっしょに主祷文を唱えようと提案した。驚くべき努力でほぼ完全にその祈りを思い出すことができたのだ。ほかの者は自信なさそうに同意した。彼らにはやさしいことのようには思えなかった。黒人おかっぱ頭はオシュン〔カンドンブレーの神的存在で、水の女神〕やオシャラー〔カンドンブレーの神的存在で、イエス・キリストと習合している〕のさまざまな楽の音を知っていたが、彼の宗教的素養はその域を出なかった。突風はこの約三十年間というものは祈った覚えがなかった。マルチン伍長は、祈りや教会を軍人の生活にはふさわしくないと言ってもよい欠点だと見なしていた。それでもクリオーが祈りの先導を務め、ほかの者はできるだけうまくそれに応えてやってみた。とうとうクリオー（ひざまずき、悲しみにくれた頭を垂れていた）は腹を立ててしまった。

「どいつもこいつもばかばっかりだ……」

「練習不足だ……」と伍長が言った。「しかし、もうこれで少しは役に立った。残りは明日神父がやるさ」

キンカスは祈りには無関心のように見えた。そんな暑苦しい服を着せられて、きっと暑がっているにちがいない。黒人おかっぱ頭はその友人を調べた。祈りがうまくいかなかったんだから、おやじさんのために何かやってやらなければ。カンドンブレーの歌でも聞かしてやるか？　何かしなければ。

突風に言った。

「ヒキガエルはどこだ？　おやじさんにやれ……」

「ヒキガエルじゃない、ウシガエルだ。今さらおやじさんの何になるんだ？」

「たぶん気に入るよ」

突風はそっと蛙を取り出し、キンカスの組んだ両手の上に置いた。動物は跳びはね、柩の奥に姿を隠した。蝋燭の揺らめく明かりが蛙の体を照らし、緑色の光が遺体の上を動き回った。

マルチン伍長とクリオーの間でどんぐり眼のキテリアをめぐる議論が蒸し返された。クリオーは酒が入ったのでずっと攻撃的になり、自分の利益を守ろうと声を大きくした。黒人おかっぱ頭は不満をぶちまけた。

「あんた、おやじさんの前でおやじさんの女を争って恥ずかしくないのか？　おやじさんの体はまだ温かいんだ。あんたたちは死肉に群がる黒はげ鷹みたいだ」

「おやじさんが決めるのさ……」と突風が言った。キンカスの唯一の財産であるキテリアを引き継ぐよう彼から指名されることを期待していた。今までに捕まえたなかでいちばん見事な緑色の蛙を持ってきてやったじゃないか？

「ううん！」と遺体が言った。

「ほらみろ、おやじさんは話が気に入らないのさ」黒人は腹を立てた。

「おやじさんにも一杯やろうじゃないか……」と伍長が死者のご機嫌を取り結ぼうと提案した。

彼らはキンカスの口を開け、カシャッサを流し込んだ。上着の衿とシャツの胸もとに少しこぼれた。

「寝たまま飲むなんて見たことがねえや……」

「座らせたほうがいい。そうすりゃ、おれたちのことをちゃんと見られる」

キンカスを柩のなかで座らせた。頭がいったりきたり動いた。カシャッサをひと飲みして、笑みはいっそう拡がった。

「いい上着だ……」マルチン伍長は生地を調べた。「死人に新しい服を着せるなんてばかげてる。死んで何もかも終わって、地面の下にいくんだ。新しい服をミミズにでも食わせるのか、そこら辺にはなくて困っている人間がごまんといるのによ……」

真実に満ちた言葉だと彼らは思った。もう一杯キンカスにやった。死体は頭を上下に振った。彼は、筋の通っている人に筋が通っていると言える男だ。当然、マルチンの考えに賛成してるんだ。

「おやじさんは服を駄目にしてるじゃないか」

「汚さないように上着を脱がしたほうがいい」

キンカスは黒く重たく暑くてたまらない上着を脱がされると、ほっとしたように見えた。しかしカシャッサをやはり吐き出すので、シャツも脱がした。クリオーは光沢のある靴に目をつけていた。自分の靴はぼろぼろだった。何だって死人が新しい靴を欲しがるんだよ、なあ、キンカス？「おれの足にぴったりだぜ」

黒人おかっぱ頭は部屋の隅にある友人の以前の服を取りあげた。みんなでそれを彼に着せた。すると彼らしくなったと思った。

「これでいい、以前のキンカスだ」

彼らは嬉しくなり、キンカスもまた、あの窮屈な衣服から解放されてさらに喜んでいるように見えた。靴が足を締めつけていたので特にクリオーには感謝しているようだ。このテキヤはその機を逃さずキンカスの耳に口を近づけ、何かキテリアのことを囁いた。どうしてそんなことをするんだ？あの女《ひと》のことをそんなふうに話すと、キンカスを不愉快にすると黒人おかっぱ頭が言ってたじゃないか？　キンカスは怒り、カシャッサをクリオーの目に噴き出した。ほかの者は恐ろしくなり身震いした。

「おやじさんは腹を立てた」

「おれがそう言ったじゃねえか？」

突風は新しいズボンをはき終わったところだった。マルチン伍長が上着を取ることになった。シャツは黒人おかっぱ頭が馴染みの居酒屋でカシャッサ一本と交換することにした。彼らはパンツがないのを嘆いていた。如才なくマルチン伍長がキンカスに言った。

「別に悪口を言おうというんじゃないが、あのあんたの家族ときたら少々倹約家だね。娘婿がパンツをくすねたんだと思うよ……」

「しみったれさ……」とキンカスがはっきり言った。

「あんた自身が言うんだから本当だ。おれたちはあの人たちをばかにしたくはないけど、だいたいあんたの親類なんだから。だけど何てけちなんだ、何てしみったれなんだ……飲むものだっておれたちの自腹だし、いったい今までにこんな通夜がどこにあった？」

「花の一本もない……そんな親類だったら、おれはないほうがいいよ」とおかっぱ頭が結んだ。

「男どもは大ばか、女どもは毒蛇さ」とキンカスが的確に表現した。

「ねえ、おやじさん、あのおでぶちゃんは何回か当たってみる価値があるんじゃないの……おいしそうなお尻をしてた」

「屁《へ》袋さ」

「そんなこと言うなよ、おやじさん。ちょっと崩れてるけど、そんなにばかにしたもんじゃないよ、もっとひどいのを見たことがあるさ」

「ばかな奴だ、どんなのがいい女なのか、それもわかちゃいないんだから」

突風は、物事には潮時があるということがまるで分からずに言った。

「いい女と言やあ、キテリアさ、ねえ、おやじさん？　さてあの女《ひと》はこれからはどうなるんだ？　ひょっとしたら、おれが……」

「黙れ、恥知らず！　おやじさんが腹を立ててることがわからないのかよ？」

しかしながらキンカスは聞いてもいなかった。ちょうどその時、彼の分の酒を横取りしようとしたマルチン伍長のほうへ頭を突き出したところだった。もう少しでその頭突きで壜が倒れるところだった。

「おやじさんのカシャッサをやれ」と黒人おかっぱ頭が要求した。

「無駄にしてたじゃないか」と伍長が説明する。

「好きなように飲むんだ。おやじさんの権利だ」

マルチン伍長はキンカスの開いた口に壜を差し入れた。

「あわてるなよ、おやじ。あんたのものを盗ろうと思ったんじゃないさ。ほら、好きなようにやんなよ、あんたが主役なんだから……」

彼らはキテリアをめぐる議論を諦めていた。どうやらキンカスはその件に触れることすら許さないようだ。

「いいカシャッサだ」とクリオーがほめた。

「ろくでもない」と通のキンカスが訂正した。

「値段も値段だから……」

蛙はキンカスの胸のほうへ跳びはねていった。彼はそれをうっとり眺め、すぐに脂だらけの古い上着のポケットに仕舞った。

　月は町や海の上で大きくなっていた。銀色に輝くバイーアの月が窓から入ってきた。月とともに海風が吹いてきて、蝋燭を消し、もう柩は見えなくなった。ギターの奏でるメロディーが坂を通りすぎ、女の声が恋の切なさを歌っている。マルチン伍長も歌い出した。

「おやじさんは唄を聞くのがとても好きだ……」

　四人は歌い、黒人おかっぱ頭のバスは坂の向こうの帆船のほうへ消えていった。飲み、そして歌った。キンカスは一口の酒もひとつの音も逃さなかった。唄が好きだった。

　みんながもう十分に歌って飽きたときに、クリオーが尋ねた。「マヌエウ親方の魚のシチューは今夜じゃなかったかなあ？」

「今夜だとも、アカエイのシチューだ」と突風が力を込めた。

「誰もマリア・クララみたいに魚のシチューを作れやしないさ」と伍長が断言した。

　キンカスは舌を鳴らした。黒人おかっぱ頭は笑った。「おやじさんは魚のシチューが食いたくてうずうずしてる」

「じゃ、何でおれたちはいかないんだ？　マヌエウ親方は気を悪くするかもしれないぞ」彼らは互いに見合った。これから女たちを迎えにいかなくてはならないので、すでに少し遅れていた。クリオーは自分の疑問を口にした。「おれたちはおやじさんを独りにしておかないと約束したんだ」

「独りにだって？　どうして？　おやじさんはいっしょにいくのさ」

「腹がへった」と黒人おかっぱ頭が言った。

　彼らはキンカスに相談した。「あんたはいきたい？」

「ひょっとしたらおれは体が不自由で、ここに残ってなきゃならないのかい？」

壜を空にするためにひと飲みした。彼らはキンカスを立たせた。黒人おかっぱ頭が言った。

「酔っ払いすぎて立てやしない。歳のせいでカシャッサにも弱くなった。おやじさん、さあ、いこう」

クリオーと突風が先に立って出ていった。キンカスはすっかり満ち足り、踊るような足取りで、黒人おかっぱ頭とマルチン伍長に両側から腕を抱えられて歩いていった。

XI

どうやらその夜は記念すべき忘れられない夜になりそうだった。キンカス・ベーホ・ダグアにとって人生最良の日のうちの一日だった。満月がバイーアの町の神秘を包みこむと、並みはずれた興奮がその仲間の心を占め、彼らは自分たちがその幻想的な夜の主人公だと感じていた。ペロウリーニョ坂では、カップルが百年にもなろうかという門のなかに姿を隠し、猫が屋根の上で鳴き、ギターがセレナーデを奏でていた。うっとりするような夜だった。太鼓の音が遠くで響き、ペロウリーニョ坂は幻想的な舞台のようだった。

キンカス・ベーホ・ダグアはこのうえなく愉快な気分になっていて、伍長と黒人に足を掛けようとしたり通行人に舌を出したり恋人同士のカップルを意地悪く覗こうと門のなかに頭を突っ込んでみたり一足歩くたびに通りに寝そべろうとしたりした。五人の友だちはまったく急ごうとしなかった。まるで時は完全に自分たちのものだというかのように、まるで自分たちは暦を超越しているのだというかのように、またまるでバイーアのその神秘的な夜が少なくとも一週間は続くはずだというかのようだった。なぜならば、黒人おかっぱ頭の断言するところによれば、キンカス・ベーホ・ダグアの誕生日を数時間というような短時間で祝えなかったからだ。ほかの者はこの数年、祝った憶えはなかったが、キンカスは自分の誕生日ではないとは言わなかった。彼らはクリオーのたび重なる婚約やマリア・クララやキテリアの誕生日は確かに祝っていた。それにある時、突風の客の一人が科学的な発見をした時もそうだった。偉業を成し遂げた嬉しさのあまり、その科学者は自分の《慎ましい協力者》の手に五百クルゼイロ札を握らせたのだ。キンカスの誕生日と言えば、祝うのは初めてのことで、それ相応に祝わなければならなかった。キテリアの家を目ざしてペロウリーニョ坂を進んでいった。

変だ、サン・ミゲウ坂の居酒屋や女たちの家にはいつもの騒がしさがない。その晩はすべてがちがっていた。警察が突然手入れをして遊廓を閉じさせ、居酒屋を営業停止にしたのだろうか？　刑事がキテリアやカルメーラやドラリッシやエルネスチーナや太ったマルガリーダを連行したのだろうか？彼らは待伏せに引っかかるのだろうか？　マルチン伍長が作戦の指揮を執り、クリオーが様子を探りにいった。

「斥候《せっこう》としていけ」と伍長が説明した。

彼らは待っているあいだ、ラルゴ教会の石段に腰を下ろした。まだ空になってない酒壜が一本あった。キンカスは横になり、空を眺め、月明かりのもと笑みを浮かべていた。

クリオーが、万歳を唱えたり、やあやあと声を上げたり賑やかな一団を引き連れて戻ってきた。先頭には、それとすぐにわかるどんぐり眼のキテリアの気高い姿が認められ、悲しみに沈んだ未亡人といった風情で全身を黒いドレスに包み、頭にはベールをかぶり二人の女に支えられていた。

「あの人はどこ？　あの人はどこなの？」と感情を高ぶらせて叫んでいた。

クリオーは急いで石段を登った。擦り切れたモーニングコートを着て説明する姿は政治集会の弁士のようだった。

笑った。

「ベーホ・ダグアがくたばったという情報が流れ、それで喪に服してたんだ」キンカスと友人たちは

「みんな、彼はここにいる。今日は彼の誕生日なんだ、おれたちは祝っているところだ。マヌエウ親方の帆船で魚のシチューがあるぜ」

どんぐり眼のキテリアはドラリッシと太ったマルゴーの支えてくれる腕から自由になり、今は教会の石段に黒人おかっぱ頭といっしょに腰を下ろしているキンカスのほうへと走り出そうとした。しかしきっとその崇高なる瞬間に感動したために体のバランスを失ったのだろう、敷石の上に尻もちをついた。すぐに助け起こされ、助けられながら近づいてきた。

「ごろつき！　畜生！　ひどい人だわ！　何だって死んだなんて言い触らしてあたしたちを驚かせるのよ？」

にやにやしているキンカスの横に座り、彼の手を取り、悲しみを受けた心臓の鼓動を感じさせようと、その手を自分の波打つ胸の上に置いた。

「知らせを聞いて本当に死んでしまうところだったわ。それなのにあんたはふざけていて、ひどい人。でまかせばかり言って、この人は！　あんたには誰もかなわないわ、ベヒート！　あんたという人は手に負えないわ、ベヒート！　あんたはまったく手に負えないわ、ベヒート！　あんたのお陰であたし、もうちょっとで死ぬところだったのよ……」

仲間たちは笑いをまじえて語り合っていた。居酒屋に再び騒がしさが戻り、サン・ミゲウ坂に生活が蘇った。彼らはキテリアの家へ歩いていった。彼女はこうして黒いドレスをまとって美しく、男たちがそれほど激しく彼女に欲望を感じたことはなかった。

彼らは遊廓への道すがらサン・ミゲウ坂を通り抜けるときに、さまざまな歓迎の的になっていった。

居酒屋《サン・ミゲウの花》では、ドイツ人ハンセンがカシャッサの回し飲みをさせてくれた。さらに先へいくと、フランス人ヴェルジェが女たちにアフリカの魔除けを分けてくれた。彼はその夜、果たすべき聖人の義務があったので合流できなかった。遊廓の戸が再び開き、女たちが窓や歩道に姿を見せた。彼らが通る先々でキンカスを呼ぶ声が聞こえ、彼の名が万歳と歓呼された。彼はまるで国に戻った国王さながらにうなずいて謝意を表わした。キテリアの家では、すべてこれ喪で、悲しかった。彼女の寝室の箪笥の上にはセニョール・ド・ボンフィンの版画と彼女のカンドンブレーの導き手カボクロ〔カボクロは白人とインディオの混血で、カンドンブレーにはこのカボクロの宗教と習合したものもある〕のアロエイラの粘土像の横に新聞――「バイーア社会の隠れた者たち」についてのジオヴァンニ・ギマランイスの一連のルポ――から切り抜いたキンカスの写真が、両側はともした蝋燭、下は赤いバラに囲まれて輝いていた。すでに同じ家の仲間ドラリッシが酒壜を一本抜いて、青いグラスについでいた。キテリアは蝋燭を消し、キンカスはベッドで休み、ほかの者は食堂へ出ていった。ほどなくキテリアが彼らのところにきた。

「あの人は眠ってしまったわ……」

「えらく酔ってるんだ……」と突風が説明した。

「少し寝かしとけや」と黒人おかっぱ頭が勧めた。「今日のあの人は手に負えない。それに、そうする権利もあるんだし……」

しかし彼らはマヌエウ親方の魚のシチューに遅れていた。そのため少しするとキンカスを起こさなければならなかった。キテリアと黒人女カルメーラと太ったマルガリーダがいっしょにいくことになった。ドラリッシは誘いに応じなかった。カルミーノ博士からその晩くるという伝言を受け取ったばかりだった。それにカルミーノ博士は月払いをし確かだったので、みんなは理解した。彼女は博士を怒らせるわけにはいかないのだ。

彼らは坂を下り、今度は急いでいた。キンカスは走り出さんがばかりに歩き、彼がしがみついているキテリアと黒人おかっぱ頭を引きずるようにして石に躓いてばかりいた。何とか間に合い、帆船がまだ海に出ていなければよいのだがと考えていた。

しかしながら途中、古くからの友だちであるカズーザの居酒屋で立ちどまった。そこはあまり客だねがよくなく、騒動が持ちあがらない夜がなかった。大麻を吸う連中が毎日たむろしていた。しかしカズーザは親切で、つけで何杯か、時には一壜飲ませてくれた。それに彼らは手ぶらで船にいくわけにはいかなかったので、カズーザに話をつけてカシャッサを三リットルほど都合してもらうことに決めた。人の気を逸らさない社交家マルチン伍長が、キンカス・ベーホ・ダグアがまったくぴんぴんしているのを見て呆気にとられている店の主人とカウンターでひそひそ話をしているあいだ、ほかの者は、誕生日を祝って店の勘定にしてくれるというので、食欲をそそるカシャッサを前に腰を下ろした。居酒屋は盛況だった。陰気な若者たちや陽気な船乗りたちや、やつれ果てた女たちや、その晩フェイラ・ジ・サンターナへ向かうことになっていたトラックの運転手たちがいた。

喧嘩は突然のことで、見事なものだった。実際、キンカスが騒動の張本人だったというのは本当のようだ。彼は頭をキテリアの胸にもたせかけ、脚を伸ばして腰を下ろした。伝えられるところによれば、若い者の一人がそこを通ったときにキンカスの脚につまずき、倒れそうになり、不作法に文句を言ったそうだ。黒人おかっぱ頭はその大麻吸いの態度が気に入らなかった。その夜、キンカスには好きなように、また思うように脚を伸ばすことも含めてすべての権利があるのだ。そして彼はそれを口に出した。若い者は逆らわなかったので、その場は何事もなかった。しかし数分後、同じ大麻吸いの仲間のもう一人がやはりそばを通ろうとした。キンカスに脚をどけるように頼んだ。キンカスは聞こえないふりをした。するとその痩せた男は汚い言葉を吐きながら乱暴に彼を押しのけた。キンカスはその男に頭突きを食らわせ、殴り合いが始まった。黒人おかっぱ頭はいつものように若憎をつかまえ、ほかのテーブルの上に投げ飛ばした。大麻の仲間たちは野獣と化し、進み出た。それから先はどう話したらよいかわからない。ただ椅子の上でキテリアが、あのうるわしいキテリアが手に酒壜を持ち、腕をぐるぐる回している姿だけが見えた。マルチン伍長が陣頭指揮を執った。

喧嘩が、運転手たちの加勢を得たキンカスの友人たちの完勝に終わったとき、突風は片眼を真っ黒にし、クリオーのモーニングコートは裾が破れ、大損害だった。その上、キンカスは激しく殴られ、頭を歩道の敷石に打ちすえ、地面に倒れていた。大麻吸いたちは逃げてしまった。キテリアはキンカスの上にかがみ込み、意識を取り戻そうとしていた。カズーザは天地が逆さまになった居酒屋を、ひっくり返ったテーブル、割れたコップを哲学者のように眺めていた。慣れていた。そのニュースで店の名声と客が増すだろう。彼自身、喧嘩を見物するのは嫌いなほうではなかった。

キンカスが本当に正気に戻ったのは、うまい酒を一杯やってからだった。相変わらずあの奇妙な飲み方をしていた。もったいないことにカシャッサを少し吐き出していた。彼の誕生日でなかったなら、マルチン伍長はそれとなく注意を促したことだろう。彼らは船着場へ向かった。

マヌエウ親方はその時刻にはもう彼らはこないものと思っていた。魚のシチューもそろそろ終わりで、帆船を海に出さずにそこの船だまりで食べていた。海の男だけで粘土の大鍋を囲むのであれば、船を港の外へ出さなかっただろう。彼は心の底では片時もキンカスの訃報を信じていなかった。したがってキンカスがキテリアと腕を組んでいるのを見ても驚きはしなかった。老練な船乗りは陸《おか》ではどのようなベッドでも死ぬはずがないのだ。

「まだみんなにアカエイがあるさ……」

帆をあげ、錨の役をしている大きな石を引きあげた。月が海を銀色の道にし、遠くではバイーアの黒い町が山を背にして浮かびあがった。帆船はゆっくりと遠ざかっていった。マリア・クララの声が海の男の唄を歌って高くなった。

おまえを海の底で見つけた
　すっかり貝をまとっていた……

湯気を立てている大鍋を囲んでいた。粘土の皿がいっぱいになっていった。じつに香ばしいアカエイ、デンデヤシの油と胡椒の効いたシチュー。カシャッサの壜が回されていた。マルチン伍長はどんな時も先の見通しを持ち、現在の必要性をはっきりと見きわめていた。喧嘩を陣頭指揮していたときですら、何本かの酒壜をくすね、女たちの服の下に隠すことができたのだ。キンカスとキテリアだけが食べていなかった。艫《とも》で横になり、マリア・クララの唄を聞いていた。うるわしいどんぐり眼のキテリアは老練な船乗りに愛の言葉を囁いていた。

「どうしてあたしたちをびっくりさせるの、仕方のないベヒート？　あんたは、あたしが心臓が弱いのをよく知ってるじゃないの、お医者様に気をもまないようにと注意されたのよ。あんたはいつだってとんでもないことを考えてるんだから。あんたがいなかったら、あたしどうやって生きていくのよ、とんでもない人だわ。あんたには慣れっこになっているわ、あんたが言う気ちがいじみたことにも、あんたの古タヌキのようなやり口にも、あんたのでたらめなやり方にも、優しい流儀にも。どうしてあんたは今日あたしにあんなことをしたのよ？」そして喧嘩で傷ついた頭を抱き寄せ、いたずらっぽい目に接吻した。

キンカスは答えず、海の空気を吸い込んでいた。片手を水に入れ、波に一条の線を描いていた。祝宴は初めのうちはすべて穏やかだった。マリア・クララの声、シチューの見事なこと、強い風に変わったそよ風、空に浮かんだ月、キテリアの囁き。しかし思い掛けない雲が南からやってきて、満月を飲み込んでしまった。星が消え始め、風が冷たく危険になっていった。マヌエウ親方が知らせた。

「時化《しけ》の夜になるな、戻ったほうがいい」

嵐になる前に帆船を船着場に着けようと考えていた。けれどカシャッサは心地よく、話ははずみ、大鍋にはアカエイがまだたくさん黄色いデンデヤシ油のなかに浮かんでいて、それにマリア・クララの声は哀愁に満ち、水の上にもっとゆっくりしていたい気持ちになった。だいいち祝宴の夜のキンカスとキテリアの詩的な恋をどうしてぶち壊しにすることができようか？

こうして嵐は風をうならせ、波をうねらせ、波止場にまだ着いていない彼らに追いついた。バイーアの明かりが遠くにまたたき、稲妻が闇を裂いた。雨が降り出した。マヌエウ親方はパイプをくわえて舵を取っていた。

誰もどうやってキンカスが立ちあがり、小さいほうの帆にもたれたのかわからない。キテリアは、船を洗う波や闇を照らし出す稲妻に向かって笑みを浮かべる老練な船乗りの姿から熱い視線を離さなかった。女や男は綱につかまり、船べりにしがみついた。風はうなりを上げ、その小さな船は今にも転覆しそうだった。マリア・クララの声はやみ、彼女は、舵棒を握った夫の近くにいた。

波が小船を洗い、風が帆を引きちぎろうとしていた。マヌエウ親方のパイプの明かりだけが相変わらずだった。そして嵐に動じることなく堂々たるキンカスの立ちあがった姿はまさしく老練な船乗りだった。帆船は防波堤内の穏やかな水面にゆっくりと、やっとのことで近づいていた。もう少しで祝宴が再び始まろうというところだった。

その時、稲妻が五つ続けざまに走り、雷鳴がこの世も終わりかという大音響を発して轟きわたり、途方もない大波が帆船を持ちあげた。悲鳴が女からも男からも洩れ、太ったマルゴーが叫んだ。

「神様、助けてえ！」

大音響や荒れ狂った海や危機一髪の帆船のなかで、稲光に照らされてキンカスが身を投じるのが見え、最期の言葉が聞こえた。

帆船は防波堤内の穏やかな水面に入っていったが、キンカスは自らの意志により一面の白い波と泡の海に包まれて嵐のなかに残った。

XII

葬儀社は半値でも柩を引き取ってくれなかった。家族の者は支払いをしなければならなかったが、ヴァンダは残った蝋燭を無駄にはしなかった。柩は今日までエドゥアルドの食料雑貨店にあり、彼は中古でどこかの死者に売ろうとまだ期待している。辞世の句についてはさまざまな説がある。しかしあのような嵐のなかでいったい誰が正しく聞き取ることができたであろうか？　市場の民衆詩人によれば、こうだ。

どさくさのなか
キンカスの言うのが聞こえた
「おれは自分の思うように自分を葬る
決めた時に。
あんたたち、自分の棺桶はしまっておいたらいいもっとよい時のために。
おれはつかまえさせはしない
地面の浅い穴には」
そして知ることはできなかった
それ以上の言葉は

リオ、一九五九年四月

遠洋航海船長ヴァスコ・モスコーゾ・ジ・アラガンの物議をかもした冒険談についての紛れもない真実

ドーリスとパウロ・ロウレイロへ
彼らのマリア・ファリーニャの海で
陸風がココヤシを倒す。

しかし彼自身については知られていず、
決して知られることはないだろう、
彼は一度もこの世に生を享けず、
想像のなかに存在するそれらの物のように
こうでもなければ、ああでもなかったから。
誰でもいい、できたら、別なのをつくれ。

……………………………………………

カルロス・ペナ・フィーリョ（『不気味なエピソード』）

「世界のあらゆる風が会議に集まった」
ジョアキン・カルドーゾ（『風の会議』）

第一話　バイーアの郊外ペリペリへの船長の到着、五大洋や遠くの海や港での荒くれた船乗りたちや恋に落ちた女たちとの彼のもっとも名高い冒険談、および平和な郊外共同体に与えたクロノグラフと望遠鏡の影響について

すでに愉快な経験を持つ語り手が、いかにして井戸の奥底から真実を取り出す気になったかについて

私の意図、私の唯一の意図は、信じてください！　真実を見極めることです。ヴァスコ・モスコーゾ・ジ・アラガン船長と彼の途方もない冒険談についていかなる疑問も残さずに、非の打ちどころのない真実を見極めることです。

「真実は井戸の奥底にある」と、ある時読んだことがあります。本のなかであったか、新聞記事のなかであったかは、もはや記憶にありません。いずれにせよ、活字体でした。印刷物が言っていることをどうして疑えましょうか？　少なくとも私は文学やジャーナリズムを常々論じることも、ましてや否定することもありません。それに、念には念を入れ、さまざまな高名な人物が私にその文を繰り返し言ってみて、真実を井戸《ポッソ》の奥底ではなく、もっとよい隠れ場所に、例えば、宮殿《パッソ》に（「真実は王宮にある」）、首《コーロ》に（「真実は美女の首筋に隠れている」）、極地《ポーロ》に（「真実は北極に逃れた」）、国民《ポーヴォ》に（「真実は民とともにある」）と置き換えてみたので、校正ミスではという疑いも一掃されました。それらの文はいずれも井戸という言葉につきまとう、そのように漠然としたものですが、見捨てられ、寒々

とした感じを与えず、それほど粗野でもなく、もっと優雅なもののように私には思われます。

定年退職した判事であり尊敬すべき誠実な市民でもあり、光沢ある博識な禿頭《とくとう》の持主でもあるシケイラ博士は、それはまったくの常識で、あまりにも明白で知れわたっているので、みんなの知っている諺や格言になっているほどだと私に説明してくれました。控訴できない判決を下すような重々しい声で興味深い事実を一つつけ加えました。真実は井戸の奥底にあるだけでなく、そこではまったく赤裸々に、その体を、恥部をも覆うベールすらなく見られるのだ。井戸の奥底に、裸で。

アウベルト・シケイラ博士は、我々の住むその郊外ペリペリにおいて頂上、文化的頂点とも言うべき人物です。彼こそが小さな広場で七月二日の演説を、小学校でブラジル独立記念日、九月七日の演説を行うのであり、その他それほど重要でない日の演説や、誕生日や洗礼式で乾杯の音頭を取ることは言うまでもありません。私のわずかばかりの知識の多くはその判事のお蔭です。彼の家に遊びにいって交わしたそれらの夜の会話のお蔭なのです。私は彼を尊敬し、感謝しなければなりません。彼が厳粛な声と正確な身振りで私の疑問を解き明かして下さると、その瞬間、すべてが私には明白で容易なことのように思われ、いかなる異議にもとらわれることはありません。しかしながら、彼の家を辞し、問題について考え始めると、例えば、ちょうどその真実の場合のように容易さも明白さもどこかへいってしまうのです。すべて元の木阿弥で、不明確で難しくなり、判事殿の説明を思い出そうと努めてもうまくいかないのです。まったく訳がわからなくなります。しかし、あれほど物を知り、書籍やら法典やら専門論文やらの詰まった書棚の持主の言葉をどうして疑えましょうか？　さりとて、彼が、それは単に民間に伝わる諺だとどんなに説明してくれても、たいていの場合、私は、真実がその裸身を隠しにいった、きっと深くて暗い井戸、我々をまったく混乱させ、大事なこと、あるいはどうでもよいことについて議論させ、我々に荒廃、絶望、争いを引き起こす井戸のことを考えている自分に気づくのです。

井戸は井戸ではなく、井戸の奥底は井戸の奥底ではなく、その諺によれば、それは真実は現れにくく、その裸身をすべての人間の手の届く公の場では見せないということを意味するのです。しかし各事実の真実を追究すること、その神々しい光を見つけるまで井戸の暗闇のなかを探り歩くことは我々の、我々みんなの義務なのです。

「神々しい光」とは、判事のお言葉です。もっとも、前の一節すべてがそうですが。彼はきわめて教養が深いので、家庭で令夫人エルネスチーナさんと交わす会話でも美しい言葉を遣い、演説口調で話すのです。夜、無数の星が輝く空と乏しい電灯のもと、我々が世界と我々の郊外のニュースについて語らうとき、判事殿は指を一本上げて「真実は私の生活を照らす灯台です」と、私にいつも決まったように繰り返すのです。エルネスチーナさんはきわめて太り、汗で艶々し、頭の方はかなりお弱く、象のような頭を振って同意します。灯台もと暗し、ここに定年退職した高潔な地方裁判所判事の真実があります。

おそらく、それだからこそ彼の光は間近の片隅や、引っ込んだ通りや、美しくにこやかな黒人と白人の混血娘《ムラータ》ドンドカが樹々に囲まれた小さな家のひっそりとした薄暗がりで人目を避けているトレス・ボルボレタスの奥まった路地には差し込まないのです。それで彼女の両親が、ゼー・カンジキーニャが立ち寄るのをやめて南部へ旅立ったときに、判事殿のもとを訪ねたのです。

苦痛を受けた父親ペドロ・トレズモ爺さんのなまなましい表現を借りると、ゼーはドンドカを抱き、操を汚した挙句に金も残さずにその娘を捨てたというのです。「まったくひでえ、判事先生、まったくひでえです……」

判事は道徳についてひとくさり、まったく傾聴に値することをのたまい、措置を講じると約束しました。そして涙の合間に微笑むその被害者の心打たれる様子を目にして固い財布の紐をゆるめ、いくばくかの金を与えました。というのは、その司法官の糊のきいた固いシャツの胸の下には、なかなか信じがたいことですが、優しい心が脈打っているからなのです。彼は、操が傷つけられたと聞いて夢中になり、退職した自分の身分、もう意のままに動かせる検事も警察署長もいないことを忘れて「薄汚いドンファン」の捜索と逮捕の令状を出すと約束しました。同時に町の友人たちがその事件に関心を持つようにしてやる、「安っぽい女たらし」をそれ相当の痛い目にあわせてやる……。

そして自ら、シケイラ判事は自分の判事（退職してはいたが）としての責任をそれほどまでにわきまえていたので、侮辱を受けた貧しい家族をその遠い住まいに訪ねて措置を知らせたのです。ペドロ・トレズモは前の晩のカシャッサの酔いを覚ますべく寝ており、被害者の母、痩せたエウフラジアは庭で洗濯をして仕事に精を出しており、本人は竈《かまど》をみていました。ドンドカのむっちりした唇に臆病そうですが、よくものを言う微笑みが浮かびました。判事は彼女をきびしく見据え、彼女の手を取りました。

「あんたを叱りにきたのだ……」

「いやよ。彼のほうよ……」と、うるわしき娘はすすり泣きました。

「困ったことをしてくれたものだ」彼は肉の引き締まった腕をつかみました。

彼女は後悔の涙で取り乱しました。すると判事はもっとよく彼女を叱ろう、忠告しようと彼女を自分の腕のなかに座らせ、彼女の両頬を撫で、彼女の両腕をつねりました。感嘆すべき光景です。司法官の非情な厳格さが人間の理解ある優しさによって和らげられたのです。ドンドカは恥じらった顔を、慰めを与えてくれる肩のなかに隠し、彼女の唇は高名な男の首筋を無邪気にもくすぐりました。

ゼー・カンジキーニャは見つかりませんでしたが、そのかわり、ドンドカはあの首尾よくいった訪問の時から司法の保護のもとに置かれ、今日ではめかし込んでいます。トレス・ボルボレタスの路地の小さな家をもらい、ペドロ・トレズモは完全に働くのをやめました。そこに判事の灯台が照らさない一つの真実があり、それを追究するために私は井戸に潜ってみる必要があったのです。

もっとも、洗いざらい真実をすっかり述べると、気持ちのよい、楽しい潜りだったとつけ加えねばなりません。というのは、その井戸の奥底にはバリグーダの樹の繊維で作った敷布団が敷かれたドンドカの寝台があり、そこで彼女が、高貴な司法官の楽しげな親交の様子——私が夜の十時頃に引きあげた後の、判事殿の該博な話と、彼の豊満な同衾者の話——を私に語るからなのです。残念なことに、それらは活字にするには不適当なものなのです。

私は、これまでおわかりのように、この件については多少なりとも経験があり、真実を調査するのは初めてではありません。このように判事から感興を得て——「各事実の真実を追究するのは我々みんなの義務です」——私は、今あの船長の冒険談のもつれた糸を解きほぐし、あれほど論議された複雑な問題を一挙に、永遠に解明するつもりなのです。これは単にもつれた糸などと言えるような代物ではありません。ずっと難しいことなのです。真ん中のあたりに解きにくい結び目、もつれにもつれた結び目があり、糸の先がばらばらで、切れた箇所があり、異なる色の糸があり、実際に起こったことと、想像されたことがあります。それらすべての真実はどこにあるのでしょうか？　それらが起きた頃、今から三十年以上も前、一九二九年のことですが、船長の冒険談と彼自身がペリペリの生活の中心となり、白熱した論議を引き起こし、住民を二分し、敵意と遺恨を掻きたて、さながら聖戦といった有様でした。一方には船長の同志、彼の無条件の心酔者たちが、もう一方には彼を中傷する人たちがいて退職した消費税担当税務官、老シッコ・パシェッコがその先頭に立ったのです。彼は口さがなく弁をふるい、不遜で懐疑的な男として今日もなお、人々に頬をゆるめながら思い出されています。

しかしながら、それらのことすべてには、時間をかけ、忍耐強く向かうことにしましょう。真実の追究には決意や資格だけでなく、義務感と方法とが要求されるのです。今のところ私は井戸の縁に立ち、神秘に満ちた奥底へ下りていく最上の方法を模索しているところなのです。それに、はや老シッコ・パシェッコが私を攪乱しよう、自分の存在を押しつけよう、私を惑わせようと遠い墓地の墓穴から脱け出てくるのです。彼は怒りっぽく、何にでも口をはさみたがり、知ったかぶりをする癖があり、人の目につくことを好むのです。何もかもが優しく穏やかで、海でさえ、それは湾内の海で、決して荒れ狂った波を立てず、海辺は高波も潮の流れもなく、平和で緩慢な生活と言える、その優雅な郊外の町の第一人者になることが彼の野心でした。

私の望み、私の唯一の望みは、信じてください、客観的、悠揚迫らぬ態度をとることです。論争のなかから真実を追究し、真実を過去から掘り起こし、誰にもくみせず、まったく相異なる諸説からたとえ部分的であれ、真実の裸身を覆い隠すことがある仮装のベールをことごとく剥ぎ取ることなのです。もっとも私は身をもって、より正確に言うならば、ドンドカの黄金色の体を借りて、完全な裸身は、片方の乳房、脚の一部分、お尻の片側の曲線を隠しているシーツまたは布切れの下で見え隠れする裸身よりもいつも誘惑的であるとは限らないことを確かめる機会を得たのですが。しかし結局は真実なのです！　我々がこれほど執念を燃やし、必死になって真実をその世界全般にわたり追究するのは、なにも彼女とベッドに寝るためではないのです。

主人公のペリペリへの下車と彼の海との親交について

水兵見習い、進め！

命令するのに習熟した声だ。手を動かして方向を指し示し、プラットホームの三段の階段を下りた。舵にしっかり手をかけ、目を羅針盤に向けて横断航海の指揮についたかのようだった。

小さな行列のようなものが出来、通りを行進した。先頭には、きっぱりと、穏やかな顔つきの船長。二、三メートル後方には、荷物の一部を持った二人の人足、カコ・ポドリとミザエウ。カコ・ポドリはその時にはもういつものように酒を引っかけていて足取りは怪しかった。彼は、その着いたばかりの男に「水兵見習い」と呼ばれて満更でもなかった。野次馬がすぐ後からやってきて、ひそひそ話し合い、人だかりは大きくなっていった。というのは、ミザエウの頭上の舵輪は物珍しいものだったからだ。

新来者は家に入らなかった。人足に家を指し示すだけで歩き続けた。浜辺のほうに向かい、岩場まで歩き、立ちどまり、物知り顔の眼で岩場を測り、登り始めた。高くも急勾配でもなく、夏の日には、子供たちが登ったり下りたりし、夜になると恋人のペアが姿を隠す、なだらかな坂だった。しかし船長の態度にはなみなみならぬ威厳があったので、誰もかれも、あたかも平凡な岩場が突如、人跡未踏の険しい石の城壁になったかのように、その試みが困難なものと考えてしまった。

上に着くと立ちどまったまま両腕を組み、海面を見守っていた。このように顔を太陽に向け、風(あのペリペリの穏やかで、いつものそよ風)に長髪を靡《なび》かせ、動かずにいると、気をつけの姿勢で行進している兵士、あるいは威厳にあふれた将軍のブロンズ像に似たところがあった。何か軍服のような青い厚手の、襟の広い、見慣れない上着を着ていた。冒険小説の熱心な読者、ゼキーニャ・クルヴェロだけが、船や時化《しけ》になじんだ海の男がそこ、彼らの前に現身《うつしみ》となって存在しているのだと推測した。自分の印象を他の者に囁いた。あれに似た上着が大時化や藻の海の真ったただなかに置かれた心もとない帆船《はんせん》の物語、海洋冒険小説の表紙を飾っていた。表紙の船乗りはあんな上着を着ていたさ。

その不動の姿勢はわずかに一瞬のことだったが、近所の人々の思い出のなかでは、長い、ほとんど永遠のものとなり、その有様が焼きついて残った。それから短い腕をゆったりとした動作で伸ばし言った。「海よ、ここで我々は再会したのだ」

もう一度、胸の上で腕を組んだ。それは確認の身振りであり、また挑戦の身振りでもあった。彼の視線は、温かくもてなす湾で海と川が混じり合う、入海の穏やかな水面を睥睨《へいげい》していた。遠くには、錨を下した黒い船と速い帆船《ほぶね》が見え、白い帆が静かな青い風景の上を点々としていた。その視線と不動の姿勢には愛と憎しみ、生きた歴史からなる、大海原との昔からの親交が表されていた。それは、冒険やヒロイズムとは縁遠い、それらの平和な人々の心にも感じられた。当然、そのような人たちのなかからゼキーニャ・クルヴェロを除かなければならない。というのは、彼は海賊や開拓者が登場する安っぽい小冊子の虫で、下船した英雄の告知者、洗礼のヨハネ、一番の預言者になろうとすっかり待ち構えており、いつもそんな雰囲気のなかで暮らしていたからだ。

こうして船長が岩場から降り、近所の人々の輪のなかに入り、まるで独り言のように「海から離れて私は暮らしてはいけない……」と呟いたときには、彼の新しい市民仲間の感嘆した心のなかにも決定的に入り込んだのだ。しかしながら、彼らは船長の目には入らず、彼らの存在も好奇心も気づかれなかったようだ。

まるで一つ一つの動作が正確な計算に従っているかのように、まず近くの孤立したその家と彼とを隔てる距離を目測した。その家は浜辺に近く、窓が海面に突き出て開いた。戸口への方向を見定め、接近を開始した。隣人たちは注意深く彼の動作を見守り、敬意をこめて彼を注視した。丸い赤ら顔、ふさふさした銀色の長髪、ぴかぴかの金属のボタンのついた船乗りの上着。行進が始まると、彼らと船長の間にゼキーニャ・クルヴェロが入った。自分の位置に着いたのだ。

人足たちが荷物の残りをもってやってくると、船長は正確で規範に則った命令を下した。トランク、ベッド、戸棚は寝室へ、船荷木枠と大きな箱は部屋に置かれた。

仕事が終わると、その時初めて通りから彼を眺めている小さな人垣に気づいたようだった。微笑み、うなずいて会釈し、何か東洋的でエキゾチックな趣のある身振りで手を胸の上に置いた。一斉に湧きおこった声がその挨拶に「こんにちは」と応じた。ゼキーニャ・クルヴェロは勇気を奮い起こし戸口のほうへ一歩進んだ。

船長は上着の大きなポケットの一つから思いがけないものを取り出した。拳銃のように見え、ゼキーニャは後ずさりした。拳銃ではない、一体何だろう？　船長はそれを口にくわえた。パイプだった。しかも、それだけでもそののどかな郊外では途方もない物だったが、そこらにあるようなパイプではなかった。海泡石で出来ていて細工がしてあった。吸い口は女の裸の脚と大腿部を表し、火皿ボウルは女の胸と頭をかたどっていた。「ひやあ！」とゼキーニャは身動きできず呟いた。

彼が再び身動きしたときには、隣人である新来者は戸口から離れていこうとしていた。ゼキーニャは慌てて手伝いを申し入れた。何かお役に立てることがありますか？

「やあ、ありがとう、ありがとう……」船長は頭を下げた。財布から名刺を一枚取り出し、ゼキーニャに差し出し、つけ加えた。「老練な船乗りです。何かありましたら、どうぞ」

その後、彼が部屋で人足の手伝いを受けてハンマーとドライバーで大きな箱を開けているのが見えた。珍しい道具、大きな眼鏡が一つ、羅針盤が一つ出てきた。野次馬たちは彼を眺めてなおもしばらく近所にいた。その後、ニュースを触れ回った。ゼキーニャは錨で飾られた名刺を見せびらかした。

遠洋航海船長《カピタン》
船　長《コマンダンチ》ヴァスコ・モスコーゾ・ジ・アラガン

かくして抜けるように青いあの午後のはじまりの時刻に彼のペリペリへの到着劇がこのように行われ、衝撃的に彼の名声が確立し、彼の評判は確固たるものになった。

定年退職者たちや事業を引退した者たち、浜辺やベッドの女たち、駆け落ちした良家の令嬢たちや没落や自殺、および海泡石のパイプについて

船長が汽車を降りた記念すべき日よりも前に、悲劇と謎に包まれた幸先のよい雰囲気があり、まるで運命が住民たちにきたるべき出来事に心の準備をさせていたかのようだった。
思いもかけないことが起きてその郊外の単調な生活が破られるのはまったく稀だ。それは三月から十一月までのことで、十二月、一月、二月の三カ月の休暇時にはブラジル東部線沿いのそれらの郊外はどこも、ペリペリはそのなかで一番大きく、一番人口も多く、もっとも美しい所であるが、夏休暇

を過ごす人々であふれかえる。最高級の住宅の多くはほとんど一年中閉ざされており、町の家族たちの持ち物で、夏の間だけ開かれる。すると、にわかに、騒がしい若者たちの侵入を受けてペリペリは活気づく。青年たちが浜辺でサッカーに興じ、水着姿の若い女性が砂浜で日光浴をして寝そべり、ボートが水を切り、散歩やピクニックやパーティが行われ、広場の木陰や岩場の陰で恋が生まれる。

そこに居を定める住民はそれら三カ月のことを思い出しながら、過ぎ去った夏休暇の話や出来事についてあれこれ語りながら、それに続く九カ月を過ごすのだ。恋愛沙汰、パーティ、恋に陥ったり嫉妬したりした若い元気な若者たちの間の諍《いさか》い、子供が溺れかかったこと、誕生パーティ、夜の静けさを乱した酔態が思い出されるのだ。

固定人口（漁師や少数の商人――ただ一軒のパン屋や二軒ばかりの居酒屋や、やはり二軒ある食料雑貨店や一軒の薬局の主人たち――や、駅の横に住むブラジル東部線の何人かの職員を除くならば）は、定年退職者や事業を引退した者たちと、それぞれの家族、たいがいは妻だけ、時にはハイ・ミスの姉妹が一人とから構成されている。

それらの年配者の何人かは、夏の前後の平和な日常生活にあるペリペリのほうが好きだと言っているが、実際のところ、彼らは誰もかれも何らかの形で、結局は夏休暇の騒がしい動きに巻き込まれてしまうのだ。浜辺の半裸の女体を――いい体しているな！――と物欲しげな眼でうかがうのでないならば、暗がりの恋人のペアの様子を手きびしく批判するのだ。金物商を引退したアドリアーノ・メイラさんは夏の間、毎晩のように九時を過ぎると、懐中電灯を持って出かけ、彼の言葉を借りると「恋人同士の様子を検閲しに、うまくやっているかどうか見にいく」のだ。彼は、恋人たちが愛に適した寂しい場所を求める路地、岩場、岩陰、裏庭の奥、門、街角をすっかり廻って歩く順路を決めていた。翌日アドリアーノさんは微に入り細に入り、面白おかしく報告し、定年退職した老人たちが手を擦り合わせ、目を輝かせるのだ。

そのようなことはどれも、ただ夏の数カ月だけ役に立つのではない。夏休暇客が立ち去り、世の中の平静がペリペリに降りてきて、時間の経つのが遅くなり、アドリアーノさんの懐中電灯が暗がりでカコ・ポドリの酔いつぶれた姿、あるいは料理女と漁師の密会だけしか照らし出さないようになると、それぞれの出来事が再び思い出され、時間をかけて分解、分析される。

とても素晴らしい夏というのがある。好天気が続くことや、樹々が緑に、海が青くおおいに輝くことや、これ以上はない爽やかなそよ風が吹き、満天の星の夜があるというのではない。そんなことは定年退職者や事業を引退した者たちにとってどうでもよいことだ。とても素晴らしいというのは、まったく楽しい醜聞、本物の、かまびすしい醜聞、活気のない数カ月の間の会話をそれだけではずませられる材料が記録される夏のことなのだ。しかしこういう夏はまったく稀にしかない。寂しいことだ！

さて、船長の到着に先立つ夏は、これまでにないほど内容豊かなものだった。醜聞が二つ起き、一つは一月に入るとすぐに、もう一つはカーニバル後のことで、悲劇的な結末を見た。これらはその郊外の町の年間行事・事件リストの中で特筆すべき位置を占めた。

率直に言って憲兵隊のアナニーアス・ミランダ中佐の件とヴァスコ・モスコーゾ・ジ・アラガン船長の件との間に厳密な意味で関連があるとは言えない。しかし、まるでアナニーアスの災難がヴァスコの冒険談の一種の序章であるかのように、その二つの事実を結びつけたがる傾向が一般にある。

もしも民の声が歴史家の関心に値しないのであれば、その一月の無血の醜聞をここに語ってみる価値はないだろう。だが、確かに各々の事実にはつねに学ぶべき教訓がある。このように、中佐、彼の妻ルーチ、および若き法学部三年生アルリンド・パイヴァを巻き込む騒然とした、しかも目まぐるしい出来事に少なくとも二つの価値ある戒めがあるだろう。一つは、たとえどんなによい、またどんなに純粋な意図でも悪く解釈されることがあるということ。もう一つは、どんなに厳格なものでも、それが軍隊のものでも、時刻予定表を信用してはならないということだ。

意図についてはその学生に、時刻予定表のほうは憲兵隊の誇り高い将校について言えることだ。ルーチは暑苦しい午後の孤独や、何もすることのない時の物憂さや、精神的慰めの必要性について口に出していた。彼女は瑞々《みずみず》しく成熟中の美人で、長い睫毛の眼に愁いを湛え、悩める体を浜辺の太陽に焼き、愁嘆していた。ペリペリの淀んだ午後をいっしょに過ごしてくれないのだったら夫がいたって何になるの？　中佐は午前十時に早い昼食をとり、汽車に乗ろうと走って家を発った。彼の属す集団では時間は厳格だった。夜、七時近くになってやっと戻り、パジャマを着こみ、夕食をとり、戸口の所で寝椅子に座り、うつらうつらした。それが、彼女に愛情と優しさを与え、彼女の体と心に気を配らなければならない義務を持ち、彼女の生活を握った男、夫がいるということなのかしら、と物憂げで寂しい気分になったルーチ・ジ・モライス・ミランダは浜辺で体を日に焼きながら疑問に思い、捨て鉢な気分に彼女の心を蝕まれていた。

精神的救済と辛い孤独を打ち破る連合いをこれほどに必要としている中佐夫人の憂鬱に心を動かされ、若きパイヴァは、楽しい用件で多忙な自分の一日のうちの何時間かを彼女のために躊躇することなく犠牲にした。彼は散策や浜辺の爽快なサッカーや勉学の上で有益な同級生たちとの語らいや前途有望な恋も捨てた。まったくよく出来た人の度量の広い行為であり、あらゆる称讃に値する。そこペリペリではその悩める夫人が彼女の午後を、映画や女友だちの家への訪問やシーリ通りでの買い物で満たせないので、彼は自分の才能、若さ、生え始めた誘惑的な口髭を、その悲しく苦悩する女性のために使った。

他方、中佐は軍隊の時間の厳格さをある日とうとう誤魔化すことに成功した。彼が不在なので、いつまでも不満を洩らす女房を驚かすことにしたのだ。いつも夜になりかけた頃に帰宅して、彼女を抱こうとすると、彼女は女性としての誇りを傷つけられ、復讐するように拒絶したのだった。「まるであたしなんかいないみたいに、ここに一日中ほったらかしにして……」

彼はルーチの好みの果物、ブドウを一キロ買った。彼女はジューシーな粒をいつも歯でつぶした。チーズとマルメロ菓子をひと缶買った。そしてパーティを完璧なものにしようとポルトガル・ワインをひと壜。午後二時半の汽車に乗った。ルーチは寂しく悲しそうにしているだろう。可哀そうに……。

彼女は寂しく悲しそうになどしていなかった。中佐は戸口の敷居をまたぐとすぐに最初の驚きを感じた。長年、その夫婦のために献身してきた家政婦のゼファが彼を見ると、助けを求めて奥のドアから飛び出た。寝室から楽しげな物音や、ルーチの笑い声ともう一つの笑い声が聞こえてきた、畜生！

包みを指に吊るし、ワインの壜を脇の下にはさみ、アナニーアスは寝室のドアをひと蹴りして突き破った。彼は美的眺めには感受性に乏しい男で、二つの若々しい裸体を見ても、才能豊かな学生とうるわしい中佐夫人の間で交わされる優しい感情の発露にも感動しなかった。感嘆の念で満たされず、怒りが体中にあふれ、包みに邪魔されて（紐を指に通していた）、その時に必要な尊厳の一部を奪われていた。これが若きパイヴァを救った。服にはお構いなく、ベッドから跳び起き、窓を開け、通りに達した。人でごった返す広場を、神がこの世に遣わした時のように裸で、競走の勝者のようなスピードで駆け抜けた。やっと包みから自由になった憲兵隊の中佐はピストルを手にしてすぐ後から跳び出し、汚い言葉を吐き、銃声を響かせて彼を追った。これ以上はない大胆な野次馬たちが開いた窓から、無実を叫んでいるルーチの孤独を慰められた裸の姿をまだ見られた。

その学生は家族か友人にかくまわれて行方をくらました。戸が閉ざされ、その軍人と妻の間で長い事情説明が行われ、トランクが整えられ、その同じ夜のうちに最終列車で二人は発った。乗車の模様を見かけた幸運な人たちの証言によれば、二人はぴったりと体を寄せ合い、仲睦まじくいったということだ。

それらの事実を船長と結びつけることとは容易なこととは思われない。しかしながら、それらの出来事の唯一人の生き証人、郵便電信局を定年退職した老レミーニョスは遠洋航海船長の話を思い出すと、いつも決まったように「憲兵隊のある少佐が、妻が学生とベッドにいる現場を捉えたときに、事は始まった」と語るのだ。なぜレミーニョスが中佐を少佐に格下げし、アナニーアスの妻の不倫と船長の冒険との間に関係があるとするのかわからない。しかしながら、その断言は明確で、レミーニョスはなかなか的確な忠告をする人なので、彼はきっと自分なりの理由があるにちがいないし、我々としてはそれらの理由を尊重しておくほうがよいのだ。

二番目の醜聞になると、もうこれは具体的に船長と噛合っていた。ある出来事が、彼が後に住むようになる家で起き、コルデイロ家を巻き込む悲劇が生まれなかったならば、確かに彼にはその家を、それも当時の価格で手に入れる機会はなかっただろう。

コルデイロ家は父、アルコール飲料会社のオーナーのペドロ・コルデイロと母と四人の適齢期の娘から構成されていた。ペドロ・コルデイロはすでに素晴らしい財政状態に達していたのであったが、浪費家で先見の明がなかった。それは、堅固な石の土台の上に作られ、広く快適で、町の彼の邸宅とほとんど同じくらいに立派な夏休暇用の家を見ればわかる。それを建てるのに莫大な金を注ぎこみ、出来上がったときには、とてつもないパーティを開いた。娘たちの気紛れを何もかも満足させ、モーターボートまで買い与えた。

母親は娘たちの婿探しの陣頭指揮を執っていた。緑色の窓の家では果てしなくパーティが開かれ、後に船長が望遠鏡を据えつける、海面に張り出した大きな部屋では、何組かのカップルが踊っていた。娘たちはモーターボートで出かけ、夜遅くまで岩場におり、パリピへピクニックに出かけ、片時も落着かなかった。夏休み客の心構えだった。彼女たちの一人、二番目の娘ロザウヴァは前の年にある農学士と婚約することに成功し、夜はもう浜辺にいくこともせず、ベランダで婚約者と手を取り合い、ぴったりと寄り添っていた。懐中電灯の男アドリアーノ・メイラさんによれば、口も太腿もぴったり寄せ合っていたということだ。

カーニバルの時にペドロ・コルデイロの屋敷で土曜日から火曜日までダンスが行われた。そして数日後にその醜聞が起きた。四人の中で一番若く、小麦色の肌をした勝気なアデリアが自分の服と姉たちの一番良い服を持って、そのかわりに医者で所帯持ちのアリスチージス・ミロ博士を連れて行方をくらましたのだ。事実上、全住民が、捨てられた妻がコルデイロ家の滅茶苦茶になった家庭に涙ながらに侵入し、「あんたの娘のあばずれが私から横取りした」夫を返せと怒鳴っている光景を目にした。コルデイロ家の人々はペリペリから逃げ出したが、ペドロ・コルデイロが破産を宣告され、バイーアの工場の事務所で銃声を響かせて自殺した時のことがなおも噂されていた。銃声は、押し寄せる噂とともに列車に乗り、その郊外にまで達した。自殺者の全財産は抵当に入れてあり、治まらない債権者たちが遺体を取り囲んだそうだ。農学士は、一家は頽廃しているとか、婚約者には持参金がないとかと厳しい理由を並べて婚約を破棄したそうだ。別の娘、一番上の娘も所帯持ちと同棲したそうだ、それは言うならばその家の祟りだ、家風だ。そのことでもちきりになり、婦人がたはコルデイロ家の娘たちの品のない恋愛の仕方を事細かに囁いていた。

アドリアーノ・メイラさんはある時、夜更けに浜辺で姉妹たちの長女が見知らぬ男とくっつき合い、ワンピースをへそまでたくしあげ、「太腿を光らせて」いるのを彼の懐中電灯で照らしたことがあったとか。そのような調子のことが数多く語られた。雨が激しく降り、砂地の通りを水浸しにし、想像力を掻き立てた。

ああ、所帯持ちの男と独身の娘が駆落ちしたり、もう一人の娘は浜辺で身を持ち崩したり、自殺やら没落がある、こういう醜聞は、まったくペリペリの住人たちだけがそれを完全に評価できるのだ！それは夏休暇客のいない雨の日を満たしてくれ、その郊外は思い出に生きるのだ。

賑やかな月々からはペリペリは一種の休暇植民地的なお祭り騒ぎのような雰囲気だけを留めている。おそらくそれは、青やピンクや緑や黄色に塗られた家々の色、広場の大きな樹々、浜辺、駅からくるのだろう。その上さらに、固定した人口の大部分がすることのない人々、退職した役人、商いを引退した商人、すべて暇な人々から構成されている事実からも確かにきている。月に一度金を受けとりに町へ赴き、ネクタイを締める習慣もなくなり、午前中はパジャマのまま、あるいは古いズボンに色褪せたシャツで歩き回っている。互いにみんなは知合いで、毎日顔を合わせ、女房連中は家庭の問題について話し合い、庭に植える花の苗やケーキやお菓子のレシピを交換し、亭主たちはバックギャモンやチェッカーをし、新聞を貸し借りし、何人かは釣りに凝り、みんな駅に集まり、ベンチに腰掛けて汽車の通過を待つのだ。午後の終わりにも、やはり広場に集まる。樹の周りに粗末な椅子のほかにロッキングチェア、肘掛け椅子、寝椅子が集まる。政治を論じ、最後の夏休暇の出来事を思い起こし、夕餉の時を知らせる遠くに灯る明かりが見える大きな町の喧噪を離れて年齢を引き延ばすのだ。そこの浮世離れした無限の平穏のなかでは時は遅々として進まず、暑い昼寝の時刻には時間はまったくとまってしまったような印象を受けるのだ。

コルデイロ家の人々の悲劇についての取沙汰もたけなわの頃に、その緑色の窓の家が売られたという驚くべき知らせが伝えられた。どうして彼ら抜きで、彼らが取引のことを知らないうちにそんなことなったのだろう? そこでは、隣人たちが積極的に参加せずには一度も家が売買や賃貸借されたことはなかった。彼らは予想をしたり、値段を言い合ったり、購入希望者の注意を欠点や品質に向けさせ、仲介業者の無力な怒りを買うことも稀ではなかった。ところがそれも、いわばペドロ・コルデイロの血によって汚され、これほど知られている家の売買が彼らの耳に入りもせず、彼らが買い手の身元を調べたり、付合いもしたりしないうちに行われたのだ。不思議なことだ。隠居した資産家ではないだろうかと噂された。だが、何をやっていたのか、どんな資産なのか、どんな人物なのだろうか? その男の資産状態、戸籍、職業について実際、何一つわからなかった。自分たちは騙されたのだと思っていた。

謎に満ちていたのは雨のせいにちがいなかった。その他に説明がつきそうになかった。コルデイロ家の近くに住居を構え、あらゆる物音や動静に注意深い眼と耳を向けている三人の老婆マガリャンイス姉妹は実際、一カ月ほど前にそのあたりを人が、コートを着て傘をさした二人連れが歩いているのに気づいたと語った。しかし雨脚が強く、窓を開けておけなかった。その上、真ん中のカルミーニャが風邪を引いており、病人の世話をしなければならず、その家が買売されるなどとは夢にも思っていなかった。そんなこんなで積極果敢な見張りに手抜かりをしてしまった。ゴム合羽を着て、傘をさした二人の男は仲介業者と買い手だろう。それ以上は何もわからなかった。

色の黒い、四十がらみの混血女《ムラータ》の家政婦が朝の汽車で到着し、鬱積した好奇心に新たな展望を開いた。彼女が敷居をまたぐとすぐに、もうマガリャンイス姉妹が手伝いを申し出て彼女に質問の雨を降らした。雨が止んでいたので、家の前は老人で黒山になっていった。その近くに日向ぼっこをしにきて、少しずつにじり寄り話しかけようとした。しかしその混血女バルビーナは話し好きではなく、むっつりし歯切れが悪かった。床を洗いながら、ぽつりぽつり返事をし、手伝いの申し出を断った。それでも、新しい所有者が午後に着くことを聞き出した。

「家族といっしょに？」

「家族って何のことだね？」

駅のホームに当番兵を置くことにし、警戒体制を布告した。今度こそ新しい隣人を網の目から洩らさんぞ。太陽、冬の穏やかな太陽が戻って天気はよく、入海のそよ風は心地よかった。さまざまに想像した。チェッカーをやるかな？　バックギャモンがうまいかな？　ひょっとすると、たぶん元農業局課長のエミーリオ・ファグンジスの待望久しいチェスの相手になるだろう。彼は、ペリペリにはこれほど科学的で複雑なゲームを知っている者が他にいないので、文通でゲームをしていた。

こうして船長が二時半の汽車を降り、自分の荷物の積み下ろしを監督するために貨車のほうに向かったときには、そこの体が達者な男たちの大部分は、彼を待ち受けており、朝刊やチェッカーの盤から目を逸らし、あの突飛な上着を着た、あの赤ら顔で鉤鼻の、ずんぐりした市民をまじまじと見た。

「ありゃ何だ？」とゼキーニャ・クルヴェロが船荷の木枠のなかの舵輪を指さして訊いた。

内務・法務局を退職し、チェッカーに凝り固まった猛者、アウグスト・ハーモスですら、ちょうどその時、レミーニョス（あの郵便電信局の男）のクイーンと駒を三つ喰って決定的な勝負をしようと身構えていたのだが、舵輪を見ないではいられなかった。勝負をやめ、仲間に合流した。荷物がプラットホームに並べられた。「壊れもの！　航海器具！」と赤い字で記入された不思議な大箱、巨大な地球儀が一つ、巻いてある縄梯子が一つ。船長は人足に注意を促した。その後が、忘れられない岩場登りだった。

その同じ午後、陽が傾き、影がほとんど広場をすっかり覆うと、ゼキーニャ・クルヴェロは船長が岩の頂上で大胆に顔を太陽に向け、眼をじっと海に注いでいるのを見たときに、どのように寒いものが彼の背筋を通り抜けていったかを、あの見事な場面を見逃した人々に語っていた。朝鮮もだまの下のベンチや椅子に座って退職者や事業隠退者たちは耳を傾け、うなずいていた。ゼキーニャは夢中になっていた。「まったくの話、家に入る前に海を見にいったんだ」

名刺が手から手へと回されていた。医薬品業を隠退した「鴨《マヘッコ》」という綽名で知られている老ジョゼー・パウロが口をはさんだ。

「その男には、聞かせてくれることが山ほどあるさ……」

「そういう海の男には、港、港に女が一人いて……」とエミーリオ・ファグンジスがいくらか嫉みを込めて言った。

「彼を見るだけで十分だ、行動力のある男だということがすぐにわかる」と、州歳入局を退職したフイ・ペソーアが言った。

ゼキーニャ・クルヴェロは、船長の上着とよく似たものを着ている勇敢な船乗りが色刷りの表紙に描かれている本を手にして、あの最初の印象を要約した。「なあ、みんな、俺たちの間に英雄が一人住んでいるんだ」

午後がペリペリの生活と同じように急がずに、ゆっくりと終ろうとしていた。

「ほら彼がくる……」と誰かが告げた。

みんなは緊張して振り返った。海の果てしない寂しさに包まれて後甲板を横切るのに慣れた男のゆったりとした威厳のある足取りで、船長が船乗りの上着を着て口にパイプをくわえ、乱れた髪の上にはこれまで見たこともない、錨で飾られた帽子をかぶり通りを進んでいた。遠くを見据えていた。きっと死んだ彼の乗組員や遠くの港で捨てた女たちのことを思い起こしているのだろう。そのグループのそばを通りかかったときに、会釈して帽子に手をかけると、待ってましたと言わんばかりの答礼を受けた。そしてみんなは黙り込み、そのまま彼が歩いていくのを見守った。ゼキーニャ・クルヴェロはそわそわし我慢できなかった。「話しかけてくる……」

「奴をここに連れてきて、話をさせられるかいってみろや……」

「うまくやれるかどうかいってみる」

急ぎ足で出ていき、船長に追いついた。

「その男はきっと百科事典だぞ……」と鴨《マヘッコ》が言った。

船長とゼキーニャは今はグループのほうに向かって戻ってきた。ゼキーニャは隣人たちを指さしていた。名前と肩書を教えているのだろう。

「さあ、こちらへ……」

みんなは元気に椅子やベンチから立ちあがった。ゼキーニャが紹介を始め、船長は握手した。

「老練な船乗りです、よろしく……」

彼に老ジョゼー・パウロが立派な肘掛け椅子を勧めた。隣人たちの間に腰を下ろし、パイプをひと吸いし（女の裸の胸と太腿が並々ならぬ快楽を示唆しているパイプに全員の眼が釘づけになった）、やや嗄れ声で打ち明けた。「私がここに住むようになったのは、ペリペリとラズマット、数カ月住んだことのある太平洋の島なんですが、この二つの場所ほど世界でこんなに似ている所を見たことがなかったもので……」

「その島にも夏休暇で……」

船長は微笑した。「遭難したので……その当時私は二等航海士でして、ギリシア船に乗り組んだのです……」

「船長さん、ちょっと、ちょっと待って下さい……お話を始める前に少し待って下さい」話を中断させたのはアウグスト・ハーモスだった。「まず家内を呼びにやらせて下さい。あいつは話しを聞くのがとても好きなんです……」

いかにして肉感的なダンサー、ソライアと荒くれ船乗りジオヴァンニが老女ドニーニャ・バラータの通夜と葬儀に加わったかについて

上下水道局を定年退職したアストロジウド・バラータの未亡人ドニーニャ・バラータの死ですら――もっとも何カ月も前から予期されたことではあったが――船長がそこへやってきて住むようになったことが惹き起こした関心に水を差すことはできなかった。まるで彼らにはおどおどしている暇はないというかのようだった。

外見的には何も変わらず、通夜と葬儀はまったく型通りに行われ、町からは遠い親戚が現われ、ジュスト神父がプラタフォルマからやってきて遺体にお祈りをあげ、女たちは自分の庭の花を摘み、老人たちは葬儀のために靴を履き、ネクタイを締めた。しかしながら、まるで死の存在がそれほど残忍には感じられないかのように、死が彼らの間に実際よりも短い期間しかいなかったかのように、ある種の微妙な何とも言えない、いつもとちがう点があった。なぜならば、死が稀にペリペリを訪れるときには、その恐ろしい任務を完了してもすぐには立ち去らなかったからだ。そのあたりに留まり、埋葬の後ですら、その冷たい影が定年退職者や事業を隠退した者や彼らの腰の曲がった妻の上に拡がった。まるで死の手が彼らに圧迫を加え、彼らを試しているかのように人々の心は締めつけられた。そよ風にはいつもの軽い愛撫が感じられなくなり、彼らは恐れのために曲がった背に、死がまき散らす

不吉な吐息を感じた。死は今度訪れるときには、誰の所へくるのだろう？

ところがバイーアの町では、そうではない、死の存在は同じことではない。自動車の車輪の下や病院のベッドの上や新聞の三面記事では速くて陳腐だ。軽く、二次的なことで、新聞の二行にすら値せず、それを取り囲む多くの生活や多くの騒音や戦いのなかに姿を消し、あわただしい人々の心には死を考える余地はなく、その影は明るさのなかに溶け込み、笑い声のためにその囁きは聞こえないのだ。その腐った吐息を、香水や熱い欲望の波に包み込まれた女たちはどうしてそれを感じるだろうか？死はその任務を果たすとすぐに気づかれないままに過ぎていき、すぐに消えていった。あれほど生きるのに必死で、あわただしかったならば、死にかかずらっている暇はない。「誰それが死んだ」と新聞、ラジオ、会話のなかで伝えられ、「かわいそうに！」。「気の毒に、彼は！」、「もう遅かった」、「まだあんなに若かったのに……」と言われ、もう話題にされない。取沙汰すること、笑うこと、満足させるべき野心、生きるべき生活がたくさんあるのだ。

ペリペリでは事情はちがった。そこで生きている、あるいは植物的にしている生活とは、仕事と苦闘、野心と困難、愛と憎しみ、希望と絶望から出来たものではなかった。そこでは時は引き延ばされ、急がすものは何もなく、出来事はだらだらと起きた。そしてすべての出来事のなかでもっとも長いものは死で、決して陳腐でも束の間のことでもなく、いつも激烈で、長く続き、その到来とともにその土地の生活のすべての様相の輝きを奪った。定年退職者や事業を隠退した者たちが喧噪や欲望から離れてできるだけ長生きしよう、年齢を延ばそうという希望に導かれてそこで汽車を降りたったときには、彼らはもう死に始めていたのではなかろうか？　自分自身の命以外には真の関心を持たない老人たちから成る住民だった。そして彼らのうちの一人の死は全員の命を少し縮め、彼らはうなだれ、憂鬱になった。

チェッカーやバックギャモンの勝負は稀になり、ある者は外出することさえやめ、またある者の病は重くなり、毎日は悲しく、会話は稀で鬱陶しかった。じょじょにしか死の影は薄れていかず、最後にはあの残された生により、死なないという彼らに残された唯一の望みと愛により追い払われた。疲れた笑い声や、盤上の勝負に勝つという小さな野心や食い気が甦り、駅や広場や、今や夜の船長の家の部屋での会話は再び活気づくのだった。

彼らのために死を隠し、彼らをその重みある存在から守り、その不吉な姿に眼をつぶらせてくれる壁として彼らは何かに関心を持ったが、それは脆いものだった。

船長は通夜に出た。金属ボタンのついた青いサージの上着を着て、パイプを持ち、帽子をかぶってきた。しかし、おそらく町から越してきたばかりだったせいか、まるでその遺体が自分自身の死の序曲に過ぎないかのように、背も曲げず、打ちしおれた様子もみせず家に入った……。知合いにならなかったドニーニャの痩せこけた顔を見つめ、にこにこせんがばかりに自分の感想を述べた。

「お若い時分にはさぞかし美人だったとお見受けします……」

眠気を催す静かな通夜だった。銘々自分のことを考えていた。両脇には嫌な臭いのする蝋燭、足もとに花が置かれた柩《ひつぎ》のなかに永久に終わってしまった自分がいる光景を見ていた。時おり一人、二人身震いした。恐怖、死の恐怖が彼らの一人ひとりに取りついていた。ドニーニャのことを、彼女の娘時代、遠い日の疑わしい美しさについては考えていなかった。船長の言葉が彼らをその麻痺状態から引き出した。若き日に故人と知り合いになった鴨《マヘッコ》が記憶を辿った。「そう、絶世の美人だった」

船長は腰を下ろし、脚を組み、パイプ（通夜にはふさわしくない海泡石のものではなく、黒い、吸い口の曲がったパイプだった）に火をつけ、周りを眺め、話に花を咲かせた。

「亡くなった方のお顔を拝見して、どういうわけか、顔見知りになったアラビア人のダンサーの顔を思い出しました。もう何年にもなりますな。オランダの貨物船に乗っていた時のことなんです。あの女のために私の航海士、スウェーデン人のヨハンがもう少しで一生を棒に振るところでした……。しかし私は彼を救ってやれました……」

長年生きてきた人間というのはこうなんだ。どんな出来事、風景、人の顔を見ても何か自分の過去、一つの恋の物語、ある川の両岸、誰かの顔を思い出すのだ。船長は、他の者には死だけしか見えなかったドニーニャの皺だらけで、やつれた顔に、真っ赤に燃えた唇をした物憂げなダンサー、罪作りなソライアの小麦色の顔と青みがかった長い髪を見たではないか？　その女のためにスウェーデン生まれの劇的な航海士ヨハンは借金を背負いこみ、船の物品を売りとばし、自殺しようとした。船長が小声で歌ってみようと、理性を奪う舞踏のエキゾチックなメロディを苦労して思い出そうとしているあいだ、ソライアがダンスのステップを踏みながらその部屋いっぱいに拡がっていった。

「私は音楽には強くないのですが、メロディは憶えていますとも……」

それに皆さん、彼女は男の血を騒がせたのですから、それを、癖のように染み込んだ物憂い音楽をどうして忘れられましょうか？　ヨハンはそれに染まってしまい理性を失ったのです。音楽とダンスそのもののソライアはまるで血のなかに侵入し、それを毒する病気のようなものでした。蛇のような腕、むき出しの脚、乳房の上の宝石の輝き、下腹部の一輪の花、誰がいったい理性を失わないでしょう？

彼ら全員、ヨハンがそうしたのももっともだと思い、乗組員仲間をそのダンサーの官能的で、高くつく腕から奪い取った船長の愛情に感動している。ああ！　あの腕が、あの脚が、あの乳房が……彼らの誰にも部屋の中にソライアが見える。彼女は舞い、彼女のバラとエメラルドの裸体がドニーニャのみすぼらしい遺体を隠し、恐怖と死を追い払う。

翌日の朝、葬儀に船長が豪華な儀式用の制服を身に着けて現れ、再び彼らを死の勢力範囲から遠ざけた。彼がこのように白い手袋をはめた手に金色の錨のついた帽子を持ち、肩章が銀色に光る制服で身を固めたのを彼らはまだ見たことがなかった。それに胸には勲章があった。彼は言い出した。

「海なら、ことはずっと手っ取り早いでしょうな。布でくるんで、旗で覆い、水兵がコルネットで葬送曲を吹き、遺体は海中に沈んでいく。このほうが速くて美しい、そうでしょう？」

「船長、あなたはそういう葬儀に参列されたことがおありで？」

「そりゃあ……何十回も……参列もしましたし、指揮したことも……何十回も」

彼は眼を細めた。隣人たちは、その単純な身振りのなかに思い出が走馬灯のように駆けめぐっていくのを感じていた。

「可哀そうなジオヴァンニのことを思い出しているのです……長年、私の指揮下におった船乗りです。私が船を変えると、彼もやめましてな。とても私になついていました。ただイタリア人なもんで、ご存じのようにイタリア人というのは誠に迷信深いのです。『船長、もし俺が船の上で死んだら、自分の国の海に投げてもらいたいんですよ』と、いつも私は頼まれていました。彼によると、彼の体がもしよその海に投げられたならば、彼の魂は休まらないと言うんです……」

葬列はゆっくりと進み、船長の声に一呼吸が置かれた。

「彼が死んだときには、その勇敢なジオヴァンニのことですが、私はとんでもない厄介をかけられました……」

「何で死んだんです？」

「飲み過ぎでした。ジオヴァンニのことです、ほかに何で死ぬことがありえましょうか？　家族のことで辛いことがあり、まったくヤケになって飲んだのです。さて、彼が死ぬと、私はやむなく航路を外れて二日間航海しなければならなくなりました。航路を外れてですよ、皆さん、それが何を意味するかご存じないでしょう！　ただイタリアの海に遺体を投げるためです……。私は約束したので、果たしたのです。進路を変え、四十八時間航海しました……」

「それから……それで遺体は……」

「何です？」

「そんなに長くもったんですか、氷がなくても……」

「遺体を船の冷凍室に入れました。式の時には塩漬けの鱈のように固くなっていましたが、完全でした。ただ、約束を果たしたもので、船荷主とひどい面倒なことが起きまして……皆さん、知りたくもないでしょうが……」

彼らは知りたがり尋ねた。そこにジオヴァンニが、彼の酔いっぷり、彼の家族に関する辛い思い、海の塩に洗われた赤銅色の肌がやってきて、彼らとドニーニャの柩の間を通り、ペリペリの街々を進んでいった。船長はけちな船荷主との議論のことや遺体を祖国の海に投げ入れてもらい、聞き慣れた名をもつ魚に食わせる、自分の水夫たちの権利を守ってやった、彼の確固たる、十分にユーモアに富んだ答えを語っていった。こうすれば、最後に水中に没したとき、彼の死んだ眼は遠くに祖国の海岸を見られ、その海岸のほうへと動かない腕を差し伸べられるでしょう。しかしたちの悪い船荷主メネンデスのような愚か者を説得するのは不可能な仕事でした。この男はある商会の賤しい従業員だったのですが、陰謀と騙し討ちでその会社の社長になり、よい人で、あの人だったら船乗りのことを理解できる人だった前社長をまるで惨めな状態に追いやったのです……メネンデス某はまったくごろつきだ。船長はその男に恨みを抱いていた。

船長が、津波が起き、ペルーの海岸で難破したことをその同じ日の午後に広場で語っていたならば、どうして彼らは死に取りつかれたり、恐れおののいたり、突然彼らの病気が悪化したり、寝室に逃げ込み、毛布をかぶってベッドのなかに隠れていたりしていられただろうか？

山のような大波、海は深く裂かれ、空は真っ黒で、こんなに黒くは夜だって決してなれなかったほどです。

ドニーニャ・バラータの葬儀があった日の夜は、満月が出て、月光が砂浜や海上に拡がっていた。こんな事情でなかったならば、彼らは空の美しさに気づかずに、寝室のなかに閉じこもり、次の死の無情な確かさに囚われていただろう。しかし今は船長が、一杯やりに、望遠鏡で空を眺めにきなさいと彼らを誘っていたのだ。

望遠鏡とその多様な用途、月光を浴びた後甲板のドロティについて

ああ！　望遠鏡……それに乗り、彼らは月や星への冒険へ、幻想的な旅へと発ち、単調さと倦怠の境界を突破した。まるでマジシャンのジェスチャーによってペリペリは死を待つ老人たちの住むブラジル東部線沿いの平和な郊外ではなくなったかのように、大胆なパイロットが宇宙の征服へと離陸する惑星間ステーションに変わったかのようだった。

この二、三年の夏休暇時に賑やかなパーティがあれほど頻繁に開かれ、コルデイロ家の娘たちと女友だちたちが青年たちの腕に抱かれて円舞した、海の上に突き出て開く窓のある、あの大きな部屋は様相を一変した。花瓶や、アデリアがありとあらゆるワルツやフォクスを弾いたピアノや電蓄や豪勢な家具は姿を消し、その部屋は今や船のブリッジのような様相を呈し、胃の繊細なレミーニョスはそ

こに入ると船酔いを感じ、吐き気を催したほどだ。縄梯子が窓から吊り下げられ、直接浜辺へいけ、船のパーサーに名乗りをあげたゼキーニャ・クルヴェロは、いつか痛ましいリュウマチがよくなったら、そこから出入りしようと計画していた。

壁の中央には立派な額に収まった、二十三年の歳月を数える資格免許状。それらのうちの一枚に、どのような種類、型の商船であれ海、大洋で指揮する資格を授与する遠洋航海船長の称号の獲得のために要求されるあらゆる試験、考査にヴァスコ・モスコーゾ・ジ・アラガンが従った旨が書かれ、昔の港務部長官の署名により権威づけられていた。二十三年前に、まだ比較的若い三十七歳で彼は船長の資格免許状を得たのだった。歳は若かったが、もう老練な船乗りだった。というのは、彼が語ったように、十歳の少年の時に、ある船足の遅い貨物船の水兵見習いとなり、それを皮切りに、一つずつ地位をあがり、一等航海士、副船長にまで昇ったからだ。船を変えたことは数え切れないほどで、新しい土地を見ること、海を駆けめぐることをこよなく愛し、ありとあらゆる種類の旗のもとで航海し、戦争や恋愛事件に巻き込まれた。しかし三十七歳で遠洋航海船長の地位に名乗りをあげるだけの能力があると思ったときに、バイーアに戻った。なぜならば、そこ、自分の港務部でその待望の称号を獲得したかったからだ。自分の身分と能力が登録される自分の母港として、少年の時に海の冒険へと旅立ったサルヴァドールの波止場を望んだ。自分もやはり自分なりに迷信を信じていたと微笑しながら認めた。そうじゃない、それは立派な態度ですよ、東洋から戻ってきて、バイーアで試験を受けるなんて、船長の祖国愛を表している、とゼキーニャが反論した。「しかも、妙に謙遜しないで言いますと、そうとう素晴らしい成績で」と遠洋航海船長は明かした。当時の港務部長官、今日我が国の栄光ある海軍の名高い大将、司令官ジェオルジス・ジアス・ナドローが試験の折に感激してこのように言ったのです。

もう一枚の額には、海上貿易に対する顕著な功績によりポルトガルおよびアルガルヴェス国王ドン・カルロス一世によって授与されたポルトガルの重要な勲章、メダルと首飾り章を許される栄誉、キリスト騎士団ナイト爵の免状。

彼は舵輪の傍らで、シートと背が油布で出来た、あのような船上の椅子の一つ、折り畳める椅子に座り、手にパイプを持って窓の向こうのあらぬ方を見ていた。一つの広いテーブルの上には、回転する巨大な地球儀といろいろな航海器具、羅針盤や風速計や六分儀や湿度計。大きい黒い双眼鏡、バイーアの町がそこからほんの近くに見えた。航路を引く平行定規と、みんなが夢中になった驚くほどのパイプのコレクション。船の時計はクロノグラフと呼ばれた。

壁には航海図、大洋や湾や入海や遠い島々の地図。船長がグラスや飲物をしまっておく家具の上には、彼が乗組み、航海した多くの船のうちで最後のもの、彼の最後の船、「海の巨人、私の忘れられないベネディクト号」、汽船の模型が大きなガラスケースに収まっていた。大きさも国籍もさまざまなその他の船の写真が引き伸ばされ、額に入れられており、何枚かはカラーだった。それらの船の一隻、一隻がヴァスコ・モスコーゾ・ジ・アラガン船長の生涯の一部を表わし、彼の物語、出来事、喜び、長い孤独を思い起こさせた。

そして望遠鏡。彼らが、望遠鏡が空に向けられ、据えつけられたのを見たときは、大騒ぎになった。「月の大きさを八十倍拡大するんだ」と、器具類や額に入った船や船長にますます親しみを覚えてきたゼキーニャ・クルヴェロが言った。

あの月夜の晩には、朝のドニーニャ・バラータの埋葬のことを忘れ、空の様子を窺い、宇宙の秘密を発見し、月の山、この神秘的な顔を眺め、遠い昔の教室で習った星を見つけ出そうと夢中だった。みんな青年のように陽気に南十字星を探し出そうとしていた。

数日後には、望遠鏡の別の、それに劣らず夢中にさせる用途に気づくのだった。午前中は、プラタフォルマのごった返す浜辺のほうに望遠鏡を向け、海水浴中の女性の体の――八十倍に拡大された――細かな部分を調べた。笑いながら見る順番を争い、恥知らずなことを互いに囁き合った。まるで若者のようだった。

彼らは船長の家にきて、空の様子を窺い、話を聞くのが習慣になっていった。船長は、香港の辺りで老練な船乗りから教わった作り方でうまい火酒《グロッギー》の飲物を作った。ムラータのバルビーナの手伝いを受けて、それを作るのに三十分かけた。すべて儀式に則って行われた。薬缶で湯を沸かし、小さなフライパンで砂糖を焼いた。オレンジ一個の皮をむき、皮を細かく刻んだ。それから船長は青い厚手のコップ（船の揺れで倒れないように重たくなっている）をいくつか取り出し、それぞれに焼いた砂糖を少々、水を少々、ポルトガルのコニャクを少々入れ、オレンジの皮で彩りを添えた。最初はアドリアーノ・メイラとエミーリオ・ファグンジス――それに当然ゼキーニャ・クルヴェロ――以外は、そんな奇妙なアルコールを飲んでみる勇気のある者はいなかった。しかし、うまくて軽い、と言ったので、「そいつは薬にだってなるのさ」とゼキーニャが請け合ったので、彼らは思い切って飲んでみて唇をなめ、最後には老ジョゼー・パウロ、決して酒を口にしたことのないあの節制家の鴨《マヘツコ》までがある日試してみようという気になり、すっかり常連になった。

油布の椅子に座り、チビリチビリ香りのよい飲物を味わった。気がついたときには、すでに九時を回り、時には九時半を過ぎていた。話の続きは翌日、駅か広場で、ということになった。

ほどなく船長はペリペリのもっとも重要な、もっとも人気のある市民となった。彼の名声は他の郊外へと拡がった。彼の教養、物腰態度、あふれんばかりの誠意、構えた様子のないことが称讃された。こんなに立派な人が、それなのに誰をも、金持ちであろうと貧乏人であろうと丁重に応対し、えらぶったところがない。

雨が降り出しそうな曇り空のある晩、フイ・ペソーア、あの歳入局の男が好奇心を抑え切れず、船長になぜまだ比較的若いのに、今は六十になったばかりで、引退してから三、四年経っているから六十前なのに職を離れたのかと尋ねた。まだ少なくとも十年やそこらは航海できるのに、できるじゃないですか？

船長は自分のコップをテーブルの端に置いた。座っていた。雲が立ち込めた水平線を見つめた。彼の顔は真剣で悲しそうになった。すぐには切り出さなかった。彼らが打明け話をしてやるに値する人間かどうか判断しているかのように友人たちのグループに視線を巡らした。ゼキーニャ・クルヴェロは緊張していた。たぶんフイ・ペソーアは立ち入ったことを言ったのだろう。船長のような男には、心の奥底にしまい込んだ自分なりの秘密が絶対にあるんだ。彼の沈黙を尊重するのが友人としての務めだ。話題を変えようとしたときに、船長は立ちあがり、窓のほうへ二歩進み、そして言った。

「ある女のためでした、ほかにありえましょうか……？」

ガラスケースの中の「ベネディクト号」を指さした。

「私がそのかわいい船を指揮し、オーストラリア航路を取っていた時のことでした。一度だって結婚したいと思ったことはありませんでした、もう皆さんに申し上げましたね。寄港の折にここで恋、あちらでまた一つというほうがよかったのです……」

マルセイユではフランス女、イスタンブールではトルコ女、オデッサではロシア女、シャンハイでは中国女、カルカッタではインド女。恋に狂い、心が引きちぎられ、そして海上の夜のなかを進む船の孤独。あんなに沢山の女がいたが、船乗りがよくやるように、胸や腕にどんな女の名前も刺青《いれずみ》したいと思わなかった。名前と住所を一冊のノートに書き記し、多くの女の写真や髪の毛や下着を取って置き、笑った時の透き通るような調子や別れにこぼした涙の感動を心に留めていた。しかしそれも、もう持ってはいない。「ベネディクト号」の船上で彼女を知り、愛したときに、彼女のために、まるで世界地図のようなあの名前と住所のノート、それにその他のすべての女の具体的な思い出を犠牲にしたからだ。

ドロティと言い、小麦色の肌をし、痩せていた。言うことを聞かない髪が顔にかかり、脚は長く、落着きのない口もと、眼にはある種の苦悩があった。気分は変わりやすく、ある時は子供のように優しく臆病で、またある時は、誰からも脅かされていると信じ込み、無愛想で逃げ腰だった。夫と旅をしているところだった。その夫というのが、しまりなく太り、なんだか知らないが大きな工場をいくつか持ち、数字や商売に気を取られていて、妻の美しさと彼女の眼に宿った苦悩には無関心だった。二人は世界一周の旅の最中で、夫の方は体を休ませようと、彼女のほうは後に告白したように自分の運命を見定めようとしていた。夜、彼女は舷側に身を乗り出して水面をじっと見つめていた。

どういう切っかけだったのかですって？　わかりません。船長でしたので、当然彼らと会話を交わし、彼女に気づき、美しさに感嘆し、静かに彼女を自分のものにしたいと思ったのです。しかし年齢の差は大きかった。彼女はわずかに満二十五歳でした。よく話をしました、それは本当です。彼女に海について、嵐について、凪《なぎ》について、星に親しんでいることを語りました。深夜、ブリッジから下りると、彼女が独りで舷側の近くにいました。一つ、二つ話をしました。彼女の眼は、まるで私の考えていることを推測したいかのように私を見つめていました。そしてある夜、どうやって、なぜかわからないのですが、彼女を抱いていたのです。

船長なので、そんなことをする資格はなかった、それは本当です。港に下りたならば、遠洋航海船長は何もかもが揃った乱行でも、これ以上はない放埓な酒池肉林にだって耽ることができます。だが、自分の船を指揮しているときは、どんな誘惑にも超越した聖人のように振舞わなければならないのです……。

「それに女には不自由しないし……」

ドロティが、彼女のすらりとした体、落着かない口もと、燃えるような欲望でその部屋を歩き回っていた。定年退職者や事業を隠退した者たちには彼女の姿が見え、彼女に欲望を感じていた。

「それで船長、あなたは頂いたというわけですか？」

品のない動詞を使われて船長は気を悪くした。それは恋だったのです。彼女を腕に抱き寄せ、彼女の唇を味わったその時から、私は恋の虜になり、気がちがったようになりました。計り知れない、ばかげた、これまでになかった恋でした。しかし私は船長でした。自分の経歴、自分の船上の四十年は決してどんなに小さな汚点によっても曇ったことはなかったのです、いけない、いけない……生涯で一度も泣いたことのない自分が眼を濡らして、このように彼女に言ったのです。

あなたがたのどなたか、女を説得しようとしたことが、もっとも明白な情況を理解させようとしたことがおありですか？　私よりもさらに夢中になり、私を必要とし、もしも私が彼女を望まないならば、自殺を、海に身を投げる覚悟を決めていたドロティは、ついには、ある夜明けに寝間着姿で高級船員に当てられた後甲板にあがってきて、私のキャビンのドアの前で私の名を呼ぶようなことまで仕出かしたのです。

全体がレースで透き通り、欲望に燃えた肉体をほとんど隠さない夜着をまとったドロティが裸足で部屋のなかを、彼らの間を走りまわった。アドリアーノ・メイラは唇をなめまわした。

「それであなたは堪えきれなかった……」

私のことを、義務の履行に関する私の不屈さをご存じないのです。堪えたのです。彼女の裸の肩

（胸の開いたネグリジェで、頸から肩のあたりがむき出しで息づく乳房の裾野が見えた。アウグスト・ハーモスは溜息をついた）にレインコートをかけ、ほとんど力ずくで彼女を戻しました。半ば気を失った彼女を腕に抱え、義務と愛の板挟みになったその劇的な時に、私は彼女に次の港で下船し、いっしょに永久に旅立つと約束したのです。世界の隠れた片隅へ。宏大な海を前にしてただ一度、接吻があっただけです。

海底電信で辞職届を提出しました。会社からは依頼、懇願、昇給の申し出が届き、船荷主たちはパニックに陥りました。私の名前は到るところの海で、船乗りや船荷主の間で確固たる敬意と確固たる名声を得ていたのです。譲りませんでした。約束を守る男ですし、夢中になっていたのです。最初の港、極東の遠い汚い港マカッサルで乗組員に別れを告げました。私の誠意に溢れた手を握りしめると、塩に洗われた顔の老練な船乗りたちが泣いたのです。一度面倒を見てやったことのある、アヘンの密売人、カロウという女の家でドロティと落ち合うことに決めていました。夫は彼女を待っていたのですが、甲斐なく独りで旅を続けました。

町外れの熱帯林の真ん中にある小さな家に隠れ、飢えた者のように激しく愛に浸り、狂おしい二週間でした。二人はくるべきものを予想していたかのようでした……。

「亭主が現れたんですか？」

夫などどうでもよかったのです、大ばか者です！　ロバートと言いました。船長は彼を蔑み、出来事を語っていくうえで彼のことを取り合わなかったほどだった。しまりなく太り、自惚れが強く、結婚と金でドロティの愛と貞節を買えると思っており……そう、夫はどうでもいい。熱病のほうが大事なのです。命を奪う、島のあの熱病です。そのために二日間でドロティと船長の経歴がふいになったのです。あそこ、あのマカッサルの港で、まるで私が救ってやれるかのように私を見つめているドロティの眼、熱に苦悶し、大きく見開いたあの眼を片時も忘れられないならば、どうして船の指揮に戻り、海を渡ることができたでしょう？　彼女はとうとう生きる喜びを見つけた今なのだから、死なせないで、と口もとを歪めて懇願したのです。私はいっしょに死ねれば、と神に祈ったのですが、それすら叶えられませんでした。若い頃からあの辺りをよく航海していたので、あの熱病には免疫になっていたからです。しばらくは気が違ったようになっていました。アヘンに耽りました。あらゆるところから船荷主の申し出がそれこそ降るほどあったのですが、故郷に戻りました。もう二度とブリッジにはあがらない、すべてが終わったのだ、とドロティの墓の上で厳粛に誓ったのです。最初で最後、腕に女の名前を彫らせました。シャツの袖をあげ、刺青を見せた。ドロティの名とハートが一つ。

袖を下ろし、友人たちに背を向けて窓のほうに振り向いた。彼らは圧し殺された啜り泣きが聞こえたような気がした。感動し、お休みなさいを囁きながらいっしょに出ていった。ゼキーニャ・クルヴェロは船長の手を取り、熱と連帯感を込めて手を握った。彼らのそれぞれがドロティ、彼女の恋の追求、彼女の不安、忘れられないイメージを抱いていった。

独りになった船長は部屋の明かりを消した。ドロティを見殺しにせず、彼女を汚い、熱病に侵されたあの港に埋葬しないでおきたかった。もっと開けた土地に彼女を下船させることも確かにできたが、死をもってする以外にあのような狂おしい完全な恋をどうやったら終わらせることができようか？　一筋の月光に照らされた廊下を歩いている船長には、後甲板に裸足で、落ち着きなく苦悩したドロティの姿が――あれは崇高な時だった――ネグリジェの襟ぐりから跳び出しそうな乳房を捧げ、乾いた口、真っ赤に燃えた熾火《おきび》のような熱い下腹が再び見えた。

家政婦の寝室のドアを押し、ドロティの手を取った。するとムラータのバルビーナがぶつぶつ言いながらベッドの上で体を動かし、船長に場所をあけた。

我らの語り手がそうとう下賤であることを暴露する件《くだり》

いったい、この世で誰が妬み深い人から逃れられるでしょうか？　ある人が市民仲間の評価で傑出すればするほど、また彼の地位が高く尊敬すべきものであればあるほど、それだけいっそう嫉《そね》みの毒牙の標的にされやすく、彼に向かって中傷の大海が悪口雑言の大波となって立ちはだかるのです。どんなに汚れないものであっても、それを免れる名声はなく、どんなに純粋なものであっても、それにさらされない栄光はないのです。

現に私の前にその実例があります。誉《ほまれ》ある判事アウベルト・シケイラ博士は、彼の称号、彼の知識、彼の糊のきいたワイシャツの胸、彼の財産をひっさげて我々の間に住み、ペリペリに名誉を与えてくれ、ペリペリの価値を高めてくれています。望みさえすれば彼は、流行の先端をいく浜辺で、上流のお歴々が住み、夏休暇を過ごしているピトゥーバあるいはイタポアンに住まいを買うこともできたでしょう。にもかかわらず、我々の郊外のほうを選んでいただいたのです。ここには彼の名声、彼の格調の高い話、辞書に載っているような言葉をあれほどふんだんに使う彼の演説がわかる者はほとんどいないのですが……。その選択を我々みんなは誇るべきで、判事殿の前では常に感謝の気持を表さねばならなかったのです。

それどころか、どうでしょう、住民は彼のことを糞味噌に言っています。専門誌にシケイラ博士が発表した見解や、彼が下した名判決は彼らには何の重みもないのです。判事殿の博識に負うところの法律論により何頁もが埋められている「司法誌」の数号（革の装丁です）に私はもう目を通す機会がありました。それらの見解や判決を判断すること、それは私には手に負えないことで、また、そんな大それた考えもありませんし、それほどの野心も抱いていません。頁の半分はラテン語、もう半分は大文字で書かれているのです。しかし他の法律家が前記の冊子で我々の判事の見解の一つを論評し、シケイロ博士は「法律学の碩学《せきがく》」であると断言しなかったでしょうか？

ところがです、そのように活字になった証拠やサンパウロの雑誌や国内中の称讃にもかかわらず、こういうものをもってしても、市庁を定年退職したろくでなしで、バイーアの新聞の付録にへぼ詩を発表するからといっていい気になっているテレーマコ・ドーレアのような輩《やから》に、判事殿のことを「まったく無教養で手のつけられないばか」（これはドーレアの白痴野郎のほざいた言いぐさ）に過ぎない、「あらゆる時代を通じてバイーアの裁判所で最大の無能」と言わせるのを阻止できないのです。

口さがない連中は寄ってたかって判事の生活、過去と現在を切り刻むのです。そして、テレーマコ・ドーレアのような連中の言うことを聞き、うなずく人間、彼らの燃えるような浅ましさに油を注ぐ人間がいるのです。一人の人間をさいなむ妬みや無礼はここまでくるのです。国の南部で称讃された彼の明らかな価値を否定するだけに満足せず、彼の司法官としての清廉さをも攻撃しています。彼らに言わせれば、腐敗している、腐敗し切っているというのです。彼らは、あまりはっきりした話ではないのですが、同じ事例の訴訟で相異なる、相反する二つの判決を出したことを言っているようです。最初の判決は我が貿易界の大輸出商社の意向に反するもので、もう一つの後のものは強力な勢力家の要求に応じたものだと言うのです。判事殿も説明しているように新たな要素が訴訟書類につけ加えられ、問題を根底から変更させるに至り、問題の事実関係を逆転させたのであれば、私は、その事実には批判すべきことは何もないと思います。しかしペリペリのある種の卑しい人間が言うには、その「新しい要素」とは、訴訟書類ではなく、要するにシケイラ博士の銀行口座に加えられた実弾五百コント、五十万クルゼイロだと言うのです。

判事殿の財産はこのように作られたのであって、裕福な両親から相続したものではないと言っています。遺産と言えば、女房のほうが受けたのだ、彼はそれが目当てでエルネスチーナさんと結婚したのさ、彼女はもう娘の頃からデブで「ツェッペリン飛行船」の綽名で知られていたからな、と。

過去を掘り起こすだけに留まらず、現在も掻き回し、優しいドンドカを引き合いに出すのです。まるで著名な人間がペリペリの淀んだ午後に知的刻苦から一時逃れるために優しい安らぎの場を求めるのは罪であるかのようです。エルネスチーナさんは午睡で鼾をかき、判事殿はそれ幸いに気紛れや愛の優しい魅力に身を委ねるのです。彼は私を信頼してくれ、重ねがさね私に名誉を与えてくれました。彼はその娘には保護者のような感情、ほとんど父親のようなものと言ってもいいものを抱いていると私に打明けてくれたのです。可哀そうに、彼女は長所が山ほどありながら騙され、捨てられ、もしも友人の腕が彼女を支え、援助してやらなかったならば、彼女の行く先は忌むべき淫売だったでしょう。それに、彼には彼の「苦しく重たい」結婚の義務を埋め合わせるべく、厳格な道徳をそのようにわずかに踏み外す権利が十分あったのです。

エルネスチーナさんは百二十キロほどもあるのですから、苦しく重たいことは、想像にかたくありません。判事の使った哀れな形容詞に呼び起された光景が私の頭に浮かんでくるのを禁じ得ませんでした。コルセットとブラジャーから解放された、あの裸の脂がベッドに転がっているのが……実際、判事殿には苦しみと奮闘だったにちがいありません。

私は笑みを抑えました。シケイラ博士と、太ってはいるものの貞節な彼の妻のような尊敬に値する人物がそのようなことに巻き込まれているときに、それをからかうのはよくないことです。それにドンドカに関しては、私は判事に感謝以外にどんな感情を持ち得たでしょうか？　彼の度量の広い微罪がなかったならば、私は、判事があそこに残した結構なスリッパを使い、彼が持ってきたチョコレートを食べ、バイーアでもっとも美しく、もっとも熱烈なムラータの好意をただで享受することはできなかったでしょう。しかし人間の本性というものはまったく下賤なものです。私は、判事が金を出したベッドにドンドカといっしょに横になり、彼が買った砂糖菓子や果物を食べ、そのいたずらっ娘《こ》が自分の保護者のある種の面白い、風変わりなやり方を語るのを聞きながら、判事殿が苦しい義務で汗を垂らし、喘ぎながらツェッペリンにそんなことを行っているのを想像するのを禁じ得ないのですから……。

健全な良心に従うならば、私は、判事殿の博識と清廉さについて始終出まかせを言っている奴らを批判することはできません。彼からあれほど多くの恩義や親切を頂戴している私からして彼の些細な欠点を笑い、揶揄しているならば、また彼の保護を受けているドンドカもそうしているならば、彼はどうして他の者から丁重で公平な態度を期待できましょうか？　いずれにせよ、そのテレーマコ・ドーレアの奴には腹の虫が治まりません。知ったかぶりを、それも相当な知ったかぶりをする奴なのです。私は、忍耐強い調査と人知れぬ苦心の賜物である船長の物語の一部を彼に見せてやったことがありました。そのヘボ詩人は次から次へと批判したのです。力のない不正確な文体だ、緩慢な弱い筋だ、やたらと陳腐なことがある、内的生命のない登場人物だ、と。一つの文章、これには正直言って私は自信を持っていたのですが、前に出した「彼に向かって中傷の大海が悪口雑言の大波になって立ちはだかる」は、そのイメージの力強さと美しさを感じ取ることもできない、そのドーレアのせせら笑いの混じった不合格の烙印と侮りを受けたのです。

その一方で、その同じ文章は、フイ・バルボーザ〔十九世紀のバイーア出身の大政治家で、該博な文人、雄弁な演説家としても有名〕やアレクサンドル・デュマを読み、よい作家に慣れ親しんだ人である、著名で教養ある法学の大家の最大の讃辞を得ました。ドンドカも、私がその部分を大声で、彼女のためでしたが、むしろ自分のために読んだときに、手を叩き、「すてき！」と叫んだのです。ちなみに、私がすでにベッドのなかで確認したように彼女は感受性に欠けているということはありません。このように司法官によって代表される知的エリートにより支持され、ドンドカの優しい声を通じて国民に称讃され、私は、自分の黒人女たちだけの詩人テレーマコ・ドーレアの愚かな笑いを軽蔑し切っています。それに、これからは彼との面白くない付合いを避けることにします。加えて彼はたかり屋なのですから。この前の夏、魚を買うためだと言うので、私が貸してやった百八十クルゼイロをいまだに返してくれないのです。「午後に返す」で、それっきり今日まで。

それでは船長の話に戻ることにしましょう。というのは、妬みについての冒頭の論評をしたときには、判事や彼の貞節な妻やドンドカやドーレアの俗物のことは考えていなかったからです。判事はただ例として入ってきたのですが、時間の観念のない、ある種の嫌な客のように居座ってしまったのです。また、ドーレアのろくでなしと議論をしたり、ドンドカのベッドで彼女の艶めかしい腕のなかでのんびりしたり、やや我を忘れた観があります。お約束したことを失念していました。船長の複雑怪奇な物語を解明し、彼の冒険談について赤裸々で、完璧な真実を輝かせることでした。

おわかりのように、妬み深い人々から逃れられる人は誰もいないのです。ペリペリに住居を構えてまだ一カ月というのに、もうその郊外のもっとも重要な人物、もっとも多く話題にされた名前、その土地の栄光、ありとあらゆることについて意見を述べる人間となったヴァスコ・モスコーゾ・ジ・アラガン船長はどうしたならば逃れていけたでしょうか？　彼の意見は尊重され、彼の名において誓われました。「船長が言ったんだ……」、「船長に訊いてみなさい……」、「船長が私に請け合ったんだ……」と議論の場で言われ、彼が口から海泡石のパイプを取り、意見を述べると、議論の余地のない最終的な言葉となったのです。

　雲一つない、どこまでも青い空のペリペリと船長との、その蜜月は約一カ月続いた。そこに十年以上住み、いわばその土地の主《ぬし》のような元消費税担当税務官、老シッコ・パシェッコが弁護士の息子とともに数カ月過ごした町から戻ってこなかったならば、たぶん、さらにずっと続いていただろう。

　すでに彼の性格については触れた。怒りっぽく不機嫌で口が悪く猜疑心が強く意地悪く角のある男だった。行政処分を受けて年齢よりも早く退職させられ、政治に、野党側に首を突っ込んでいた。強力な敵の犠牲になったと言われ、数年来、州を相手に訴訟を起こしていた。恩給については実りある増額を得ていたので、部分的には成功していたが、相変わらず執拗に法的手段により政府から大金をせしめようとしていた。

　その訴訟はペリペリでもっとも取沙汰されたことの一つで、シッコ・パシェッコの威信のかなりの部分はその訴訟に、その成り行きにかかっていた。絶えずバイーアに出かけ、訴訟の進展を見守るために息子の家に滞在したが、彼の帰還は定年退職者や事業を隠退した者にとってお祭り騒ぎだった。シッコ・パシェッコは現在、高等裁判所にまで進んだ問題を詳しく語ることをこよなく愛し、実際そうする術を知っていた。高等裁判所判事に不満をぶつけ、官僚や政治家をけなし、判事や検事や弁護士や、何かの動機でその件に何らかの形で介入している人々すべての生活を事細かに知っていた。悪意や、聞くも面白い浅ましい根性にあふれた逸話の宝庫だった。

　彼のいつ果てるとも知れない訴訟は実際ペリペリの全住民のものだった。定年退職者や事業を隠退した者たちはシッコ・パシェッコに連帯感を持ち、敵の何かの申し立てが訴訟書類の進行を妨げたり、訴訟書類検分の請求が判決を遅らせたりしたときには、憤慨した。話の好きな、あのアウグスト・ハーモスの奥さんはボンフィン教会に願をかけたほどだった。もしもシッコ・パシェッコが勝ったならば、その教会でミサをあげさせる、と。あの当時、判事殿、シケイラ博士がそこに住んでいなかったのが悔やまれる。ただ単にシッコだけでなく、全住民に彼の知識と明晰さでどんなにか役立ったことだろう……だらだらとした午後に計画された記念碑的なパーティが勝利を祝ったことだろう。シッコ・パシエッコは大金を得たら、シャンパンを抜くと約束していたのだった。

その時には彼は苦り切って戻ってきた。訴訟は日程が組まれ、すべてが解決まであと一歩というところまで漕ぎ着けていたように思われたのだが、州側が新しい申し立てをして乗り出し、判決は、彼が下車したときに、駅長に言ったように「無期限に」延期されてしまった。

噂話や逸話、判事や弁護士たちに都合の悪い暴露話、目新しいことを山ほど引っ提げて下車したのだ。同時に隣人や友人たちの連帯感のある、勇気づけてくれる傾聴が必要だった。それなのに承服しかねる脇役に追いやられた。遠洋航海船長の最近の響きわたる栄光がペリペリの隅から隅まで行きわたり、彼の名はあらゆる人の口の端にのぼり、彼の行動は絶えず取沙汰されていた。難破や嵐や色恋と並べられたならば、法廷でいつまでも続く訴訟の手練手管など何の価値があろうか？「係争中」が香港あるいはホノルルとどうして対抗できようか？望遠鏡や舵輪やクロノグラフは言うまでもない。

「シッコ・パシエッコさん、クロノグラフって何だか知ってますか？」

「知りたくもない……高等裁判所判事ピタンガの汚い遣り口を聞かしてやる。奴の女房は七回孕《はら》んだが、そのたびに父親がちがうんだ。女房に浮気された亭主たちのその王様ときたら……」

「あんたパイプのコレクションを見る必要があるさ。そうすれば、あんたの問題を忘れちまうぐらいだよ……」

そしてこんな調子が続いた。シッコ・パシエッコが彼の訴訟で突撃すると、彼らは地図やアラビアのダンサーや酔っぱらった船乗りで応じた。彼が上訴について話をすれば、船長の冒険談で応じた。彼が午後、裁判の込み入ったニュースをあまり熱中しない聴衆に語っていた時のことだ。聴衆が突然活気づいたので、彼は、船長が海の主人といった彼の足取りで近づいてくるのに気づいた。シッコ・パシェッコは、ずんぐりむっくりし、髪がふさふさした、鉤鼻の紳士を小さな眼で見つめ、唾を吐いた。

「遠洋航海船長だと？　わしには、そいつはカヌーだってろくに動かせないように見えるわい……。小間物屋の主人面をしていやがる……」

地理を知らない不運と、ポーカーでこけ脅しをする誤った傾向について

「畜生！　地理を知っていたら……」と、シッコ・パシェッコは口のなかでぶつぶつ繰り返し、遊び暮らした若き日々を悔やんだ。彼はカンニングで名高かった。そして全生涯のなかでも、地理の集中的な勉強に全身全霊打ち込むことができたはずの時を無益に使い、失ってしまったことを悔やんだ。今にしてその学問がきわめて役に立つものであることを悟った。

「マルコス・ヴァス・ジ・トレードは今どこにいるのだろう？」二十年も会っていない役所の同僚がひょっとしたらペリペリの駅に下車するのが見られるのではないかと思いつつ、自問した。

南部出身で自意識の強いマルコス・ヴァス・ジ・トレードは地理に滅法強かった。頭のなかに世界地図があるようだった。首府、主要な都市、湾と島、湖と潟、山と火山、滔々《とうとう》たる大河と単なる水の流れ、海流、それに河川港と海港……ヨーロッパやアメリカやアフリカやアジアやオセアニアの港を

選ばせても数十の港をよく知っていた。そのマルコス・ヴァス・ジ・トレードはすこぶる頭のよい男だったが、かなりうるさく、自分の知識に凝り固まっていたので、仲間たちは彼から逃げ出し、彼といっしょにいるのを避けた。彼に少しでも切っかけを与えると、長い煙管《きせる》を片手に驚くべき記憶力で、ハンブルグから上海、ニューヨークからブエノスアイレスまでややっこしい名前を朗唱し始めた。当のシッコ・パシェッコ――話すのは好きだが、聞くほうは嫌った――が、彼に「貨物船」つまりどんなにひどいものでも港を見たら、必ずそこに寄港せずにはいない、そういう貨物船という綽名をつけたのだった。

シッコ・パシェッコは地理の知識をあのように過小評価したことは誤りだったと遅まきながら気づいた。マルコス・ヴァス・ジ・トレードをうるさい奴、まったく嫌な奴だと考えて、彼を見ると通りの角を曲がったのだった。奴を今ペリペリに呼び寄せるためだったらどんなことでもしてやるさ。奴の内海や支流や子午線やあの何百もの貴重な港で……わしは、ややっこしい停泊地と言えば、誰でも知っている一番簡単な名前しか憶えておらず、食わせ者の仮面をひっぱがしてやろうという者にはこれじゃまったく役に立たないわい。そうさ、わしは、確かにあいつは食わせ者だと思うし、どんないかさま師でも信じ、どんなに卑猥なほらでも鵜呑みにするペリペリのあのお人好しの爺さんたち、あの信じやすい頭の弱い連中の善意を騙しているとにらんでいるからさ。当のわしが、何度となく奴らに身の毛のよだつような嘘をついてやったが、可哀そうに連中は疑いもしなかった。

この世にペリペリほど嘘つきが自分の商品を取引きするのに好都合な市場はなかった。支払いとして尊敬と敬意という貨幣を受け取った。その証拠が彼自身、シッコ・パシェッコだった。彼が尊敬を集めていたのは、彼がこうむった不正からというよりも、判事や検事のことについてでっちあげた話や、法律上の手段や狡猾なやり方を誇張して語ったからだ。ただ彼の嘘は陳腐で、限られたものであり、その行動範囲はバイーアの町を越えることはなく、知られた人々が登場し、汽車で三十分の所に舞台装置があった。

遠い海や大洋の真っただ中で嵐や難破や鮫に囲まれた船のデッキを舞台とし、あらゆる風に打たれ、女、その大部分が恋の虜になった淫らな女、ふしだらな女でいっぱいの途方もなく誇張された話とどうして対抗できようか？

シッコ・パシェッコは小さな眼を細めた。あんな厚かましい奴には初めてお目にかかったわい。法廷で偽証するのを（料金先取りで）生業《なりわい》にしている、酔っ払いで道楽者の爺さん、ホメウ・ダス・ドーレスだってあんなに恥知らずじゃない。あの船長ときたら（何が船長だ！）物笑いという観念がないんだ。出しゃばりやがって、でたらめな話を聞かせ、港や地面の凸凹の響きのいい、ややっこしい名前や航海用語を話に混ぜて得意の嘘をこれ以上はない高い値段で売っていやがる。ペリペリのあの無邪気なばか野郎たちは涎《よだれ》を垂らしていやがる、どいつもこいつも戯《たわ》け者だ。まだやってないことと言えば、船長（船長の腑抜けめ！）の尻をなめることぐらいだ、間抜けな奴らだ！　争ってみても無駄だ。わしに残されているのは、食わせ者の化《ば》けの皮をひっぱがしてやること、ペテン師だと言ってやることだけだ。ああ！　もしも地理を知っていたなら、奴の足元に海流やら緯度やら経度やらを投げつけてやり、奴の寄港を混乱させてやり、すぐにブリッジから引きずり下ろし、永久に船から下ろしてやらずにはおかないのだが。「サルヴァドールで教科書を探させにゃなるまい」

戻ってきて以来、ひどく不満をかこって暮らしていた。彼の普段の血色の悪い顔はいっそう黄色くなり、今にも不機嫌の発作を起こしそうだった。ヴァスコ・モスコーゾ・ジ・アラガンの姿、彼のパイプ、航海器具、額に入った地図と船、双眼鏡と望遠鏡、彼の誇り高い帽子がペリペリを端から端まで、駅から浜辺までを支配し、ほかの重要人物、ほかの著名人、ほかの英雄の存在する余地がなかった。トウモロコシの葉で巻いて、紐状に固めた煙草を吸いながら（海泡石のパイプ、香りのよい煙草を前にしたら、どんなに悪い臭いがしてもトウモロコシの葉で巻いた煙草は何の価値があろうか？）シッコ・パシェッコは恨みをかみしめ、仕返しの計画を思いめぐらせていた。

だが――と熟考した――当然だ、気がつきたくない奴か、またはもう棺桶に片足を突っこんでいる愚かな聞き役だけが気がついてないいんだ。あいつ、無知なゼキーニャ・クルヴェロはえらく感心して二等船員に成り下がり、配下の兵隊よろしくあのいかさま師の後をくっついて回り、船が入港する湾を岩場のてっぺんから監視する滑稽な儀式をやるときには、奴のために双眼鏡を持って歩いている。野次馬が集まり、まるでバイーアの港はペリペリの住民に監視され、指揮されているようだ。下りてきてヴァスコが告げる。

「オランダの汽船だ。完璧な操船だ……」

あるいは、こっそり漏らす。

「パナマの貨物船だ……たくさん密売品を積んでるにちがいない……」

共犯者か何かのように目配せし合い、危ないことに係わっているように思っている。奴らのうちの一人ひとりが、特にゼキーニャ・クルヴェロは、多少なりとも密売人にでもなった気でいやがる。

「田舎芝居だ」とシッコ・パシェッコは、さらにいっそう黄色い顔をし、欠けた歯の口に妬みの苦い味を感じながら呟いた。船長（船長だって、ばかくさい！）のにこやかで誠意にあふれた顔、小間物屋の主人のような様子をじっと見て、彼は、いつかあいつが船に乗ったとしたら、けちな沿海航路のちっちゃい船で、奴の知識はイリェウスかアラカジューかベルモンチの港以上にはいきゃしないとますます確信を深めた。

彼は何気ないふうを装って、自分の疑いを仄めかして回った。黄金色の額に収まり、署名され登録された資格免許状が部屋のみんなの眼の前で、彼の鼻先に擦りつけられた。なるほど、資格免許状は否定しがたい事実だ。しかし、バイアーナ社のあんなちっぽけな船の一つを指揮したという以外に何を証明すると言うんだ？　カラヴェーラスからサルヴァドールまでの短い航路で、乗客が何もかも吐いてしまう船だ。たぶん、そこまでもいかないかもしれない。ひょっとしたら、船長（船長だって、女房に浮気された亭主さ！）はジュアゼイロからピラポーラへ、ピラポーラからジュアゼイロへとサンフランシスコ河から一生、どっかのちっぽけな蒸気船から一度も出たことがなかったんじゃないの？　あの行商人、月賦屋面じゃ、ばか者だけが騙されるのさ。擦れからしの弁護士や法廷の狡猾な連中やあらゆる種類の盗人《ぬすっと》と渡り合ってきたシッコ・パシェッコ、わしはちがうよ。アジアの港だの、インド洋の島だの、セイロンの女だの、ギリシアの船乗りだの、そういう話をヴァスコはきっと本で読んでか、人から聞かされて知ってるんだ、それとも単にでまかせなんだ。サンフランシスコ河の小さい蒸気船、シッコ・パシェッコ様が奴に譲れるのは精々これくらいだ。

最初の攻撃では資格免許状で敗れたが、意気消沈しなかった。十年にわたる州との係争で鍛えられた神経だ。息子に注文した教科書を待つあいだ（たとえ余生を地理の勉強に捧げなければならなくとも……）、敵の弱点を突くことに決めた。疑念を起こさせ、自分ほうの味方になってもらえる細かなことを。

すぐにエミーリオ・ファグンジスの失望に気づいた。農業局時代にエミーリオ・ファグンジスはチェスを好み、その腕前により新聞に名前が出たほどだった。実際、リオで選手権試合に参加し、四等賞を得た、たいした成績だ！　退職した今、ペリペリについて彼の唯一の不満は、よい対戦相手に恵まれないことだった。そこでは、チェッカーやバックギャモンやドミノの域を出る者はいなかった。船長（船長だって、糞喰らえ！）の到着で希望に胸をふくらませたが、すぐに失望した。あの男はルークとビショップ、ナイトとキングの区別もろくにつかなかった。相変わらず州都の相手と文通でゲームをしたり、新聞や雑誌の専門欄の問題を解いたりしなければならなかった。まったく幻滅だ。

「海の男はチェスを知ってなけりゃならないと思った……」と、ある日シッコ・パシェッコに打明けた。

生涯で初めて元消費税担当税務官はチェスの複雑さに熱中した。それまではそれをまったく厄介なゲーム、エミーリオ・ファグンジスを変人だとみなしていた。海の男が時間つぶしにあんなに恰好なゲームに無関心だというのはまったく奇妙なことだ。穏やかな航海の長い時間にはそれ以上のない暇つぶしにちがいない。ちょうど、船長（船長だって、女のあそこだ！）が、濃霧のかかった寒い夜に北海で彼の船を、漂う巨大な氷山との悲劇的な結果をもたらす衝突から回避させたもっとも感動的な時だったが、シッコ・パシェッコは、チェス盤をデッキに投げつけてやろうと決意した。霧はきわめて濃かったので、船は、チーズがナイフに切られたようになったでしょうし、氷の白い塊が海上を動く山脈のように左舷に現れたときには、その黒い船はスピードを落として進んでいて、その悲鳴にも似た汽笛は危険を知らせ、船客はパニックに陥ったのです……。

「ヴァスコさん、一つわしに教えてくれないかな……」

「ヴァスコ・モスコーゾ・ジ・アラガン船長です、何なりとも」

肩書を省かなかった。というのも、彼も言っていたように指揮の免許状のほかには財産も名誉も持っていなかったからだ。シッコ・パシェッコは努めて汚い言葉を言うまいとし、彼に肩書を付けた。

「だったら（……糞）船長さん、引っかかることがあるんだが、教えてくれないか、どういうわけであんた、暇を持て余している海の男がチェスをやれないんですかな？　船中じゃなかなか好まれているゲームだと聞いておるんだが……」

「でしたら、あなた、まちがったことを聞かされましたね。船乗りのゲームは、さいころの博打かトランプ、つまりツキ任せの勝負事です。ポーカーはひじょうに盛んです、そうですとも。私は日の出まで眠らずにポーカーの卓で幾晩も過ごしたことがあります……」

そして、それを潮に大胆にも話を先に進めていった。

「ペリペリと似た島ラズマットで難破した、あの時のことですが、我々にはボートのなかにビスケット少々、水少々、それにトランプが一組しかありませんでした。そしてボートのなかでも、四方から脅かされながらもいいポーカーをやりました。五人おって、一人が舵を取り、残りの四人が賭けました。自分の分のビスケット、水を賭けたのです。面白かった。二日二晩……」

ところが、シッコ・パシェッコはポーカーが得意だった。

「ポーカーだって？　こりゃあ、いい……。わしらで軽く一勝負やれるじゃないか。わしはしばらくやってなかったんでうずうずしてた。鴨《マヘッコ》は病みつきだし……」

「病みつきだなんて、そんなことはない。たしなむ程度だよ……」

「レミーニョスもやる、アウグスト・ハーモスはもちろん……」

ひょっとしたら、ポーカーをやるというのもヴァスコのでまかせ、もう一つのでまかせじゃないかな？　そら！　奴が決まりをしらなかったら、賭け方も、強気にやることも知らなかったら……。

「今からでも一勝負やれるじゃないか……」

「今は駄目です、悪いですが。聞いて頂いていたことを終わりまでお話しなければなりません……」

中断した話に戻ってヴァスコは逃げた。

「残りは後にしたら……」シッコ・パシェッコが無理強いした。

「ちょうど、一番印象的なところだったんだ……」とフイ・ペソーアが思い出した。

「背中がゾクゾクしてきたくらいだ……」とゼキーニャが正直に言った。

シッコ・パシェッコはヴァスコの周りのグループを軽蔑したように見た。愚かもんたちが！　それじゃまだペテンだということがわからないのか？　きっとこのいかさま師は何枚のカードで遊ぶのか、ストレートやスリーカードの点がいくらかを知っちゃいないんだ。期待で顔がほころんだ。船長（おかまを掘られた船長め！）の声が劇的な話を語って朗々と響いた。というのは、もう氷山は今にも船に衝突しそうで、船客は泣き叫び、乗組員は正気を失い、彼は舵取りの手から舵を奪って……。

「あんたが話を終わらせるあいだに、わしはアウグスト・ハーモスを呼んでくる……家にいるだろうね、鴨《マヘッコ》？」

「私は安かったら、やる……トスタン〔ブラジルの旧通貨単位、一トスタンは百レイス〕程度だったら……」鴨《マヘッコ》は生活が苦しかった。バイーアにいる、未亡人になった、子供を抱えた息子の嫁を援助していた。

氷山が船をかすめたときには、シッコ・パシェッコはもうアウグスト・ハーモスとトランプを探しに出かけていた。ヴァスコは舵にしっかりと手をかけ、極寒の流れに運ばれてゆっくりと遠ざかる氷の山を意気揚々と眺めていた。

　トランプにはこと欠かなかった。彼らのほとんど誰もが広場での世間話の前に、午後の暇な時刻に独りトランプをやっていた。毎日触っているので、みすぼらしく汚いカードだった。

「さあ、さあ始めよう……」シッコ・パシェッコが急がせた。

「予想好きも予想できないな……」とレミーニョスが言った。というのは、みんなが勝負を見物しようと席を占めたからだ。

「私は前にもそんな氷山の話を聞いたことがあったよ……」

「タイタニック号の難破のことを憶えてないのかい？　あんな大きいのにぶつかって……まったく危

険だ……」

ヴァスコは笑みを浮かべ、近づき、トランプを手に取った。船長（船長だって、いい加減にしろ！）が脂じみたトランプを見て、それをテーブルの上に投げ出し、頭を振って拒絶し「そのトランプじゃ、駄目だ、無理ですな」と言うと、シッコ・パシェッコの表情が明るくなった。

「何です、あんた、贅沢なことを。トスタン程度を賭ける、ほんのお遊びにゃこれで結構だ。さあ、さあ、座って……」シッコ・パシェッコは椅子を引いた。

ゼキーニャ・クルヴェロはまだ氷山を見ていた。「眼の前にそれくらいのやつがきたら、わたしゃ、水の中に跳び込むね……」

「いいや、そのトランプでは私はご免こうむりますね、面白くない」

「それとも、あんた、ポーカーをどうやるか知らないんじゃないの？」シッコ・パシェッコは勝ち誇った。

驚いたという目つきでヴァスコ・モスコーゾ・ジ・アラガンは彼を見つめた。「知らないわけがないでしょうが？」

「知らないんだろう……」

ヴァスコは彼に背を向け、急いで出ていった。シッコは結論を出した。

「奴は生まれてからこのかた一度もポーカーを見たことがないのさ。救命ボートでやっただなんて、そんなことあるわけないだろう？　そいつは、わしらがまったくのばか者だと思ってるのさ……一度嘘をつくと、嘘を重ねていくのさ……」

「嘘だって?!」

「おや、レミーニョスさん、それじゃあんた、まだわからないのかい？　ちょっと締めつけてやりゃあ十分だ、奴は尻尾を巻いて逃げ出すわ……たった今、そのポーカーのことで、気がつかなかったのか？　ビスケット、水を賭けてなんて言っておいて……わしがトランプと相手を探してくりゃ、奴は逃げ出す……トランプが少々使ってあるからだと、まずい言い訳よ。船乗りが、一番いい加減な奴だって、ポーカーぐらいやらない奴がどこにいる？」

　氷山から下り、まだ戦慄していたゼキーニャが彼の偶像を守ろうとやってきた。

「彼は知らないと誰があんたに言ったんだね？　彼がそう言ったのかね？」

「ほらきた。あんたはあの小男におべっかを使って……」

「おべっかだって、とんでもない。しかし私は妬んじゃいないさ……」

「それじゃ誰が妬んでるって言うんだ？　何を妬んで？」

「あんたたち、落着いて……」と鴨《マヘッコ》が中に入った。「何ですか？　昔からの友だちが二人して訳もなく言い争って！」

「私は、名誉ある男の言葉が疑われるのを許さないんだ……」

「わしが疑っているのは、あの男のポーカーさ……」

「実際、彼はいなくなった……」とフイ・ペソーアが認めた。

　しかしヴァスコはトランプを二組とチップの箱を一つ持ってすぐに戻ってきた。新品の美しい、蠟の塗ってあるピカピカのカードで、裏には太平洋横断船の写真が印刷してあり、青い煙が煙突から立ち昇っていた。そう、そういうのがトランプだ。カードが手から手へと回された。

　その午後、シッコ・パシェッコの敗北はそれだけに留まらなかった。彼はポーカーが上手かったが、神経質で、イライラしやすく、いつでも強気にいく癖があるので、ヴァスコ・モスコーゾ・ジ・アラガンに敵う相手ではなかった。ヴァスコは人を引き込む上機嫌で、知識と確実性と航海の術語を駆使して賭けをした。いついくべきで、いつ下りるべきかを心得、適当な時に強気に出ることを知り、すぐに各相手の癖を呑み込んだ。シッコ・パシェッコはほかのことはともかく、彼のポーカーの見事な腕前だけは否定するわけにはいかなかった。名人だったのだ。

ゼキーニャ・クルヴェロは、傍らの椅子で勝負を見守った。氷山は南の熱さで溶け、遠くに消え、今はヴァスコの見事な腕前と確かな眼力がポーカーの卓で実証された。時々、ゼキーニャは人を見損なった元消費税担当税務官に優越感のこもった眼差しを投げかけた。そしてヴァスコが単にクイーンのペアで、シッコの高い賭金――その金は、惨めにも七のペアに賭けたものだった――の様子を探っていったときに、ゼキーニャは我慢できずに言った。「妬みは命取りになりますよ、シッコ・パシェッコさん」

実際、命取りになった。シッコ・パシェッコは肝臓に痛みを感じ、五ミル・レイス〔ブラジルの旧通貨単位、一ミル・レイスは千レイス〕の参加料《アンティ》をもう一度払った。

その記念すべきポーカーの勝負はペリペリに新しい習慣をつくった。木曜日の晩に老ジョゼー・パウロ、アウグスト・ハーモス、レミーニョス、それに必然的に「予想好きな連中」が熱気をはらんだ勝負のためにヴァスコの家に集まった。ゼキーニャ・クルヴェロはそのゲームの秘訣を理解し始めた。船乗りはポーカーを知り、愛さなければならないのだ。シッコ・パシェッコはその仲間に加わるのを拒否した。船長（船長だって、淫売の倅《せがれ》め！）の家に足を踏み入れなかった。

リキュール、カンジカおよび鮫のある六月の祭り、あるいは敗北した妬み深い男について

六月が、砂地の通りを水浸しにする雨を挨拶代わりにして、マヌエー〔トウモロコシ、蜂蜜などで作るケーキ〕、カンジカ〔おろしたトウモロコシ、牛乳またはココナツミルク、肉桂、砂糖などで作るクリーム状の食物〕、パモーニャ〔生のトウモロコシ練り粉から作る菓子〕用に台所に山積みされたトウモロコシの穂とともにやってきていた。定年退職者や事業を隠退した者たちが食餌療法をやめにし、ジェニパペイロの実のリキュールのグラスをあけ、おいしい料理で満腹する食欲の月だ。その後、糖尿病からリューマチまでのさまざまな病気が悪化し、彼らのうちの何人かは塩あるいは砂糖を絶たざるを得なくなり、その行き過ぎの付けを払わされる。多くの家では聖アントニオ祭までの十三日間、お祈りが唱えられた。先ず、その縁結びの聖人の即席の祭壇の前でお祈りを唱え、その後でアコーディオンの音に合わせて踊った。広場には聖ジョアンの旗を掲げた長い竿が立てられ、聖なる夜のために焚火が準備された。月末になれば、やもめと男やもめたちが彼らの守護者、聖ペドロを祝うことになる。一カ月中が祭りで、子供たちはクラッカーやネズミ花火を鳴らし、祭りの日の前の十三日間に恋が芽生え、若い娘は未来の花婿の顔を見ようと不思議な水盤にかがみ込むのだ。そして住民のうちのすべての男が我がものにしようと狙っている栄誉、聖ジョアン祭の会長の選出だ。

実際、聖ジョアン祭はどの家でも祝われた。というのは、どんなに貧しい家でもジェニパペイロの実のリキュールが一本あけられ、カンジカ、トウモロコシの、またはその粉のケーキ、タピオカのケーキ、トウモロコシの皮に包んだパモーニャの一切れが出されたからだ。しかしなんと言っても貧しい子供たち、漁師や東部線の工夫の息子たち、小学校の生徒向きの遊びがある広場での祭りだった。

ジュスト神父がプラタフォルマからやってきて、小さな教会で午前中ミサをあげ、重要人物のうちの一人の家で昼食をとり、午後には遊びに列席した。夜になると焚火をし、そのなかでトウモロコシとサツマイモが焼かれ、空中に火花が散り、風船が空に昇り、星が無数に増えるのだ。

その祭りの会長の件でジュスト神父は外交術の奥の手を使わざるを得ないのだ。もっとも、彼の長衣は外交官の礼服を隠しているのだ。どんな意地っ張りをも説得でき、感情を和らげ、ある人と朝食をとり、別の人と昼食をともにし、さらに別の人と間食をし、何十軒もの家でリキュールやカンジカを飲食し、ペリペリの彼の信徒と平穏な関係を保ち、ひどい消化不良に悩まされながらプラタフォルマに戻るのだ。

毎年、会長には候補者が目白押しだった。少年たちが袋競走と卵転がし競走をし、先端に五ミル・レイス札が張りつけられ、脂が塗られた滑りやすい柱によじ登る午後の祭りの会長となる資格を自分が持っていると誰もが考えていた。多少出費があったが、広場で尊師と並んで座り、称讃に包まれた小学校の一人の生徒の挨拶、先生にこしらえてもらい、脅しと努力と罰とでやっと演説者が暗記した挨拶を聞くという栄誉を考えたならば、取るに足りないことだった。

まだ四月だというのに、ジュスト神父はプラタフォルマの彼の司祭館にもう仄めかしや伝言や候補者やその家族の者たちの訪問を受け始めた。蝋燭が教会に奉納され、ミサをあげてくれと言う者までいた。

最古参の住民はほとんど全員、ペリペリの毎年の最高の栄誉にすでに浴していた。老ジョゼー・パウロは三度もその栄誉を受け、今では、無駄な出費を避けて名乗りをあげもしなかった。アドリアーノ・メイラ、アウグスト・ハーモス、フイ・ペソーアは前に選ばれたことがあった。そこの比較的新しい住民で、健康のために四十五歳で退職したレミーニョスですらその祭りの会長にすでに就いていた。シッコ・パシェッコもそうだった。つい四年前に聖ジョアンの祭典の会長を立派に、威厳をもって務めた。それでは、なぜ船長のやってきたその年に垂涎《すいえん》の的である地位を再び自らのものにしようと決意したのだろうか？

もしも誰かそれに資格のある者がいたとすれば、そこに五年住み、その時まで神父に忘れられていたゼキーニャ・クルヴェロだった。ところが、当のゼキーニャが誰よりも先に尊師にヴァスコ・モスコーゾ・ジ・アラガンの名を思い出させたのだ。彼の意見では、その年の聖ジョアン祭の会長はヴァスコを措いてほかにはあり得ない、彼が彼らの間に身を置くようになってペリペリの名声を高めたのだから、その名高い船乗りを選出するのはもっとも厳格に言っても公平なことだと言うのだ。ジュスト神父は同意した。新しい住民に心を引かれ、彼らの信頼と友情を勝ち得たいと思っていた。穏当な選出のように思われた。鴨爺《マヘッコ》さんやアドリアーノ・メイラやエミーリオ・ファグンジスのような重要な人たちが全員賛成していた。貧しい人たちは言うまでもない。いつでも一人、二人を助けてくれ、なにがしかの金をくれ、カシャッサの一杯もおごってくれる船長を敬愛していた。彼の説明によれば、船乗りたちと付合い、彼らの問題を知り、彼らと深い酒付合をし、そこから生まれた習慣だと言うことだ。他人を助け、忠告を与え、彼らの打明け話を聞いてやるのが好きだった。今回、ジュスト神父は、その選択で他の人の感情を逆なですることも、妬みを引き起こすこともないと考えていた。船長の名はそれほど誰からも称讃されていたように彼には思えたからだ。

まちがっていた。そのニュースがペリペリに伝わると、シッコ・パシェッコは激怒した。彼は一カ月前に神父に立候補する旨を知らせ、贈物として去勢した若鶏と甘美な飲物「北部の獅子」という銘柄のジュルベーバ〔なす科の植物〕の酒を一壜贈ったのだった。それが、藪から棒に背中を一突きされ、惨めにも裏切られたのだ。訴訟の延期やペリペリでこうむった失望だけでは彼に不足だというかのように、教会は彼の立候補に横槍を入れ、あのいかさま師、あのペテン師の味方になったのだ。シッコ・パシェッコは突然、激しい教権反対論に取りつかれ、心はフリーメイスン団に対する親しみにあふれ、聖職者一般、特にジュスト神父のことを糞味噌に言い、愛人と子供がいるとでっちあげた。

まだ選ばれたのがほかの人間ならば、黙って屈辱に甘んじることもできよう。シッコが立候補したのは、まさしくヴァスコの「配下の兵」が遅ればせながらも栄誉をとうとう手に入れるのを邪魔するためだったが、たとえゼキーニャ・クルヴェロが選ばれたとしても我慢ができたろう。提灯持ちの勝利を阻止しようと思い、結果は惨敗だった。これまでに喫したものよりも悪いものだった。そう、彼はあのポーカーの一件以来ひどく燃えていたので、バイーアの法廷で進行中の訴訟のことも忘れていたかのようで、まるでヴァスコ・モスコーゾ・ジ・アラガン船長以外には倒すべき敵はこの世に存在しないようだった。

このところ、氷山と新品のトランプの午後以来、当てこすりのほうはやめ、正面からの非難に向かっていた。住民の一人ひとりに当たり、ヴァスコの話を分析していき、考えられる矛盾を強調し、彼にはばかげているように思われることに注意を向けさせた。

競争相手の徳性を汚し、破滅に追い込もうという彼の試みは成果を収めたとは言えない。しかし確かに彼の執念はついにはある疑い、ある漠然とした不信感を人々の心に植えつけていった。船長は本当にあんなに雄々しいのだろうか、彼の生涯はあんなにも冒険的で、あんなにも危険と色恋に満ちあふれたものなのだろうか？　あのように感動的なことがあんなに沢山たった一人の男に起こりうるものなのだろうか、自分たち全員の生涯がこんなにも月並みで貧弱なのに、一人の男の生涯があんなにも豊かだろうか？

人をからかっては喜ぶ、無礼な老人アドリアーノ・メイラはある時、趣味の悪い冗談を思い切って言ってみた。船長がもっとも好奇心をあおる彼の壮挙の一つ、紅海で十九人の船乗りが鮫に喰われた、あの話を語っていた時のことだ。彼、ヴァスコは神意と、三匹の、三匹以下ではなかった、飢えた鮫の腹を引き裂いたナイフの機敏な扱いのお蔭で助かったというのだ。

「それをもう少し少なくしたら、船長。鮫が多すぎるよ……」

ヴァスコは子供のような澄み切った眼で彼をみた。

「何と言いました、あなた？」

アドリアーノは狼狽した。船長の声はそれほど穏やかで、眼はそれほどにも澄んでいたからだ。しかしシッコ・パシェッコと話を交わしてきたところだったので、力を奮い起こし、悪ふざけを繰り返した。

「鮫が多すぎますよ、船長……」

「それでは、あなたは鮫について何をご存じなのですか？　紅海を航行したことがおありで？　あなたのお考えは妥当ではありませんな、私はあなたにはっきりそう言えます。世界にはあんなに鮫の多い所はほかにありません……」

いいや、嘘つきであるはずがない、皮肉にも冗談めかした疑いにも、からかった声の調子にも気づいていない。もしもシッコ・パシェッコの期待しているようにペテン師だったら、腹を立て、いらいらして応えるだろう。アドリアーノ・メイラは後悔した。

「船長、あなたのおっしゃる通りです。我々は知らないことに口を出してはなりませんな……」

「それを私はいつも言っておるのです。口に出しても、指揮しても……」

セメントを運搬し、スエズとアデンの間の緩慢で単調な航海でエジプトの貨物船「エル・ガミル号」を指揮することを承知したのは、その船のことを知らなかったからなのです。その正気の沙汰とは思えないことに気づいたときには、もう遅かったのです。船はひどい有様で、電信設備も動きませんでした。それに乗組員は怪しげな連中で、怖くなるような者たちでした。幸い、忠実なジオヴァンニ、彼のために数年後、ヨーロッパの船荷主とうまくいかなくなったあの船乗りがいっしょでした。それで船体に穴が開き「エル・ガミル号」が難破したときに、あの人間と鮫との殺戮の後に彼と二人だけがノルウェー船に拾われて助かったのです。今でもその天恵のナイフをしまってあります。いつかあなた方が夜、うちに一杯やりにこられたときに、お見せしましょう。

シッコ・パシェッコの全力を投入した作戦の結果は、そのような一時的な疑念、すぐに消えていく瞬時の不信感の域を出なかった。アドリアーノ・メイラは彼を見ると文句を言った。

「あんたときたら、そんな話ばかりだ……。奴は嘘つきだと、それしかあんたは言えないのさ。俺は信じて、えらい目に遭ったよ。船長は鮫を殺したナイフまで見せてくれた……」

「あんたたちはまったく白痴《たわけ》だ！」

彼は何人かの者と折合いが悪くなり、ますます苦々しく嫌味になり、卑猥な言葉で口汚くなり、ペリペリの全住民、退職者たちと、全員、船長の冒険談の熱烈なる聞き手である、その妻たちに彼の軽蔑と怒りの矛先を向けた。

彼の立候補はすげなく拒否され、聖ジョアン祭の会長にヴァスコが選ばれたことは、あまりのことだった。なおも神父に圧力をかけようとし、以前の贈物のことを思い出させ、州との係争で勝ったあかつきには実質ある贈物をやるという見通しを持たせにかかった。その後は尊師を誹《そし》り、彼をふしだらな男、日和見主義者に仕立て上げた。これは明らかに行き過ぎだった。ジュスト神父はただ彼の子羊たちの平和を維持しようとしただけであり、どんなにひどい毒舌家でも、優しく控えめな美しさながら聖女像のように見える、司祭館の世話をしている娘以外には、彼の生活に女がいるなどと言っている者はいなかったからだ。

以前、ペリペリの住民のなかでもっともちやほやされ、鴨爺《マヘツコ》さんとほとんど変わらないほど尊敬を集め、いつも熱狂的に歓迎された存在だったシッコ・パシェッコには、そのように大きな屈辱、それほどまでの不実は我慢がならなかった。愚かそうな、小間物屋の主人然たる顔でそのペテン師が、恩知らずな神父（多少なりとも威厳のかけらでも持っていたならば、少なくとも若鶏とジュルベーバの酒を返すべきだ）の横で聖ジョアンの祭典の会長を務めているのを見るのは耐えられないだろう。外出することに決めた。しかし敵を喜ばすことも望まないので、訴訟が日程にあがり、もう少しで判決だとでっちあげた。以前であれば、好奇心を煽った、そのニュースをもってしても現在彼の周りにある無関心を揺り動かすことはできなかった。何もかも、物笑いになる船乗りの制服を着た卑しいペテン師の仕業、お蔭なのだ。土砂降りのなかを発った。駅は閑散としていた。自分の無力な怒りを包み隠し、逃亡者のようだった。

ドンドカ、語り手に精神的不貞を働く件《くだり》

正直なところ、シッコ・パシェッコが船長に対して火蓋を切った、妬みと不満の所産である悪意ある作戦により、その英雄の比類のない姿によせた私の以前の無条件の感嘆の念は少々揺り動かされました。彼の冒険談のうちのいくつかは、元消費税担当税務官の辛辣な批判の光に照らしてみると、かなり行き過ぎているように思われます。私がこのように申しますのは、早まった判断をさせようというのではなく、あくまでも一人の公正な歴史家としてなのです。そしてそのようなことを申しますのも、定年退職者や事業を隠退した者たちがシッコ・パシェッコの論評や観察をあまりにも過少にしか

評価せず、船長にあまりにも親近感を抱いていた事実が、何か私に吹っ切れない思いをさせたからなのです。

真実を見極めようと（暇つぶしと、また古文書館の文学・歴史コンクールにそれを提出して参加できるかどうか見てみようと）私が没頭したこのような調査研究では、ある種の事柄は公開討論とは言わないまでも、少なくともそれについて学究的な意見を述べられる著名な人物たちの検討に付せられてしかるべきです。

そんな次第で、その件について判事殿、アウベルト・シケイラ博士にお尋ねしたのです。彼の重要性は今日のペリペリにおいて、過去にヴァスコ・モスコーゾ・ジ・アラガン船長の存在が意味したものを表しています。判事は普遍的な知識の持主で、法律から哲学まで、経済から論議を呼んでいるセックスの問題まで人間の知識のいかなる分野も彼の好奇心から免れるものはありません。医学すら、十分とは言わないまでも多少わかり、彼こそがドンドカのひどい、たび重なる風邪の手当てを正しく献身的に行うのです。すでに私は彼がそうしているのを見る機会を得ました（というのは、私が夜だけ、それもこそこそと、入り込んでいた、その彼の別宅のドアを、またもや信頼と尊敬の証《あかし》として私のために最近、昼日中に開けて下さったのです）、シャツの袖をまくり上げ、お湯の入った洗面器にドンドカの可憐な足を浸し、その後でタオルに包みました。判事殿によれば、風邪や流行性感冒にはこれに優る手当てはないということです。病人にとっても、即席の医者にとってもよい手当てであるように私には思われます。というのは、その娘の足をお湯につけるという口実で判事の卓越した手は時として膝およびその近辺にまであがり、その結果、ドンドカはベッドの上を転げまわり、嬉しそうに、恥知らずにも笑い声をあげ、共犯者らしく片眼を私につぶって見せたからです。すると彼は彼女に気持ちのいい言葉、優しい言葉を囁くのです。「おお、かわいそ、私の可愛い娘《こ》ちゃんはお病気なの」

バイーアの法学の誉である、その著名な男がブリキの洗面器の前にしゃがんで、あまり日の当たらない、財産も何もない卑しいムラータの足を洗い、擦り、口づけしている光景は、感動的なものです。私はこの機会を利用して、彼の素晴らしい道義心が再び証明されたことをここに宣言するものです。

私の疑念を彼に尋ねてみると、船長の話を聞いた人たちが簡単に信じ込んだことは彼には驚くべきことではない、船長が断言したことの具体的な証拠を前にしていたのだから、と私に言いました。額に入った免許状、キリスト騎士団勲章、まったくたいしたものだ！　羅針盤、望遠鏡。どうして疑えようか？　他人を中傷し、他人の名誉についてデタラメなことを言って、我らの平和な郊外を今日なお悩ませている、あれらの口さがない連中の先祖に過ぎないシッコ・パシェッコの中傷をどうして信じ、どうしてそれに重きを置くことができようか？

我が該博な司法官は、彼の経歴についてここで行われた議論が耳に入ったので、このところ、かなりおかんむりでした。

誰がその討論の余韻を彼に伝えたのかわかりませんし、敢えてその名をあげる気もありません。というのは、噂や陰口や告げ口屋が我らの卑小なる共同体に跋扈《ばっこ》しているからです。いずれにせよ、私はその口の軽い男とその軽率な行動を評価しなければなりません。というのは、その告げ口のお蔭で判事殿のそばでの私の信用が増したからです。そのお蔭で、友情と、さらに親密さの気持ちのよい証としてドンドカの家までいっしょにいかないかというお誘いを受けたのです。所帯持ちの男は誰か知人を気楽に自分の家庭や妻の前に連れていくが、愛人の家や愛人の前に連れていくことはなかなかないということを我々は十分承知しています。親友、兄弟のような者だけがそのような信頼の証に値するのです。

それは、テレーマコ・ドーレアにゴマをするオトニエウ・メンドンサが、シケイラ博士は高等裁判所判事の三人の候補者リストから三度名前が消された後、州都の地方判事として退職したと大声で言いふらしたときに、私が判事を弁護したためでした。最後まで欠員があり、そのためにドブネズミか判事殿か、どちらかを選ばなければならなくなったとしたら、ネズミのほうを選ぶだろう――考えてもみろ、このほうが盗みも臭さも少ないさ！――と政府の長官が言明したとか。

私は激怒し、大家の侮辱された名誉を烈しく弁護しました。私はそのオトニエウ・メンドンサに返さなければならない古い借りがあり、その機会をうかがっていました。まだ比較的若いそいつは、どういう風の吹き回しかペリペリに降ってわいた、休みを取っていた上玉の娼婦を我々二人が口説こうとしていたときに、私に汚いことをしたのです。その厚化粧のマノンを思い出し、私は怒り心頭に発し、能弁になり、その阿呆に恨みを、いくつかきつい形容詞をぶちまけ、居合わせた人々の賛同を得ました。オトニエウ自身、私がそんなにも熱くなっているのを見て度肝を抜かれ、前言を翻し、自分は判事の心酔者で、ただバイーアで広まっていた話をしたまでのことだと私に申し立てました。おわかりのように、中傷家の上に気の小さい奴なのです。

ところで、それらの私の考察の実際上の、また唯一の目的である船長の件に戻ると、私は近代主義詩人テレーマコ・ドーレアにその問題を説明したのです。このところ緊張関係にあった我々の間は改善されていました。彼はペコペコし、丁重な態度で私を訪ねてきて、私の著作である一篇の十四行詩――お陰様で、よく出来たアレクサンドル格のものです――について私を称讃してくれたのです。それは、頭のきれる努力家である私の友人の一人がオーナーである小新聞に発表したものです。勤勉なスペイン入植者たちから金を巻きあげ、定期刊行物に広告を載せるのを拒否する商人たちを烈しく批判するとして、ゆすりだと彼に難癖をつける人間がいます。私は、何もかも陰謀やデマに過ぎないと思いますし、知りたくもないのです。テレーマコは本当にその十四行詩が気に入り、讃辞を惜しみませんでした。私をペティオン・ジ・ヴィラールやアルトゥール・ジ・サーレス〔この二人はいずれもバイーア州出身の詩人〕と比較し、私の詩的才能をあのように率直に認めてくれ、私は感激しました。彼は私の心を動かし、私は彼に抱擁の挨拶をしました。悪い奴じゃない。少々やかましいだけで、時々、人をけなすことがあるが、その辛辣さは彼の懐具合の悪さからきているのではないだろうか？　惨めな恩給を受け、暮らしていけないのです。彼の才能は否定できませんし、もしも未来主義などという狂気じみたことをやめれば、よい詩を書けるでしょう。

船長とシッコ・パシェッコとの間で戦いが始まって間もない頃に、ペリペリの住民が取った態度に関しての私の気がかりを彼に説明しました。

テレーマコは判事殿に賛成しませんでした。「あのばかに人間の行動について何がわかる？」彼によれば、具体的、物質的な証拠――免許状、地図、クロノグラフ――は船長が支持された根本的な理由ではないと言うのです。そんなに単純で容易なことではなく、人間は物質的な証拠にそれほど重きを置かないのだ。彼らに船長を支持させ、シッコ・パシェッコや彼の恐ろしい舌と対決させたものは、野心もなく小心な定年退職者と事業を隠退した者たち、彼ら全員が感じていた彼らなりの冒険、彼らなりのヒロイズムの必要性にほかならない。一人の人間がいかに思慮深くても、生活がいかに控え目なものであっても、彼の心の中には焔、時には単なる火花があり、機会がくれば火事になることもあるのだ。それこそが、聞いた話の言葉の上、あるいは読んだ本の頁のなかのものであっても、凡庸さから、卑小でぬるま湯のような同じ毎日の味気なさから逃げろと彼らに迫るものなのだ。船長の冒険談のなかに、危険を冒した向こう見ずな彼の生活のなかに彼らが経験しなかった危険を、したことのない闘争や戦闘を、ああ！　体験したことのない常軌を逸した罪深い色恋沙汰を見つけたのだ。

シッコ・パシェッコは彼らに何を提供しただろうか？　州を相手取った民事訴訟の画策では物足りなかったのだ。かりにそれが刑事訴訟で、殺人やら、不貞を働いた妻や淫らな愛人やら、刃傷沙汰や撃ち合いやら、感動的な陪審員や判事や弁護士やら、嫉妬や憎しみや恋などであれば、おそらくいくらかの可能性があったのだが……。しかしそんな恩給をめぐっての係争では、いっそう真実で深みのある生活が欠けている彼らにとって、多くを必要としている彼らにはほとんど何の意味もないのだ。船長は人間性の大きさを寛大にも与えてくれた人なのだ。そこにこそ彼の成功の秘密があるのだ。

　正直な話、そのようなことはすべて私には複雑で混乱し、かなり知ったかぶりでもあるように思えます。テレーマコ・ドーレアはそんな調子ですが、根は悪い奴ではありません。さらに私を称讃し、二日後に返すからと私から二百クルゼイロを取りあげ、立ち去りました。

　私には判事殿のような高い知的長所はありませんが、肉体的には彼に優るある点により、夜、彼の代わりを務めている熱いベッドで最後にドンドカにその問題を説明しました。そのいたずらっ娘《こ》は彼女らしい艶めかしい笑い方をしました。

「その船長はお爺ちゃんだけど、彼なりの魅力があるわね。彼の声、きれいな眼、長い髪が素敵だわ。船長さんが自分の冒険談を話してるのを聞きながら横になっていたらきっとよかったわね。そういう男には、燃えない女はいないわよ……」

「ただ話を聞くだけか、それとも、やっぱり……？」

　唇を噛み、ウフフと笑った。

「ひょっとしたら、やっぱりね……」

　これでは、まるで判事だけでは不足だというかのようだ、いけ図々しい！　しかし彼女は私の髪を引っ張り、口を私に近づけました。

「船長さんの話をもう一つして、海の真ん中で女の出てくるのをひとつ、ねえ、してえ……」
間違いなく船長のことを考えていたのです。雌犬め。

七月二日の記念日の後、いかに嵐が吹き荒れたか、あるいは主人公に対する非難をひっさげて無頼漢がどう戻ってきたかについて

そして、空は澄みわたり一片の雲もなく、海は穏やかで、自然と人間が平穏な関係にある、そのような冬の申し分のない日に突然、嵐が吹き荒れた。

その年、とりわけ華々しくペリペリで祝われた七月二日〔ブラジルは一八二二年ポルトガルから独立するも、バイーアにはその後もポルトガル軍が残っていた。一八二三年この日、解放軍が州都に入りこれを掃討した〕の直後のことだった。以前はそのバイーアの国民的な記念日の祝いは、結局のところ小学校の行事、つまり先生の祝辞と甲高い調子外れな声で子供たちが歌う讃歌に過ぎなかった。それを除いては活気のない日で、各人は田舎者の行列や司教座教会広場での儀式、カンポ・グランジの花火というように町で過ごした別の七月二日のことを思い出していた。

しかしながら、その年は、国民的な行事について議論の余地のない権威である船長がその祝典の先頭に立ったのだ。彼はすでに聖ジョアンの祭りに革命を起こしていた。脂を塗った木のてっぺんに二十ミル・レイスの手の切れるようなお札を——まったく行き過ぎだ！——吊り下げた。子供たちの競技の種目の数を増やし、勝った者に賞品を与えた。歌ったり踊ったり、結婚させたり別れさせたりするのが好きで、喧嘩や刃傷沙汰や、殺すの殺さないのという騒ぎにかなり影響力を持ち、工員や漁師たちのいわば妖婦である、向こう見ずな女という裏の顔をもつ裁縫師エズメラルジーナの家での貧し

い人々のためのパーティに金を出した。そこでは火酒カシャッサがふんだんに飲まれ、手風琴とギターが一晩中掻き鳴らされ、十一時頃に船長がゼキーニャ・クルヴェロ——今では彼もパイプで煙草を喫っていた——を伴って儀式用の制服に身を固め、パーティがどんな様子かと顔を出したときには、騒ぎは耳を聾するほどになった。

七月二日、彼は儀式用の制服で、それに心も愛国的な熱情で飾って朝を迎えた。カコ・ポドリが彼のよき時代には陸軍の下士官だったことをどのように知ったかは誰もわからない、おそらく、どんな人とも口をきき、辛抱強く打明け話や思い出を聞き、問題を議論する彼の習慣からであろう。その結果、その年の七月二日、ペリペリの住民は夜明けとともにぎょっとするラッパの鬨《とき》の音で眠りを破られた。カコ・ポドリで、彼は広場で若い頃の失われた歳月を取り戻した者のような熱狂ぶりで起床ラッパを吹いており、一方船長はゼキーニャに補佐されてマストに格あげされた脂を塗った柱にブラジルとバイーアの旗を掲げていた。たぶん、ラッパの音にいくつか調子の外れたところがあっただろう。カコ・ポドリの音楽に関する記憶がぼんやりしていたからなのだが、いったい誰がそんな些細なことに気づいたであろうか？　定年退職者や事業を隠退した者たちは寝ぼけてベッドから跳び起きた。ありゃいったい何だ、どうしたのだろう？　耳を澄ました。ラッパの響きが朝のしじまを破り、名高い讃歌が断言しているように「その日になってブラジルのものになった、一日《ついたち》よりも光り輝く」七月二日の太陽を目覚めさせた。

何か軍隊と関連があるように思えたので、不意を突かれた住民たちは、革命だろうと想像した。新聞は噂で埋まっていた。きっと革命だ、続いて巨大な爆撃機がペリペリを土台から揺すったのだから。花火が空で音を立てていた。船長が駅のもう一人の人足ミザエウに命令を下し、的確な統制のもとに花火を祝砲代りにしていた。

「二十一！　よし！」

窓に恐る恐る顔が現われた。まだ眠そうな顔だった。子供たちは、漁師や東部線の工夫たちが集まっている広場へ走っていった。彼らに船長はその記念すべき日の最初の演説をした。徐々にパジャマ姿で老ジョゼー・パウロ、アドリアーノ、エミーリオ・ファグンジス、フイ・ペソーア、その他がやってきた。マストの横で不動の姿勢を取っているゼキーニャ・クルヴェロは襟の折り返しに黄色と緑〔ブラジル国旗の色〕のリボンをつけて得意気だった。

十時に小学校でいつもの行事が行われたが、カストロ・アウヴィス〔十九世紀のブラジル文学を代表するバイーア出身の詩人〕の「七月二日に捧げる頌詩」の朗読と、内容のある演説、言葉遣いの素晴らしい船長の再度の挨拶とで大分規模が大きくなった。ラバトゥチ、マリア・キテーリア、ペリキタン〔解放軍の英雄たち〕とともにヴァスコ・モスコーゾ・ジ・アラガンはカブリトやピラジャーの野や、イタパリーカやカショエイラの戦闘からきて、ついにはラピーニャとソレダージを通ってサルヴァドールの町に入っていった。そしてラーパにおいて後悔した女たちの修道院の戸口に倒れた修道女ジョアナ・アンジェリカの遺体の前に感動して身を屈め、植民者ポルトガル人たちを一気に、永遠に追放した。船長は抑圧者ポルトガル人に対する憤りで爆発し、顔つきを変え、祖国を解放した勇ましいバイーアの人々を思い出して激賞した。なぜならば、七月二日こそ、独立が実質上固まり、バイーアの人々の血がイピランガの叫び〔一八二二年のドン・ペドロによる独立宣言〕に現実味を持たせた日だからだ。

讃歌の後、二人の人足、先生と生徒、ゼキーニャ・クルヴェロと住民たちにメインストリートを通って広場まで行進させた。彼の軍人のような声が「並足、進め！」、「回れ、右！」、「気をつけぃ！」と叫んだ。制服のボタンが陽に輝き、疎らな小雨のような銀色の埃が団体行進について回った。

広場で少年も、男の先生も女の先生も、人足（カコ・ポドリはもうかなり足もとが覚束なく、起床ラッパの前に飲み始めていた）も、列を作って並び、国旗に誓った。夕方、なおも船長は、仮屋の取り壊しを見ようと集まった住民たちの前で、二言、三言挨拶をした。その最後の儀式は嘆かわしい事実により相当価値が下げられた。カコ・ポドリがほとんど昏睡状態に、そんなに酔いつぶれていたので、ラッパを一吹きすることもままならなかった。生徒の一人が代りを務めたが、その子のコルネットでは同じというわけにはいかなかった。しかしながら、祭りの見事さに汚点が印されたというほどではなかった。爆竹や花火の打ちあげの音、臼砲がその穴埋めをした。ミザエウは比較的素面《しらふ》だった。「そうですとも……」と鴨爺《マヘッコ》さんが後で論評した。「……これほどの七月二日の祭りを行うのには船長にここにきて住んでもらわなきゃならなかったのか……たいしたもんだ！」

船長は名声を確固たるものにした。いわばペリペリの住民たちの敬意と感嘆に包まれて高い台座の上の像のように決定的に、カリスマ的に聳えていた。それまで誰もそこでそれほどまでに尊敬を集め、それほど異議なしに称讃され、敬われたことはなかった。その七月二日のニュースは彼の名声をブラジル東部線沿いの諸郊外の隅々まで伝えた。船長の賢明な意見なしでは、その近辺では何も行えなかった。

そして、突然七月二日のあの輝かしさの直後に、穏やかな、喜びにうってつけの明るい日に嵐が吹き荒れたのだ。シッコ・パシェッコが下車し、耳触りの良い、息せき切った調子で駅で叫んだ。

「裁判に勝ったな……」フイ・ペソーアは彼が汽車から降りるのを見て、そう思った。

プラットホームに足をつけるや否や、すぐにフイや駅長や駅員やレールを磨いていた工夫やカコ・ポドリやミザエウに向かって勝ち誇った。

「わしは言わなかったか？　知らせなかったか？　あんたたちみんなに知らせたはずだ！　わしは、わしは一度も騙されたことがないさ……ペテン師だ。一度だって船に足を踏み入れたことがないのさ、一度だって！」

家から家へと回って歩き、一人一人、みんなを訪ねた。優越感を持ち、勝ち誇っていたので寛大にもゼキーニャ・クルヴェロまでが彼の訪問を受けた。メモを取っておいた黒い手帳をポケットに持ち歩き、時々それを開いては確かめた。船長を一笑に付し、汚い言葉を吐き、その合間に彼の奇怪な話を繰り返した。

「ペテン師プラス淫売のせがれだ……」

彼を完全に信用し、船長を軽蔑の眼で眺め始め、彼が通ると笑った人々が出てきた。どちらの側にも誇張が、ヴァスコはそれほど雄々しくもなければ、シッコ・パシェッコの話もそれほど本当でもないと考える人たちもいたが、少数だった。三番目の人々は元消費税担当税務官の語ったことを一言も信じず、論議の的である遠洋航海船長の側に相変わらず無条件でついた。一番目の人々のなかにはアドリアーノ・メイラ、最後の者たちの中にはゼキーニャ・クルヴェロがおり、双方の間にジョゼー・パウロつまり尊敬されていた鴨《マヘッコ》がいて、両者を和解させようとした。

和解は難しく、たぶん不可能だったろう。というのは、論争はペリペリではこれまでになかったほど険悪になったからだ。仲間同士は励まし合い、立場は元に戻らないようになり、古くからの友人同士が挨拶を交わさなくなった。もう少しでシッコ・パシェッコとゼキーニャ・クルヴェロは殴り合い、つかみ合うところだった。その郊外は二分され、州都の新聞がほめたたえたほどの昔の平和は終わった。熱情が暴風のようにペリペリを吹き荒らした。

手帳を手にしてシッコ・パシェッコは彼の発見、彼の驚くべき話を繰り返した。その話は今世紀の初め、ジョゼー・マルセリーノ州政府にまで遡るものだった。

第二話

州政府の大立者や富裕な商人や嫌味な良家の令嬢や素晴らしい娼婦を含めて、今世紀初頭のサルヴァドール市の習慣や生活を生きいきと描く、シッコ・パシェッコが語る話の忠実で完璧な再現

娼家モンチ・カルロと五人の重要な紳士について

宝石でまばゆい。指にはリング、首にはネックレス、髪にはティアラ、耳にはイアリングをつけ、ブラジャーで豊かな胸を盛りあげ、かすかに口を開けて微笑み、イブニングドレスの長い裾を引きずり、カロウは彼らが階段のてっぺんに現われるのを見ると駆け寄った。

「まあまあ、やっと……今日はおいでにならないのかと思いましたわ」

よい暮らしで過ごした五十六年の歳月と、抵抗したものの無駄だった脂肪とを優美に担っていた。年齢相応に、また貯えを債券や不動産にうまく運用しながら今日に至った。骨を折り、辛い思いもして作り上げた華々しい経歴。あの遠い日以来、最初は娼家の女として、後に女将として娼家で四十年暮らした。あの日ある行商人がガラニュンスを通りかかり、彼女を甘言と大都会風の物腰で騙し、途方もない申し出をして彼女を連れ去った。そしてその結果、一週間後にレシフェで捨てられた。一銭もなく知合いもなく経験もなく十六歳の少女は橋から橋へとさ迷い歩き、身を投げようと川の水を眺めた。

静かな午後には、カロウはダイニングルームの王座のような籐の揺椅子に横になり、豊かな太腿の上に宝石箱を置いて、あの心を引きさく夜のことを思い出すことがあった。辱められ、嗚咽し、脚は震え、道に迷い、町の恐怖に縮み上がり、カピバリービ川の水に誘惑されていた小さなカロリーナ。ダイアのリング、本物の真珠のネックレス、エメラルドとトパーズのブローチとブレスレットとを手に取って、あの疲れ切り、怯え切っていた夜のことを回想した。

すぐ後にカロウに変わり、自殺を考えていた時と、あの行商人のことを思い起こし、今は微笑むこともできるのだ。サンプルを詰めたトランクと空手形をもって彼がガラニュンスに現れたときには、彼女にはお伽噺《とぎばなし》の王子様のように見えた。実際には、富もなく魅力もない哀れな男に過ぎなかった。「口上手のカロウ」のほうがよく知られているカロリーナ・ダ・シウヴァ・メデイロスただ一人の所有物である、バイーアの町でもっとも優雅で、もっとも贅を尽くした娼家、テアトロ広場に面した建物の広い二階を占めるモンチ・カルロ楼の階段を今登ってきたあの男たちこそ王子なのだ。

その五人の男は全員、最高級の白い麻の服を身に着け、優雅なパナマ帽をかぶり、優雅なステッキを携え、ゲートルを巻き、カイゼル髭をたくわえており、ドヤドヤと賑やかに心の籠った抱擁や口づけ、冗談や愛想のよい言葉で彼女を取り囲んだ。

「我らの女王様、万歳！」と、背の高い赤銅色の肌をした、短髪の健康そうな四十がらみの男が腰を屈めた。

「何という名誉なんでしょう、大佐様。お入りくださいませ、この店はあなた様のお宅のようなものでございますわ」

屈強で感じがよく、すっかり金髪で、抜け目のなさそうな青い眼をした紳士がおどけた会釈でカロウの足元に身を屈めた。

「私の心を捉えたお方、あなたのお足もとに最敬礼いたします……」

「嘘おっしゃい、司令官様、あなたのお心を捉えたお方を存じておりますわ……」

「いつにも増してお美しい……」と、三番目の男が、愛撫に慣れた、指輪をした彼女の手に口づけしながら言った。

しかしながら、身を屈め挨拶し、すぐに抱擁したのは彼女のほうだった。

「ジェロニモ博士、ようこそ、あなた様のこの召使にどうぞご命令くださいませ……」

彼女は、まだ青二才と言ってもいいほどの若者、おとなしい美青年のほうに振り向いた。

「中尉様、今か今かとお待ちしておりましたのよ……」

鉤鼻にロマンチックな長髪、優しい眼にある種の憂いを湛えた、そのグループの最後の者を、彼女は最後に本当に親しみのこもった抱擁で捉えようとした。

「アラガン様！　まあアラガンジーニョ様！　お幸せ過ぎて、他の人から妬まれますわよ……」

カロウの声、彼女の熱狂にはそれとわかる愛情がこもっていたが、アラガンジーニョの眼はなお一層曇った。彼女は悲しみに気づき、自分はその理由を知っていると思い、青年の耳もとに囁いた。

「頑張ってね、最後には勝つわよ……そうなのよ……」そしてさらに大きい声で「打明け話と溜息を聞いているのよ……」

大佐が笑いながら評した。

「我らのアラガン、彼には誰も敵わないな。肩章も肩書も形無しだ……」

ボーイが甲高い声となよなよした物腰で、やはり彼のほうに言った。

「アラガン様、隅のテーブルを、いつものところを取って置きました」

彼らはテーブルに着き、カロウが最高の敬意の証として付きしたがっていった。ほかのテーブルにいた女たちが色めき立ち、その店の女将、あるいは今着いたばかりの客の一人が少しでも呼びかけたならば、一見《いちげん》の客を見捨てる気になっていた。中尉は、それまで寂しそうにオーケストラの陰に隠れていた小柄な金髪女と抱き合っていた。

アラガンはドロティの眼に出会うまで部屋のなかを見わたした。彼女は向こうにいて、このように陽気な娼家でも度の過ぎた密着ぶりで彼女を自分の太った胸に押しつけていたホベルトに両手を握られていた。彼は豚のような口をその女のうなじに差し込んでいた。ドロティの眼は落ち着きなく、哀願するようにアラガンの眼に注がれ、臆病そうな微笑が彼女の唇に浮かんだ。青春の熱情がアラガンの胸のうちで大きくなった。ぶくぶく肥り、高慢で、金満家の親をもつドラ息子、あのホベルト・ヴェイガ・リーマ博士は、ドロティのはかなく陰のある美しさ、彼女の怯えた眼、顔を熱病のように赤く染めている、愛を求めて高まるあの彼女の心には値しないのだ。

経験豊かなカロウがそれほどまでに敬意を表したのは、その場限りのものでも、いわれのないものでもなかった。席に着き、飲物を注文したその五人の紳士は彼女の店に名誉を与え、贔屓《ひいき》にしていた。彼らはカフェーや博打の卓や遊郭や娼家を巡り歩いている者たちのなかでももっとも敬意を集めたボヘミアンで、バイーアの華だった。彼らの周りには、大きく自由な輪となってその他さまざまな人たち、その町の最良の人々が集まっていた。しかしその五人は切っても切れない仲で、毎日、暮れかかる頃から会い、ビリヤードをし、ビールを飲み、ポーカーやキャバレーでの夜食で夜の更けるまで満喫していた。

「あの五人はこの州の主《ぬし》だ……」彼らが州庁や役所やカフェーやモンチ・カルロ楼に入るのが見かけられると、こう言われた、それもそのはずだった。

カロウは大佐の耳もとに何事かを囁き、背の高い、品のある小麦色の肌の女の一人に合図を送った。

「今日レシフェから着いたのよ……なかなか色っぽい娘《こ》でしょ」

「大佐の面倒ばかり見て……それじゃ海軍はあなたには何も値しないのかな？」と、眼の青い、ガイジンのような容貌をした男が不満を洩らした。

「司令官様には、とてもいい娘《こ》がいるのよ……まったくあなたのお好みのタイプで日に焼けていて……」

テーブルの全員が笑った。その小麦色の肌の女が妖婦然として近づいてきた。オーケストラが腕によりをかけてアルゼンチンタンゴを演奏し、ホベルトがドロティと踊りながら出てきた。大学で十年かけても医学を修めず（口さがない連中によれば、年の功で博士の免状を取ったとのことだ）、ワルツとタンゴとマシシェ〔サンバの前に流行したブラジルのダンスの一種〕を修め、脂肪をものともせずダンスの名手だった。そこで完璧な踊りを見せつけ、ドロティとタンゴの絶妙な響きに乗っていた。彼女はそれに乗じて深い眼差しと臆病な微笑みでアラガンの胸の火を掻き立てた。ボーイが飲物をもってやってきた。女たちは呼ばれるのを期待してテーブルの近くを巡り歩いていた。黒人娘ムスーは金髪の司令官の膝の上に座り、彼の首筋をくすぐっていた。カロウは自分の娼家、オーケストラ、選りすぐった女たち、うやうやしいボーイ、飲物のストック、高い値段、一級の客筋、特にその五人の客を誇り、光輝いていた。

　リオデジャネイロ州生まれで、妻に先立たれ、子供のないペドロ・ジ・アレンカール大佐はその町に駐屯している第十九狙撃大隊を指揮していた。フランス人の父とミナス生まれの母を持つ港務部長官、海軍中佐ジェオルジス・ジアス・ナドローはポーカーとよい黒人女性と楽しい冗談に目がなかった。始終、友人に新しい冗談――時にはかなりきついものもあった――を言っていたが、一度、事があれば仲間のうちでももっとも義理堅かった。「キャバレーはボヘミアンの家庭だ」という貼紙をモンチ・カルロ楼で書かせ、額に入れ吊るさせたのは彼だった。三十を越えたばかりの青年で、客のつかない弁護士、リオでは無名のジャーナリストだったジェロニモ・ジ・パイヴァ博士は、親類にあたる州知事に連れられてバイーアにやってきて、彼のために演説の草稿を書いていた。州知事官房長官を務め、最大の権勢をほしいままにしていた。政治を志し、次の会期には連邦下院議員として出るつもりだった。州庁付き武官、リジオ・マリーニョ中尉はその町の適齢期の全女性の胸から溜息を誘った。サンフランシスコ河流域の封建的貴族で州上院議員でもある有名なアメリコ・マリーニョ大佐の息子で、若い女性は、彼が颯爽と制服姿で通ると溜息を洩らしながら窓の隙間から彼の様子をうかがった。彼女たちはダンスパーティや即興のダンスパーティで中尉と踊ることを夢見ていた。リジオは喧嘩早く、ロマンチックなので遊郭や娼家の女たちの溜息をも誘い、ロマンスが相続いた。

そして最後にヴァスコ・モスコーゾ・ジ・アラガン「様」、アラガンジーニョは、町でもっとも有力な会社の一つで、干肉、鱈、ワイン、バター、チーズ、ジャガイモ、ありとあらゆる種類の産物を湾沿いの郊外、バイーア南部と内陸部に売り、多数の行商人を使ってセルジッピ州とアラゴーアス州に進出している有限会社モスコーゾ商会の社長だ。ヴァスコ・モスコーゾ・ジ・アラガンはバイーアの商業界でもっとも素晴らしい財産を持つ一人と考えられ、彼の商会はもっとも評価され、もっとも強固なものの一つに数えられていた。

飲物がテーブルに次から次へと出された。それらの客は金に糸目をつけなかった。彼らは地位と金には不自由しなかった。彼らの間にあってカロウは、まるで自分も将校たちや高級な商業界に属し、州庁や銀行と親しく、州の生活を左右しているかのように、自分が少々権力の座についているように感じていた。だって、ジェロニモ博士は、このように成熟して経験豊かな太った女に魅せられた若者の頃から、私の知り尽くしたベッドに通ってこなかったかしら？　ジェオルジスが冷やかすと、州知事官房長官は答えた。「わしは骨をかじる犬じゃないんだ。それに青い果実は好みに合わん。カロウはあれで謎めいたところがあって……」

彼女の謎めいたところというのは、広い経験からの知恵だ。そして彼女の威信だ。彼女の妹――ガラニュンスで結婚している妹で、その夫は始終、身を持ち崩した義理の姉を罵っていた――の息子、彼女の甥を印刷局に採用させたではないか？　有頂天になった夜にジェロニモにちょっと頼むだけで十分だった。一兵卒を伍長に昇進させ、貧しい人々の息子、彼女の名づけ子など目をかけてやっていた者たちを航海練習学校に入れた。家作をもう一軒買うために銀行から借入れをする必要があるときには、いつもアラガンジージーニョの保証があった。州庁主催のダンスパーティのために、そこにバイーアの上流階級全体が集まるときには、カロウがメニューを作り、飲物を供給し、厳格な紳士や貞節な婦人たちに給仕するために契約されたのは、モンチ・カルロ楼のボーイたちだった。目立たないように彼女は命じたり、命令を取り消したりしていた。地方の政治家までが彼女に表敬訪問をし、彼女の庇護を求めた。ある夜、レシフェの橋から身を投げようとした、今日ではバイーア州のサルヴァドールのテアトロ広場で宝石に被われた、ガラニュンス出身のあの小さなカロリーナに。テーブルに着いて五人の男性に向かって微笑んでいた。

やや哀愁を帯びた商業についての章、つまり有限会社モスコーゾ商会について

商会はヴァスコの母方の祖父、老モスコーゾにより創立され、すぐに繁栄と信用を勝ち得た。そのジョゼー・モスコーゾは商業についてはっきりした考えがあり、厳格な原則を持ったポルトガル人で、彼の言った約束は署名した書類よりも価値があった。五十年間、安楽や娯楽には目もくれず、食べる、着る、愛するということに質素で、「率先垂範し」、一番地位の低い雇人同様、馬車馬のように働

き、家と仕事の間を往復するだけで、もっぱら商会のために生きたのだった。妻とは娘を一人もうけただけで、妻に先立たれてからは、時々、黒人の料理女で満足した。

ヴァスコは、その五十年の間につましい事務所からモンターニャ坂の下の三階建ての建物へと成長したその会社の社長の地位を彼から引き継いたのだ。一番上の階に従業員が寝泊まりし、よい部屋は内陸部の上客が州都に出てきた際に利用された。そこで食事をとり、仕事には決まった時間がなく、日曜日も祭日もなかった。

ヴァスコは三歳で父を失い、その直後に、不実で激情家だった夫懐かしさに耐えきれなかった母を失い、祖父により養育された。小学校を終えるとすぐ、十歳で事務所に連れてこられ、そこで下積みから始めて部屋や倉庫の掃除をし、その後は日雇いと何ら変わりなく商品を担いだ。他の従業員といっしょに三階に寝泊まりし、彼らとともに朝夕、老モスコーゾが首座を占める家父長的な食卓で食事をとった。彼らと同様、彼の最初の女は、祖父が通っていた黒人の料理女で、窓のない暑苦しい寝室で黒人女ローザと過ごしたそれらの夜は彼の唯一の喜びだった。祖父は朝、祝福で自分の手に口づけさせる以外、彼には何の特権も与えなかった。

老モスコーゾは生存中、孫を観察し、失望して頭を横に振っていた。少年は不精で注意散漫、責任感をわきまえず、商売には適性も好みも見せなかった。若者になって、ジェキエーやセルジッピに行商人として送り出されたが、その体験は嘆かわしい結果に終わった。祖父と、その店の一番番頭で能率そのものといったラファエル・メネンデスのもっとも悲観的な予想が的中した。

だが、あの当時、多くの人が望んだ職だった有名な行商人たちの団体のなかをヴァスコは速やかに電撃的に通り抜けた。彼は自分の好き嫌いにしたがって販売し、他の行商人たちが用心深く相手にしなかった食料品店や店主に、事実上倒産した商人に信用貸しをした。いかなる取り立てもできず、ばかげた支払期限を認めた。一日で商いができるセルジッピのエスタンシア市では、木陰のある通り、明るい家並み、ピアウイチンガ川の水浴、窓辺やピアノの傍らの美しい娘、若い行商人に夢中になっている下宿の女主人オターリアの色っぽさに魅惑されて一週間逗留した。それまでジョゼー・モスコーゾの行商人でそれほどゆっくり、それほど惨めな結果に終わった旅をした者はいなかった。明らかにその職業に革命的なことを起こそうとしていた若き行商人により深刻に揺り動かされた会社の昔の評判を取り戻すためには、もっとも容易なものと見なされていたあの路線に、経験のある行商人を投入することが必要になった。しかしながら、彼は巡り歩いた町々のすべての淫売宿で商会の威信と彼の個人的な威信を高め、忘れられないものにした。女たちの間をくまなく回って歩き、モンターニャ坂を下りたところの建物での何年にもわたる幽閉生活の仇を取った。老モスコーゾは厳格な原理に立ってありえないような時間を決め、黒人女ローザの乏しく、それでも競争の激しい非合法的な魅力に肉欲を限っていたからだ。

老モスコーゾは憂鬱そうに頭を横に振り、彼を再び事務所に置いた。彼はここでも相変わらずおおむね役立たずだった。役に立つと言えば、その商会の建物に宿泊した内陸部の客が町を見学するときに、ついて歩くことぐらいだった。礼儀正しくて人当たりのよい、話のうまい青年なので、それには適していた。夜遊びにはよい仲間だった。もっとも夜遊びと言っても言葉の上だけだった。というのは、客には老モスコーゾも、指に大きな懐中時計をぶら下げて「八時に寝ること、一分遅れてもいけない……」というように厳しい時間を適用するわけにはいかなかったが、青年の肉感的な唇の周りに伸びてきた豊かな口髭にもけっして乱されることのない厳しさで、孫にはそれを適用していたからだ。足代にどうしても必要な金など、金についても限られていたことは言うまでもない。

そして得意先に対しても老モスコーゾは、時間を決め、放蕩や女に使う金のことに触れて、生活が不規則な男、酒場や淫売宿の常連は彼の信用にはほとんど値しないと絶えず述べて、かなりの圧力を加えていた。「酒や娼婦に血道を上げる奴をどうして信用できるかね？」商人たちが体の欲求を満たそうと州都への訪問を楽しみに田舎で何カ月もの間、温めていた不届きな計画に、その質問は歯止めをかけた。しかしながら、それでも客とヴァスコは折を見ては、勧められた名所巡りをやめて、その代わりに遊郭の手厚い雰囲気のほうに向かった。そこで、その若い後継者は長く続く付合いを確立し始めたのだ。

眼鏡を鼻の上に引っかけ、アルパカの黒い上着を着て、商会の顧客名簿に前屈みになっていた老モスコーゾは、孫が窓越しにかすかに見える水平線を見据えて夢想し、書きかけの手紙を前にして動かないのを眺めていた。失望した眼はラファエル・メネンデスの厳しい批判的な眼差しと出会った。老人は頭を横に振り、一番番頭は情けないという顔をした。今や、ジョゼー・モスコーゾは、おしゃべりで厄介を起こし、名だたる嘘つきで、彼の一人娘を奪い取り、五年間彼の犠牲のもとに生きたあのアラガン、あの父親同様にぼんやりし想像たくましい孫だけになった家族よりも、商会のほうをずっと愛していた。アラガンは死んでからも彼の莫大な金を使った。というのは、残された娘のばかが「熱愛した夫」のために一級の葬儀と大理石の壮麗な墓を要求したからだ。安堵の溜息をついた舅の意見では、小さくて浅い墓だけでも、ホラ吹きアラガンと友人たちの間に知られた――それほどさまざまなことを彼は語っていた――望ましくない娘婿のためには十分過ぎるのにということだった。これまで地上に彼よりも恥知らずで厚かましい者はいなかったと老モスコーゾは信じていた。当てつけや仄めかしには無神経で、長い新婚旅行が終わったある日、彼に商会の事務所で働いたらどうかと申し出たときに、誠実な顔に向かって笑ったのだった。舅は彼を何だと思っているのか？　と、嬉しそうに、また気を悪くしたように尋ねた。乾物や酒・油類、鱈やジャガイモを扱って商会を衰退させることにしか役立たない惨めな奴、能無しだと考えているのですか？　娘を誰に嫁がせたと思っているのですか？　私の才能、私の能力、私の付合い、私の計画をご存じないようですね。立派なお舅さん、私に職を見つけてくれるなどと心配しないで下さい。将来は保証されているのです。まだ働き始めていないとすれば、それはまさしく私の友人たち、最大の勢力を持った男たちが私の好きなようにと申し出てくれた、どれもこれも人が聞いたら羨むほどの五つか六つの地位を選ぶのが難しいからなのです。モスコーゾさんご自身、娘婿の友情でさらに多くの恩恵が受けられるでしょう。商会のために州やいろいろな法人への納入契約が得られるでしょう。金は簡単に儲かります。モスコーゾさん、例えば、一年中憲兵隊に干肉と鱈を納入することをどう思いますか？　私、アラガンが経理部長の大尉の耳もとに二言、三言囁けば、それでその件は解決です。モスコーゾさん、その契約を確実なことと考えても、箱詰めのお金を当てにしてもいいんです。全額ですよ、私は娘婿で友だちなのですから、手数料は一切頂きません。

結婚生活五年の間、相変わらず同じように優柔不断で、五つか六つの素晴らしい地位のどれにも、腐るほど勢力を持った友人たちの新たな申し出にも決断しなかった。商会のために役所との契約も一つも取れず、絶えずその件は明日にしましょうだった。しかし、舅の言う従業員の地位には、断固として拒否し続け、たび重なる申し出をほとんど侮辱か挑発か何かのように受け取った。頑固者だった。それも申し分のないものだったので、決して三階建ての建物に足を踏み入れることはなく、モンターニャ坂を通っても、ただ見るだけだった。

思いがけず死んだとき、――誰も彼が心臓を病んでいたとは少しも想像しなかった――期限の切れた権利証書を持った高利貸しやさまざまな借金や鉛筆でなぐり書きした借用証書など、支払うべき莫大な金額が出てきた。それについて老ジョゼー・モスコーゾは、彼もやはり一徹者で断固として関知しようとしなかった。ホラ吹きアラガンの死は、妻や酒場の大勢の友人や、故人の舅の石のような無感覚さに寒気を覚えた数多くの債権者により泣き悲しまれたと言える。

未亡人は愛する夫に死なれたショックに耐え切れず、数カ月後、同じ大理石の壮麗な墓の下に埋葬された。彼女は夫を、彼の偉大さ、誠実さ、献身的な愛をけっして一分たりとも疑わなかった。それにある意味では、ホラ吹きアラガンは素晴らしい夫で、ほとんど午後いっぱいを妻のために捧げ、べたべたに優しく彼女を愛撫し、彼女を甘やかされた子供のように恋人の心遣いで扱い、忍耐強く、智恵の限り彼女を愛した。しかし夕食後は、夜のバイーアのなかで自由な男となり、必ず妻に説明していたところによれば、いつも重大な政治的な用件、解決すべき商用があったということだ。カシャッサと女の臭いをさせ、いつも変わらない葉巻をくわえ、いつも変わらない満足した笑みを浮かべて朝帰りした。彼をいっそう妻に結びつけた息子の誕生後ですら、彼の不規則な規則性（老モスコーゾの意見による）を変えなかった。昼に目を覚まし、よい物、最良の物を飲み食いし、妻と息子のために午後を取って置き、自由な夜を酒場や遊郭、友人たちとの無駄話に使った。舅はたった一つ美点を彼に認めていた。決して酔った姿を見せなかった。彼のアルコールの強さは驚くべきものだった。

テーブルの上に身を乗り出し、老モスコーゾは孫を見つめ、孫のなかに嫌な思い出を持つ娘婿を再び見た。十歳の少年を商会に連れてきて、商売の道に進めてみていったい何になったのだ？　父親と同じ夢想する眼だ、同じように生活に満足した微笑だ、同じように事務所の問題にまったく無関心だ、とんでもない災難だ。彼が一生をかけて作り上げた、強力で信用のある商会が孫の手にかかって瓦解するのを見たくなければ、対策を、それも本気に対策を講じなければならない。

そして実際、死期が近づくのを感じると、自分のもっとも古くからの、もっとも有能な従業員の何人かを出資社員と利益分配従業員とし、その個人商会を有限会社に変えた。一番番頭、あのスペイン人ラファエル・メネンデスは権限の強い社員として入り、老モスコーゾの遺言箇条により彼の手に取引のすべての采配とその店の将来とが任せられた。ヴァスコは祖父の出資金を引き継ぎ、これは会社の監査、利益の最大分、かなりの財産を彼に保証し、彼には責任は何もなかった。

彼はこのようにして任務や勤務時間や義務から解放され、金を唸るほど手に入れた。メネンデスにすべての決定を任せたが、たった一度、彼と意見の相違があり、自分の意思を通した。ほとんど創立と同時に商会に入った運搬人のジオヴァンニ爺さんをそのスペイン人が解雇しようと決めた時のことだ。四十年以上もの間、疲れを知らず、一日も休まず、一言も文句を言わず、倉庫から荷馬車へ荷を次から次へと頭に乗せて運搬し、夜は夜で倉庫の荷の上で眠って建物の見張りを務め、遅れて着く客、老モスコーゾの取り決めた時間を敢えて犯す者たちのために戸を開けた。ヴァスコは彼に恩義を感じていた。彼が十歳でその建物にやってきた直後の苦労した日々以来、黒人のジオヴァンニはいつも庇ってくれたからだ。夜には話を聞かせてくれた。若い頃船乗りで、海や港のことを話してくれた。ジョアンと言う名で、奴隷として生まれたが、自由を求めて海へと逃れ、そこである船のイタリア人の乗組員たちにジオヴァンニと呼ばれ、それ以降それで通した。香料の臭いでくらくらする暗い大きな建物に囚われの身となった子供に、好意を見せてくれたただ一人の者だった。商会で年を取り、七十歳に達し、力が衰え始め、もう勤めも完全にまっとうできなかった。メネンデスは彼を解雇して他の運搬人を雇おうと決めた。

ヴァスコは、祖父が死に、社長の地位に就いてからもメネンデスの前に出ると、かなりの恐ろしさを感じていた。そのスペイン人は上司にへつらい、丁重だが、彼の一存でどうにでもなる者、あるいは自分より職務、重要度が劣る者には尊大で、無茶を言う人間の一人だった。敏腕を振るってその商会の采配をとり、商売は驚くほど伸びた。しかし従業員は不平を洩らした。老モスコーゾの時代よりもさらにひどかった。ヴァスコはそのスペイン人の冷たく批判的な眼と、大声を出さず激高せず、しかしこうと決めたら絶対に後には引かない彼の話し方を恐れていた。少年、青年時代、事務所でメネンデスは彼をほかの者に対するようには叱らなかった。しかしながら、ヴァスコも知っていたが、彼が間違いを仕出かすたびに、店の規則を犯すたびに祖父に知らせた。口髭をはやした大人になってから、黒人のジオヴァンニに守られて、たまに夜、抜け出したことも。今メネンデスは彼の前で腰を屈め、以前は老モスコーゾに見せた敬服と敬意を彼に表した。だが、ヴァスコが解雇された黒人の件に心を痛め、腹を立てて話し合いにきたときには、自分の決定を押し通そうとした。ジオヴァンニは前の晩、その出来事を彼に話そうと訪ねてきた。メネンデスは彼にひどい給料を払っており、何の説明もなく彼に仕事をしなくてもいいと言ったのだ。ジオヴァンニは満七十歳を数え、彼の脚は以前のようにしっかりとせず、腕は怪力を失っていた。ヴァスコが友人たちと酒場にいるのを見つけ、事情を説明した。疲れ果てた眼は涙を見せまいとまばたきをし、声は震えていた。

「店がわしの肉を食っちまって、今度は骨をほっぽり出そうとしてるんだ……」

「そんなことはさせないさ……」とヴァスコが請け合った。

年老いた黒人は忠告を一つして彼に感謝の気持ちを表した。

「あのガイジンは駄目だよ、アラガンジーニョさん。奴には気をつけてくださいよ、さもないと、奴はあんたにこれからも不実なことをするだよ」

翌日、ヴァスコは夜明けを事務所で迎えた。珍しいことだった。話があるとメネンデスを呼び、真剣で固い表情をしていた。従業員たちはひそひそ話し始めた。今はヴァスコ用になった老モスコーゾの部屋で、商会の社長の調子の変わった声が聞こえた。メネンデスの声は誰にも聞こえなかった。誤りを犯した従業員をどんなに攻撃的な言葉で侮辱するときさえ、彼の固い唇からは怒鳴り声や普段よりも大きな声が出たことはなかった。

ヴァスコが自分の意思を押し通すのは、簡単ではなかった。大声を張り上げ、ジオヴァンニ爺さんの解雇は非人道的なことだ、全生涯を店の仕事と繁栄のために捧げた人間を人生の終わりに乞食にする権利はないと言った。メネンデスは彼一流の冷たい微笑を浮かべ、頷いてはいたが、従業員が仕事をまっとうできなくなったら、解雇して別の人間を入れるまでのことだ、という原則に則った自分の立場をあくまでも通そうとした。それがゲームの規則で、私はそれを適用しているのです。もしもジオヴァンニのために例外を設ければ、もしも彼に給料を払い続ければ、他の従業員が同じ扱いを要求するでしょう。ヴァスコさん（二十年以上にわたって彼をアラガンジーニョと呼んできた後、今メネンデスは新社長の名の後に敬意を表わす言葉を添えていた）、そういう方策からどんな災いが起きるか想像できるでしょう？　そうなのです、ほかのやり方をするわけにはいかないのです。

ヴァスコは適用すべき原則も方策も知りたくなかった。ただジオヴァンニの解雇を残酷なこと、まったく悲惨なことと考えていた。メネンデスは責任を回避した。ヴァスコさんは社長です、あなたが決めることは履行されるでしょう。しかしあなたは、全商業的生命を支配する規則を無効にする前に二度考えていただかねばなりません。あなたが危険にさらそうとなさっているのは、商会の構造自体なのです。それによって生じる損害は、ただあなただけのものと考えないで下さい。他の社員も損害をこうむるのです。自分、メネンデスのために話しているのではありません。私の姿勢は、確立した原則を守るためであって、わずかな金を守るためではないのです。

ヴァスコはかっとなり、怒鳴り始めた。結局のところ、資本の五十パーセント以上は自分のもので、独りで決めることができるのだ。スペイン人はさらにいっそう慇懃《いんぎん》になり、その通りだと言った。そして主人の激怒を見ると、何もかも丸く収める方式を提案した。解雇されたジオヴァンニをそのまま、引き続き解雇されたままにする。しかし二人、ヴァスコさんとメネンデスで彼に暮らしていけるだけの金を月々与え、部屋代と食費を持ち、彼の生計を保証してやる。こうすれば、万事解決する。その提案は長い交渉の始めだった。年老いた黒人が倉庫を去らなければならないことを、たとえ引っ越し先がヴァスコの家であっても、承知しなかったからだ。最後に合意に達した。ジオヴァンニは以前の給料の半分でそのまま夜の警備を続け、残りの半分はヴァスコのポケットから払うことになった。黒人は礼を述べ、再び警告した。

「旦那さん、そのガイジンには気をつけてくだせえ。そいつは悪い奴だ、何の値打もありゃしねえ……」

ヴァスコにとって、メネンデスは休息と気休めを与えてくれる人物だった。良心の呵責があるので、事務所に寄り、そのスペイン人と二言、三言言葉をかわし、彼が取引について話すのをぼんやりと聞き、倉庫へジオヴァンニに会いにいった。ゆっくり腰を落ち着けていなかった。今、付き合っているあのグループ、さまざまな友人のうちの一人といつも約束があり、また最近靡《なび》いた新たな女が遊郭で彼を待っていた。

独身で、すぐにのぼせあがり、金に糸目をつけず、おおまかで浪費家に近く、酒場やキャバレーの勘定を争ってまで支払い、女たちの間で人気があった。そして女たちの一人が気に入ると、夢中になり、家を建ててやったり贈物攻めにしたりした。金のある、患者のつかない医者で、激しい嫉妬と残忍さにより淫売宿で名高いホベルト・ヴェイガ・リーマ博士がカロウの娼家に囲っている娼婦ドロティィに最近夢中になっていた。その医者はある意味でヴァスコと正反対だった。彼には金があったが、女たちは彼から逃げていた。何でもないことでその娼婦を殴った。あのように彼がベッドの連れを殴りたがるのは悪癖になっていると言う者すらいた。ドロティィは、彼がフェイラ・ジ・サンターナへ旅行したときに、田舎から連れてきた女だった。彼女を囚人のようにしておき、始終脅していた。そのためカロウはモンチ・カルロ楼に彼女を泊めることを引き受けたのを嘆いていた。断るわけにはいかなかった。ホベルトは常連で、金をよく使い、彼の一家は権勢をほしいままにしていた。しかしながら彼女は後悔していた。可哀そうにドロティは修道院の尼以上に囚われの身となって暮らし、ホベルトは思いも寄らぬ時に姿を見せ、その不幸な女を殴っては脅していた。夜、舞踏室ではこんな光景が見られた。彼はドロティにぴったりと体を寄せ、タンゴやマシシェで自己顕示し、もしも他の客がその可哀そうな女に視線や笑みを投げかけたりすれば、すぐに気を悪くし、大騒ぎを引き起こしかねなかった。誰からも打明け話を聞かされているカロウはヴァスコの関心について知っていて、またドロティが彼に夢中になっていることも承知していた。彼女はモンチ・カルロ楼で過ごしたその数カ月で多くのことを憶え、今では医者がフェイラで見つけた世間知らずな田舎娘ではなかった。感じのよい、自由主義の商人の腕のなかに跳び込むために乱暴なパトロンから解放されること以外、ほかには何も望んでいなかった。

カロウとジェロニモは、ヴァスコの眼の憂鬱そうな表情はその複雑で難しい情熱のせいだと考えていた。司令官は、原因は別にあり、良家の令嬢で、結婚の意志のある恋だと考え、そのような狂気沙汰にはドロティがよい薬、絶対確実な治療法だと考えていた。大佐はどちらの意見にも反対で、癒しようのない永続的な悲しみをそういった話以前のこと、遠い昔に遡るものだと診断した。リジオ・マリーニョ中尉はあらかじめ考えていた意見を持っていず、ただ事実を確かめていた。ヴァスコのばかは、何一つ不自由せず愉快になってもいいのに、ヒポコンデリー症の危機に陥っている。たぶん、肝臓からきているのだろう。いずれにせよ、金を持ち過ぎた男によくある愚にもつかないことだ。ある一点については全員が同じ意見だった。ヴァスコ・モスコーゾ・ジ・アラガンの胸の内をさいなんでいる、あの苦悩の秘めたる原因を突き止める必要があるということだ。

話がうまく、気持ちのよい仲間で、金はあり、若く、健康そのものなのに、いったいなぜ人には言えない不快、癒しがたい傷を隠しているような印象を与えるのだろうか？　友人たちは心を痛めていた。特に司令官ジェオルジス・ジアス・ナドローは生来陽気な男で、悲しみや苦悩を見ると独りで気を悪くしたのだ。

港務部長官と彼の黒人女やムラータたちとのことと嫌味な良家の令嬢マダレーナ・ポンチス・メンジスについて

港務部長官ジェオルジス・ジアス・ナドローは自分の周囲に陽気な顔、微笑を浮かべた口もとを見るのが好きだった。それが彼の雰囲気なのだ。塞ぎ込んだ人間には我慢がならなかった。たぶん、それが、彼が家庭を嫌悪する理由なのだろう。家庭で妻は悲しみと信仰そのものといった姿で、教会や慈善事業に全身全霊打ち込み、病人や苦悩する人、孤児や未亡人をこよなく愛し、聖母マリアと受難に遭ったキリストとの出会いにつき従う行列の儀式や貧しい人たちの木曜日の足洗い式や、大蝋燭と黒いベールや、鐘の陽気な音に代わる拍子木の陰気な音が揃う聖週間になるとまったく幸せそうだった。

どうして彼、愉快な海軍中佐が自分とはそれほど性質の異なる女性と結婚したのだろう？　彼がリオの海軍クラブの大広間でグラシーニャを知り、見そめたときには、彼女には憂鬱なところはまったくなく、若々しく、よく笑う娘で、海軍大将連が必ずしも感心しない、その青年が仕組んだ茶番をきわめて機知に富んだものと思うほどだった。十カ月の息子の死が、人生に対するあのような嫌気、世間の見せかけだけの喜びにあのような無関心にさせた原因だった。母親の寵愛を一身に受けた男の子は突然病気になった。原因不明の、前触れのない高熱だった。グラシーニャと夫が軍艦の船上パーティに出ているあいだに亡くなってしまった。知らせを受けたとき、彼女はジェオルジスの腕のなかで踊っていた。息子の死に責任を感じ、永遠に喪服を着て、パーティや気晴らしと縁を切り、幼児がいるにちがいない天国と教会に心を向けた。こうすれば、多分神様が赦してくれ、死後、毎日お祈りのなかでお願いしているように、我が子と再会できるようになるでしょう。世俗的な幸福にたいする彼女の反撥は、少なくともどのようなものであれ肉体の触れ合いに関することでは夫も含めていた。ジェオルジスは子供の死で苦悩した。彼は息子にマドロスと綽名をつけ、子供の出世や成功を夢見ていた。しかし妻のようには落胆せず、マドロスが抜けた後を埋めるためにもう何人かの子供の必要性を彼女に説得したかった。彼女は憎悪を込めて彼を拒絶し、あのように罪深い目的で自分を二度と求めないで下さいと涙ながらに哀願した。彼女にはそんなことは終わってしまったのだ。それも永久に。夫とは別に自分の寝室を持ちたいと真剣に望み、ジェオルジスにも世間の偽りの快楽を捨て、神に帰依し、犯した過ちにたいする神の慈悲深い赦しを待つようにと忠告した。ジェオルジスは負けて大笑いをした。妻の最初の頃の絶望には連帯感を感じて理解したが、彼女に二、三カ月の短い期限を与えた。しかしながら、彼女は断固として自分の不幸に閉じこもり、幽霊のように家のなかを歩き回り、打ちしおれた唇はぶつぶつと祈りを唱え、咲き始めたばかりの美しさを黒い服と果てしない涙で隠した。まるで奉献した礼拝堂のようになった息子の部屋で寝るようになった。ジェオルジスはしばらくの間、苦悩と忍従から成る彼女の垣根を取り除こうとしたが、うまくいかなかった。転任に成功しても、グラシーニャは相変わらず息子の思い出と永遠の生活以外にはまったく無関心だった。すると、彼は断念し、自分の生活をすることにした。

家には極力いないようにしていた。港務部と航海練習学校の問題や、バイーアの海の前にある家を取り囲む小さい庭に専心した。軍服を脱ぎ私服に着替えると庁舎にいるジェロニモや、第十九大隊の総司令部の大佐を迎えにいくか、ヴァスコ・モスコーゾ・ジ・アラガンが幼年時代の最初の歳月を過ごし、祖父から受け継ぎ、今住んでいる家のあるバリスに直行した。彼らは出かけてビリヤードをし、ダイスで食前酒を賭け、いっしょに夕食をとり、その後、女たちの時間かポーカーの時間が始まった。

ヴァスコとあれほど権勢のある男たちのグループとの友情は、ずっと前に、司令官ジェオルジスの、あるキャバレーでの一件からまさしく始まったのだ。私服を着たジェオルジスは青い眼に金髪で外国人旅行者のように見え、誰も彼の海軍中佐の身分を想像できなかった。ヴァスコは、その町にきていたダンサー、ソライアがショーをする舞台に近い、観るのによいテーブルに独りで席を占めていた。彼女のこと、彼女の踊りについてある友人から聞いたのだった。その友人というのはスウェーデン人で、下町に事務所を構え、煙草、棕櫚、カカオの輸入商ヨハンといったが、姓の方は書くことも発音することも不可能だった。横のテーブルに港務部長官がいた。ヴァスコは彼をヨーロッパ人だと思い、しばらくの間、彼の正しい国籍を想像してみて楽しんだ。イタリア人だろうかフランス人だろうか、ドイツ人だろうかオランダ人だろうか？　小麦色の髪と空色の眼だけでは確かでないとしても、その紳士が色の濃い欲望をそそるムラータを伴っているという事実から、その男がガイジンに間違いないと考えていた。ヴァスコは瞑想に耽っていた。どうして黒人女やムラータは外国人に強力な魅力を発揮するのだろうか、面白いことだ。彼らはカブローシャ〔黒人に近い混血児〕を黙って見過ごせない、ひどく興奮する。血の混ざったブラジル人の俺が、バラ色とも言えるような白い肌の金髪女をこよなく愛しているのに。どういうわけでそのような好みの違いが生まれるのだろう？　その答えを見つけるには至らなかった。というのは、しかめ面をした三人の男がキャバレーに入ってきて、彼の横を通り、無作法に彼の椅子を押しのけたからだ。確かにある意図を持っていた。彼らの乱暴な様子でわかる。ヴァスコはすぐにその意図がガイジンの顔を殴りつけ、彼から力ずくでそのムラータを奪い取ることにあるのを眼《ま》の当たりに見た。女たらしのガイジン野郎……よくある袋叩きになりそうだったが、激しい喧嘩にならなかった。そのヨーロッパ人はカモにはならなかった。壜や椅子が乱れ飛び、ヴァスコは我慢がならなかった。三対一は理不尽だと思い、その騒ぎに加わり、その知らない男に加勢した。ムラータがわめいた。その連中の一人が彼女に平手打ちを食らわせたのだ。ヴァスコは強かった。荷を担いで成長し、ジオヴァンニにカポエイラ〔足技を使うブラジルの武術〕の攻撃技の手ほどきを受けていたのだ。

　喧嘩は血なまぐさく、結局、攻撃を仕かけた側が敗れ、追い払われた。ジェオルジスの身分を知っていたキャバレーの主人もその騒ぎに入った。そして彼とボーイたちで、その三人の若者たちを圧倒したのだ。彼らの事情は後で知られた。その三人はムラータの愛人とその友だち二人で、愛人の受けた裏切りの仕返しをし、耐えられない浮気の苦痛をこうして癒そうとしたのだ。意気揚々としたジェオルジスは、ヴァスコが警察を呼ぼうと言ったのには同意しなかった。唇を切ったムラータは、愛人が怒りを爆発させたことに、船乗り業者を管理監督する港務部長官を攻撃することを企て、実行したほどの彼の感情の激しさに、心を動かされた様子だった。その大胆な行動が彼女の心を再び捉え、彼女は勝ち誇った男たちをキャバレーに残し、愛情のこもった大声を上げながら、敗れた勇者の後を追った。

　ヴァスコはジェオルジスから誘いを受けて彼のテーブルに座り、彼らは名刺を交換した。商人は相手が誰なのか、苦しい時に助けてやったのが誰なのかがわかると喜色満面になった。

「司令官ですか、これは嬉しい！　考えてもご覧なさい、私はあなたが外国人だと思ってたんですよ……」

「私の父はフランス人でしたが、私はヴィラヒッカのミナス生まれです」

「私にはとても名誉です。司令官、なんなりとも……」

「他人行儀はよしましょう。我々は友だちなんです」

彼らは最後に夜も明けようという頃にソライアと親しくなった。ヨハンがきていて、彼らに合流していた。彼らは、サンパウロのアラビア人の娘であるそのダンサーに拍手を送り、シャンパンを奢り、もう二人の女といっしょに、司令官がよくいく遠い遊郭へ彼女を連れだした。次の日、ヴァスコは大佐、中尉、ジェロニモ博士に紹介された。博士は間もなく彼に借金を申し込み、こうしてあの友情と、ヴァスコの高名なグループ入りが決定的に完了したのだ。

そして上流社会にも。庁舎のパーティ、レセプション、ダンスパーティへ、また七月二日と九月七日の行進を州知事や高官や高級将校と並んで公式の観覧席で見物するよう招待されるようになった。ジェロニモは彼との友情に感激し、彼を放さなかった。もっとも四人全員が彼を大事にし、陸軍少佐、陸軍大尉、高等裁判所判事、上院議員、州政府の局長など、世間話やポーカーやどんちゃん騒ぎでたまたまそのグループに加わる者たちもそうだった。州知事の官房長と親しく、その武官や大隊の司令官や港務部長官の友人である彼にはその他の大広間も開かれた。ヴァスコは、下町の商人たち、考えが狭く、ぱっとしない人々から成る彼の以前のグループを捨てた。ジェオルジスが意気投合したヨハンだけが引き続き彼と親しくした。ヨハンはいつもソライアに夢中で、時々現われると彼女にキャバレーから足を洗わせることを話した。一級品の女で、ベッドのなかでは凄まじく、しかしヨハンがこれまで舞台で見たなかでもっともひどいダンサーだった。それに彼はバイーアに腰を落ち着ける前には世界の半分を歩いていたのだ。

このようにヴァスコ・モスコーゾ・ジ・アラガンは何もかも持ち、自分は幸福だと感じてよいはずだった。金と社会的な評価。健康と良い友だち、不自由しない女、博打のツキ、ポーカーの見事な腕前、彼の落着きを奪う心配の種は何もなかった。それでは、彼の率直な眼を曇らせ、彼のあけっぴろげな笑いをよぎるあの少しの憂鬱はいったいなぜなのだ?

司令官ジェオルジス・ジアス・ナドローは自分の周囲に陽気な顔を見るのがとても好きだった。あの説明のつかない苦悩の秘かな原因を調査し、同時に友人の顔を晴れ晴れとさせられる適当な薬を見つけ出そうと決意した。それは恋の病、肘鉄の痛みで、時とともに新しい情熱、例えばドロティィでその傷は癒されるとしばらくの間は思っていた。ヴァスコは最近、上流社会の令嬢に興味を見せていた。ある高等裁判所判事の適齢期の娘で、庁舎のパーティで、大仰にもマダレーナ・ポンチス・メンジスとフルネームに力を込められて紹介された。ジェオルジェスは愕然とした。木で鼻を括ったような、どこにいてもくさい臭いを嗅がされているというような顔付きの、気取って嫌味な良家の娘が、どうして慎重で女性経験のある男に作用を及ぼし、彼から生きる喜びを奪うことがあるのだろう? まったくばかげている、だが、ばかげたことで世の中は出来ている、とますます確信を深めた。

「あのマダレーナとかいう女にはむかむかしてくる……」と、港務部長官は、第十九大隊司令官である大佐に言った。「まったく気取った女だ……」

ヴァスコの全快を願う彼は、愛に飢えた女(「彼女の顔を見れば十分だ、よくわかる」)、夜の野で彼女を乗りこなし、眠気と疲労を乗り越えて夜明けの境まで疾駆することのできる男を必要としているドロティィに、あの焔のような眼に、あの口づけを誘う唇に、期待を寄せた。

「あの女はそうだ、頭を悩ませるに値する……。しかし自意識の強い面白くもない女のために悩むなんて愚の骨頂だ」

心配したジェオルジスの意見によれば、ヴァスコはドロティとの件を一気に解決する必要があるということだった。そのことについてカロウと長々と話をした。

称号と軍人の階級に関する現実と夢について

そう、マダレーナ・ポンチス・メンジスと彼女の十分嫌味な顔はヴァスコ・モスコーゾ・ジ・アラガンの秘めたる苦悩と何か関係があった。しかしながら、司令官ナドローが想像したのと違って、恋の病、裏切られた苦悩、一方通行の情熱ではなかった。その商人が不愛想な上流社会の令嬢と結婚しようという考えを抱いたことがあったとしても、気位の高い痩せた彼女を見て、彼の心臓が異常なリズムで脈打ったのでも、眼を閉じて彼女の裸体を想像したわけでも断じてなかったし、高慢ちきな娘よりも、高等裁判所判事で喘息持ちの父親や、男爵の末裔である母親のほうにより多くの時間と敬意を捧げたのだ。

どのようなものであれ結婚の計画を彼が立てたとすれば、紋章と称号を持つあのバイーアの上流社会に、あの閉ざされた社会的頂上に彼を完全に組み入れることのできる目論見の一部として彼の脳裡に浮かんだのだった。しかし突然の環境の変化、庁舎の煌々たる照明や州知事と近づきになったこと、あれらの令夫人たちの優雅さに動転した頭にそのようなことが本当によぎったとしても決定的な決意にまで具体化するには至らなかった。すべて漠然とし、長続きするものではなく、束の間の考え、苦みの混じった不快感だった。

彼は、鱈と干肉の臭いがする、まっとうな平民らしい自分の名を、まだ生々しい奴隷の血の匂いがし、奴隷制廃止とともに相当没落したあの地方貴族の響きのよい姓に結びつけることになる派手な結婚のことを考えたのだった。彼は経験を積んでいない打算家なので、マダレーナ・ポンチス・メンジスに眼をつけた。彼女の母方には男爵がいて、父方には尊大で、没落しつつある農園を持ち、博学な立法者だった祖父がいて、彼の手文庫には皇帝ペドロ二世の手紙があったからだ。彼は夢中になり、両親に取り入り、娘の様子を探った。

宿命的なワルツで幻滅させられた。マダレーナと踊りに出たのだった。そして話題がいったりきたりしたが、二人はほかの女性の話題を切っかけに婚約や結婚のことについて話した。マダレーナは、彼女のガリガリの体を祭壇に連れていきたいと思う男にはただ一つ要求することがあると彼に明かした。称号か軍人の階級だった。貴族の称号とは言いませんわ。もちろん、伯爵とか公爵とか男爵とかであれば理想的ですけど、今は共和制で難しいでしょう。お気の毒に皇帝はひどい裏切りに遭ったのです。私の祖父とは、お友だちで文通までなさっていたのです。彼女は、共和国や大学の称号、博士免状、陸軍か海軍の将校の階級について触れていた。男爵を祖父に、高等裁判所判事を父に持つのだから、何でもない人と結婚して、誰それ「さん」とか、なにがし「さん」とか、何とか「さん」の妻と呼ばれたくないわ。博士とか大佐とか司令官とかの令夫人と呼ばれたいわ。お金はそれほど問題ではないの、そう、家族、名前よ。それは譲れないわ。

ヴァスコは足をすくわれ、ステップを誤り、青ざめ、萎れた。自分の気持ちを仄めかすつもりでそういう話題に引っぱっていったのだが、すぐにその高慢ちきな痩せた女は、最高の軽蔑のこもった声で言っていた。「何でもない人」、誰それ「さん」の一人という彼の身分を彼の顔に投げつけたのだ。名乗りをあげることすらできず、決まりの悪い思いをし、黙り込み、メロディーが鳴り終わるまで足を引きずった。彼の悲哀は深まった。

名前の後につける称号を持っていないという事実が彼の悲しみの唯一で絶対的な原因だったからだ。

もらっている金だけでホベルトと結びついているに過ぎないドロティの獲得になぜ思い切って飛び込まないのだろうか？　ヴァスコはもっと多くの金を、パーティや旅行や夜遊びやシャンパンなど満ち足りたりた生活以外に、別の安楽、家ですら彼女に保証できた。彼女のうなじを嗅ぎ回り、きつく抱き、ベッドの上を転がり回るホベルトのような豚を辛抱しなければならない恐怖については言うまでもない。そしてドロティのためにヴァスコは溜息を漏らし、彼女のために彼の心臓は苦しそうに鼓動し、夜になると彼女の裸体を、突き出た乳房、しまった太腿、丸いお尻、ビロードのような下腹部を想像するのだ。それでは、なぜホベルトの腕から彼女を奪い取らないのだろう？　怖いのか？　そう、ホベルトが恐ろしいのだ。肉体的な恐れではない、彼の脂肪を恐れているのではない。女を殴る男はたいがい腰抜けで、ほかの男と対抗できないものだ。それに、いったい誰がヴァスコ・モスコーゾ・ジ・アラガンに対抗する度胸があろうか？　彼は、警察を動かし、その気であれば意のままになる兵隊や水兵を持つジェロニモ博士の友人なのだ。大佐や司令官に一言、言葉をかければよいのだ。

大学を卒業し、医者の免状、学位の指輪を持ち、卒業論文を提出したその博士に対する商人の敬意から生まれた、別の形での恐れなのだ。ヴァスコは自分と博士たちとを隔てる距離を一度も乗り越えられなかった。彼らの前に立つと、彼らと同等ではないという惨めな思いに駆られた。

それが、彼の明るさをむしばみ、彼の友人たちを不安にしていた、いつまでも続く苦悩の、あの憂鬱そうな表情の探し求められていた原因だった。ヴァスコにとっては、称号や軍人の階級を持つ男たちは別の階級を作り、他の人間の上に位置し、優越した存在だった。

ヴァスコは絶えず自分が劣っていると感じていた。モンチ・カルロ楼に入り、カロウが他の四人を大佐、博士、司令官、中尉と言った後に、彼に優しく「アラガンジーニョ様」と挨拶した時がそうだった。新しい女が一人見つかり、キャバレーのテーブルや遊郭の秘密の部屋にいるそのグループに合流し、その女が他の者の身分を訊き、彼の称号を尋ねたり、当ててみると言ったりした時もそうだった。

「わたしに当てさせて……あなたは陸軍少佐、誓ってもいいわ」

州政府の観覧席で州知事がほかの人々をある人物に紹介していき、知れわたった称号が朗々と響いた後に、彼の番になった時のことだ。

「大実業家、ヴァスコさん……ヴァスコ・モスコーゾ・ジ・アラガンさん」

ヴァスコさん……一日中、忌み嫌った言葉が耳に残った。顔を張られたように、故意の侮辱を受けたように痛んだ。心の底まで辱められ、顔の赤らむ思いがし、うなだれ、そのパーティが面白くなくなった、一日が台無しだった。彼の意のままになる金を全部集めてみて何になるのだ？　多くの人から見せられる好意、重要人物との友情は自分には何になるのだ？　実際、自分が彼らのうちの一人でなかったならば。何かが自分と彼らを隔て、距離があるならば。ヴァスコは幸せになるためのすべてを持ち、人生の特権者だと考えて彼のことを羨む者がいた。本当ではない。彼を浮浪の徒、下層民、庶民と間違えさせる、無名で俗っぽいあの屈辱的な「さん」に代わる称号が彼にはなかったのだ。

陽気な夜遊びの後、独り者の家の静寂のなかで、穏やかな顔を曇らせて何度となくそのことを考えた。学位の指輪が使え、名前の後に「博士」と言えるのであれば、たとえ歯医者でも薬剤師のものでもいいから免状がもらえたら、何でも出す……。

彼は国防軍の階級を買うことを心に描いたほどだった。これは、共和制の初め頃に数千ミル・レイスで地方の大農場主に何千と売られたものだ。内陸部一帯にそれほど多くの階級が溢れたので、「大佐《コロネル》」と言う言葉は金持ちの大農場主一般を指すようになり、軍人的色彩、軍隊の威厳を失った。その上、それらの大佐には、もう軍人としての栄誉、敬礼すら与えられていなかった。彼らには制服の着用も許されなかった。これでは仕方がない、物笑いの種になってしまう。

夢は自由なので、カトリック教会の高貴な身分を夢見たが、厳しい現実の前に脆くも崩れ去り、幻想、一瞬の慰めに過ぎなかった。ヴァチカンの伯爵の称号にはばからしいほどの大金が要り、まったく高嶺の花で、彼の全財産をもってしても払い切れないだろう。サルヴァドールにはローマ教皇庁に属する高貴な人物はたった一人で、有限会社モスコーゾ商会などはそれと比べたならば、道端のむさ苦しい家になってしまうほどの大商会の共同出資者であるマガリャンイス家の一人だった。そのマガリャンイスは独りで身銭を切って教会を一つ建て、教皇に金のキリスト像を贈り、神父や講を援助し、伯爵位を得ようと二十万ミル・レイスも使い、ローマに出かけ、それでもなお、名誉帯勲者の称号しか得られなかった。金だけでは十分ではない。カトリック教会に際立った奉仕をし、宗教的な熱心さと、修道院生活に親しんでいることが必要とされた。これは、ミサにほとんど出ず、教会との関係に乏しく、司教庁で名前が売れていないボヘミアン、ヴァスコ・モスコーゾ・ジ・アラガンの強みでないことは明らかだ。

ベッドのなかで自分の考えに耽りながら、横には疲れて満足した女が寝息を立てていることが多かったが、ヴァスコは、金がすべてという狭い考えをもつポルトガル人の祖父の思い出を忌々しく思っていた。なぜ子供のうちからモンターニャ坂の大きな建物に彼を置いて、床を掃かせたり、使い走りをさせたり、荷を担がせたりせずに、受験勉強をさせ、医学部か法学部に通わせ、社会的地位を高めてくれなかったのか？　そんなことは何一つなかった。老モスコーゾはひたすら商会のこと、いつか自分の後を継がせようと孫を準備させることしか頭になかった。

回想するに値する思い出がない祖父の姿を遠ざけた。想像力を自由に疾駆させ、数分の間、自分の名前の後に欲しくてたまらない不可能な称号をつける喜びで完全に幸せになった。

「弁護士ヴァスコ・モスコーゾ・ジ・アラガン博士」。ガウンとケープを身にまとい、陪審裁判所でひどい野次を飛ばしている検事のほうに指を突き出している。あるいは、運命の前に無力な犠牲者であって罪人ではない被告の身の上話を、声を震わせて語って弁護している。善良でよく働き、自分の義務を果たす男で、家族の優しい父であり、献身的な夫であり、妻を深く愛していた。ところがその思慮の足りない女に間男され……いや、陪審にふさわしい表現ではない……ところがその思慮の足りない女は、夫の愛、子供たちのあどけなさ、家庭の体面、神父の前での貞節の誓いを考えに入れず、夫の名誉ある名を裏切りのベッドのなかに引きずり込んだ……これでいい……その文句が気に入り、彼自身感動した。彼の名は州でもっとも偉大な弁護士として名高く、なにかと引合いに出され、数え切れないほど称讃される。「なんて才能だ！　なんて弁が立つんだ！　鬼にだって涙を流させる！それでも反対するような陪審員なんかいやしない！」

殺人犯を釈放した後、ワイシャツ姿で、黒いズボン吊りに、ゴムの手袋をし、顔を覆う布のマスクをして手術室にいる自分を見ていた。パリとウィーンの病院でインターンを務めた医者、しっかりした繊細な腕を持つ有名な外科医（ほかの専門は認めなかった）、ヴァスコ・モスコーゾ・ジ・アラガン博士で、親類やジェロニモや政治家や学生や看護師たちの注意深く、心配そうな視線を受けながら州知事の開腹手術をしている。突然の病気で、民衆は愕然とし、もし手術がすぐに行われないならば、死の危険がある。しかしそのような手術（ヴァスコは何を手術しているのか、冒されているのがどの内臓、どの器官なのか、州知事の腹のどの部分を開き、縫うのかきちんと知らないが、そんなことは重要なことではない）は、バイーアではこれまで試みられたことがなく、とてつもない責任に動転した医者たちを不安に陥れた。大学の名高い教授が尻込みした。そして州知事の生命は危険で、州の政務は放置され、政治は沸き立ち、野党は期待で手をこすり合わせている。ジェロニモが劇的に彼の友情と能力に訴える。手術室の緊張した雰囲気、医者の唇に浮かんだ微笑、彼の熟練した腕前、落着き、冷静さ、それに蓄積した学問。その高名な人物の腹から摘出したのは、……何を？　大きな石を一つ、腎臓の石のことを聞いたことがあった。ともかく、まったく命取りで、治らないものを。学生たちがこらえ切れず、拍手と万歳で沸き、大学の大家たちが彼に挨拶にくる。

男を一人刑務所から救い出し、州知事の命を救い、今度は野へ、土木工学のほうへ移った。ドイツで専門研究と実地を積んだ土木技師ヴァスコ・モスコーゾ・ジ・アラガン博士は、発展を導く鉄道の線路により住みにくい内陸部を切り拓いている。灼熱の太陽のもと、荒々しい灌木原の真っただ中、労働者の群を前にし、考え深げな彼の額を汗が濡らしている。克服すべき障害、失望と疲労。そして発展と線路への途を閉ざす不毛で平らな風景のなかのかなり厄介なあの山。不滅の工事、地理の便覧に引用された世界最大級の一つであるトンネル。開通式の日、機関士が彼に席を譲る。不毛の地と山々と川を征服した男に、偉大な技師に、花で飾られた最初の機関車を操る権利がある。ジェロニモとリジオ・マリーニョ中尉の友人である商人アラガンジーニョを冷淡に扱い、形式的に、遠くから二本の指を彼に突き出して挨拶した、役立たずの高慢ちきな、感じの悪い交通局長の妻ドロティが突如やってくる。ドロティは感激するほど美しい姿でやってくる。そして開通式のシャンパンの壜を機関車に当てて割っているあいだ、彼女は祝われた技師を眼で探す。彼と、予期しなかった局長の妻との間には臆病な恋がある。

乗馬姿が何にも増して立派でロマンチックなので、騎兵隊のヴァスコ・モスコーゾ・ジ・アラガン少佐になって軍隊の先頭に立ち行進している。彼の指揮の声、誇り、軍人らしい態度、胸には勲章。そしてアルゼンチン軍隊が裏切りでリオグランジの国境を侵し、戦争が避けられなくなったので、九月七日のパレードは、一転し、軍隊は義務、栄光、死の途につき、南部へと旅立つことになった。その町の全住民が通りに集まり、女たちは涙ながらに兵士たちと抱き合い、娘たちは道にバラの花びらを投げかける。全身にぶちのある馬に乗り、光輝く剣を手にし、眼光鋭いヴァスコ・モスコーゾ・ジ・アラガン少佐の姿は、戦いと勝利そのものだ。彼の戦場での出世は速いだろう。英雄的行為を重ね、昇進に次ぐ昇進で数カ月のうちに、数回の戦闘のうちに将軍の地位にまで昇り、戦争末期に、銃弾、砲弾の飛び交う最中《さなか》ブエノスアイレスに入り、流れ弾が彼の胸に当たり、名誉の戦死を遂げる。それでも全身ぶちの馬から落ちず、鞍に突っ伏している。胸は蜂の巣のようになるが、不屈の意志が彼を政府官邸まで運ぶ。彼の名は伝説になり、学校で子供たちに記憶される。

しかし、その戦いは陸、海で、とくに海上で交えられたので、海軍でもっとも若い（戦端が開かれたとき、海軍少佐だった）海軍大将ヴァスコ・モスコーゾ・ジ・アラガンの指揮下の船はアルゼンチン艦隊の関門を突破し、彼は独りでブエノスアイレスを砲撃し、敵の町の要塞を沈黙させ、若きブラジル共和国国旗を翻した彼の巡洋艦とともにその港に入る。大砲にもたれてブリッジで海軍大将が命令を下す。「各人、部署につきブラジルのために死ね！」少々悲観的な文句だ。変えたほうがいい。「各人、部署につき、ブラジルの勝利のために命を捨てる覚悟をせよ！」このほうがいい、いっそう奮い立つ。双眼鏡を取り、アルゼンチンの陣形を調べる。彼の確固たる声が命令する。「撃て！」そして大砲がその誇り高き町に死を吐き出す。素早く、これまでにないほどの大胆な操作でブエノスアイレスの艦船を一隻一隻撃沈する。要塞を破壊し、防禦物を突き破り、そして司令官ヴァスコ・モスコーゾ・ジ・アラガンは火災の煙と焔の間を自分の船のブリッジに立って征服した港に入り、戦争を終結させる。

女がベッドのなかで動き、眠たそうな眼を開け、寝室とベッドを見て思い出す。前の晩、運よく選ばれたので、彼を喜ばせる必要があるわ、ひょっとしたら彼が夢中になるかもしれない。腕を伸ばし、眠気と色気のこもった物憂い声だ。

「アラガンジーニョさん……」

夢を破り、粉々にした。夢は人間の自由で、決して支配されることも抑圧されることもないもので、それが彼の最後の、決定的な幸福なのに。司令官ヴァスコ・モスコーゾ・ジ・アラガンを彼の船のブリッジから引きずり下ろした。

再び語り手のばかが登場し、我々に一冊の本を売りつけようとする件《くだり》

ペリペリにあれほど深刻な結果をもたらすことになったシッコ・パシェッコの説による船長の冒険談を叙述することを中断しますが、お許しください。あの称号や階級の問題がまったくの冗談ごとではないことを私自身の生きた経験に基づき厳かに断言するためです。時勢が変わった今日でもなお、たいしたものは博士や将校で、そうでないのは免状を持たない不幸な者なのです。前者にはあらゆる特権と特例が、その他の者には厳しい法があります。免状を持った者には特別な刑務所に入る権利さえあり、まったくの形式主義に過ぎない、兵営の娯楽室に拘束される将校のことは言うまでもありません。

今日では、学位の指輪は能力を証明するものではないと考え、博士を揶揄し、弁護士を愚弄する者がいます。次から次へと証拠立てて、ブラジルの諸悪の根源は大学卒業者にあるという論旨に満ちた記事を新聞で読んだことがあります。大いにあり得ることです、私もそう思います。しかし議論はよします。意見の自由を尊重します。しかしながら、その記事の筆者は何かの博士か現役の将校だと断

言できます。そうでなければ、そのように断言する勇気をどこに求めたらよいのでしょう？　博士と争うことはばかげています、まったく狂気の沙汰です、私がそのいい例なのです。

それだからこそ私は、船長の考えはまったくもっともだと思います（シッコ・パシェッコの説が完全に立証されないあいだ、私は彼から称号を奪いません、歴史家は性急であってはならないのです）。彼の憂鬱の原因は私には至極当然のように思われます。裕福で生活が安定していても彼はきっと屈辱と嫌気に悩んだことでしょう、なぜならば彼の名前には博士あるいは陸軍少佐の位が欠けていたのですし、また、私が折よく弁護したからいいようなものの、優れたアウベルト・シケイラ博士を中傷した、テレーマコ・ドーレアのあんな程度の友人オトニエウ・メンドンサのようなこれまで教室で見られたことのないほどのぐうたらな男がいい加減に済ましたようなものであっても、大学の課程を船長は修めなかったからなのです。ところが、その無学な奴が法学士なのです。大学時代、低級な淫売地区をうろつき、シーリ街にあるシヴィリザサン書店の前で他人の生活を悪く言いました。教授連は彼の面《つら》をろくに見たこともありませんでした、もっともそうだからといって恩師たちは何も失ったものはありませんでした。ところが、再履修し、追試を受け、やっとのことで合格し、卒業証書を得ました、そして続いてこれを武器にして公職（することがまったくない素晴らしいもの）を運動して獲得し、シーリ街で相変わらず人類を悪く言っていました。彼が州の務めに費やした時間は一日一時間にもならなかったのです。それでも長すぎるように彼は思ったようで、左の肺の上部が冒されていると匂わせたのです。すぐに病気治療の許可を得て、彼は今日にいたるまで休暇中で、肥って血色がよく、ペリペリの風景を彼の存在で汚しております。

他方、えらい違いです。私は博士の称号を持っていないというだけで、役所で六カ月の休暇を取るために野良犬のように苦悩したのです。医者はひどく強情に私の視力をほめちぎり、こんなに申し分のない眼を検査したことがないとほざいたのです。眼病のショックにいつも取りつかれている友人が私に請け合ったのでした。医者は心を打たれ、話合いも検査もせずに書類にサインしてくれると。とんでもない話です。彼の眼が調べられなかったのは、言うならば、二級の博士ですが、それでもそれなりのご利益のある歯医者の免状が考慮されたからでした。それらの医者の一人が私の親しい友人の甥であることにたまたま気づいて初めて私は救われました。医者に依頼状とともに伯父とのこと持ち出してやると、そのふざけた男は失明の怖れのある重い白内障を見つけてくれたのです。六カ月もらい、更新もしてくれました。こうして「共和国の副大統領」についての私の論文の作成に州の費用で没頭することができました。この私の論文をご存じかどうかわかりませんが、もしお読みでなかったら、そうする価値があります、というのは、私は変に謙遜せずに言うのですが、評判もよく評価も受けたからです。

しかもその本の件は、博士であることの重要性をもう一度、実証するのです。私がそれを書いたのは、空白を埋め、不公平を是正するためでした。共和国大統領については多くのことが書かれ、とりわけ在任中は山ほどの称讃です。だが、副大統領は、大統領に昇格した場合を除いて、忘れ去られています。歴代の共和国副大統領のことを誰が憶えていて思い出すでしょうか？　例えば、プルデンチ・ジ・モライスやエルミス・ダ・フォンセカの統治の間の副大統領の名前を憶えている者がいるでしょうか？　誰も知らないと思います。これだけでも、私の書物が時に叶ったものであることを表すのに十分です。

同様に私の骨の折れる仕事を励ましてくれたのは、名誉ある歴史・地理研究所により当時開かれていた歴史専門論文のコンクールでした。ささやかな賞金と、選ばれた論文は研究所の負担で印刷されるということでした。名誉ある褒賞に魅力を感じ、白内障と親しい友人のお蔭で暇ができ、副大統領たちに取り組みました。価値ある論文を作りあげました、私の自惚れをお赦しください。関心ある人がそれを読めば、歴代の副大統領のそれぞれのフルネーム、親子関係、出生と死亡の日付と場所、通った高校と大学、果たした任務、実現した事業、考慮すべき事実が見つかるという寸法です。妻や子供のことさえ私は忘れず、孫も何人か引用してあります。とんでもない骨折り仕事で、州立図書館の埃のお蔭でしつこい痰に悩まされました。

さて、私は賞を得られると確信して応募しました。ところが唯一人の競争者、サビナーダの乱〔十九世紀、バイーアで起きた、この地方の独立を企てた革命〕についての論文を提出したエパミノンダス・トーヒス博士に賞をさらわれる憂き目を見たのです。タイプした頁数でも彼の専門論文は私のものに劣っています。お粗末な四十頁で、ちょうど私の半分です。それがなぜあのように明白な不公正により彼に賞が与えられたのでしょうか？　すぐにおわかりになります。私はプライドが傷つけられ、研究所に出むき、所長氏と議論しました。彼は眼鏡の下から私を見て、答えて言いました。

「不公正だとここにおっしゃりにいらっしゃるとは、いったいあなたは何者なんですか？　ひょっとしたらエパミノンダス・トーヒス博士をご存じないのでは？　我々のもっとも有名な弁護士の一人だということをご存じないのですか？　あなたはどんな称号をお持ちで？」

おわかりでしょう？　わたしのまちがいは学士、博士と競争したことでした。私がどんな称号を持っていたかですって？　何にも。新聞や雑誌の頁の隅に発表した十四行詩がいくつかあることを除けば。私は侮辱に耐え、私から賞を奪ったのだから、少なくとも本の印刷を研究所から取りつけようとしました。好意的でした。立派な歴史家たちは良心が痛んでいたにちがいありません。しかし私のものと賞を受けたものを本として印刷することになっていた印刷局の所長が見事に研究所の老人連を騙し、決して原稿を印刷所に送らず、数カ月後にその職をやめました。それに新任の所長はこの件に聞く耳を持ちませんでした。こうしてエパミノンダス博士の論文は一度も出版されず、私のものと比較できなくなりました。このことから私は、この件全体についてひどい不正行為があったと睨んでいます。

『共和国の副大統領』については、ジテウマン・オリーヴァ氏の印刷所で印刷させ、自費出版しました。法外な金額を取られましたが、支払い方法を楽にしてくれ、私は商業手形を切りました。支払いを済ませるため汗水たらしましたが、なかなか立派な本になりました。『バイーア史』の博学な著者ルイース・エンヒッキ・ジアス・タヴァーリス氏がこれについて書いたように「有益な情報」の載った九十二頁です。

「親愛なる同学の士に、貴書、有益な情報の宝庫『共和国の副大統領』の拝受をお知らせするとともに深謝いたします。敬具。ルイース・エンヒッキ」。

その著名なバイーア人の名誉ある手紙の全文をここに転写したのは、赤新聞屋ウイウソン・リンスに読ませるためなのです。フビアン・ブラスの仮名に隠れて、その質《たち》の悪い新聞記者は『ア・タルジ』紙のコラムで私をこき下ろし、こけにしようとしました。それに私が博士の称号を持っていたならば、彼はもっと愛想よく誠実だったでしょう。彼とすべての批評家たちが。私を罵る代わりに一斉に称讃したことでしょう。

そのような性急な批評家は、サンパウロの優れた歴史家セルジオ・ブアルキ・ジ・オランダ博士〔実在の歴史家。シンガーソングライター・小説家のシッコ・ブアルキ・ジ・オランダの父〕が私の論文にどのように言及したかを知るべきでした。博士には、正直な話、彼の存在も栄光も知りませんでしたので拙著を送っていなかったのですが。『エスタド・ジ・サンパウロ』紙上、ある「名誉ある尊敬すべき青い河馬の会」に関する記事のなかで彼は『共和国の副大統領』に触れ、それをあの博学な団体の枕辺の書の一冊として引用し、さらにそれを「まったくおかしい、真実楽しい」ものであると付言したのです。また、明らかに作品に熱狂のあまりなのでしょう、その尊敬すべき会への私の立候補を提案したほどで、世に知られていない私の名がその会の名簿に載っていることを必要不可欠なことと思われているようでした。その会については、オランダ博士がかなり難解で混乱した文体で、ちなみに本物の歴史家の文体というのはああでなくてはならないのですが、それについて書いたことだけしか知りません。しかし、我々の知性の代表的人物によりレシフェのサン・ペドロ・ドス・クレリゴス教会に設立された、高い価値と高尚な目的をもつ団体であることは理解できました。残念ながら、その後その会についても、セルジオ・ジ・オランダ博士によりあれほど寛大にも提起された私の立候補についても何もニュースを得ていません。きっと調査を行い、私が博士でないことを発見し、私は故意に排除されたのでしょう。

その著書は、我々の著名なる退官した判事アウベルト・シケイラ博士からも自慢できる惜しみない称讃の言葉を博しました。彼は二、三の取るに足りない文法的誤りを私に指摘しましたが、それほど価値のある愛国的な作物《さくぶつ》では看過するべき些細な手落ちに過ぎないと断言してくれました。それらの手落ちを次の第二版では取り除くつもりです。というのは、書店の気乗り薄にもかかわらず――私には称号の威光が欠けているので――ショーウインドーにも、カウンターのいい場所にも置かれもせず、棚のなかに隠し置かれたのですが、事実上初版の五百冊を売り切ったからです。私自身が、ここで一冊、あちらでもう一冊というように、買い手の懐具合に合わせて、値段を変えて友人、知人に売り捌いたのです。

それらすべてが、ヴァスコ・モスコーゾ・ジ・アラガン船長には憂鬱になったり悩んだりする種になったということのあり余るほどの証拠なのです。一つの称号が名前を推薦し、それに箔をつけ、相手に門戸や両腕を広げて歓迎させ、敬意を強いるのです。それはまったくの真実なので、どんなに素朴な人でも、その問題の厳しさを感じるのです。つい二、三日前、耳に心地よい囀《さえず》り鳥、その途切れることのない囀りが判事殿と私、このあなた方の僕《しもべ》の単調な生活を陽気にしてくれるドンドカが、接吻の合間に、職員一同と黒い長上衣が揃う、彼女の間近の厳粛なる卒業式のことを私に知らせてくれました。私を驚かせようと思って勉強のことを内緒にしておいたのでした。実際私はひどく驚きました。というのは我々の優雅なドンドカ（我々の、つまり私と判事のです、ご理解のほどを）はろくに自分の名前も書けず、計算は長くて美しい指でするからなのです。

「私の人生の夜の星さん、卒業式だって？　何を卒業するの？　何学部に通ったの？」

「プラタフォルマにあるエルメリンダさんの裁縫学校よ、おばかさんね。あたしを敬ってちょうだい、今は博士なんだから……」

「敬ってちょうだい、あたし、博士なんだから」、どうです、おわかりになったことでしょう、そうじゃありませんか？　針と鋏の博士、我々の優しいドンドカは愛の科学における博士、先生、男女関係の大先生で満足していなかったのです。

今日ならば、船長には悩む問題はなかったでしょう。四カ月か半年で、いくらかの金をはたけば、広報、髪のセットとカット、行政あるいは広告の博士になれるでしょう。

少し前に州都で私は、ほかにはいないほど口数の多い自己満足している青年に紹介されました。彼は「広告博士」でサンパウロとニューヨークで大学を出て、ご親切にも、なんとまあ！　月に十二万クルゼイロも稼いでいると私に説明してくれました。彼こそが私の生活、私の買物、私の好みを、今世紀の驚異である科学と広告術を通じて操っているのだと私を説得したのです。

現在の職業のなかでもっとも高貴なものだと私に請け合い、国の生産、消費、進歩の基礎にあるものだということを証明して見せてくれました。文学と芸術のもっとも高度な形式、詩の最後の手段。

それが広告、商業広告だ。ホメロスもゲーテも、ダンテもバイロンも、カストロ・アウヴィスもドゥルモン・ジ・アンドラージ〔二人ともブラジルの詩人〕も、化粧石鹸、歯磨き、冷蔵庫、台所用品、ビニールのテーブル掛けに関する詩の専門家、若き宣伝詩人の前では、取るに足りない者なのです。その広告博士の絶対的な意見によれば、現代の最高の詩、詩的才能の傑作、頂点は「快活なる肛門の座薬」の販売を促進する目的でこの専門家によって書かれたということです。インスピレーション、完璧な形式、伝達された情緒の力により至高な詩。誉れ高い座薬の出荷は百七十パーセント伸びたのです。現代のミューズです。

今日であれば、船長はさしずめ広告博士に、それも通信教育でなれたことでしょう。

ドロティの略奪とズボン下姿の高等裁判所判事について

ドロティの略奪は、軍隊つまりペドロ・ジ・アレンカール陸軍大佐と司令官ジェオルジス・ジアス・ナドローによって計画され、その陰謀に荷担した官房長と州知事付武官に代表される州の積極的な協力を得た。その複雑な作戦の総指揮はカロウの任務になった。そして歴史上の偉大なる戦略家の誰よりも、その完璧な編制、地点の正確な知識、細目についての綿密な調査、機密に属し骨の折れる、その企ての各段階における有能な人間の選択について、彼女を凌ぐ者はいなかった。その壮挙を考え出したのは、確かに司令官ジェオルジスだったが、間違いなくその全面的な成功はカロウに負うものだ。成功とカロウをシャンパンで祝い、どんちゃん騒ぎになった。この騒ぎはサルヴァドールのキャバレーや娼家の歴史にもう少しで刻まれるところだった。というのは、司令官ジェオルジスがドロティの略奪の見事な結果を見て、その経験と熱狂を利用して「古代ローマ人によるサビーニ族の女たちの略奪」をその晩、再現するためにその計画を拡大したいと思ったからだ。

モンターニャ坂九十六番にガイジン女専門の娼家サビーナ楼があった。フランス女たち、ポーランド女たち、ドイツ女たち、神秘的なロシア女たち、それにエジプト女が一人いた。彼女たちの何人かは実際には広大なブラジルで生まれたが、その他はヨーロッパの港を皮切りにアルゼンチンやウルグアイに寄港しながら長い経歴の後にサビーナの「入り江」に入港したのだ。そして彼女たちのなかで美しさという天賦ではなく、その職《メチエ》の洗練された知識により有名なマダム・リュリュが一頭地を抜いていた。彼女はまぎれもなくフランス人で、三十年以上の経験を持ち、きわめて評判が高く、客が多かったので、絶えず彼女を待つ客が長蛇の列を作ったほどだった。そしてどんなに彼女が速く仕事をしても必ず何人かが翌日に回された。それほど引っぱりだこで巧みな高級娼婦と差しで話すことを明らかに目的としていたのに、州都で二日も過ごせばよいと思ってバイーアにやってきたアマルゴーザの大農園主、田舎の大佐《コロネル》のことが語り草になっていた。彼は一週間滞在しなければならなくなった。それほど異彩を放つパリジェンヌの時間は約束に縛られていたので、ブラジルの習慣に対する「永遠のフランス」文化と文明の影響に、バイーアでは類を見ないほど貢献したのだ。その大農園主は一週間と、切符、ホテル、食物、それにその他の出費でおよそ一千レイス、当時としては一財産を費やした、が、彼自身帰りの汽車に乗ったときに言明したように「安かった、もう一週間、もう一千レイス使っても惜しくなかった」。その証言以降、マダム・リュリュの技能とサビーナ楼に対する讃辞はどのようなものであれ、蛇足になった。

しっかりと閉ざされた窓により一般の好奇の目から守られ、そのドアは客、友人や知人あるいは紹介された人にしかそっと開けられない要塞、あのサビーナ楼へ何と志願兵たちと勝ち誇る略奪者たちとで侵入しようと港務部長官が提案したのだ。接近、戦闘、勝利の後にマダム・リュリュも含めて全女性を向こうからモンチ・カルロ楼へ連れてきて、あの外国人の働き者たち全員をカロウに引き渡し、戦争捕虜のようにこき使わせようというのだ。カロウはそれに、それ以上に値するのだと司令官ジェオルジスは断言し、自分の籐の揺り椅子で、優しく、目的を遂げてニッコリしている穏やかな女主人の性格と心の気高さに乾杯しようと杯をあげた。

友人たちは、ややてこずったが、司令官ジェオルジスに戦いの計画を思い留まらせることに成功した。しかしながら、彼が至高の敬意を表してカロウの足をシャンパンで洗うことはやめさせられなかった。

このように友人たちが略奪の成功を祝っているあいだ、数日前に借りた、海風に囲まれ、満月に照らされ、ロマンチックなリジオ・マリーニョ中尉によって特に家具が配置された、アマラリーナの外れにある遠い小さな家のなかで、岩に砕ける波音を聞き、刺激的な潮の香を吸い込みながら、ヴァスコ・モスコーゾ・ジ・アラガンは待ち焦がれた初夜の花婿のようにドロティィの心もとない体を抱き寄せ、柔らかい若鶏、イギリスのハム、コールド・ビーフ、リンゴやナシ、スペインのブドウには手も触れず、わずかにシャンパンで唇を湿らした。彼らを悩ました昔の気難しい渇きと飢えとは別物だった。パンとワインでは和らげられないものだった。接吻と愛撫を求める渇望であり、体を許し、求め、互いの腕の中で生き死にたいという飢えだった。

同じ頃、ホベルト・ヴェイガ・リーマ博士はナザレーにある父親の家の厳重に鍵を掛けた部屋に閉じこもり、まだ震えながらあの恐ろしい謎を自分なりに説明していた。黒いストッキングの覆面で顔を隠した男たちが真昼の光のなか、モンチ・カルロ楼に侵入し、十二分に武装した姿で、脅したり、罵ったり、彼をドロティィのベッドから引きずり出した。その日死ぬ思いをし、いまだ心臓に寒気を感じていた。

　その娼家が静寂と平穏で満たされていた真っ昼間の動きのない時間に起きたのだった。女たちは買物や散歩に、また木曜日で昼興行の日なので映画館へと街に出ていた。ボーイたちは五時にならないとこなかった。カロウ自身、多くの場合、その忙しい時間の合間を利用して銀行にいったり、借家人の所にいって家賃を徴収したりしていた。一人ドロティだけはホベルトといっしょでなければ散歩も気晴らしも禁じられていたので、決して外出しなかった。それだからこそ、彼は毎日その時刻にはこなければならないと考え、ドロティとベッドに横になり、使った金を取り返していた。時には、彼女を夕食に連れ出し、夜になって戻ってきて、踊ったり飲んだりしていた。彼は自分が暮らしている両親の家に戻るとき、明け方になって初めて彼女をそこに残していった。彼が囲っている女は、このように短い手綱がつけられ、時間が拘束されていた。

　その日、カロウは娼家に残り、部屋の揺り椅子で休んでいた。若い女たちの一人も——まだ小娘と言える抜け目のないミミが寝室にいて忙しかった。七十になる老人、高等裁判所判事フフィーノのくる日だった。彼は必ず正確に一週間おきに木曜日の午後三時に現れた。部屋の鳩時計が時間を告げ出すと階段で彼の喘ぐ息遣いが聞こえた。高等裁判所判事は払いっぷりがよかったが、自分の孫ほどの年齢に近い、ミミのような若い娘を要求した。お菓子やキャンディの小箱を持ってきて、カロウの手に接吻した。

　高等裁判所判事が寝室に鍵をかけ、まだ服を脱いでいる最中に、編上げ靴の紐を解き始め、続いてズボン下を脱ごうとしたときに、侵入者たちの足音が彼の手の動きをとめた。

「あれは何の音かね？」

　ミミは知らなかった。ベッドで裸になって甘いものを食べていた。絶望的な叫び声が部屋のなかにこだました。カロウが助けを求めているのだ。ミミはベッドから跳び出し、ドアを開けた。高等裁判所判事は、片足は靴を履き、もう一方は裸足で、痩せた裸の胸、木綿のズボン下をはいたよろめく脚で我を忘れて彼女についていった。

椅子に座ったまま、カロウはハンカチで猿轡《さるぐつわ》をはめられ、一人の覆面の男に短銃を突きつけられていた。ドロティの寝室から混乱した物音が聞こえてきた。覆面の男はカロウの胸に狙いを定めたまま、ミミと恐慌状態に陥った高等裁判所判事のほうに振り返った。

「そこの二人……動くんじゃないよ、ちょっとでも……」

「わしは何もしておらん……」老人は泣き言を言った。「わしをいかせてくれ、わしの倅は下院議員じゃ、後生だから……」

「一歩でも動くんじゃねえ、それとも鉛の弾丸《たま》をお見舞いしようか……」

「やれやれとんでもない所にきてしまった……知れたら何て言われるやら……後生だから、わしをいかしてくれ……」

ドロティの寝室の開け放たれたドアから哀願するホベルトの声が聞こえた。

「俺を殺さないでくれ……俺は彼女とは何の関係もないんだ……俺が初めてじゃなかったんだ……彼女自身が言ってくれるさ。俺が会ったときには、彼女はもう生娘じゃなかったんだ……彼女が自分から言ってくれるさ……」

ホベルトは、略奪者を憤慨したドロティの親類、その娘の操を血で洗おうとフェイラ・ジ・サンターナからやってきた復讐を好む内陸部の人間だと思ったのだ。誘惑した男の血で洗うのだ。そして彼女に途を誤らせ、いかがわしい生活に導いたのは彼だときっと思っているのだと思った。彼は、彼女に会ったときには、彼女はもう処女を失っており、往来の隅で飢え死にしかかっていたのだと説明しようとした。無頼漢たちは武器を突きつけ、彼を沈黙させた。彼らの一人が綱を一巻き持っていて、結ぶのが巧みで、彼の腕と脚を縛った。もう一人が鼻にかかった声でドロティに服を着て自分の荷物をまとめるように命じた。彼らは彼女と出ていき、眼をまんまるにし額に汗を滴らせているホベルトを残し、彼に最後の忠告をした。

「命が惜しかったら、この女を探すのはよせ」

部屋では、もう一人の無頼漢がカロウの前の椅子に座り、ゆったりと彼女に武器を向け、ミミに命令した。

「こちらにきなさい……ここの私のそばへ、怖がることはないよ」

その声は、別のよく聞き慣れた声を思い出させ、ミミはもう少しでその声が誰であるかわかるところだった。そんなばかな、リジオ中尉がどうしてその覆面の男にならなければならないの？　呼びかけに従って近づいた。無頼漢は空いた手で彼女の裸の体に触りだし、彼女を腕のなかに座らせた。高等裁判所判事は腹具合が悪くなり、突然の抑えられない腹痛で気を失いそうになった。

ほかの者がドロティといっしょに寝室からやってきた。彼らの一人が彼女のトランクを持っていた。ミミは、優しい無頼漢（リジオ・マリーニョ中尉が使っているのと同じ香水だわ、まあおかしい！）から離された。そして無様な恰好になった高等裁判所判事に武器を向けながら、侵入者たちは後退りしながら階段のところにいくと、それを駈け下りた。高等裁判所判事フフィーノが呟いた。

「風呂に入らなきゃならない……」

カロウは猿轡から自由になると真っ先にその老人を気にかけた。彼女は計画をよく練っていたが、月の第三木曜日、高等裁判所判事のくる日だということを忘れていたのだった。新しい石鹸と清潔なタオルを持ったミミをつけて彼を浴室へやった。その後、ホベルトを解放しにいき、その若い医者と長い会話を交わした。もう二度とモンチ・カルロ楼には顔を見せないで、思い切ってドロティを諦めるほうがみんなの平和のためによい、さもないと、どこからきたのやら誰もわからない、あの情け容赦のない連中（「彼女の親類の奴らだ……」とホベルトは彼の意見を述べて主張した）が、戻ってきて、ここか、舞踏室で彼を殺し、店で今までスキャンダルや殴り合いや事件の起きたことのないカロウの評判や商売を永久に駄目にしかねない。

「最初の汽船でリオへいくよ……」

「それに待っているあいだ、家から出ないほうがいいですよ……」

ホベルトは持ち合わせの金を彼女に置いていった、沢山ではなかったが、それでも役立った。結局のところ、彼があの乱入や高等裁判所判事の驚き――可哀そうに、すっかりお漏らしをしてしまった！――や、モンチ・カルロ楼の蒙った精神的打撃の責任者なのだ。そのニュースが広まったら、いったい誰がこんなに危険な場所にあえて通うだろうか？　ホベルトは旅立つ前に彼女にもっと多額の金を送ると約束した。彼は、カロウに下りていってその界隈を、無頼漢の誰かが待ち伏せしていないか調べてみるように頼んだだけだった。彼女が戻ってきて、すべて穏やかだと断言すると、彼は出ていった。

　高等裁判所判事が風呂からあがってきたときには、カロウは自分の揺り椅子でまだ笑っていた。彼もその危険な場所を一刻も早く去りたかった。だが、ズボン下なしでどうして出ていけようか？　肌の上にじかにズボンをはいたら、少なくともひどい風邪にかかるだろう、ひょっとしたら肺炎に。カロウは女の子の一人、痩せて脚の長い娘《こ》のレースのついたパンティを彼に貸してやった。彼女とミミは、彼がそのように着飾ったのを見て笑い、高等裁判所判事も噴き出した。彼は服を着た後、強壮剤を勧められるままに飲み、その日の午後そこに残ることは断った――度肝を抜かれた後で何ができようか？――ので、また、そのような騒ぎが二度と起きないともう納得していたので、次の木曜日にもう一度くると約束した。カロウは、その出来事が今はモンチ・カルロ楼に永久に立ち入りを禁じたホベルトの昔の敵対関係の結果だと彼に説明した。悪い奴だったと高等裁判所判事はうなずき、ミミに時間分と風呂代を支払い、カロウの手に接吻し、その出来事に彼が臭く参加したことを内密にしてくれるように二人に頼んだ。

それらの出来事は、いつもの四人と、さらに司令官ジェオルジス・ジアス・ナドローの好みに合わせてその上演をさらに輝かしいものにしようと参加してもらう必要になったその他五、六人の友人とで真夜中、賑やかに祝われた。彼の「古代ローマ人によるサビーニ族の女たちの略奪」の考え、つまりカロウの意のままになる女奴隷とするためにマダム・リュリュを鎖に縛って運び、モンターニャ坂をテアトロ広場まで登ってくるという考えをやめさせるのは難しかった。港務部長官は上機嫌で、ヴァスコ・モスコーゾ・ジ・アラガンの誠実な顔を曇らせているあの悲しみの表情の原因を永久に片付けたのだとこのように考えていた。その商人はもう今では神意と祖父が彼のために積み重ねてくれた幸福をいささかの憂いもなく享受できるのだ。財産、独身の身分、博打のツキ、女たちに対する魅力、生来の好感。

「奴のポーカーのツキと交換するのだったら、俺の階級だってやっちまうよ……」と司令官が断言した。

「それに奴の女運とだったら俺のを奴にやるね……」と陸軍大佐が溜息をついた。

「わしは、商会の奴の出資分の五分の一と交換にわしの弁護士の免状をさっさと交換しちまうさ……」とジェロニモ博士が笑い、さらにつけ加えた。「それに鼻薬としてわしの将来の下院議員の椅子も奴にやるね」

「本当に下院議員の椅子もですか？」と、そのジャーナリストの野心を知っているカロウが感心した。

「金と比べたら、称号や階級なんて何の役に立つんだ、カロリータ？　金があれば、望むものが何でも手に入るんだ。階級、免状、下院議員の椅子、上院議員の地位、一番の美人。金ですべてが買えるのさ、ママさん」

目下のところ、ヴァスコ・モスコーゾ・ジ・アラガンは、月明かりに照らされ、潮の香に包まれ、風に揺られた波の歌を聞きながら、溜息を漏らしつつ死に、愛の高まりに声をあげつつ生き返る彼女、熱を帯びた顔、貪るような唇、解き明かせないうす青い花弁、ドロティィを抱いていた。最後の一戦で力尽き、彼女が眠ると、ヴァスコは疲れて、感謝しつつ横になり、眼を開けたまま、口に笑みを浮かべ、遠くに船の汽笛を聞きながら夢見た。嵐の夜に危機一髪の船を救い、それを雨に打たれた港へ運ぶ。そこにはドロティィが震えながら、不安げに愛人ヴァスコ・モスコーゾ・ジ・アラガン船長を待ちわびている。


途方もないどんちゃん騒ぎの最中にどのようにヴァスコがジェオルジスの肩で泣いたかについて、またそれらの打明け話の結果について

数カ月が過ぎた。ホベルトはリオへ旅立ち、そこから土産に一人の従順で物静かなペルーのインディオ女を連れて戻った。リジオ・マリーニョは娼家や遊郭で四、五浮いた話があり、その中にはミミとの話があり、彼女に略奪と覆面の無頼漢たちの謎を明かした。高等裁判所判事フフィーノはある淫

売宿で死に、町中を騒然とさせた。カロウに約束したものの、再度襲撃があることを恐れてモンチ・カルロ楼にはもう戻ってこなかった。もっと守りの堅い遊郭に通うようになり、十五にもなっていないアルレチという娘を見つけたラウラ楼で死んだのだった。可哀そうにその娘は自分の上で老人が虫の息になっているのを見て叫び声をあげ、泣きわめいたので、近くで動物宝くじ《ジョゴ・ド・ビショ》をやって忙しい一人の巡査を含めて近所の注意を引いてしまった。こうしてその出来事は世間に知られ、遺体搬出の時にはサン・ミゲウ坂の遊郭の前はまさに野次馬でごった返した。無礼な冗談が大笑いを誘い、故人の息子である下院議員は後ろ指を差された。アルレチとラウラは警察に連行され、そこでありとあらゆる侮辱を受けた。あの巡査は世間を騒がせた事実からただ一人利益を受けた。彼は動物宝くじに戻ると、死者とアルレチの年齢を組み合わせて七〇一五に五百レイス賭けた。なかなか考えた予想で、ツキを呼び込んだ。動物宝くじは勘、運の力を注意深く観察すること、出来事から教え（および予想）を取り出す能力を要求するのだ。

それほど多くのことが過ぎ去っていった。しばらくの間はあれほど烈しく熱狂的で、あれほど激烈で深かったヴァスコとドロティの情熱すらも。彼女の名前を右腕に、愛する人の名とハートを刺青《いれずみ》させたほどだったのだが。その刺青は、どのようにバイーアに現れたのか誰もわからない、ちょび髭の中国人により見事に彫られた。当然のことながら、狂おしい恋も日々の共同生活のなかで少しずつ衰えていった。ドロティはアマラリーナの小さな家でその夏の間ヴァスコの費用で過ごし、彼は彼女をモンチ・カルロ楼へ踊りに連れていきはしたが、他の女たちに目を付け、そこここで外泊し始めた。冬がくると、彼女は思い切ってその娼家に戻った。人間の性質や恋慕の儚さを心得ているカロウは、彼女に他の客にも微笑みかけ、彼らの欲求に希望を持たせるようにと忠告した。ヴァスコはある種の優先権と、彼女の出費にある程度の責任を持っていたが、愛は終わったのだった。

ただあの昔の悲しみ、彼の眼を曇らせ、彼の微笑を特徴づけている鬱屈だけが相変わらずで以前にも増していた。友人たちは人に言えない病気ではないかと深刻に疑い始めた。ヴァスコは短い命を宣告されていて、秘密にしているのだろう。恐らく、彼と医者だけが知っている心臓病だろう。彼の父親は若くして心臓病で死んだのではなかっただろうか？　そのような説を夢中になって説いているアレンカール大佐によれば、それで多くのことの説明がつくというのだ。ヴァスコの独身生活、浪費家であること、意のままになる少ない時間で人生の幸福の最大のものを得たいというかのように生き急いでいる点、謎めいた原因はほかにはあり得ない。

ヴァスコが、絶えず風邪に悩まされる、か弱いドロティを受診させようと一度ならず連れていったことのある名高い、しかも心臓が専門の開業医メナンドロ・ギマランイス博士が、彼らの誤りを悟らせた。

「あいつは牛のように丈夫だ」と、メナンドロ博士が集まった人たちに答えた。「ロバのような心臓をしている。祖父のように老衰で死ぬさ。あんたたちの考えはまったくばかげている」

「糞！」と司令官ジェオルジス・ジアス・ナドローが叫んだ。「あいつのその悩みの種を必ず突きとめてやる。賭けてもいい」

「ヴァスコはあんな調子なんだ、奴の性質のせいなんだ、なぜ心配するんだ？」と、体の病気以外は眼中にないその医者は哲学的に説いた。

「俺は悲しそうにしている人間を見るのに我慢がならないからだ。ましてや俺の友だちだったら」

こうしてジェロニモが名づけたように「大尋問の局面」が開始された。友人たちはヴァスコと会い、司令官ジェオルジスは彼に探りを入れ、さまざまな話題に誘い、彼から告白を引き出そうとした。友人の幼年時代、青年時代、事務所時代、行商人としての旅、彼の初恋、彼の計画を詮索した。港務部長官は商人に話をさせるだけでは満足しなかった。メネンデスやスウェーデン人のヨハン――いつもソライアに惚れていて、彼女と同棲していた――と会見し、黒人のジオヴァンニとすら長い話合いをした。実りのない調査で、何の手がかりにもならなかった。ジェオルジスは、陽気になるべき理由、申し分のない完全な幸せになるべき理由がこれほど多く持った人間には出会ったことがなかった。それでは、あの悲しみはどういうわけだ？

しかしこの世のすべてのものには、たとえどんなに用心した秘密でも、終わりがある。どんなことでも最後には知られ、あらゆる謎はいつか説明される時がくる。酒を飲み大いに騒いだ夜のことだった。リジオ・マリーニョ中尉の誕生日と彼の婚約を祝っていた。中尉はその午後、内輪のパーティで州南部の大農場主の娘と婚約し、結婚は十二月に予定されたのだった。

彼らは求婚の儀式の前に、まだ早いうちから飲み始めた。カンポ・グランジの邸宅で舅によって準備された夕食の間も、ポルトガルのワインとフランスのシャンパンを飲み続けた。友人や女たちから成る大きな一団がモンチ・カルロ楼に着くと、大広間は上質紙の小旗で飾りつけられ、若い女は全員着飾り、ボーイやオーケストラが位置につき、客は一人もいなかった。カロウは感動的な友情の証としてその夜その他の客を迎えず、娼家全体を彼らのために貸し切り状態にしたのだった。

グループはそれほど大切な祝いのためにきわめて大きくなっていた。第十九大隊、港務部、憲兵隊から将校が、州庁から同僚がきていた。司令官ナドローは、娼家から娼家へ、遊郭から遊郭へと巡り歩き、中尉のあらゆる浮いた話をかき集め、彼を驚かせた。それらの女たち全員と、パリの娼家《メゾン・クロズ》のもっとも純粋なフランス語でリジオに祝辞をすることになっていたマダム・リュリュを含めて、その他さまざまな女とモンチ・カルロ楼に集まるように約束していた。ジェオルジスとヴァスコがそのパーティの準備の先頭に立ち、以前に行われたものをうわまわる何か前例のないようなことを望んでいた。婚約の晩餐会に着いたときには、もうかなり酔っていて、司令官はひっ切りなしに笑い、商人はいつもよく飲んだ時にそうなるように浮かない顔つきをしていた。立ち寄った娼家や遊郭ごとに一杯ひっかけた。断るのはマダムや女の子たちに失礼だろう。

実際、類のないパーティだった、記憶すべきどんちゃん騒ぎで、その町の年鑑に記録されてしかるべき騒ぎだった。というのは、夜明け頃に男はズボン下、女はコルセット姿で巡査、警官の無力な眼を尻目に、遅い通行人を喜ばせ、テアトロ広場を練り歩いたからだ。その一行の先頭でシャンパンのボトルを握り、かすれ声で歌っているのが、州知事の甥ジェロニモ・パイヴァ博士と知ったならば、頭のおかしい者を除いて誰もその独創的なデモンストレーションの邪魔をしようと首を突っ込みはしなかっただろう。

パーティも半ば、マダム・リュリュがカンカンを見せてくれ、皆がいっそう活気づいた頃にジェオルジスは、グラスを重ねるたびにますます悲しそうになるヴァスコを指して、ペドロ・ジ・アレンカール大佐に告げた。

「どうあっても尻尾をつかんでやる、そのワルに奴の問題を吐かせてやる……」

彼の膝の上に腰を落ち着けていたムラータのクラリッシをどかし、ヴァスコの腕を取り、部屋の人気のない隅に引きずっていった。

「アラガンジーニョさん、今日こそあんたは、どんなものがあんたの胸に挟まっているか俺に言ってくれ。口を開いて、洗いざらい話してくれ」

「何の話を？」

「何でも、身の上話でも、女でも、病気でも、犯した罪の自責の念でも。あんたのその悲しそうな様子がなぜなのか知りたいんだ……」

ヴァスコは友人を見つめ、彼の誠実さ、親身な関心を感じた。港務部長官は本当にいい男だ。

「俺が気に病んでいることは、本当のところばかげたことなんだ。しかしどうしても気になり、それを考えないではいられないんだ……」

「それって、何だ？」緊張がもっとも高まった一瞬だった。ジェオルジェスはほろ酔い機嫌がさめて、完全に素面《しらふ》になっていた。

「俺はあんたたちと同等じゃない、同等じゃないんだ……」

「ないって、何が？」

「あんたらと同等さ、わかるかい？」

「ないって……」

「ほら、あんたは港務部長官で、海軍の将校で司令官……ペドロは陸軍大佐だ。ジェロニモは博士、リジオは中尉……それで俺は？　俺は何でもない、俺は屑だ、何の称号もないヴァスコさん、アラガンジーニョさんさ」

司令官を見つめ、心を開き、胸の内をぶちまけた。

「ヴァスコさん……アラガンジーニョさんか……こう呼ばれるのを聞くたびに、俺のここのなかで何かが疼くんだ、いやになる……」

「しかしあんた、何てばかな！　そんなことは一度も考えてみなかったよ。あらゆることを、あんたがひょっとしたら何か罪を犯したんじゃないかとまで考えてみた……しかし称号を持っていないのを悩んでいるとは、そりゃないよ。変わったことがあるもんだ……」

「それはあんたにはわからないさ……」

「何てことだ……それに、ついこのあいだも俺たちはここでそれぞれあんたの生活と自分の称号、自分の地位を交換したいと言ってたんだ……何て世の中は……」

「あんたには、陸軍大佐や司令官や博士たちと年中いっしょにいて、しかも自分が何でもないということがどういうことなのかわからないのさ……」

突然、司令官はまるで酔いが戻ってきたかのように、まるでヴァスコの悲哀が思わず笑い出してしまう逸話ででもあるかのように笑い出し、笑いやまなかった。商人は気を悪くした。

「物笑いにしようというんだったら、なぜ俺に訊いたりしたんだ……」そして立ちあがった。

司令官は彼の上着の袖を掴んだ。

「ばかだな、そこへ座れよ」努めて笑いを抑えた。「つまり、もしもあんたが称号を取れば、その悲哀、その仏頂面はおしまいになるんだな？」

「この歳になってどんな称号が取れると言うんだ？」

「よし、俺が一つあんたにこしらえてやる」

「あんたがだって？」とジェオルジスの悪ふざけに慣れているアラガンは疑ってかかった。

「俺様がだ。安心していてくれ」

「ジェオルジェス、お願いだから、俺の頼みを聞いてくれ、なんでもいい、あんたの好きな冗談を言ってくれてもいい、何でもいい、俺を冷やかしてもいい、だが、このことだけはよしてくれ。お願いする……」

深刻で、ほとんど感情に流されたかのようだった。港務部長官は頭を振り、彼の青い眼はヴァスコの上に止まった。

「ばかなことを言うな。それじゃ俺は友だちの悩みを冷やかすような人間だと言うのか？　あんたに一つ称号をこしらえてやると言ったんだから、そうするまでのことだ。俺は真面目に話してるさ、今日はパーティの日だ、さあ飲もう。明日もう一度話をしよう。俺があんたの問題を解決してみせるさ」

　翌日、午後になるとすぐに司令官は伝言を持たせた水兵を一人ヴァスコの家にやった。港務部で彼を待っているということだった。商人は前の晩のどんちゃん騒ぎで疲れ果て、まだ眠っていた。ジェオルジスだけがあのような恐るべき耐久力を持ち、朝方に横になれば、まるで十二時間も寝たかのように髭を剃り、にこやかな顔つきで時間を正確に守って港務部の部署に就いていた。

　ヴァスコは素早く身支度をした。前夜のとてつもない大騒ぎのなかでの会話が記憶に甦ってきた。ジェオルジェスがあんなに真面目くさって約束したのは、どんな種類の称号だろうか？　まだ悪ふざけではないかと疑っていたが、相手は真剣に話したのだし、彼の冗談にも限度がある。しかしながら、彼が言った問題の解決策が何だか見当がつかなかった。結局のところ、称号や階級は街にごろごろあるわけではない。

　港務部に着くと、もうそこにペドロ・ジ・アレンカール大佐がいた。すぐにヴァスコに言った。

「しかし何てばかなことなんだ、ヴァスコさん……」

　ヴァスコは決まりが悪かった。

「そうしたいと思っているんじゃないんだ。考えたくはないのに、考えてしまうんだ。感じたいと思ってないのに、感じてしまうんだ……」

「だから俺があんたに称号をこしらえてやるさ」とジェオルジスが重ねて断言した。

「ヴァスコさん、遠洋航海船長《カピタン》の称号をどう思うかね？　遠洋航海船長が何だかわかるかね？」

　ヴァスコは不審に思いながら訊いた。

「商船の船　長《コマンダンチ》、そうだろう？」

「その通り……遠洋航海船長ヴァスコ・モスコーゾ・ジ・アラガン船長、あんたどう思う？」

「しかし、どうやって？」大佐のほうを振り向いた。「どうやって？」

「簡単だよ、ジェオルジスがあんたに説明するさ……」

港務部長官は眼を閉じ、回転椅子の背にもたれ、彼の顔は至福に満ち、説明し始めた。その当時、商船の船長《コマンダンチ》の地位である遠洋航海船長《カピタン》の称号は、学校に定期的に通って、何回か年に一度の試験を受けて得られるものではなかった。副船長や幅広い経験を積んだ一等航海士、水先案内人や高級船員が、港務部に申し込み、そこで要求される競争試験、海軍の将校から構成される審査委員会を前にしての試験を受けて獲得したのだった。相当骨の折れる、難しそうな競争試験は、一種の博士論文といったような論文の提出から構成されていた。その論文で志願者は、海岸線に沿った航海、ある港から出帆して他の港へ到着するまでを、あらゆる地理的、技術的細目にわたり叙述して自分の能力を見せた。さらに、その論文のなかで志願者は、穏やかな海や嵐の真っただ中での船の技術的欠陥や難破の恐れなど航海上のさまざまな問題を解決しなければならなかった。論文が合格すると、あとは口頭試問だけだが、今度はいろいろな科目についての試験が課せられる。天体観測による航海、気象学、海および河川の航海法令、商業航海法、国際海洋法、船舶の計器とタービン。それらの試験に通ると称号が与えられ、船を指揮して外洋へと出ることができた。

「簡単だろう？」とジェオルジェスが彼に訊き、一枚の紙切れを差し出した。それにヴァスコの驚いた眼がとまった。

彼は、びっしりと小さい文字で、しかし明瞭に書いてあるその紙に目を走らせた。天体観測による航海の試験は、六分儀の使用と修正、地図の使用と線引き、（大圏上の）天体観測による航海、クロノメータの使用と完全な知識、磁石の使用と理論と修正を含んでいることを知った。

その他の科目については知りたいとも思わなかった。紙をテーブルに置いた。もう疑問の余地がない、ジェオルジスはまた俺を肴《さかな》に楽しんでいるのだ。

「あんたは俺に約束した……」

「……称号を一つ、それで今、果たしているのさ……」

「……冷やかさないと……」

「俺がどんな冷やかしをしていると言うんだ？」と怒った。

「おや、あんたはしてないって……そういう試験は……俺は一等航海士でも副船長でも水先案内人でも何でもないことは言うまでもない。今日まで、カショエイラまでいくのにパラグアスー川のあんな程度の船にたった一度乗ったことがあるだけだ。一度、ある女の後を追ってバイアーナ社のマラウー丸でイリェウスにいった。残らず吐いてしまった。あんなに揺れたのは、それにあんなに臭いのは初めてだった」

「なるほど。あんたに言うのを忘れてたが、競争試験を受けるには一等航海士、水先案内人、高級船員でなくてもいいんだ。誰にでも公開されている。もちろん、最初は船員だけが普通、幅広い経験を積んでからそれに申し込んださ。しかし今しがたも確認しようと、その試験を定めた法律を調べてみた。誰にも開かれている。あんたは申し込みさえすればいい。しかも俺は申請書の下書きをもう持っている。あんたはただ写して、署名するだけのことだ」

ヴァスコにもう一枚の紙を差し出した。彼はそれを手に取った。

「よろしい。俺は申し込むことができる。それで試験をどう受けたらいいんだ？　そんなややこしいことは何も知らないし、こんなに複雑なことにはお目にかかったことがない。論文のことは言うまでもない。それを書くための知識をどこから探してくるんだ？　手紙を書くのだって嫌なんだ、そのために祖父のことをひどく責めたことがある……」

「あんた、もうすべて手を打ってある。論文は、パラナグアとフロリアノポリスを通ってポルトアレグレまでの記述だが、もう書き始めてあるさ」

「あんた自身が？」

「いいや、そこまでは俺はやらないよ、それには俺は年を取り過ぎているからな。マーリオ中尉があんたのためにそれをやってくれている……後で、あんた、そういう気があるなら、彼に贈物を一つやったらいい……何でもいい、少し……」

「俺の永遠の友情はもちろんのこと、奴が望むものは何でも。だが、それで口頭試問は？　その紙にあるようなことはまるっきり知らない」

「あんた、簡単だよ、すべて考えてある。各科目について二、三の質問と、同時に答えを作っておく。あんたに質問と答えを渡す。あんたは答えを丸暗記して、試験を受ける。立派に合格だ。あんたはあんたの祝福された称号を受けるのさ」

ヴァスコは、その思いがけない申し出が現実のものではないように思っているようだった。ジェオルジスが続けた。

「審査委員会は俺が任命し、俺が委員長だということを忘れないでくれ。マーリオ中尉とガルシア中尉を任命する。いい奴らだ、あんたの友だちだよ。それであんたは船長になる。公式の、神聖なものだ。それに人類に危険なこともない。決して船を指揮することなんかに手を出さないんだろうから」

「まっぴらさ」

ジェオルジスは立ち上がり、ヴァスコの背中を叩いた。

「それで、もし後でまだ不景気な顔をして俺のところにきたら、俺は水兵を何人か集めて、あんたを袋叩きにするよう命令するからな」

大佐が両手を擦り合わせながらなかに入った。

「それで称号授与の日にはばか騒ぎをやろうや、昨日のよりももっと大がかりなやつを……心を洗うようなやつを」

「今から一カ月したら審査委員会を招集することにしよう」とジェオルジスが告げた。

「なぜそんなに後で？」ヴァスコが驚いた。

「あんたもうそんなに急いでいるのかい、ええ？　マーリオに論文を作成させ、あんたはそれをあんたの手で写し、口頭試問の答えを一つずつ、細かく暗記する時間を作るためさ。すべてよく知ってなけりゃならないんだ。それが、あんたが遠洋航海船長の称号に払う代償さ、糞船長殿」

「それで、もし俺が試験の時にまごついたら、あがってしまったら？」

「まごつきなさんな、あがりなさんな。今は申請書を写してくれ、それから帰ってくれ。俺はやらなきゃならない仕事があるんだ」

「祝賀会の準備にとっかかろう」と大佐が言った。

ヴァスコは紙の上に身を屈め、写し始めた。呆然としていた。それらすべてが彼には非現実的に、ばかげた夢のように思われた。目頭が熱くなるのを感じ、文字がよく見えなかった。世の中に友情ほどのものは何もない、友だちは地の塩だ。彼らにそう言いたかったが、何と言ったらいいかわからなかった。

天体観測航海から国際海洋法まで、すこぶる博学な章

一カ月にわたり司令官ジェオルジス・ジアス・ナドローはヴァスコの神経過敏を、勤勉な生徒さながらの彼の努力をからかって大笑いし、こうして彼にしてやった親切のもとを取った。陸軍大佐ジェロニモ、リジオ、それにマーリオ中尉とガルシア中尉も楽しい思いをした。ヴァスコは痩せたほどで、六分儀、海風と潮流、海上輸送、領海と内海、湿度計、磁石の表示などがごたごたと数多くある各科目の三つの質問に対する複雑な答えを暗記する課業にそれほど打ち込んだのだった。動転した志願者に毎日午後、司令官の至上命令により補習が課せられた。最初、ヴァスコは知らない言葉にうろたえ、それらのややこしい術語に記憶力は反発し、ガルシア中尉は彼を不合格にすると脅かした。彼をビリヤードやポーカーや女たちの所へ連れ出すのは一苦労だった。ヴァスコは夜を勉強で過ごすのを望んだのだ。

マーリオとガルシアはこの三十日間というものは自分の金を使わずに暮らした。ヴァスコは毎日夕食に彼らを誘い、食前酒、よい、一番よいポルトガルのワインやモンチ・カルロ楼の夜食を奢った。じょじょに答えを自分のものに、船の器具の奇妙な名前にも慣れていった。マーリオ中尉が港務部である日、彼にそれらの物を見せると、ヴァスコは熱狂した。彼は、美しく心を惹きつける物だと思い、自分の新しい職業を愛し始めた。

中でも一番厄介だったのは、マーリオ中尉が苦心して作り、「あんたの卒業論文」といつも言っていた論文を自分の字で写さなければならないことだった。三十二頁にもわたる長いもので、マーリオ

の字は、まるで医者のようで海軍の将校のものでないかのように理解できず、しかもやたらとインクの染みがあった。部屋に閉じこもり、召使に誰がきてもドアを開けないようにと命じて、それを写して毎日午前中を過ごした。

論文が提出され、合格になると、とうとう口頭試問の日が決められた。厳粛な儀式で、陸軍大佐が軍服を着用して出席し、ジェロニモ博士とリジオ・マリーニョ中尉も出席した。水兵が気をつけの姿勢でドアを守っている部屋のなかでは、司令官ナドローと二人の快活な海軍の将校によって構成される審査委員会が物や地図でいっぱいのテーブルの前にどっかと座っていた。蒼ざめ、感動した面持ちでヴァスコは最後の最後まで暗記しようと質問と答えを小声で繰り返しながら、水兵に導かれた。ジェオルジスが力を込めて彼の名前を呼ぶのを聞いて近づき、心臓を高鳴らせテーブルの前の椅子に体を硬くして座った。しかし答えは一つの誤りも、発音の躓きすらなく、すらすらと正確に出た。

完全に合格し、免許状が交付され、港務部の台帳に新しい遠洋航海船長の名前と住所が登録された。家を替えるたびに新しい住居を港務部に通知しなければならなかった。共和国の紋章の入った緑の表紙の、立派に装丁した厚い帳簿だった。各頁に一名の名前があり、それに試験日、合格の程度、番号と参考事項、有資格者の年齢、戸籍、住所が書かれていた。記入された頁は少なく、ヴァスコの名前の前にはわずかな数の名前だけだった。そしてほとんどすべての有資格者は、その取得にあたって論文が免除され、口頭試問だけの、河川を航行する船舶の船長の称号がこう呼ばれていた「ゴムの免状」だった。そのような称号は、サンフランシスコ河の蒸気船の船長たちに簡単に与えられ、大洋の航路、海上航行は禁じられていた。ヴァスコの称号は本物で、河川、大きな湖、海での活動を認め、すべての航路で、五つの海で、すべての国籍、旗のもとに船舶を指揮することが認められ、その権利を有した。国際海洋法と天体観測航海の科学を備えているのだ。「さて」すべてが終わり、ヴァスコがいとおしそうに免許状をしっかりと握ると、陸軍大佐が彼に言った。「さあ祝おう、老練なる海の男、ヴァスコ・モスコーゾ・ジ・アラガン船長、舵を取り、我々を娼婦たちのもとへ連れていけ！」

船もなく、航海もせずに一人の老練な船乗りがどのように作られるかについて

航海史上これまで遠洋航海船長の地位がそれほど栄誉に包まれたことはなく、船長《コマンダンチ》の称号がヴァスコ・モスコーゾ・ジ・アラガンによるほど熱烈に用いられたためしはなかった。部屋の壁にかけた金色の額に免許状を収め、彼は遠くの海原で鍛えられた気概のある男の態度を示し、経験豊かな老船乗りの威厳を表していた。

名前の前に称号を、その横に地位をつけた名刺を大至急印刷させた。庁舎でのパーティや招かれた歓迎会でつき合いを始め、知合いになった人の家に寄っては、遠洋航海船長、ヴァスコ・モスコーゾ・ジ・アラガン船長として挨拶をし、名刺を置いていった。

称号をつけることを要求し、彼の名前の後にあの恥ずべき「さん《セウ》」をもう認めなかった。

「ヴァスコさん、元気？」

「すまんがね、遠洋航海船長ヴァスコ船長なんだ」

「失礼、知らなかった」

「だったらお知らせする、お忘れないようによろしく」と名刺を渡した。そんなわけで特に、最初の頃は大量に名刺を使った。

遊郭や娼家で気のある女が彼の首に腕を回し、彼に取りつき、囁いた。「アラガンジーニョさん

「……」

……彼は辛抱強く、動ぜずに反発した。

「あんた、俺はアラガンジーニョさんじゃないんだ。称号を持っていて、船長の、商船だが、アラガンなんだ」

カロウまでが階段のてっぺんで彼に挨拶する時の扱いを変えるようにされ、今では心地よい調子で声を弾ませた。

「アラガンジーニョ船長、私のお金持ちの船長さん……」

陸軍大佐と港務部長官が、こちらで船長、あちらで船長と呼び、ビリヤードの周りでも、ポーカーの卓でも、ビールを飲みながらでも、シャンパンをポンと抜きながらも率先垂範した。

そして州知事までが、そのことを知り、自分の甥の寛大な友人が満喫している新しい幸福を知っていて、免許状授与式後、初めて彼に会うと両腕を拡げた。

「船長、そんなに立派になってどうです？」

ヴァスコは感動し、頭を下げた。

「知事殿、閣下のお役に立ちたいと存じます」

まるで鱈や干肉のくさい臭いは潮の香が染み込んだ彼の鼻孔には受け入れられないものであるかのように、今では週にわずか一、二度しか現れない有限会社モスコーゾ商会の事務所では、主人の名を船長の称号をつけずには口に出すことが完全に禁止され、その命令はメネンデスからジオヴァンニまで型通りのものだった。ラファエル・メネンデスは命令を受けると、同意して頭を下げ、打算家の笑みを隠した。社長に授与されたあの栄誉は商会全体にとっても大きな名誉であると述べた。そしていつも湿っている両方の手をこすり合わせた。

ジオヴァンニは若旦那のその突然の船乗りの資格に驚き、理解できなかったが、それに値すると思い、自分の船乗り時代の話を彼に聞かせた。それでヴァスコは商会に顔を出すと、ジオヴァンニのそばに一番長くいて、黒人は思い出に耽った。

名刺の後、彼の次の心配事は制服だった。その町でも最良の彼のゆきつけの洋服屋は作れないと言ったが、彼に教えてやった。制服を専門としている洋服店がバイシャ・ド・サパテイロにあり、そこでバイアーナ社の船長たちが上着やズボンを誂えさせていた。それに陸軍の将校も。それと、カーニバルが間近になるとクラブの青年連がそこでロシア皇太子やイタリアの伯爵やフランスの銃士や祖国を持たない海賊の仮装衣装を注文した。

その洋服屋は一人の客からそんなに沢山の注文を受けたことがなくてんてこ舞した。ヴァスコは、夏用、冬用、普段用、パーティ用つまり本物の金の縁の入った、しかるべき帽子とともに、華麗な、きわめて華麗な青色のまぜ色織りと白の制服、を少なくとも各種二着ずつ欲しかった。まったく一揃いだった。それに急いでいた。少なくとも儀式用の制服一着はどうしても必要で、それから二週間後の七月二日のパレードに間に合わせなければならなかった。狂喜した洋服屋は、午前中の行進のための白い制服と、州庁舎での夜のレセプションのための青い制服を期限通り納入するために特別に時間を割く、夜も寝ないと約束した。ヴァスコはそのかわりに有能な針職人に過分の謝礼をすると約束した。

七月二日のその朝、ソレダージ広場ですべて——田舎者や田舎女を乗せた荷車、マリア・キテリアやラバトゥチやジョアナ・アンジェリカの写真で飾った御輿、位置についた演説者、整列した軍隊の先頭にいるペドロ・ジ・アレンカール大佐や、港務部の水兵たちの前面に立った司令官ジェオルジス・ジアス・ナドロー、軍隊行進曲を吹奏している軍楽隊——が行進の開始を今や遅しと待ち受け、ヴァスコ・モスコーゾ・ジ・アラガン船長が金の肩章のついた白い制服に身を包んで現れ、州知事を待つ市民の大立者たちのグループに合流したときは、まったく壮観だった。

　背筋を伸ばして不動の姿勢を取り、愛国心と誇りに心臓を高鳴らせながら演説を聴いた。ジェロニモと並んで、州知事、大佐、港務部長官の後を、人でごった返した司教座教会広場まで行進した。その崇めるべき教会で大司教がテデウム讃美歌を歌う式を執り行った。夜のレセプションではさらに正式で華美な、そのかわりにやたら熱い青い制服を着用した。パーティ会場全体を見渡しても、彼よりも立派で気高い人物、それほど威厳のある卓越した態度は見当たらなかった。

　ややあってジェオルジスが彼に近づいてきて挨拶した。

「あんた、申し分ないよ、ヴァスコ・ダ・ガマだってあんたを見たら、妬むさ。その立派な様子を完全なものにするには、一つだけ足りないものがあるな」

「何が？」ヴァスコはどっきりした。

「そりゃあ、勲章さ。見事な勲章が一つさ」

「俺は軍人でも政治家でもない。どこで手に入れられるんだ？」

「我々で手に入れよう……手に入れよう……ただあんたはいくらか懐を痛めなければ……しかしその価値はあるさ」

　ジェロニモは市立広場のパイ菓子店の主人であるポルトガル領事との交渉を担当し、ヴァスコ・モスコーゾ・ジ・アラガン船長にその政府が叙勲したならばどんな利益があるかを領事にこうして感じさせた。

「だが、モンターニャ坂近くの、老ジョゼー・モスコーゾのモスコーゾ商会のアラガンジーニョじゃないのかい？」

「そうとも、当人さ。ただ、今は彼は商船の船長なんだ」

「船に乗ったとは知らなかった……」

「船に乗ったわけじゃないが、法律によって定められた競争試験を受けたんだ」

「そう、彼の祖父はよく知っていた。まともなポルトガル人で、立派な男だった。それで何だって国王陛下は彼の孫に叙勲するんだ？」

ジェロニモは葉巻の灰を落とし、皮肉な眼で遠くを見た。

「彼の傑出した船乗りとしての功績によりだ……」

「船乗りとしてのだって？　私の知るところでは……船に乗ったことすらないんだろう……」

「何言ってるんだい、フェルナンジスさん、あの男は金を出すんだよ、落ちぶれた国王陛下は唸るような数千レイスで我々の善良なるアラガンジーニョに叙勲するのさ……それにほかに口実がなかったら、彼はヴァスコというのだし、船長で、ポルトガル人の孫なんだ、ヴァスコ・ダ・ガマ提督の親類のようなもんだということを忘れないでくれ、それも急いで……」

こうして、数カ月後に五千レイスを前払いした後、ポルトガルおよびアルガルヴェス王カルロス一世陛下は、ヴァスコの「新しい海路開設に顕著な功績」により、十字軍の時代から七百年も続く由緒あるキリスト騎士団ナイト爵を、見栄えのするメダルと首飾り章を添えて、彼に授与し、ヴァスコ・モスコーゾ・ジ・アラガン船長の栄光は決定的に完成した。式は簡素で内輪のものだったが、新聞で報道され、後に、外交儀礼の命ずるようにポルトガルの桜桃酒とワインで立派に祝われた。

称号を手に入れ、制服を身にまとい、叙勲されヴァスコ・モスコーゾ・ジ・アラガンは港務部長官の前に二度とうなだれて現れることはなかった。

彼の喜びは申し分のないもので、輝かしく、それまでバイーアの古い町の通りをそれほど幸せそうに歩いた者はいなかった。

　今は、自分の時間の大部分を古道具屋（もっともサルヴァドールにはたった二軒しかなかった）で航海器具、船舶器具を探すのに当てていた。こうして地図、船の絵、六分儀、羅針盤、昔の時計のコレクションが始められた。司令官ジェオルジスはリオへ旅行したとき、彼に土産としていくつかの器具を持ってきてやった。

　州都に近いバイーアの海岸でイギリス船が難破したとき、彼の航海博物館は大いに豊かになった。物品が公開のセリにかけられ、最大の落札者はヴァスコ・モスコーゾ・ジ・アラガン船長だった。舵輪、貴重な双眼鏡、クロノメーター、磁石、温度計、船のクロノグラフ、縄梯子を落札し、友人たちに提供するウイスキー二箱は言うまでもない。

　その後も、船の器具を購入するその癖はなくならなかった。数年後にその町に滞在したドイツ人の山師から望遠鏡を手に入れて終わりになるのだった。そのドイツ人は、空を近くに見たい、月や星を間近に引き寄せたいと思う客一人一人から千レイスを取ろうとその品を大道で売ろうとした。それに失敗し、宿の勘定を払わなければならず、望遠鏡はバリス通りの家にいったというわけだ。もっともそこから船長は引越ししようと計画していた。

　増えていくコレクションのなかで彼のお気に入りの物は、船のミニチュア、「ベネディクト号」で、五十センチほどのもので、ガラスケースに収められ、客船をその最小の細目まで模造していた。ヴァスコの誕生日にジェロニモから贈られた物だった。そのジャーナリストは、それを州庁舎の地下室で見つけたのだった。ケースは埃にまみれ、役に立たない物のように隅に投げ捨てられてあった。ヴァスコは狂喜し、礼を述べる言葉も見つからなかった。

　ジオヴァンニとのいつもの長話で、ある時、パイプを使うのは高級船員、特に船長の習慣であることを知った。年老いた黒人の確かな意見では、パイプ煙草を喫わない船長は船長ではないということだった。翌日、ヴァスコはひどく喫うのが難しい、やたらと消えるイギリスのパイプに悩まされながら仲間の所に現われた。時間が経つとともに、覚え、間もなく素材と形の異なる、木や陶や海泡石の、いろいろなパイプを持つようになった。

時々、午後になるとヴァスコは司令官ジェオルジス・ジアス・ナドローを港務部に訪ねた。任務用の制服を着用し、帽子をかぶり、パイプをくわえていた。港務部の窓から海を眺め、注意深く船の接岸を見守っていた。

ある日、彼が大佐を待っていた酒場でピラン・アルカードのある紳士に紹介された。二人は言葉を交わし、その奥地の住人はそのような都会の交際にうっとりした。

「それじゃ、あんたは船の船長なんですか？……しかし本物の船の船長で、年がら年中座礁している川の船じゃないんですな……話して聞かせることが沢山あるにちがいない。わしに教えてくれませんか、中国や日本の方へ航海したことがあるんですか？」

船長の無邪気な眼はピラン・アルカードの男の赤銅色の顔に注がれた。

「中国と日本に、ですか？　そう何度も……あの辺は何でも知っています……」

「それじゃ、知りたくてたまらないことがあるんですが、教えてくださいな」興味のあまり男はテーブルの上に身を乗り出した。「本当ですか、むこうの女は毛がなくって、頭の毛しかなくて、ほかには一本もないとか、それに彼女たちのあそこは横割れになっているというのは？　わしはそんな話を聞いたんですが……」

「嘘ですよ、あんたはばかなことを聞かされたんですよ。そんなことは全然ありません。どこの女とも同じです。ただもっと締まりがいいだけです、気持ちがいいです……」

「本当ですか？　どんな具合に？　あんたは沢山の女と寝たんですか？」

「ある時、シャンハイで当てもなく通りに出たんです。奥まった裏通りで一人の中国人女が泣いているのに出くわしました。リューといいました……」

ヴァスコ・モスコーゾ・ジ・アラガン船長が漆のような黒髪と象牙のような肌をした中国女リューに導かれてシャンハイの神秘、アヘンの眩暈《めまい》に我を忘れているあいだ、その粗野な奥地の住人の眼は燃えていた。

午後が司教座教会広場に降り、血のような黄昏の色が古い教会の黒い石の上に降りてきた。ヴァスコはリューの手を取り、彼の旅を始めた。

時の経過について、政府および商会における変化、詐欺、堂々たる態度について

ヴァスコ・モスコーゾ・ジ・アラガン船長は約束を果たした。司令官ジェオルジス・ジアス・ナドローの前に二度とうなだれて現れることはなかった。自分の称号を持ち、幸せだった。それ以降どのような不快も、どのような困難も彼の明るい表情、溢れんばかりの喜びを曇らせることはなかった。ほんの短い間、いらいらしたり、悲しんだりしたりすることはあったが、悲しみに長く浸ることはなく、人生の障害をそれほど重く見ず、すぐに生来の陽気な姿に戻った。

しかしながら、悲しみや障害が彼になかったわけではなかった。だが、船長、遠洋航海船長は波の真上で海や天候の不安定なことに慣れ、自分の性格を鍛え、心を強くし、唇に笑みを浮かべて失望や嫌気に耐えられるようになるのだ。

きわめて面白くないことがいくつかあったが、最初に起きたのは、昇進し、駆逐艦の指揮に送り込まれたジェオルジス・ジアス・ナドローの移動だった。いつも自分の周囲に黒人女か色の濃いムラータを一人置き、与太や冷やかしや面白い冗談を飛ばす、小麦色の金髪と空色の眼をした船乗りがいないバイーアの夜、娼家や遊郭、放浪生活、女たち、愛の魅力など、どうやったら想像できるだろう? そのニュースが女たちや夜行性の男たちの間に伝わると、誰もかも落胆し、涙を流し、ジェオルジスにふさわしい送別会が準備された。

「船長、頭をあげるんだ」と、ジェオルジスは、お別れパーティでヴァスコが仏頂面で黙りこくっているのを見て彼に言った。「船乗りは悲しみに屈しないのさ」

翌日、皆は、彼がリオへ旅立つ汽船の上まで送りにいった。そして喪に服し、やつれた顔を黒いベールに包み、唇を結んだ妻、グラシーニャを初めて見た。彼女は紹介されて冷たい指先二本を彼らに差し出した。ヴァスコは、前港務部長官が前夜に言ったこと、「船乗りは悲しみに屈しないのさ」が意味のない言葉ではないことをその時理解し、ジェオルジスの言葉は突然、具体的な意味を持った。奴は悲しみに屈しなかった、降参しなかったのだ。

彼らは町の中心に戻り、ビリヤードにいったが、もう以前と同じではなかった。ジェオルジスの不在が酒場に、その後モンチ・カルロ楼の上に影を投げかけていた、夜は突如、虚しくなっていた。

すでに一年前に、リジオ・マリーニョ中尉は結婚し、しばらくの間は、歩きまわることを避けていた。しかし皆は、彼の不在は一時的なもので、結婚生活が通常のことになれば戻ってくると承知していた。そして事実そうなった。庁舎での任務が終わるとビリヤードに現れ、たいていの晩、夕食後に再び彼らと合流し、あの娼家にダンスをしにいき、時には女と部屋に閉じこもった。相変わらず遊郭には彼に夢中になる女たちがいた。妻は彼のために息子をもうけ、家事を行い、訪問客を迎えるためのものだった。しかしながらジェオルジスはいったきりで、戻ることのない旅立ちをし、リオで船の同僚や、さまざまな友人と別のグループを作るだろう。やり切れない夜だった。しかしヴァスコはあの言葉を思い起こし、心を引き裂くようなグラシーニャの姿を思い浮かべ、ほかの者を元気づけた。船乗りは悲しみに屈しないのだ。

ジェオルジスの交替要員で、ひょっとするとそのグループの彼の穴を埋めるかもしれない新港務部長官は数カ月遅れて着任し、まったく失望させられた。気難しく、あまり交際せず、夜遊びや娼婦に恐れを抱く用心深く分別くさい人物だった。ヴァスコは港務部に通うのをよした。

だが、相変わらず港にいって船の入港を眺め、その美しさに感嘆し、旗を見分けていた。また、どこであろうと航海器具と船舶写真を見つけたならば、それらを手に入れることも、毎夜ジェロニモや大佐と出かけ、ポーカーをし、新しい女に惚れることも相変わらずだった。その当時四十を少々越えていたが、誰もが、もう彼を船長と扱うことに慣れていた。

州知事は任期の満了に近づいていて、憂鬱な最後だった。というのは、共和国大統領が党の他の人物らにそそのかされ、彼が支持する後継者の名を拒否し、別の人物を押しつけ、任期が満了した州知事に伝統的に用意される上院議員の椅子をもう少しでかすめ取るところだったからだ。その椅子は獲得できたが、ジェロニモが下院議員に打って出ることと、彼の政治家としての道は宙に浮いてしまった。ジェロニモにはリオの法務省のある地位、検事かそれに相当したものが当てがわれた。悪くはなかったが、政治についての彼の計画は水の泡になった。

州政府の交替とともに、ペドロ・ジ・アレンカールもまた去り、新州知事の友人である別の大佐が第十九狙撃大隊の指揮を執りにきた。ヴァスコは紹介されもしなかった。自分の友人やあの有名なグループの思い出に義理堅い男なので、州庁や上流社会のレセプションやパーティから姿を消した。まだ七月二日と九月七日の行進には自分の儀式用の制服を着て参加したが、州政府の人間たちからは遠く離れ、民衆と混じってのことだった。

ほかのグループに合流することも、ほかの仲間に入ることも望まなかった。彼のようにもうその町の最高のエリートに属した者は、商人や商店員あるいは若い医者や弁護士たちとすら、再び交じり合うことはできなかった。娼家やキャバレーでは独り寂しくテーブルを占め、シャンパンは彼の口のなかで懐かしさの苦い味をし始めた。

そしてある日、カロウが、ずるくて、もうけ主義の嫌なアルゼンチン人の女衒《ぜげん》にモンチ・カルロ楼を売り払ってしまった。ヴァスコは彼女を船まで送っていった。義弟が死に、妹が助けと連れを必要としているガラニュンスへ戻るのだった。二人は並外れた夜のことや友人たちのことを波止場で思い出した。彼女を愛人にしたジェロニモ。今は大尉としてポルトアレグレで勤務している美男子のリジオ・マリーニョ中尉。凄まじい飲んべえペドロ・ジ・アレンカール大佐。そして外国人のような容貌、黒人女に眼のない、ほかに類を見ないほど愉快な、あの忘れられない司令官ジェオルジス・ジアス・ナドロー。それらすべてがカロウにとっては終わったのだった。今は、自分が生まれた穏やかな町で尊敬すべき婦人、金持ちの未亡人として甥や姪を育てるのを助けにいくのだ。ヴァスコは両頬に口づけし、眼は涙に濡れていた。

「あなた、ドロティの略奪のことを憶えていて？」

ドロティはどこにいるのだろう？　ある田舎の大農場主《コロネル》が彼女の落着きのない眼に夢中になったのだった。妻に先立たれていて、彼女を大農場へ連れていった。ヴァスコは出発の前夜、彼女と寝たのだった。まるで昔の恋、常軌を逸した情熱が以前と同じ激しさで甦ったかのような狂おしい夜だった。大農場主といっしょになったのか、ならなかったのか、その後、音沙汰なかった。しかしヴァスコの右腕にはドロティの名とハートが一つ刺青されて残っていた。

「刺青の中国人のことを憶えている？」

波止場へ向かう途中、それほど沢山の思い出、思い出すべきことが沢山あった。船はレシフェに向けて錨を上げ、肥って涙もろいカロウはハンカチで合図を送っていた。町の人気のない波止場で見捨てられた孤児のようになったときでも、「船乗りは悲しみに屈しないのだ」。

数年の歳月が流れ、ヴァスコ・モスコーゾ・ジ・アラガン船長は娼家や遊郭の部屋から姿を消していった。もう今では有限会社モスコーゾ商会の社長でも旦那でもなかった。黒人のジオヴァンニは、メネンデスに注意しろ、あのガイジンは役立たずだと彼に繰り返しながら死んだ。しかしヴァスコがその忠告に従い、実際に商売の実権を握ろうとしたときには、メネンデスはその商会の本当の主人になっていた。ヴァスコはあの遊興の十年間で持っていたもの、持っていなかったものを使い果たし、彼の負債は驚くべきものだった。貪欲で抜け目のない弁護士たちを相手の交渉は、遅々として進まず、複雑をきわめた。最後にヴァスコは商会を抜け、品よく暮らしていくだけの所得を保証する何軒かの家作と沢山の州債券を受け取った。それを機会にバリスの邸宅を売り、七月二日広場に前よりも小さな家を買い、そこに彼の航海器具を、客間の壁に遠洋航海船長とキリスト騎士団ナイト爵の免状を、テーブルの中央にベネディクト号のミニチュアの入ったガラスケースを配置した。

百万長者から単なる裕福な人に変わっても、友人たちがいなくなっても、もう新たな恋が生まれなくても、酒がうまくなくなっても、十二時前に眠くなっても、「船乗りは悲しみに屈しないのだ」。新しい家で、見知らぬ隣人たちとつき合いながらヴァスコ・モスコーゾ・ジ・アラガン船長はすぐに人気者、尊敬される人物になった。歩道で椅子に腰かけると、人々が彼の話を聞こうと集まり、彼は海での自身の冒険談を語った。よりすぐったムラータ、彼の世話をする美しい料理女をいつも一人そばに置いていた。

　また何年かが過ぎ去った。船長の髪は銀色になり、彼の料理女たちはもうそれほど美しくなく、物価が上がり、収入は増えなかった。やはり隣人たちも以前のように彼のことを真面目に取らず、彼は一度も船に乗ったことがなく、船長の称号はジョゼー・マルセリーノ州政府時代の冗談の結果で、キリスト騎士団位は、彼に金があり余るほどあり、バイーアのポルトガル領事館がある商人に任せられていた頃にひどく高い価格で買われたのだと言うような人がいた。

　港務部での儀式から二十年以上経ったある日、その通りに給油所の店を構えたあのろくでもない男が、いつでも友だちになりつき合う気でいるヴァスコが、嵐の夜のペルシャ湾の恐ろしい横断航海についてその男に語り始めると、大笑いで勇ましい物語を遮った。

「もう俺に……そんなホラ話はばかどもを騙すのに取って置いたら……それじゃ俺が事情を全然知らないとでも思ってるんですかい？　誰でも知ってるさ、陰で笑ってるのさ……俺はほかにすることがあるんだよ、船長さん。思い出を聞いてる暇なんかないのさ……」

「船乗りは屈しないのだ」、再び頭を上げるのは難しかった。今日ではきっと提督になっているジェオルジス・ジアス・ナドローはどこにいるのだろうか？　ジェロニモ、アレンカール大佐、リジオ中尉それにマーリオ中尉はどこにいるのだろうか？　ドロティィ、お前のほっそりした横顔、お前の落着きのない眼、お前の熱に浮かされたような顔をもう一度見られたら、どんなにかいいだろう……カロウはペルナンブーコ州のガラニュンスの町で未亡人だと言って、甥たちの子供を育ててまだ生きているだろうか？　彼はまだ、晴れても雨が降っても船の入港、出帆を見に港にいき、すべての旗を知っていた。

　もうそこ七月二日広場もサルヴァドールのその他どんな通りも頭を上げて歩けないだろう。その家を手頃な値段で売り払い、その町の喧噪が届かない郊外、ペリペリの家を買い、彼の料理女で愛人、ムラータのバルビーナを連れ、航海器具、舵輪、縄梯子、双眼鏡、望遠鏡、パイプ、額に入れた免許状、嵐と嵐の合間に海を横切った、船の甲板での自分の過去とを持って引っ越した。

老練な船乗りは頭を上げ、豊かな髪を岩場のてっぺんで風に靡《なび》かせた。

困惑して日和見《ひよりみ》主義の語り手が運命に助けを求める件《くだり》

皆さん、考えてもみて下さい。一人の勤勉な歴史家がこのように込み入った年代記で真実を調査しようと首を突っ込み、見かけはどれも信用に値するように見えるが、一致しなかったり相反したりする諸説に突然突き当たっているのです。誰を信じたらよいのでしょうか？　論議の余地のない価値を持つ男、船長自身のものと、あれほど多くの証明できる詳細にわたるシッコ・パシェッコのもの、お目にかけたそれら二つの説のどちらを採り、どちらを読者諸兄に信じていただいたらよいのでしょうか？　その井戸は障害物、舵輪やふしだらな娼婦で遮られ、私はどうやってその底にまで辿り着き、その二人の敵対者の一人の思い出を称揚し、もう一人の思い出を一般の人々の憎悪にさらすことのできる真実を、輝かしい、裸の真実をどうやってそこから引き出したらよいのかわかりません。誰を称揚し、どちらの仮面をひっぱがしたらいいのでしょうか？　正直言って、目下のところ私は途方に暮れ、混乱をきわめていると告白しなければなりません。

私は、アウベルト・シケイラ博士、我々の卓越した、しかしながら論議された法学の碩学に忠告を求めました。あれほど長年にわたり地方と州都で判事を務めた彼は、紛糾した事態のなかでも真実の光を見られるにちがいなかったのです。判事殿は、証拠書類を深く掘り下げた分析がないことには判決あるいは見解ですら彼には不可能だと断言して体をかわしました。まるで古文書館の賞に狙いを定めた歴史研究論文ではなく、シッコ・パシェッコと州との係争を審理しているかのようでした。私は、自分の書き物になされた扱いで傷つき、それで彼に言ってやりました。しかし自惚れの強い司法官に、歴史家の著作にあるべきもののなかでもっとも基本的情報が私の研究には欠けていると素っ気なく反論されてしまいました。日付からしてそうだ。日付が不十分なので、叙述された出来事がいつ起きたのか、出来事と出来事との間に経過した時間、主要な人物の誕生と死亡の年月日が誰にも正確にわからない。日付のない歴史の本がこれまでいったいどこにあっただろうか？　出来事と事実を思い出させる日付の連続でないとしたら、歴史とは何なのだ？

私はその批判を黙って胸に収めました。そのような細事には気を配っていなかったのです。それでこの場を借りてその点を明らかにすることにし、次にもっとも必要な日付を挙げます。誕生と死亡については、ほとんど誰のものも、老モスコーゾについても州知事についてもわかりません。船長については、その郊外ペリペリで一九五〇年、八十二歳で亡くなっています。それから計算すると一八六八年に生まれたことがすぐに判明し、あのような影響力ある人物たちの親友になったのは、三十何歳かの頃です。本当なのか作り話なのか、シッコ・パシェッコが語った事実は今世紀の初め、一九〇四年に始まったジョゼー・マルセリーノ州政府時代のことで、船長のペリペリへの引越しは一九二九年のことだと、もうわかっています。その他どんな日付を私は明確にしなければならないでしょうか？正直言ってわかりません。だいたい歴史便覧の日付も、地理便覧の川や火山の名前も憶えられたためしがないのです。

それに判事殿がつれない態度に終始したことは、ある正当な批評基準に従ったものと言うよりは、最近判事が私に見せているかなりの悪意に基づくものなのです。それは数日前からのことで、以前と同じ尊重の気持ちで私を扱ってくれなくなり、もう二度と午後ドンドカの家にいっしょにいこうと誘ってくれず、私が彼の考えや徳をほめあげ、どんなにお世辞を言っても、私を咎めるように見て警戒した態度をゆるめないのです。私にはその突然の変化の理由がわかりません。きっと何か陰口があったにちがいありません。ペリペリには陰口屋に事欠きませんし、そのような不埒な連中の多くが南部の雑誌に論文が掲載されたことのある法律家と私が親しくしていることを妬んでいるのです。

最悪の事態すら考えています。判事殿が私とドンドカとの恋愛を薄々なりとも気づいたのではないだろうか？　それならばえらいことです。それについてその優しい娘と話をし、私はなおいっそう愕然としました。なぜならば、彼女はこのところ判事の扱いが違うことに気づいていました。やたらと質問し、枕カバーやシーツを調べ、貞節の誓いを彼女に始終要求しているからなのです。

さらにそれだけではないのです。私の論文つまり、船長の物議をかもした冒険談をめぐる真実の一部始終を見極めるという骨の折れるその任務での障害だけでは私には十分でないと言うかのようです。ここ、眼の前には私の調査の賜物であるメモが山積みされています。それでいったいどうなるでしょう？　もしもいくつかのものを手に取れば、私は海の真っただ中に置かれ、豪州に向かってアジアを航海し、ドロティはぼんやりした百万長者の苦悩した妻になり、船長との愛により夫を捨て、その腕に抱かれてマカッサルの汚い港で情熱と熱病とでこの世を去ることになります。もしもまた別のメモを取り上げるならば、ドロティはモンチ・カルロ楼（この娼家は実際に存在し、後に『バイーア日報』の編集局が開設された建物の二階で営業していたことを私は確かめました）の娼婦で、次から次へと愛人を捨て、金を出してくれる男と同衾《どうきん》し、最後には田舎の大農場主《コロネル》と同棲したことになります。あのスウェーデン人ヨハンはあるメモでは一等航海士、別のメモでは商人となり、メネンデスは船荷主やら、商会の社員やらになりますが、きわめて悪い性格という点では変わっていません。厄介きわまる混乱です。

時がいつも最後には真実を究明してくれると聞かされていますが、私はそうは思いません。時が経てば経つほど、事実を検討し、具体的な証拠、ことを明らかにしてくれる詳細な事実を見つけ出すことはますます困難になります。ペリペリの住民にとって誰が真実を語り、誰が嘘をついていたかをその当時ですら見極めるのが難しかったのであれば、その出来事から三十二年が経過したこの一九六一年一月の今日は想像がつくというものです。運命がまだ説明されていないそれらの偶発的な出来事の一つに介入するならば、実際、しばしばあることなのですが、その時には真実の認識に導いてくれることもあるという結論に私は達したのです。それがなかったら、永遠の疑問となって残るでしょう。マリー・アントワネットはフランス革命派の人々が望んでいるように思慮が足らず、堕落していたのでしょうか、それとも王族を秘密めかすことの好きな人たちが描いているように純粋で優しい一輪の花だったのでしょうか？　あれほど時が過ぎてしまったならば、誰がいったい真実を見極めることができましょうか？　彼女があのスウエーデン人を含めて、あれらの伯爵全員と枕をかわしたのか、そうでなかったのか誰がわかるでしょうか？

もしも折よく割って入った運命がなかったならば、私はあの一九二九年の冬の終わりにペリペリで起こったことを知りさえしないのです。シッコ・パシェッコが語った驚くべき話を聞いて住民は二分されたからです。一方では船長派の人々が称号とキリスト騎士団位を振りかざし、他方では彼を誹謗《ひぼう》する人々が元消費税担当税務官の話をわめいていました。二つの党派、二つの派閥、憎しみ合う二派が出来たのです。激しい口論が相継ぎ、鴨爺《マヘッコ》さんのように冷静を保っていたあの少数の人たちは衝突を始終恐れていました。リュウマチや腎臓の働きが悪く、ほとんど全員が尿道狭窄を病む定年退職者や事業を隠退した者たちが互いに脅し合い、罵り合っていました。そしてある日、ゼキーニャ・クルヴェロはシッコ・パシェッコに向かって大きく耳に心地よい調子で、彼の腐った舌を引き抜いてやりたいと言いながら我を忘れて進みました。駅長が言ったように年寄りたちは体のなかに悪魔を抱えていたのです。

住民だけでなくその郊外も分かれました。駅のベンチも、海に面した方は船長派が、通りに面した方にはシッコ・パシェッコ派が腰を下ろしました。浜辺は前者のもの、広場は後者のものになりました。プラタフォルマではジュスト神父が、それらのニュースを耳にして頭を抱えていました。来年の聖ジョアン祭の会長をどう選ぼうか？

そんななかで男が一人、相変わらず穏やかに落ち着き払い、人のよさそうな笑みを浮かべていました。船の到着の模様を双眼鏡で見ようと岩場に登ったり、夜になると自分流の火酒の飲物を作ったり、ポーカーで勝ったり、自分の話を語ったりしていました。ヴァスコ・モスコーゾ・ジ・アラガン船長です。

シッコ・パシェッコが引き起こした動揺の最初の反響が彼の耳に達したとき、彼は親しい者たちに心の内を打ち明けました。

「まったく不満のせいだ……」

そして肩をすくめ、それらのことには一切係わらないことにしました。だが、そうもしていられなかったのです。なぜならば、以前の熱心な聞き手の一部が彼に背を向け、多くの者が彼の話を嘲笑したからなのです。そして当の彼の味方の者たちが、元消費税担当税務官の叙述が虚偽だということを微塵の疑いもなく証明する何かをする必要があると彼に言ったのです。ゼキーニャ・クルヴェロはシッコ・パシェッコと殴り合い騒ぎを起こした後、彼に胸の内を聞かせました。

「船長、失礼ですが、その中傷家たちを黙らせるために何か手を打つ必要がありますよ」

「あんたの言うのももっともだと思う。そんな浅ましいことには知らん顔をしてようと思った。だが、そんなことを信じる人間がいるのだから、最後の手段は……」

彼の最良の時の一つでした。手を窓にかけ、視線は遠くの水面に注がれ、豊かな髪がそよ風に揺れていました。

「私は、あの中傷家に決闘を挑むので、親愛なる友よ、君とフイ・ペソーアに私の立会人になってもらう。私の方が侮辱されたのだから、武器を選ぶ権利がある。六連発の拳銃に決め、弾丸全部を使ってよいことにする。互いに二十歩離れることにし、場所は浜辺だ。死んだほうは海の中に転がされる……」

熱狂がゼキーニャ・クルヴェロを捉え、彼は急いで自分の使命を果たすために出かけました。失敗でした。シッコ・パシェッコは介添役を決めようともしなかったのです。決闘なぞするような男じゃない、そんなことは愚にもつかないことだ、現代では決闘はすたれ、物笑いになるさ。わし、シッコ・パシェッコは火器には恐怖を感じるさ、見るのも嫌だ。それにあのペテン師は陸軍や海軍の将校と親しくしていたのだから、射撃を習い、いい腕をしているかも知れない。そんなことはお断りだ。もしもあのペテン師がお望みとあらば、法に訴えるというならば、名誉棄損で訴訟を起こすというのであれば、わし、シッコ・パシェコは語ったことをすっかり証拠立ててやる。度胸があるなら、裁判所へいくんだったら。決闘では何一つ証明することにはならず、射撃にうまい者が有利だ。とんでもない、決闘なんか知りたくもない。

ゼキーニャ・クルヴェロはたった一言「卑怯者！」と言いました。

その挑戦は、船長の敵側が集まっていた広場で伝えられ、シッコ・パシェッコは自分に感服している人々の間でやや威信を失いました。決闘の期待でその二つのグループは同じように喜び、興奮したのです。しかしながら、船長側のその優勢はわずかな間のことでした。心の奥底には疑問が存続し、彼の話はもうあの以前のような反響を巻き起こさず、もう前のような熱狂を呼び覚まさなかったのです。

ゼキーニャ・クルヴェロ自身、ある日彼に言いました。

「実際、あのろくでなしのでっち上げは一度も反駁されてないじゃないですか」

船長は澄んだ眼で彼を見つめました。

「もし名誉ある戦いの場から逃げ出した卑怯者から身を守るために私が証拠を探さなければならないのなら、私の言葉と彼の言葉の間でためらう人間がいるのなら、その時には私はここを出ていくほうを取る。イタパリカ島で家が一軒売りに出ているのを新聞で見た。あそこなら、少なくともちょうど船に乗っているように海の真ん中にいられ、悪口を言われたり、妬まれたりしないだろう」

うなだれていた頭をあげました。

「いつか私は公正な扱いを受け、人々は私がいないのを寂しく思ってくれるだろう。だが、臆病者、糞ったれの言うことに反論して自分の身を卑しめることはしない」

こうして事態がそのようにゆき詰まっていたときに起きたある出来事により真相が究明されたのです。それは船長からでもシッコ・パシェッコからでもゼキーニャ・クルヴェロからでもアドリアーノ・メイラからでも、老ジョゼー・パウロつまり嵐の真っただ中にあってもただ一人いきり立たず平常心を保っていた鴨《マヘッコ》からでも持ちあがったのではなかった。運命、巡り合わせ、偶然——あなた方が最適だと思われる名をつけてください——だったのです。

誉れある判事殿アウベルト・シケイロ博士の抱くますます大きくなる疑いを取り除くために運命の

介入を、つまり著名で疑い深い碩学《せきがく》に私が捧げた友情の単なる反映に過ぎない私とドンドカの関係に疚しいことがないことを彼に証明する何かを、私も望みたいものです。できない相談でしょうか？　私が判事殿のチョコレートやあの娘をつまみ食いして彼を実際裏切るようなことをしているからだとおっしゃるのですか？　たったそれだけで？　それでは運命が気紛れだということをご存じないのですか？　真相を見極めようと介入するとき、運命は証拠や書類を見てではなく、自分の好意に従ってそうするのです。だったら、私がドンドカのベッドで判事殿の代わりを務めて彼に尽くしていることを考慮するならば、運命が私の無実を判事に示してくれることがなぜないでしょうか？　私は彼女を満足させ、愉快にし、こうして著名な碩学の限りのない疎ましさを彼女に辛抱強く、にこやかに我慢する気にさせ、朝、彼女のもとを去るのです。

船長が未知の運命とともに、あるいは、この世では誰も運命から逃れないのであるから、運命にしたがって生きるためにどのように出発するかが語られる件《くだり》

あの日、雨はひっきりなしの土砂降りで、身を切るような冷たい風が沖からきてその郊外を吹きすさび、太陽は雲間から顔を見せることもなく、空は暗い灰色に閉ざされ、往来はぬかるみになっていたが、船長もまた喪に服していた。帽子には黒いリボン、襟の広い上着の袖には黒い腕章。彼は感じ入った声で親しい者たちに、その日はポルトガルおよびアルガルヴェス国王カルロス一世の命日に当たり、王は彼の勲功を認め、キリスト騎士団勲章の栄誉を与えたすぐ後に一九〇八年、激怒した共和

制論者により暗殺されたのだと説明した。毎年その日になると、船長は、海上貿易に新たな航路を開いた者の行為を王座の高みから世に知らしめ、褒美を取らせることを知っていた崇高なる君主を思い起こして服喪した。

その日通う者の少なかった駅では、入海に面したベンチでゼキーニャ・クルヴェロがシッコ・パシェッコ（プラットホームの反対側の通りに面したベンチに座っていた）の鼻面に明らかに反駁できない論拠であるメダルと首飾り章のついたあのキリスト騎士団勲章を投げつけ、嫌味たっぷりに話していた。無責任な人間だけが根も葉もない物笑いの種になるようなことを断言できるのだ。ポルトガルの王たる者が鱈か爪楊枝を売るようにあれほど尊ぶべき勲章を売るだとか、共和制主義者たちですら存続させ、また、それを得ようと政府の要人、外交官、科学者、将軍が争ったほど重要で垂涎の的である、十字軍やテンプル騎士団の時代からくる、敬うべき勲位をまるでどこかの八百屋か何かのように取引するだなんて。そんなばかげたことを言ったり、聞いたりするのは実際、忌まわしいことだ。キリスト騎士団勲章というようなバイーアではたった一人J・Jセアブラだけが所有している栄誉の持主、船長のようなあれほど大きな名声と威信を備えた市民を彼の栄光ある老齢期に迎え入れる名誉にこの郊外ペリペリは値しないのだ。これほどひどい妬みと忘恩を見て船長はここを去り、彼を住民の一人に数える格別の栄誉をもっと開けた他の町村に移すことを考えているのだ。

「よそにいくのは、仮面を引っぱがされて逃げるからさ、ほかのお客さんに嘘をつきにさ、恥知らずな爺だ……」とシッコ・パシェッコは応酬し始めた。

彼は続けなかった、なぜならば十時の汽車が着き、そのあたりでついぞ見かけたことのない謎めいた旅行者が下車し、ゴムのレインコートに身を包み、傘をさし、ヴァスコ・モスコーゾ・ジ・アラガン船長という遠洋航海船長がどこに住んでいるかあなた方のどなたかご存じですか、と尋ねたからだ。

その男は彼と話し合うべき重要な用件があり、至急彼に会いたかった。ちょうどその時また激しい雨が降り始めたにもかかわらず、友人たちも敵側も一斉に、窓が海上に突き出して開く家へとその男を案内する気になった。そして二つのグループのリーダー、シッコとゼキーニャは二人とも、そのよそ者が船長と話し合いにいくその重要な用件の性格を知りたいと思った。

その見知らぬ男はもったいぶらなかった。足が潜ってしまうほどの水溜りが続く道を歩きながら、彼は語っていった。ブラジル沿海航路社の船、大型の沿海航路船がその雨降りの朝、半旗を掲げて緊急入港した。リオとサルヴァドールの間の航海で船長が亡くなり、副船長が船の指揮を執ったが、法律では着いた最初の港からは、会社の船長が到着するまでのあいだ、船は、職に就いていないか、休暇中か、退職したかでそこにいる誰でも構わないほかの遠洋航海船長によって操船されなければならないことになっていた。ベレンには会社のほかの船長がいるのだが、まるで副船長では船をそこまで運ぶことができないと言っているような馬鹿げた法律だ。ベレンにはパラー州出身の船長が故郷で休暇を過ごしており、彼にはもう電報を打ってある。

彼、見知らぬ男はバイーアにおける沿海航路社の代表者、アメリコ・アントゥニス氏だった。その難局を切り抜けるのが私の任務なのです。まるで亡くなった船長の埋葬の手配だけでは十分ではないというかのようです……。

「遺体を海に投げこまなかったんですか……？」とゼキーニャが知りたがった。

むしろ投げこんでくれたら、面倒も嫌なこともなくて済んだのに。別の船長をどこで見つけたらいいんです？　当然のことだが、免状を与えられた遠洋航海船長の氏名と住所が記載された台帳のある港務部へ出かけた。ほとんど全員が「ゴムの免許」の船長で、海では役立たずで、サンフランシスコ河の辺りの川船用だった。試験をすべて受け、論文が通った本当の船長は、そのヴァスコ・モスコーゾ・ジ・アラガンという男だけで、彼の現住所については港務部では何もわからず、住所、七月二日広場にはいなかった。やっと彼の現住所を見つけ出し、彼に沿海航路船の指揮を執ってもらい、別の船長が帰りの航海のためにもう待っている往きの最終港ベレンまで操船してもらいにきた。そうしてもらえれば、会社にとっても、リオグランジ・ド・ノルチ州出身の連邦上院議員を含めて何人かの著名な人物がいる船客にとっても有難いことになる。というのは、もしも折よくその船長を見つけ出さなかったならば、船と船客はリオデジャネイロから別の船長がくるのを三、四日待たなければならなくなるからだ。乗船客には遅延、会社には莫大な損害だ。

シッコ・パシェッコは皮肉を込めて笑った。

「それだったら待たなきゃならないだろう。その船長ときたら、どんな船も操りゃしないさ……ここから出ていかないさ……」

「そんなことを信じないでください」とゼキーニャ・クルヴェロが遮った。「船長はこの機会を喜びますよ」

「喜んでも、喜ばなくても彼はそうしなければならないんですよ。法律上の義務なんです。たとえ休暇中であろうと、退職したのであろうと……」とアントゥニス氏が考えを述べた。

彼らは船長の家の戸口に着き、彼が部屋の奥の大きなガラス窓の前で波立った海を見つめているのを見た。ゼキーニャ・クルヴェロが彼に呼びかけ、紹介し、両手をこすり合わせながらすぐにその件を説明した。

「船長、今こそあなたはあの陰険な奴らを踏みつぶすのです」

敵側の人間たちは雨のなかを外に残り、ゼキーニャ・クルヴェロとエミーリオ・ファグンジスだけがアントゥニスとともに敷居をまたいだ。船長は黙って一方の人間と他方の人間に視線をめぐらせた。

沿海航路社の代表者はゼキーニャの説明を補足し、会社がどんなに感謝するか、きっと受けた恩以上に報いるだろうと言った。

「私は退職したときに、もう二度と船のブリジに足を踏み入れないと誓ったのです。悲しい話でした。ここにいらっしゃる友人がたは詳しく知っていらっしゃる」

ゼキーニャ・クルヴェロはその切り出しが気に入らなかった。

「しかし現状を見たら……」

「誓いは誓いです。船乗りの約束は後にはひけないのです」

アメリコ・アントゥニス氏が割って入った。

「船長、失礼ですが、あなたは法律によって義務づけられているのです。もっともあなたのほうが私よりもよくご存じですが。海の定めなのです」

「それに妬み深い連中によって泥まみれにされた名誉だって……」とゼキーニャがつけ加えた。

船長は、ますます強まる雨に追い払われて外の敵のグループが解散し、もっとも強情な者たちがマガリャンイス姉妹の家に避難するのを見た。その老嬢の家の戸口にシッコ・パシェッコの姿が見えた。彼は二人の友人のほうに振り返った。

「アメリコ氏と二人だけで話をさせてください。彼と細かなことを二、三話し合いたい」

ゼキーニャとエミーリオを入口に残してその男を部屋に通した。会談は十分少々かかり、船長が沿海航路社の代表を連れて戻ってきた。代表は繰り返した。

「それだったら安心してください、万事うまくいきますよ」

握手をすると、そのよそ者は雨のなかに跳び出し、走っていった。パリピからの汽車の音が聞こえ、急がなかったら乗り損なったからだ。シッコ・パシェッコはニュースを知ろうと彼の後を追ったが、身軽さでは相手と競争にならず、駅に着いたときには、汽車はもう出た後だった。

船長はゼキーニャとエミーリオに説明した。

「沿海航路社の社長の署名のある会社の書類を要求したのです。私が誓いを破る理由の書いてあるものです……」

「つまり指揮を執るということですね？」ゼキーニャは小躍りした。

「それに私の義務だというのなら、誓いに関する宣言書を出すというのなら、そうしないわけにはいかないでしょう。ドロティは赦してくれるでしょう……」

いく、いかない、道化だ、いや偉大な男だと、議論は沸騰し、ニュースは広まり、それにつられて定年退職者や事業を隠退した者たちが家を出て、ますます強くなる間断のない雨にもかかわらず、駅へと出かけた。船長が儀式用の制服を着て、バルビーナを連れて午後二時の汽車で出発した後ですら、議論と雨は続いた。カコ・ポドリが彼のトランクを担ぎ、船長は立派な双眼鏡を持っていた。駅で友だちや敵の分け隔てなく誰彼となくさようならと握手を交わした。シッコ・パシェッコがもしもプラットフォームの一番端の方へ避けなかったならば、恐らく元消費税担当税務官の手も握り締めたことだろう。汽車が到着すると、ヴァスコ・モスコーゾ・ジ・アラガン船長はゼキーニャ・クルヴェロを長く自分の胸に捉えて抱擁の挨拶をした。一言も発しなかった。車両の戸口で帽子に手を当てて敬礼をした。

「逃げやがった……」とシッコ・パシェッコが告げた。「もう二度と戻っちゃこないさ」

「船をベレンまで指揮するのさ」とゼキーニャ・クルヴェロが断言した。

「よほどのばかじゃなかったら、そんなこと誰が信じるもんか。ほかの船長を見つけないことには、その船は港に根っこを出しちまうさ。ペテン師め、姿をくらますぞ、誰も奴のことはもうわかりゃしないさ」

「根も葉もないことだ」

「それじゃなぜ奴は家政婦を連れていったんだ？　そのうちにあんたたちはわかるさ、誰かが奴の家具を取りにきて、家は売られたと言うだろう。奴はもう逃げる準備をしていたんだ、ただ急いだだけのことさ」

「真実はいずれおのずとわかるだろう。生きている者にはわかるだろう」と、大言壮語を好むゼキーニャが言った。

午後の五時になると、彼らのうちの何人かが雨をついて浜辺に集まった。そこからバイーアの波止場が見え、離岸の操作をしている沿海航路船の黒い堂々たる姿がその霧に煙る天候のなかで見分けられた。煙突から煙が上がっていた、その時汽笛を鳴らしていたのだろう。その後、湾口のほうに向かい、防波堤のかなたに消えた。

そして新聞が、電報で届いた最初のニュースを伝えるまで、厳しく激しい議論が続いた。

第三話

沿海航路船を指揮した船長の不滅の航海、船上での数多くの出来事、ロマンチックな恋愛、政治についての議論、寄港地での自発的な市内見物、ガクンときた女に関する有名な理論および突如吹き出した猛烈な風についての詳細な記述

ブリッジの船長について

彼は船会社の代表者アメリコ・アントゥニスに伴われてタラップをあがった。船員の一人が彼の小型トランクを二つ運んだ。船に足を踏み入れると、強い感動が彼の胸を占め、身なりのよい一人の男に彼を紹介する相手の声がろくに耳に入らなかった。

「リオグランジ・ド・ノルチ州代表の上院議員オメロ・カヴァウカンチ博士、ヴァスコ・モスコーゾ・ジ・アラガン船長です……」

「船長、あなたがバイーアにおいでになり、まったく幸運でした。そうでなければ、我々はここに足止めされ、私はぞっとしたでしょう、ナタルで重大な用件が私を待っていましてな……」

「船長はまことに親身になっていただきました」とアントゥニスが説明した。

「ただ自分の義務を果たすまでのことです」

パーサーに紹介された。船客たちが物珍しそうに彼を取り囲んだ。その航海は、船上で船長が亡くなるやら、遺体が霊安室になった舞踏室に一昼夜置かれるやら、バイーアで遅れそうになるやら、引退した船長が見つかったという幸運なニュースがあるやらで、波瀾に満ちた航海となってきた。

別れの挨拶を交わしている人やら、トランクが部屋係のボーイによって運ばれるやら、子供たちが通行する人の邪魔になるやら、成熟し、化粧した婦人の腕に抱かれた犬が驚いて吠えるやら乗船時の数多くの混乱のなかを彼はアメリコ・アントゥニスに導かれて横切った。ペキニーズが船長に向かって脅かすように唸り声をあげ、その女性旅行者の手から自由になろうとした。彼女は遠洋航海船長に微笑み、詫びた。

「船長さん、この子を赦して下さい。この子は、私たちがどれほどあなたに感謝しているか想像できないのですわ……」

船客たちが彼の取った態度を知り、彼を高く評価していたので、ヴァスコは誇らしく感じた。

「……私の義務です、奥様……」

彼女はとても美しく、移り香が船長について回った。彼はアメリコに小声で尋ねた。

「それでは、その話で持ちきりなんですか……」

「……持ちきりですとも……」

彼らは高級船員用の屋根付きのデッキに通じる小さな階段をあがった。船員が彼らの先に立ち、船長のトランクを彼の船室に置いた。ヴァスコは寝台を指した。

「彼はそこで亡くなったのですか？」

「いいえ、ブリッジで亡くなったのです、心臓麻痺でした。お気の毒でした」

船医が通りかかり、彼に紹介され、ブリッジまで彼らについていった。そこでは、もう高級船員が整列して待っていた。

「ヴァスコ・モスコーゾ・ジ・アラガン船長は我々に名誉を与えて下さり、ご親切にもベレンまで船の指揮を執って下さる」

「ジェイール・マトス、我々の副船長です」

金髪の青年がにこやかに進み出た。ヴァスコは、彼と船会社の代表との間で、目配せのような視線のやり取りがあったような印象を受けた。しかしすぐに副船長は手を差し伸べた。

「そのような高貴な勲章をつけていらっしゃる方の命令のもとにお仕えできるとは、とても名誉であります」と、制服の胸に輝いているキリスト騎士団勲章に触れた。

そのあとに一等航海士、機関士長、二等機関士が続いた。それから副船長がその他、ブリッジのなかにいる者たちの先頭に立って頭を下げた。

「船長、我々はあなたの命令を待っております」

ヴァスコがアメリコ・アントゥニスに視線を投げると、アメリコは彼を励ますかのように頭で軽い身振りをした。船長は話した。

「諸君は、私がここにいるのが単に法律上の形式に過ぎないことを承知されている。私はこのわずかな日数の指揮の間、どのようなものであれ変更することは望まないでしょう。諸君、本船は立派な腕に任せられている。副船長殿、引き続き指揮したまえ、私は何事にも口を差しはさみたくない」

「船長、あなたは周知のように老練な船乗り、航海の習慣を知りぬいていらっしゃる。そのようなことは望みませんが、万一、あなたの知識を必要とするような何か重大な問題が起きた場合にのみ我々はあなたの助けを求めます」

アメリコ・アントゥニスがその儀式を終わらせた。

「船長、本船はあなたのものです。素晴らしい航海でありますように沿海航路社の名のもとにお祈りいたします」

彼は別れの挨拶をした。出港の時刻が近づいていた。ヴァスコはブリッジに残り、副船長が命令するのを聞いていた。船と波止場を結ぶタラップが取り外され、懐かしい汽笛が教会の塔の向こうで消え、ハンカチがさようならの合図を送り、女たちが雨のなかで泣いていた。船は最初の操作でゆっくりと遠ざかっていった。ヴァスコはペリペリの方角を眺めた。あそこの浜辺に友人たちがいるだろう、きっとゼキーニャ・クルヴェロが腕を伸ばし、さようならと手を振り、成功とよい航海を願っていてくれるだろう。船長は双眼鏡を眼に当て、雨のなかますます遠くなっていく彼らを探したかったのだろう。しかしあの厳粛な出港命令の時には体を動かすことすらできなかった。

荒れる海上で、国内および腸内の反乱を恐れながら船上の食卓のホスト役を務める船長について

あの最初の夕食時、食堂にはあまり船客が集まらなかった。雨模様で風が吹き、荒れた海上で船は勇ましく揺れ、船客は意気阻喪し、大部分が船室に引きこもっていた。

ヴァスコはあれほど動きのあった運命を決する日の興奮からくる疲れを自分の船室のベッドで癒すほうをおそらく望んでいただろう。やはりそのほうが無難だっただろう。時々、空恐ろしい吐き気が胃からあがってきた。しかしながら、大きなメインテーブルの中央で船客の食事のホスト役を務めるのが船長の役目だった。副船長、パーサー、一等航海士、船医が交替で小さなテーブルをまわり歩き、ホスト役をした。席に着かないわけにはいかず、涙ぐましい努力をし、薬局で店員の太鼓判を得て買っておいたガラス瓶の丸薬を二粒飲んだ。ひょっとしたら食堂でペキニーズのご婦人に会え、彼女と微笑みと言葉を交わせるかもしれない。リオグランジ・ド・ノルチ州の上院議員オメロ・カヴァウカンチ博士が腹を空かせ、我慢できないというようにもう待ちかまえていた。

右に上院議員、左には大地主で銀行家でもあるパライーバ州選出の連邦下院議員オットン・ヒベイロ博士にはさまれて船長は船上での彼の最初の命令を下した。夕食を給仕するよう命じた。部屋のなかをぐるりと眺めた。空席が多く、犬のご婦人は波立つ海と対決する元気がなかった。残念だ。

上院議員と下院議員は政治を論じていた。あの一九二九年に立候補者ジュリオ・プレスチス〔当時のサンパウロ州知事〕とジェトゥリオ・ヴァルガス〔当時のリオグランジ・ド・スル州知事で選挙に敗れたが、革命により一九三〇年大統領に就任〕の選択で沸き立ち、真っ最中だった大統領選挙と、リオグランジ・ド・スル、ミナスジェライス、パライーバ各州の州知事を結集した自由同盟の結成〔当時の大統領でサンパウロ州出身のワシントン・ルイースに対抗するために結成された〕のことだった。パライーバの下員議員は、革命は間近で必至だと政府を脅かし、シケイラ・カンポス、カルロス・プレスチス、ジョアン・アウベルトおよびジュアレス・ターヴォラ〔いずれも一九二二年から二七年までの間の一連の中尉クラスを中心とする若手軍人による反乱軍の主要人物、ヴァルガスを支持していた〕が忍びで、秘密裡にブラジルを端から端まで横断し、武装蜂起しようとしていると囁いていた。

上院議員はそのような噂を一笑に付していた。国内は穏やかで満ち足りており、秀でたワシントン・ルイース博士が作り、彼の後継者、それに優るとも劣らぬサンパウロ人ジュリオ・プレスチス博士が続行する計画を支持しているのだ。そのような扇動はすべて、コップのなかの嵐に過ぎず、ジョアン・ネーヴィス、バチスタ・ルザルド、オズヴァウド・アラーニャら、リオグランジ・ド・スル州の演説家たちの激した演説の域を出ないものだ。それらの軍人については、ほんの一握りの革命家たちがラプラタの亡命地を捨てて大胆にも国境を越える場合には、警察により情容赦なく狩り出され、刑務所にぶち込まれるだろう。船長は右のほうに向き、上院議員の政府寄りの言葉をうやうやしく聞いた。

「警察……刑務所だって……とんでもない、上院議員、ご自分を偽らないことですな。そのあなたのおっしゃる警察は何の役にも立たないんだ。それでは、つい先日もシケイラ・カンポスがサンパウロで見かけられたことを先生はご存じゃないのですか？　警察は血眼になり一丁四方を包囲した。その間、彼は神父になりすましてジュリオ・ジ・メスキータ博士とともにサンパウロ州新聞の編集局から出たのです。警官たちのど真ん中を横切ったんだ……それは周知の事実ですよ」

「作り事だよ……わしは一言だって信用せんな。そのろくでなしどもはブエノスアイレスにおって、互いに争っているんだ。ブラジルに足を踏み入れる度胸なぞない、始終、特赦を頼む伝言をよこしている。思慮のない、頭のいかれた若造たちだ。もっともアルトゥール・ベルナルジス〔一九二二―二六年の間のブラジル大統領〕のような者まで革命家を気取ったって驚きはしない……度胸なんかあるもんか……」

「度胸がないですって？　それじゃ国境はリオグランジ・ド・スルにはないと言うんですか？」

「ジェトゥリオ・ヴァルガスは気が狂ってはいない。そういう常軌を逸した連中といっしょになりゃしない。それでは奴らはジェトゥリオを大統領官邸のカテチ宮に送り込むために活動するというのですかな？　もしも奴らにいくらか可能性があるとすれば、国を治めるのはジェトゥリオではないだろう。イジドーロ〔一九二四年、サンパウロで蜂起した若手将校によって擁立されたイジドーロ・ロペス将軍〕かプレスチスだろう。そう思わんかね、船長？」

ヴァスコは考えたくなかった。特にその夜の海の状態ではまったく勧められない、胸の悪くなるような白いポタージュスープを見たくなかった。パーサーの注意を喚起しなければならないだろう。そのような不注意を繰り返してはならない。船上でのメニューは気象予報を考慮すべきだ。皿を押しのけ、上院議員に曖昧な身振りで応え、犬の女主人が遅れてやってくるのではないかという期待もなくしていた。下院議員が――無神経だ！――スープの皿をきれいにたいらげてから再び攻撃を始めた。

「それでは信じないでいて結構、これからもそのワシントンの石頭の尻馬に乗っていなさい。それで気がついたときには、もう遅く、足もとに火がついているでしょう。この前、私が北部を旅したとき、これと同じような沿海航路船に誰が乗ってきて、レシフェで降りたかわかりますか？　そう、ジョアン・アウベルトなんですよ。彼はもうあそこにはいない、私は確信しているんで、あなたに言えるんです。リオの商会の社員として旅行していたが、私はすぐに彼だと見抜きましたよ。そういう船乗りは全員」と船長を指さした「我々に、革命側についているんです。自分たちの船室に革命家たちを匿《かくま》っているんです。もっとも国全体が彼らについているんだが、そうでしょ、船長？」

　あのもう一つの料理は胃に対するまったくむき出しの、ぞっとするような挑戦だった。トマトと小海老のソースのなかを魚の筒切りが泳いでいて、黄色いバターがかかっているのが見えるマッシュポテトが添えてあった。その恐ろしいものに眼を向けさえすれば、それだけで胃がむかむかした。船長は視線を釘付けにするのと、下院議員の危ない質問を避けるために必死の努力をし、苦い口に一口運んだ。このパライーバの下院議員は明らかに軽率な人物だ。革命家や謀反のことを話題にし、魚の切り身や小海老やバターのかかったマッシュポテトをがつがつ食べている。人間の本性がこんなにも堕ちたことは多くないと船長はこの嫌な光景を見て考えた。唇でピチャピチャ音を立て魚の素晴らしい味を表しながら下院議員はなおも執拗に彼が話題にしたい暴動の糸口を見つけようとした。

「見てなさい、ここにだって、この船にプレスチスかシケイラがいるんだ。船医か機関士の船室に隠れて。それとも我らの勇敢な船長の船室に、なぜそうじゃないと言えるんだ？」

　上院議員は震えた。表面上の落着きと、政府の力に対する信頼にもかかわらず、それらの噂が彼を狼狽させた。そう言えばジュアレス・ターヴォラが少し前にナタルを通ったと当の警察が断言したではなかったか？　奴はジュラシー・マガリャンイスのような若い中尉たちやカフェー・フィリョのような煽動家と謀反を企てているのだろうか？　彼らが州庁舎のほんの近くに集結したことをわしは知らなかっただろうか？　警察は、その謀反の中心人物だと知られているジョゼー・アメリコ・ジ・アウメイダ〔パライーバ州出身の小説家で有力な政治家〕の家があるパライーバへその革命家が向かった後に、やっと彼の形跡を見つけた。何だってあのゼー・アメリコは自分の小説を書いているだけにしないんだ？　この下院議員の言うことに一理あるかもしれない。船のなかに公秩序を乱す狂信的な連中の一人がいるかもしれない。船長に疑いのこもった視線を投げ、彼の表情が奇妙だと思った。下院議員は警告を発するように繰り返した。

「近いうちに沿海航路船が素知らぬ顔でナタルに接岸し、船客を降ろすかわりに街に一団の革命家を放ちますよ。バンバン撃ちながら州庁舎に向かって行進する……間違えてはいけませんよ、沿海航路社のその人たち全員が中尉たち側についているのです。そうでしょ、船長？」

「私は沿海航路社のスタッフに属しておりません。引退するまでいつも遠洋航海をしておりました。私がここにいるのはあの不運な……」

「ああ！　そうでした、忘れていましたよ。あなたが我々の状況を救ってくれたのでしたね……そうじゃなかったら、我々はリオから別の船長が到着するのを待たなければならなかったでしょう。そうですとも、本当によかった！　私はバイーアに何日かいても別に困ることはなかったですが。すぐにナタルに着く必要のある上院議員のように急いでいるわけじゃないんです。暇はあるし、バイーアが好きです。いい所です、ただ自由同盟はあの辺りではきわめて弱く、副大統領候補のヴィタウ・ソアーレスがいるだけですが……そのかわり、舌なめずりしてしまうようないい女がいますなあ……」

船長はうなずき、無理に微笑した。上院議員は、彼の夕食を台無しにした革命家を遠ざけてくれる新しい話の方向に満足し、その機を利用した。

「遠洋航海、外海を……船長、多くの国を知ったんでしょうな？」

「実際のところ世界中です。色々な国旗のもとに航海しました」

「なってみたい職業ですが、相当単調なんでは？　くる日もくる日も海の上で、特に遠洋航海では……」と上院議員が哲学するように述べた。

「だが、きっと時々女をつかまえるのでしょう、ねえ、船長？」と下院議員が謀反人を捨て、女のほうを取った。

ローストチキンには気を引かれた。ヴァスコはパン以外、実質上何も食べていなかった。難しいのは、船の揺れのため、それを切ることだった。手で掴んだら具合悪いだろう。

「船に乗り組んでいる船長は隠者のようなものです」

「ご挨拶ですなあ、船長、私にそんなことを言っても駄目ですよ……」

「しかし港でその分を取り返します……」

「あなたが航海したその広い世界でどこに一番いい女、一番熱い女がいました？」

そんな話をしている時ではなかった。若鶏は今にも皿から跳び出しそうで、隙のない注意と水も漏らさぬ警戒が必要だった。

ヴァスコは諦めた。

「言い難いですな。絶対的なものではなくて……」

「おや、それじゃ、イギリス女は冷たく、フランス女は金を欲しがるだけで、スペイン女はまったく熱いということぐらいは誰でも知っていますよ。いまだブラジルから出たことのない私だって……」

「そう、本当です、違いがあります。私の意見では、中でも一番燃えているのは……」と間を置き、声をひそめると、上院議員と下院議員はそのご託宣をよく聞こうと身を乗り出した。「中でも一番いいのは、アラビア女です」

「熱いですか？」と上院議員が呟いた。

「まるで火事です！」

「私がまだ若造の頃、カンピーナ・グランジにトルコ女の淫売が一人いましてな。色っぽい女だった。だが、えらく高いことを言って、若造には高嶺の花だった。もっぱら金回りのいい大農場主のものでしたな」と下院議員が思い出した。

甘いシロップが入ったフルーツサラダがもう少しで災難を引き起こすところだった。船長は最初で最後の一さじを飲み込んだだけだったが、それを胃に収めておくためには全神経を張りつめておく必要があった。彼の内臓に混乱が起き、いわば生きるのが嫌になり幻滅を感じたのだ。あの親切で美しい三十女が食堂にきていなかったことは幸いだった。たとえきていたとしても、彼女と話を交わせなかっただろうし、何も楽しくなかっただろう。望んでいたことと言えば、夕食が終わることだけだった。

「船長、ほとんど何も召しあがりませんな」下院議員は旺盛に食べていた。

「体の具合がよくないんです。熟していなかったカジャーの実をいくつか食べたせいで、おかしくなりました。酔うといけませんから」

「考えてもみなさい、私はまた酔っているのかと思いましたよ。船長が酔うだなんて、何てばかばかしい！」

三人はあり得ない滑稽なこの考えを笑った。ヴァスコはコーヒーには敢えて手を出さないことに決めた。全員が終わるのを辛抱して待ち、夕食は終了、と宣して立ちあがった。下院議員は彼を後甲板で引き止めようとした。

「船長、もしあなたがご自分の船室にそういう革命家の一人が潜んでいるのを見つけたら！　どうします？　警察に引き渡します、それとも内密にしておきますか？」

どうするかって？　そんな場合にどうするかわかるもんか！　ジョゼー・マルセリーノ州政府が終

わってから、ポルトガルおよびアルガルヴェ国王カルロス一世の暗殺以来、政治には口出ししなかった。革命家も革命も知りたくない、ワシントンもジュリオ・プレスチスもジェトゥリオも糞喰らえだ。今は何があっても至急自分の船室に戻るんだ。かりにその辺に犬のにこやかな婦人が現われたってでだ。独りになって頭を枕に置いて横になりたかった。

「失礼、先生、ブリッジで任務につかなければなりません。航海がどんな具合に進んでいるかを見に」

「それではいってらっしゃい、それから戻ってきて下さい、話をしようじゃありませんか。私は読書室におります」

ヴァスコは階段を上へと急いだ。雨が高級船員用の屋根付きデッキを激しく打っていた。一つの影が船室の方へいく彼の前を横切った。

「今晩は、船長」

船医だった。バイーアの葉巻をくゆらせていた。

「パイプで煙草を喫いにブリッジにいかれるのですか？　葉巻はお好みではないですか？」

白衣のポケットから黒くて臭いの悪いのを一本取り出した。

「いや結構、パイプしかやらないので……」

「船長は本当にバイーアでお生まれで？」

「ええ、そうです……」

「それでいて葉巻がお好みでないのですか？　そりゃ罪だ……」と笑った。

「習慣の問題です。失礼、少し、休みにいきます」

「まだこんなに早いのに？」

「今日は一日中疲れることばかりで……」

「それでは、お休みなさい」

風が葉巻の嫌な煙を彼の鼻のなかに吹き入れ、さらに強い波が船を揺すった。ヴァスコは自分の船室へ急いだ。幸いにも船医は階段を下りた。早く辿り着きたかったドアに着くのに間に合わなかったのだ。舷側に体全体を乗り出した。名誉も生気も彼の口から噴き出てしまった。自分の最期の時がきたような印象を受け、汚く辱められ、ぼろ切れになったように感じた。おそるおそる見まわした。近くには誰もいなかった。船室に歩いていき、中に閉じこもり、服を脱ぐ力もなくベッドに身を投げ出した。


ドリヴァウ・カイミの「北で沿海航路船に乗った」の伴奏とともに読むべき、民間伝承的と言えるほどの章、陽を受けて航海する沿海航路船について

あれほど輝かしく暑い七月二日のような太陽が昇り始め、空には雲一つなく、鋼鉄のシーツのように光る海は、船首を高くもたげた誇らしげな沿海航路船によって切り開かれていた。船長が入浴を済まし船室に戻ると、朝食が用意されていて、ボーイがとても心細やかに彼に微笑みかけた。その時には彼は再び頭をあげ、アジアやオーストラリア航路での彼の横断航海の時代のように海の空気を吸い込んでいた。ダンサーのソライアのあの歌、海と船乗りを語る歌のメロディを口ずさみながら白い制服を身に着けた。

ポルトアレグレからパラー州のベレンまでのブラジルの海岸線をあれほど長年にわたって上下したあれらの沿海航路船の特徴ある人々が部屋や後甲板や通路に拡がっていた。いまだ、飛行機が距離を近づけ時間を短縮して、旅からその詩情とその魅力を奪って大空を横切っていなかった頃だ。時がもっとゆるやかで、それほど浪費されず、一刻も早く着こうと意味のない焦燥感や、人生を味も素気もない貧弱な冒険、つまり競走、躓き、疲労に変えてしまうほどの、あの慌ただしい生き方で時間が使われることがそれほどなかった頃のことだ。

沿海航路船には大、中、小の三つの型があり、快適さやスピードの点である種の相違があるが、どれもこれも同じように明るく清潔で快適だった。旅は楽しみだった。交際が始まり、友人ができ、恋が芽生え、婚約がととのい、新婚のカップルにはまたとないハネムーンになり、船上の毎日はパーティだった。

大型の沿海航路船は重要な州都だけにしか寄港せず、リオから北部へいく場合は、サルヴァドール、レシフェ、ナタル、フォルタレーザ、ベレンに入港した。中型はその航路にヴィトーリア、マセイオー、サンルイースを含めた。小型船はのんびりと航海し、イリェウス、アラカジュー、カベデーロ、パルナイーバにも停まり、船客を降ろしたり乗せたりした。今、遠洋航海船長ヴァスコ・モスコーゾ・ジ・アラガンの指揮に委ねられたのは、大型船の一隻だった。

その船には、沿海航路船の常連である活発で活気のある人々がうごめいていた。自分の選挙地盤を訪問中の、あるいはリオへ短期間の旅をして帰ってくる政治家。政治家は、その年は大統領選挙運動の年で、希望と野心を抱いて頻繁に往来していた。共和国首都への旅、遊覧旅行あるいは商用旅行から家族とともに戻る商人や企業家。リオあるいはサンパウロの親類の家でしばらく過ごして戻る若い女性や婦人。卒業年度の半ばに南部へ旅行するという古典的な旅から戻り、ばか騒ぎやキャバレーや散策や女たちや、時として眺めた風景のことを大笑いしながら思い出している学生の一団。自分の州にはない病院体制や、国中に響きわたる名声を持ち、高い治療費を取る医者の医学と看護を首都に求めにいって手術や難しい治療を受けた病み上がりの人。波間から救婚者が現れるのではないかと期待しているハイ・ミス。休暇中の神父。密林での教化の任務を帯びた修道士。トランクに十四行詩や講演の下書きを入れ、北部の市場に向かう連邦首都の文士。転勤し、これから勤める都市について好奇心を燃やしているブラジル銀行の行員。沿海航路船《イタ》から地方航路船《アラ》、地方航路船からロイド・ブラジレイロ社の船へと、旅するごとに船を換えながらポーカーのプロは、パウン・ジ・アスーカルやコルコヴァードの丘やコパカバーナやボタフォーゴ海岸や市立劇場の地下のキャバレー、アシーリオやマンギ〔いずれもリオデジャネイロの有名な観光地や歓楽街〕への忘れられない訪問から一等で戻るカカオや綿花やババスー椰子の大農場主や大牧場主や砂糖工場主から金を巻き上げていた。笑い話を沢山集めてきた大商会のセールスマン。それにたいがい二等に追いやられ、やはり大農牧場主や商人のほうに眼を向け、朝方、一等の後甲板や屋根付きのデッキに姿を表わす娼婦たちの気になる存在もあった。

そのような沿海航路船の一隻で政治家や経営者、詩人や小説家など、もの怖じせず、貧しく、開放的で、人生の過酷さに不屈の負けじ魂を持ち、機敏さと想像力と強固な意志そのもので、即興の才能と創造力を備え、日照りに灼かれた不毛の土地や、大洪水を惹き起こす巨大な川のほとりに生まれた「北部人《カベサ・シャッタ》」つまりパラー人、バイーア人、ペルナンブーコ人、セアラー人、アラゴーアス人、マラニャン人、セルジーピ人、ピアウイー人、リオグランジ・ド・ノルチ州のナタル人たちが北部、北東部から南下したのだ。バイーアの精華、詩人で歌手ドリヴァウ・カイミの声で、すべての沿海航路船とともに民衆的な歌のなかに歌われた人々だ。

北で沿海航路船に乗った
リオに住むためにきたんだ
さようなら、父さん、母さん
さようなら、パラーのベレン

今、ヴァスコの指揮と監督のもとに故郷に戻ろうとしていた人々は、南部に向かって一財産作ろうと、一旗あげようと、生計を立てようと、あるいは立てる可能性があるだろうというだけで、数年前に他の沿海航路船に乗り込んだ者たちだった。

彼らの間をヴァスコ・モスコーゾ・ジ・アラガン船長は非の打ちどころのない白い制服を着て歩きまわっていた。先ほどブリッジにいき、万事順調で変わったことはなく、航海は正常に進み、翌朝レシフェに着き、よろしければ十七時にそこを出港する、と、そこで一等航海士から報告を受けたのだった。

「すでに言ったように何の変更もしたくないし、万事が立派な腕に任されているところにわざわざ命令を出したくもない。その辺をひとまわりしてくる」

「大変結構です、船長。あなたがいらっしゃれば船客は喜びます、彼らは船長とお話し、航海のことを質問するのが好きなのです」

彼は愛想のよい「お早うございます」や笑顔を振りまいていった。上甲板を走っている子供の頭を撫でた。パイプに火を点けていた。海がこんな調子ならば、この航海はわしの人生の褒美になるだろう。数名の人が長椅子で休んでいた。青年や若い娘たちが賑やかに元気よくデッキ輪投げや卓球やデッキゴルフに興じていた。談話室ではポーカーの卓が整えられ始めた。船長は椅子に掛けている人々に視線をめぐらしたが、知っているのは上院議員一人だった。彼の所へ歩いていった。

「やあ！　お早う、船長。さて航海のほうはどうなっていますかな？　レシフェ到着時間はもうおわかりですか？」

「順調ならば朝には港に着くでしょう。それから午後五時に出港します」

「州知事と昼食を食って、二、三政治の問題を話し合う時間が十分ありますな。彼は私の言うことをよく聞いてくれるんです。もっとも北東部の州知事は誰でも私の意見を尊重し、私に忠告を求めるんですよ。ワシントン博士が私を評価しているのを知っているからですよ」

「上院議員、あなたに乗船して頂き光栄です」船長は国会議員の横の空いた席に腰を下ろした。「光栄であり、まったく嬉しいことです」

「ありがとう。レシフェで降りるのはオットン……」

「どなたですか？」

「あなたの左側にいた下院議員ですよ。才能のある男だが、まったくどうかしている。自由同盟のような狂気の沙汰に加わったりして。彼やその他の連中がパライーバをそんな狂気じみたことに引きずり込んだんだ。考えてもご覧なさい、小さい州で、何かにつけて大統領府に依存しているのに。それに選挙に負けたとわかると、クーデターやら革命やらをでっちあげているんだ」

「正直言って昨日は、船に謀反人がいるというあの考えには少々驚かされました……」

「将来ある男なのに自分を駄目にしておる。それに飲むほうも相当なもんで、女を黙って見ていられないんだから。まだ朝も早いというのに、もうそこらで女優たちにつきまとっていた……」

「何の女優です？」

「リオから乗り込んできたのです。レシフェで公演するろくでもない一座ですよ。女四人、男四人の小さな劇団です。女たちは昨日、食堂にきていなかった。それであなたは気づかれなかったのでしょう」唇を突き出した。「あそこに彼女たちがオットンといっしょにいる。あれが連邦下院議員のとる態度かどうか見てやってください……芝居の女たちをからかって……皆の眼の前で」

船長は見た。三人の女性——そのうちの二人は当時としては顰蹙《ひんしゅく》を買うほど大胆に長いズボンをはき、もう一人は軽くて透き通るワンピースを着ていた——が下院議員の周りで笑っていた。

「それで四人目は？」

「年寄りで、家政婦の役をしている……きっとその辺で編物をしているのでしょう……一日中手に編棒を持っている」

彼らはオットンに見つけられた。下院議員は彼らに手で合図をし、女優たちを引き連れて近づいてきた。

「そら、我々の新しい船長にお目にかかりなさい」

上院議員は椅子から立ちあがらずに頭で挨拶した。芝居の連中とふざけているところを皆に見られたくなかった。ヴァスコは立ちあがり、女性たちと握手をするために身を屈めた。

「嬉しいわ、船長さん……」オットンの横の、豊満な胸をした小麦色の肌の女が微笑んだ。

「船長さん、教えて下さらない、このお船はこれからも昨日のように揺れるのかしら？　これまであんなにひどい目に遭ったことはなかったわ。今度が私の初めての船旅なの……」と眼が大きく、痩せぎすで金髪の女が話した。

「旅の終わりまで申し分のない天候だと保証します。お嬢さんのために鏡のような海を注文しておきます」船長は州庁舎のダンスパーティやモンチ・カルロ楼を無駄に歩いてはいなかった、だてにナポリやジェノバから東洋へと船客を運び、大きな汽船を指揮して海を横断したわけではなかった。美しい優雅な女を扱う方法を習得していた。

「船長さんはとても感じのいい方ね……」と髪をカールした、えくぼのある三番目の女が言った。

「オットン……オットン先生は、あなたが世界中を航海されたと私たちに話して下さいましたわ……それに勲章までお受けになったとか、本当ですの？」

「ええ、かなり航海しました。四十年間です」

「オランダにいらっしゃいました？」と、ヘジーナという名の、えくぼの女が知りたがった。

「さようです……」

「それでヴァン・フリエスという家族と知り合いになられました？　住んでいたのは……ちょっと待って、思い出しますから……サスヴァンジェント、そんなような名前です」

「ヴァン・フリエス？　そういう人たちは記憶にありませんな……私が知合いになったのは主に船主とか海の人間です。その人たちは、ひょっとして海と関係している方ですか？」

「そうじゃないと思うわ……テウンは、チューリップを栽培しているとか私に言ったわ……」

「それでそのテウンというのは誰なんだ、チューリップの栽培家か？……」親しげに小麦色の肌の女の腕に手を置いて下院議員が知りたがった。

「彼女が夢中になった人よ……」と痩せぎすの女が説明した。

豊かな胸の小麦色の肌の女がオットンにやるせない視線を送った。

「あたしたちは夢中になり、後で苦しむんだわ……」

上院議員は立ちあがった。上甲板が込みあい始め、彼は不都合な会話に加わっているところを人に見られたくなかった。

ヘジーナが告白した。「これまで私が見た一番ハンサムな男だったわ。私を夢中にさせたの……船長さん、どこかあなたに似たところがあるわ、ただもっと背が高かったけど……」

「どうです、船長？」下院議員は笑った。「ものになりそうじゃないですか……」

「それにもっと若かった、当たり前だけど……」

「私のような歳の老人が何を期待できるというのですか？……」

「あら！　船長さん、そんなこと言わないで、あたし何も侮辱するつもりじゃなかったの。あなたはお年寄りじゃないわ。十分元気だし、ハンサムだわ」

「船長はまだ女の一生を狂わす悪い男の一人よ……」上院議員が談話室に消えていくのを眼で追いながら、痩せぎすな女が注釈した。

「私の言った通りでしょう、船長？　あなたは女たちの心を引きちぎっているんですよ」オットンの指が小麦色の肌の女の丸い尻に下りていった。彼女は彼の手を取り、周りを見ながら取り除けた。

その女たちは天気のよい朝の内、静かな海上で陽気に笑っていた。

「レシフェの初日はいつですか？」とヴァスコが訊いた。

「あすの晩、サンタイザベウ劇場です」

「残念ですが、私は芝居を見にいけませんな。帰りにもし船が一晩停泊したらいきましょう……拍手を送りたいのです……」

犬の吠え声が彼の言葉を遮った。見ると、あの美しい婦人が肩を大きく開け、膝までの短いワンピースを着て、ハンカチで髪を縛り、ペキニーズを愛情のこもった調子で叱っていた。

「あの女《ひと》ったら、まるで十五歳みたいな恰好をしてるわ」と小麦色の肌の女が評した。

「ワンちゃんを離さないわ。あんなに、子供のようにかわいがってるのなんて見たことがないわ……」

「子供以上だ……」下院議員が言った。

「それじゃ、何なの？」えくぼの女が訊いた。

「あんたの耳もとで言うよ……」

「私の耳によ……」小麦色の肌の女が異議を唱えた。

オットンは小麦色の肌の女の耳に口をつけて何事かを囁いた。彼女は大袈裟な驚きようで笑いを手で抑えた。

「ひどいことを、この人にはかなわないわ……」

「彼、何て言ったの？　聞かせて……」

ヴァスコは、女性たちと下院議員の会話の餌食にされた、ペキニーズの婦人に頭で会釈した。彼女は微笑んで、それに応えたが、すぐに彼女の眼は船長の横にいるグループを見て、唐突な動作で背を向けた。ヴァスコは心が騒ぎ、彼女が長椅子を組み立てるのを助けにいきたかった。痩せぎすな女が彼に尋ねていた。「あなたもそう思います？」

「何をです、お嬢さん？」

「オットン先生が言っていることよ……」

「何だかわかりません……失礼します」

急いで出ていき、その婦人に近づき、ペキニーズを抱いて片腕が塞がっているので、組み立てられない椅子を取った。

「失礼します、奥様……」

彼女は礼を言った。「お手数をかけまして……どうもありがとう」

「光栄でした、本当です……しかし、どうぞおかけ下さい」

彼女は座り、動物を膝に乗せた。犬は船長に歯をむき出して唸った。ヴァスコは正面の手摺に寄り掛かった。

「静かに、ジャスミン、船長さんに失礼のないように……」

「ワンちゃんは私が気に入らないようで……」

「最初は誰にでもこうなんです。私に焼餅を焼いているんです。後で馴れますわ」

そして、からかうような、少々うんざりしたような声で言った。「あなたのお友だちたちが、あなたがいらっしゃらないので苦情を言ってらっしゃってよ、船長さん。ご覧なさい、こちらをじろじろ見て、私たちのことを話しているわ……」

船長は女優たちと下院議員の方を窺った。彼らは笑っていて、痩せぎすな女が彼に片目をつぶって見せた。

「彼女たちは私の友だちではありません。今、彼女たちに紹介されたばかりです」

「女優だとか、きっと三流でしょう。娼婦と言ったほうが似合いだわ。リオから周りに男の人たちを集めて、そんな騒ぎですの。そのオットン先生とかいう人は、まあ片時も離れないんですから。まるで船にはほかに誰もいないようですわ」

「そんなことはないでしょう。きっとあなたは大袈裟におっしゃっているのでしょう。船にはあなたがいらっしゃるのですから、誰がほかの女に眼をくれるでしょう？」

「船長さん、お願いですわ……あなたは私をいたたまれなくしますわ」

「やはりレシフェでお降りになるのですか？」

「ベレンまでまいります。あちらで暮らしていますの……」そして溜息をついた。

船長はもう彼女の指を調べていた。結婚指輪をしていなかった。「リオへ遊びにいらっしゃったのですか？」

「妹の家でしばらく過ごしましたの。彼女の夫は交通省の技師なんです」

「あちらで暮らしたいと思いませんでしたか？」

「できませんでしたの、家が手狭で、五人子供がいるんです。私はベレンで弟といっしょに暮らしておりますの。やはり結婚していますが、子供はたった二人ですの……」

「それで、あなたは？」

「私ですか？」彼女は顔を背け、視線は水平線にじっと注がれた。「結婚したいと思ったことありませんわ……」

短い沈黙が生まれた。ヴァスコは、軽率だった、おそらく無作法だったろうと思って後悔した。彼女は考え深げで憂鬱そうだった。

「それであなたのほうは？」彼女は最後に尋ねた。「ご家族はバイーアでお暮しですか？」

「家族はおりません」

「奥様に先立たれたのですか？」

「この歳で独身です。結婚する暇がなかったのです。こういう海の生活で、いつも船に乗り込んでいました」

「一度も結婚しようとお考えになったことがなかったのですか？　まったく？」

船長はパイプを手に取り、彼の視線も果てしない空にじっと注がれた。

「暇がなかったので……」

「ただそれだけ？　ほかには何も？」そしてその婦人は、彼女にはより深刻で痛ましい理由があったことを明らかにするかのようにもう一度溜息をついた。

船長も同じように溜息をついた。「思い出して何になるんです！」「あなたも？」そして彼女は再び嘆息した。「この世は悲しいわ」「独りぽっちの者には悲しい」と彼が言った。
大笑いし、冗談を言っている女優たちの周りのグループが大きくなった。上甲板はいっぱいになり、椅子は今はどれも塞がっていた。新婚の夫婦が手をつないで通った。ペキニーズが彼らに向かって吠えた。婦人はきっぱりと言った。「私は男性を信用しないのですわ。誰もかれも偽善者よ」
彼女はピアノの教師で、クロチウジと言う名前だった。

鏡のような穏やかな海を航海し、若い女たちにあふれた船を指揮する船長、溜息を漏らす婦人、踊るダンサーについて

娼婦たちが船倉の甲板に横になり、マニキュアをしたり、『舞台は変わる』や『映画芸術』を読んだり、髪に櫛を入れたりしてトカゲのように陽に当たっていた。学生たちが一等から降りてきて、女たちの様子を窺い、最後に親しそうに話しかけ始めた。彼らのうちの一人がギターを弾き、それに合わせて一人の女が、当時はやっていた、選挙を題材にしたカーニバルのマーチを歌っていた。

やあ、トニコさん〔当時のミナスジェライス州知事アントニオ・カルロスを指す。ミナスは酪農でも知られている〕
濃い牛乳をたくさん使って
道をふさぎなさい

だって、そのサンパウロ人〔前出のジュリオ・プレスチスを指す。大統領選挙出馬の件でアントニオ・カルロスと対立〕は巨人だから
二連発銃をとり
道をしっかり踏みしめなさい
そのサンパウロのねばねばのキャンディーで
牛乳が固まってしまうから

船長はブリッジの上から二等船室へ視線を巡らしていた。あそこまで下りていって、あの人たちと雑談しなければならない。やはり私の船客なんだ。娼婦たちの所へいき、いっしょになって楽しみたいという心のなかの願望を思わず自分に告白した。自分の青年時代、サルヴァドールの遊郭や娼家、太平洋の遠い、人に知られない港での冒険のなかには、商売女たちの愛すべき、嬉しい思い出があった。彼女たちとどう話をしたらよいかを心得ていた。話をするのは彼には何の苦労もなかった。一等の女性船客、演劇の若い女性や婦人、なかには嫌味なのもいるが、彼女たちに使わなければならないような言葉を選ぶ必要はなかった。船は世界の縮図だ、ここには何もかもが存在し、金持ちで力のある人たち、政治家や銀行家から、果ては自分の優雅さを売り、誘惑と体を商売道具とする可哀そうな女までがいるのだという考えに達した。そして彼はその世界の議論の余地のない王、船上では最大の権威者、自分の権力には何の異議も制限もない船長なのだ。

ちょうどその日の午前中、昼食前にブリッジにあがったときに、パーサーと話をし、前日の夕食について思い切って批判的な論評をした。パーサー、我慢して聞いてくれたまえ、あのスープ、あの魚は荒天の海で供される料理ではない。大きな外国船ではその点について非常に神経を使っている。その会話を聞いていた副船長は、そのようにたいしたことではない事柄にしては大袈裟と思われるほど

力を込め、激しい調子で彼の言い分を全面的に支持した。

「しかし、まったくおっしゃる通りです、船長。嘆かわしい手抜かりです。もう二度と繰り返してはなりません。私は口を酸っぱくして言っています。船では有能な船長ほど、大切なものはありません」

「口をはさみたいわけじゃないが……だが、例えば上院議員だが、気の毒にほとんど食物に口をつけなかった」

パーサーはそれまでしかめ面で聞いていたが、副船長の毅然とした物腰を見て、態度を変え、素直になり詫びた。「実際、船長、メニューを決める前に気象台に問い合わせるのを忘れました。もう二度とこういうことはしません。もっとも、これから先はメニューをあなたに見ていただくのが一番いいですね」

「そう、それが一番いい……」と副船長が賛成した。

「いや、その必要はない。まったく。繰り返して言うが、私はどんなことにも口を差しはさみたくない。私がここにいるのは、単に……」

「あなたは船長です」

彼はそれが、とりわけ、副船長の非の打ちどころのない態度が気に入った。このジェイール・マトスは感じのいい青年だ。航海の報告書を作成するときに、いい点をつけて沿海航路社に報告してやろう。

こんなわずかな時間の航海と共同生活を通じて彼の人気はもう船客の間で確固たるものになっていた。彼はあちこちで会話を交わし、船の速度――時速十三マイル、もちろん海里です――、レシフェへの到着時間、出港時間を教え、船客が海での彼の偉業に触れたり、勲章を受けた理由を尋ねたりしたときには、慎ましくした。慎ましかったが、もったいぶっていたわけではない。

　こうしてその日の午後、談話室で彼の楽しい冒険談を食い入るように聞いている大きなグループに取り囲まれていた。イギリスの国旗を掲げ、乗務員のほぼ全員がインド人から成る貨物船に乗ったときに、ベンガル湾で遭った嵐のことを最初に語った。カルカッタからビルマの海岸線にあるアキャブ〔シトウェの別称〕へ向かっていた。それは、モンスーンに吹き荒らされ、海流に妨害され、いつも危険を伴う航路だった。しかしながら、あの不安定な海を横断した数知れぬ航海のうちでも自然があのように怒り狂ったのはそれまで一度もなかった。高齢の婦人たちはその話に感動し、編物をやめていた。船長が、雷にへし折られたマストの下から脚と肋骨がばらばらに折れたとても痩せたインド人の船乗りを引っぱり出すために、並外れた大波にさらわれる危険をものともせず、自分の生命の危険を冒してデッキを這っていったとき、どうして編み針に注意を向けられようか？

　一等航海士が失礼にならないようにと黙って彼の話を聞こうと足を止めた。ドアにもたれ、煙草に火をつけた。船長は自分の話にそれほどうっとりとしていたので、彼が眼に入らなかった。外を機関士長が通りかかり、一等航海士を呼びとめ、二人は耳をそば立てた。

　彼が夕刻、ブリッジに戻ってみると、一等航海士が副船長やその他の航海士や船医と彼の冒険談について取沙汰しているのに出くわした。一部だけが耳に入った。「……後甲板を蛇のように這っていった……」

　その男が彼を見ると黙り、副船長が言った。

「結構ですな、船長。我々はここであなたの壮挙を聞いていたところです。近々、夜、一本開けましょう、そしてあのように華々しい話を我々に聞かせて下さい。我々は、何も起きない、この海岸線を年中、上がったり下ったりしているだけです」と彼に指を向けた。「あなたの航海を詳しく我々に聞かせていただかなければ……」

「たいしたことじゃない、それほどのものじゃない。船客の気を紛らわすのであれば、あれでいい。だが、あなたたち、海の男には……」

「逃《のが》すわけにはいきませんよ、船長。どうしても聞きたいですな」

彼は船倉のデッキにいる娼婦たちを眺めていた。政治を題材にしたカーニバルのマーチを歌っているムラータの心地よい声がブリッジまで上がってきていた。

ジュリーニョさんがくる、
ジュリーニョさんがくる、
もしもミナス人が
むこうのほうで油断したら、
ジュリーニョさんがくる、
ジュリーニョさんがくる、
くるけど、やっとのことだ
大勢の人が泣かなけりゃならない

二等船室をひと当たりし、三等船室に下りた。そこでは、旱魃《かんばつ》の年に、仕事と金があると言われた南部の土地へと逃げた避難民が、以前と変わらない劇的な貧しい姿で北東部に戻ろうと旅していた。いつか運命が変わるという希望に駆り立てられたそれらの男女は、サンパウロに向かって灌木原《カアチンガ》の途を歩き、奥地《セルトン》を横切り、大河やあらゆる野を横断したのだった。不毛で貧しくはあるが自分たちのものである故郷に戻る望みしか今日では彼らに残されていないのだ。そこで生まれ、そこで死にたいからだ。それは気の滅入る光景だった。それで船長は二等船室のはやり歌とサンバに戻ったのだった。

娼婦たちは、彼が近づくのを見ると、品よく座り直し、服を膝の上まで下げ、密着したがっていた学生から離れて居住まいを正した。ムラータは歌うのをやめ、ギターだけがその嘆きを続けた。歌い手は美しい声をしていた。船長は誰の喜びもぶち壊しにしたくなかった。

「くつろいでください……それにどうしてあそこの、あの女《ひと》は歌をやめたんです？　どうぞ続けてください。私は気に入ってたんだ」

「船長さんはいい人ね」と年増の女が笑った。

「いい仲間だ」学生の一人が決めた。「フォルタレーザに着く前の晩に彼のためにセレナーデを作ろうや」

「やあ、君、どうもありがとう」

しかし女たちは無理にした行儀のよい姿勢を崩さず、ムラータも再び歌おうとしなかった。残念だと船長は引きあげながら考えた。

一等船室では船客たちが夕方の入浴から戻り始め、半袖のシャツや木綿のズボンや軽いワンピースからカシミヤのスーツや夕食用のドレスに着替えていた。彼も制服を替え、勲章をつけ、青い制服を着る必要があった。

しかしながらまだ数分ぐずぐずした。というのは、クロチウジが香水を匂わせ、きっと午後の大部分をかけて完成させたのだろう、髪をカールさせ、堂々たるドレスをまとい、絹のショールを手に、人に言えない鬱屈を抱えた人のようなあの眼つきでペキニーズを連れず（幸先のよいことだ）上甲板を滑るようにやってきたからだ。船長の心臓はさらに強く鼓動した。彼女はもう彼を見つけて、さようならと同時に呼びかけでもある挨拶を彼に投げかけた。彼は近づいた。

「まるで海の女神ですな……」

「船長さんたら……」眼をショールで覆い、すぐにそれを取り、艶めかしい声で尋ねた。

「食欲を高めるためにひとまわりいたしませんこと？」

「そうしたいのはやまやまなのですが、夕食の際にあなたの優雅さに匹敵するように着替えなくてはなりません……しかし少々お待ちいただければ、間もなくラウンジでお眼にかかれます」

「お待ちしますわ、でも遅くならないでください、お上手ね」

彼がやってくると、ラウンジの調子の狂っていたピアノが「ラ・ボエーム」のアリアの一曲を全力で奏でていた。ヴァスコはクラシック音楽を尊敬の念をもって聞いたが、親しんだり、本当に評価したりはできなかった。ラテン・アメリカの舞台を痛ましく巡り歩いた挙句にバイーアに流れ着いた落ち目のイタリア人の一座によってサンジョゼー劇場で公演されたオペラを、ある時、ペドロ・ジ・アレンカール陸軍大佐に引っぱられて観たことがあった。大佐はオペラ好きで、蓄音機とカルーソが歌ったアリアのレコードを持っていた。舞台装置とすべてが揃った「ラ・ボエーム」の公演でバリトンやテノール、名高いバスや気持のよいソプラノや、それに劣らず心地よいコントラルトが聞けるというのは、ヴァスコにとって千載一遇の機会だと大佐は彼を説得した。ジェロニモとジェオルジスの度重なる忠告にもかかわらず決心した。儀式用の制服とキリスト騎士団勲章を見せびらかすこれ以上ない機会だったからだ。それで大佐といっしょに出かけた。結果はおおむねうんざりで、ひどく汗をかかされた。ソプラノの女性歌手はきっと百二十キロあったに違いない。その代りにテノールの男性歌手は糸のように痩せこけていた。巨体の女性歌手が、

私はミミと呼ばれるの
でも、どうしてか
私はわからない
私の名前はルチアというのに

と尋ねたときに、ヴァスコは笑いたくなった。

ペドロ・ジ・アレンカール大佐は満悦していた。そのオペラの一部をそらんじていた。暑苦しくなりヴァスコは、ただ制服と勲章を身に着けるだけのために自分に誘いを受けさせた虚栄心を憎んでいた。健康そのもののデブの女性ソプラノ歌手が、発育不良のテノール歌手の見るからに彼女を支えられそうもない腕のなかでよよと肺病病みとなって崩れ落ちたときには、ヴァスコは笑いをこらえられず、大佐の忿怒《ふんぬ》を買い、無知蒙昧扱いを受けた。その時から彼は、確かに最高の感嘆に値するに違いないが、自分には程度が高過ぎる、自分の能力以上である、専門的と言われる音楽には適当な距離を置いたのだった。ピアノが奏でているのが、嘆かわしい思い出のあるそれらのアリアの一つだと今わかった。クロチウジがタフタのドレスを着て、髪を束ね、消え入りそうな声に多くの期待を感じさせて夕食前に後甲板をひとまわりしにいこうと彼を待っているので、彼は尻込みしなかったのだ。ラウンジに入るのを避けようとした。船長なので、儀礼上、ピアノの奏者に感心してしばらくそこにいなければならないだろう。演奏者と面倒な視線のやり取りを避けるためにピアノがあるラウンジの隅に背を向けて窓越しに眺めた。クロチウジはラウンジにはいず、彼女の姿は見当たらなかった。どこにいったのだろう？　名手は再び衝動に駆られたようで、音楽が大きくなった。人の頭をぼおっとさせる婦人はどこにいってしまったんだろう？　思い切ってピアノのほうに一瞥をくれると、彼女が手を鍵盤からあげずに頭をたれ、眼は恍惚とし、髪を音階に合わせて踊らせて彼に微笑んだ。ピアノの教師だったのだ。朝の会話で彼に話したが、ご存じのように、すべての美徳の根源である謙遜が、自分の腕前、自分の芸術的才能、クラシック音楽を演奏できる自分のピアニストとしての高いレベルについて彼女に沈黙させたのだった。彼は、彼女を適齢期の娘たちにピアノの初歩を教え、マーチやサンバやフォクスを、せいぜいワルツをやっと弾ければ十分である、玩具のようなピアノの一介の教師だと想像していた。知合いの家族同士のオーケストラなしのパーティのダンス音楽を感じよく演奏する域を出ないだろうと思っていた。ところが、頭を一方に投げ出し、苦労したカールを台無しにし、眼をむいてオペラに挑んでいた、立派な芸術家だ。彼は得意気に思った。ピアニストの才能と、たぶんリサイタルが終わったことを表わすピアノの蓋が下りた事実を祝って、その他の聞き手たちが拍手喝采しているのにつき合うのにだけ間に合わせてラウンジに入った。

船長は、ショールで顔を覆っている、喝采を受けた慎ましい演奏者のほうに向かい、彼女に両手を差し伸べた。「しかし素晴らしい！　何という音感なんだ、申し分のない演奏だ！　崇高な時だった！」

「クラシック音楽がお好きで？」

「好きですとも……レコードを一揃い持っています。自慢じゃないですが、バイーアでも、たぶんブラジルでも数多いうちの一つでしょう」

「それからオペラは？」

「大好きです。引退する前は、港に着くと真っ先に気になったことは、オペラ劇場があるかどうかでした……」

その対話中、彼女の両手をずっと握っていた。彼女は突然気づき、神経質そうに小刻みに震えて、ひきつったように笑って手を引っ込めた。彼は自分の手をどこに置いてよいのかわからず多少決まりが悪くなった。彼女のほうが話を元に戻した。「このあなたの船のピアノですけど、あんなに狂っているのは見たことがないわ」

「そんなにひどいですか？」

「まったくひどいわ、弾きたいと思わないわ」

「手配しましょう。レシフェで調律師を呼ばせます。さて、我々の散歩をしましょうか？」

しかし時間がなかった。夕食の鐘が鳴っていた。二人は「ラ・ボエーム」について話しながらダイニングルームに向かった。彼女はプッチーニに夢中だった。彼は、自分の感嘆と自分の熱狂はそれに劣らないと彼女に断言した。

後甲板の散歩は夕食後に、ラウンジでのビンゴゲームの前に行われた。二人はゆったりした歩調で歩き、彼女はショールをもてあそび、彼はパイプ煙草を喫いながら、彼女がたいそう気に入ったリオや、彼によれば住むにはよい町であるバイーアや、毎日同じ時刻に雨が降るパラー州のベレンについて語り合った。時々、船客の一人が船長に挨拶したり、彼に何かを尋ねたりして彼らを遮った。二人はレシフェについて話した。彼女は往きの旅でそこの川の多い地形に魅了された。残念ながら彼女はペルナンブーコ州の州都をほとんど見られなかった。土砂降りだったのと、訪ねるべき場所に案内してくれる人がいなかったから。明日は別だわ、船長さんが私の言うことを聞いてくれ、橋や浜辺に、大通りや公園に連れていってくれるでしょうと微笑みながら言った。

「ただ私はレシフェを知らないのです」

「どうして知らないのですか？　あなた、船長なんだから、きっとこの辺りを何十回も通ったことがおありでしょう」

「おっしゃる通り。この辺を通りました……あなたにガイドとしてお役に立つためには深い知識を持っていたいと思うのですが、そんなに長く滞在したことがないんです。私が知らないと言うときは、表面的にしか知らないという意味なんです。それにあそこを最後に通ってから何年にもなります。その後だいぶ変わったことでしょう」

「どうやらあなたは私といっしょにおいきになりたくないようですわね。たぶんレシフェに恋人がいらっしゃって、私といっしょのところを見られたくないのよ」そして再び例のように興奮して短く笑った。

船長は立ちどまり、彼女の腕をつかんだ。「どうかそんなことをおっしゃらないで下さい。引退して以来、そういう時代はずっと前に終わりました。もう二度と他の女には目もくれないと考えたほどでしたが、今は……」

「何ですって？」

船客の一人が彼らのそばに立ちどまり、伝えてくれた。

「ビンゴゲームが始まりますよ、船長さんにきていただければ始まります」

彼女は嘆息し、ヴァスコの指が彼女の腕を軽く押さえ、二人はラウンジのほうへ歩いた。彼女は眼を星空の夜と緑の水面に向け、ショールを不規則に揺すり、彼は、彼女から発散される香水にうっとりとし、指先に彼女の体の震えを感じながら、無粋な船客の言葉を、その意味を捉えることなく聞いていた。ラウンジに入る少し前に彼は彼女を抱き寄せた。というのは、クロチウジが夢うつつで、後甲板を横切っている管に気がつかず躓き、船長のほうへ倒れかかったからだ。彼は彼女を支え、一分の何分の一かの間、感情から言えば永遠に、彼女の胸がヴァスコの胸に押しつけられ、彼女のカールした髪が彼の顔に、彼女の孤独の下腹部の温かさを彼は感じたほどだった。

二人は、上院議員が自分の前にビンゴゲームの二枚のカードを置いて座っているテーブルのそばに腰を下ろした。その議員は、隣のテーブルで下院議員のオットンと女優たちが大声でゲームの開始を求めて大騒ぎをしているのを非難の眼で見ていた。しかつめらしい婦人がたは不快感を顔に表して、喧しい劇団のグループに背を向けていた。子供たちはボンボンやキャラメルをねだっていた。全船客がラウンジに集まった。部屋係のボーイがきて、船長にカードを二枚、彼に一枚、クロチウジに一枚、売った。

「船長さん、数字を見つけるのを助けて下さいね」

パーサーがピアノのそばで傍らに紙切れの入った袋を置いて、全部で五つの賞品を紹介した。横の数字合わせで争われる最初の賞品はオーデコロン一壜だった。パーサーの合図でボーイが香水を見せた。続いて縦の数字合わせが行われ、最初にできた者は見事な銀のキーホルダーを獲得することになっていた。パーサーは、ボーイが皆に見せようとキーホルダーを差しあげているあいだ、賞品についてユーモラスなことを言い、集まった人々の笑いと野次を誘った。次に沿海航路社の紋章入りの、底にその沿海航路船の写真が焼きつけられた灰皿が続いた。三番目の賞品だった。その素晴らしさにパーサーが船客の注目を喚起した四番目の賞品は、カード全体を埋めなければならない数字合わせで授与されることになった。それは、ルイ十五世風のソファーに座った二人の恋人カップルが手をつないで互いに見つめ合っている、普通サイズの「磁器《ビスキユイ》」の置物だった。そのプチ・ブルジョアジー趣味を最高に表現した物には婦人や紳士たちも、若い女性や青年たちも、上院議員やクロチウジもうっとりさせられ、溜息を洩らした。誰もがそれを欲しがり、ボーイはそれほどの熱狂を見て、その置物をテーブルからテーブルへと持ってまわった。女優たちを初めとして皆が見たがったからだ。クロチウジは嘆息した。「まあ、私がもらえたら……」

十文字に数字を組み合わせて争う最後の賞品は、あっと驚くような物で、前に見せた素晴らしい物以上に価値があり美しい物ということだった。そこのピアノの上に上質な包装紙に包まれてあった。箱のような正方形の大きな物で、船客の好奇心を呼び覚まし、彼らはあれこれ言った。パーサーは静かにするように言った。最初の賞品のゲームが開始するところだった。子供たちに「そこのお坊ちゃんたち、お嬢ちゃんたちに」訴えた。彼らに少しお静かにと頼んだ。数字を朗詠し始めた。オーデコロンは、麻のスーツを着た顎髭の大農場主が獲得し、拍手を受けながら言った。「セアラー州のクラトにいる女房に持って帰ろう……」

銀のキーホルダーは十三ぐらいの女の子と、同時に数字の組み合わせを完了したもう二人との間でくじ引きが行われた結果、彼女に当たった。灰皿は小麦色の肌の女優の手にいき、彼女は数家族や上院議員の非難の眼差しを浴びながら下院議員にそれを贈った。そして「お目当て」のわくわくする時になった。最初にカードを埋めた者が、恋人たちのソファー、パーサーによれば「この傑作、この完成品、この芸術作品、このこれ以上はない物《ネック・プルス・ウルトラ》」を持っていくのだ。数字が選び出されると静かになった。

クロチウジは、各賞品が外れると溜息をつき、船長の心を動揺させていたが、神経過敏の極致に達してカードにまごついていたので、ヴァスコは始終彼女の腕に触れて、彼女の注意を、朗詠されたのに印をつけるのを忘れた数字に向けさせた。「一か所だけないわ」と、突然彼女は確認した。

しかしすぐ後にピアノの近くに座っていた男が叫んだ。「できた！」

優雅を気取った、話好きな男で、資本家と自称し、休暇を取り、北部の州都と風景を知るためにその旅行をしている、長年の夢を今叶えているのだと言っていた。しかしながら、海の風景には彼は少しも興味がなかったようだ。というのは、昼も夜もポーカーの卓で過ごし、大農場主や商人をカモにしていたからだ。その日の午後も船長はそのゲームの展開を予想しながら二、三分そこにいた。すると、まるでヴァスコがいるとツキが落ちるかのように、不運を招くかのように彼が神経を尖らすのを感じ取った。実際、負け出したので、ポーカーとそのゲームをする人たちの癖を知り抜いている船長はさり気なく引きあげた。

クロチウジはとても悲しみ、今にも泣き出しそうだった。「数字一つのせいで……それにしても私はあんなにそれをお土産に欲しかったのに……」

ヴァスコは彼女を慰めた。その置物はきっとあなたのものになるんだから、まだあなたの手もとにまわってくるんだから、悲しまないでください。

「でも、どうして、あの方が獲得したんだから……感じの悪い人……」靴の踵で床を踏み鳴らし、眼をむいた。

ヴァスコにはある考えがあったが、彼女に明かさなかった。パーサーが、あっと驚くような最後の賞の数字を朗詠し始めた。新婚の女性が獲得した。彼女はいつも夫と抱き合い、船のどこにいようと接吻を交わし、抱きしめ合い、「僕の小海老ちゃん」、「あたしの優しい人」、「あたしの大好きなネコちゃん」と互いに優しい言葉を言い合い、微笑みと意地の悪い論評の的になっていた。彼女と夫の周りに船客が集まり、彼女が包みを開けるのを見た。彼女は包みから箱を一つ、その箱からもう一つの包みを、その包みからもう一つの箱を、更に包みと箱を取り出し、最後に小さな包みに達し、それを解いてみると、おしゃぶりが一つ入っていることがわかった。笑い声と冗談で大喝采だった。賞を射止めた女性は仕方なく微笑み、夫は決まりが悪かった。オットン博士が大声で評した。「幸運は人を選ぶのを知っていた……」

そして豊満な胸の小麦色の肌の女が小さな声でその後を続けた。「どうやら彼らがあの調子を続けていったら、彼女は少なくとも双子ができるようね……」

ビンゴゲームが行われているあいだずっと、船長は、クロチウジともう一度後甲板にいって、散歩と会話の続きをすることを期待していて、ロマンチックになり落着かなかった。暑さを口実に、海風と宏大な空の星を彼女に差しあげたいから部屋を出ましょうと彼女に言おうとしたときに、若い女性たちと青年たちのグループがテーブルに近づいてきた。

「失礼、船長さん」そしてクロチウジのほうに向いて言った。「私たちがダンスをするのに何か弾いて頂けないかしら……」

彼女はもったいぶり、いい気になった。「ダンス音楽を弾くのは好きじゃないの。私は好きなものを弾きますの……」

「まあ！」ペルナンブーコの小麦色の肌の娘たちの華とも言うべき、十八くらいの若い娘が哀願するような調子で言った。「少なくともあたしたちには船での最後の日なの。あたしたち少し踊りたいんです」。彼女の横には大柄な青年がクロチウジに微笑みかけながら眼で哀願していた。

「弾いてくださいよ、優しくして下さい……」と、赤銅色の肌、まっすぐな黒い髪、焔のような眼をした、白人とインディオの混血児の美しさを備えたもう一人の娘が頼んだ。

若者たちは頑張った。それで、それほど激しく、傷つきやすく生き始めたばかりのその若者たち全員に船長は心を打たれ、楽しみにしていた散歩を犠牲にして、やはり懇願した。「弾いてやりなさい。私はあなたが弾くのをとても聞きたいんだ……」

「それだったら……船長さん、あなたに喜んで頂くことだけを考えて」

彼女は快活なグループに伴われてピアノのところにいき、言った。「長くはできませんよ……ジャスミンが私を待っているし……」

ピアノの音が大きくなり始めたばかりだったが、もうペルナンブーコの小麦色の肌の娘はスポーツマン・タイプの恋人の腕のなかで旋回していた。航海中に知り合った電撃的な情熱だった。彼は銀行勤めで暮らしているフォルタレーザへいくところだった。年末に、クリスマスの機会にレシフェに彼女を訪ねると約束していた。

燃えるような深い眼をした、白人とインディオの混血娘が船長のほうにやってきて、滑稽なほどのお辞儀を彼にした。「船長さん、カドリールのお相手をしていただけたら光栄です」

ヴァスコは立ちあがり、その娘の手を取った。彼は熟練した踊り手で、モンチ・カルロ楼の時代にはダンスの達人として知られ、彼の踊り手としての名声は、今日でも中東や極東の海岸線や地中海や北海の彼と同時代の船乗りたちに記憶されている。踊り方には二種類あった。体と体をぴったり寄せ、頬と頬をつけ、パートナーとの温かい接触で興奮する「無遠慮風」。モンチ・カルロ楼や香港の「黄龍」のキャバレーやアレキサンドリアの神秘的な穴倉「青きナイル」ではこのように踊った。そしてパートナーの背中をわずかに指で触れ、二人の間に二十センチばかりの距離を置き、真面目な姿勢を取り、婦人と会話を交わす「家庭風」。州庁舎のパーティやバイーアの上流社会のレセプションや、ヨーロッパとオーストラリアを結ぶ大きな汽船でのダンスパーティではこのように踊った。インディオの血を引き、困惑させる、月のような美しさを備えた娘とはこのように踊り始めた。彼女は似ていないのに、なぜドロティを思い出させるのだろう？　しかしその二人、フェイラ・ジ・サンターナの娘とそのベレンのお嬢さんとの間には何か共通するものがある。落着きのない灰褐色の眼、抑え切れない切望、どんなに意味のないものでも身振りをするたびに、一種の痙攣を起こし、同じように愛に対して性急で貪欲だ。二人とも簡単に言えば、雌だった。

そしてすぐに彼は彼女が自分に向かってくるのを感じた。太腿が彼に触れ、乳房が彼の胸のなかで大きくなり、黒いまっすぐな髪が彼の顔をそっと触れた。娘は眼を閉じ、下唇を噛んでいた。ヴァスコは恐ろしくなった。ピアノのところからクロチウジが顔をしかめて見ていた。彼は、あの何かを必要としている狂った体を遠ざけようとしたが、彼女は体を近づけたままにした。彼はドロティから学んだ慎ましさで、彼女がダンスで取りすがり、身を捧げているのは、白髪の六十男の彼、ヴァスコにではないことを悟った。単に男に対してであり、年齢、肌の色、優雅さ、美しさは彼女にはどうでもよいのだ。

幸いなことに音楽は長く続かなかった。クロチウジは曲をはしょり、ペアは別れ、ヴァスコは礼を言った。「お嬢さん、どうもありがとう」

「お上手ね、船長さん、こちらこそ」

彼はピアノのクロチウジの傍らにいった。彼女が評した。「それで私に弾くように言ったのね？」

その夜はもう散歩はなかった。最後に若い人たちが、彼女が立ちあがり去るのを許したときには、もう十二時に近く、クロチウジは船室に独り残してきたペキニーズのことが心配だった。彼らは翌日レシフェをいっしょに訪ねる約束をした。彼女はまだ少々腹の虫が治まらず、白人とインディオの混血娘を「恥ずかしげもない」と非難した。

ヴァスコはゲーム室にいった。青年たちが「キング」をし、ポーカーは三卓で行われていた。その一つで観光旅行中の資本家とかいう男が椅子に「磁器《ビスキユイ》」の置物を置いて目立っていた。相手は商人や大農場主だった。その三人が負けていた。ヴァスコは椅子を引っ張ってきて、その運のよい男の横に座った。「よろしいですか？」

「もちろんですよ、船長さん、どうぞ……」と大農場主の一人が応じた。

「船長さん、このゲームをご存じで？」と、ついている男が尋ねた。

「遊び方は知りません、わかりませんな。だが見るのは好きなんです……どなたが勝っているんですか？」

「わからないんですか？」もう一人の負けている男が言った。「ステニオ先生です。こんなについているのは見たことがない。勝ち放題といったところですな」

名指しされたステニオ先生は、おそらくこの冗談を、おそらく船長がポーカーを知らないことを聞いて満足そうに笑った。ヴァスコはそこに腰を下ろし、時々ゲームの点数や賭けについてトンチンカンな質問をして、しばらくそこにいた。ステニオがカードを配るのを興味深そうに眺めていた。

「ステニオ先生、あなたが降りられるのはどちらの港ですか？」

「ベレンです。そこに数日いて、たぶん、蒸気船でマナウスまでいくと思います。きっとロイド社のアルミランチ・ジャセグアイ号で戻るでしょう」それから一人の大農場主の賭け金に応じた。「あなたの三十二に対して六十四」

深夜の一時半頃、負けが数千レイスにのぼった相手の一人がやめようと言った。ヴァスコは清算と、お休みなさいの挨拶までその場にいた。大農場主の一人は、レシフェで降りるので、航海を続けられず、負けを取り戻せないことを嘆いた。ステニオ先生は儲けをポケットに収め、「磁器《ビスキュイ》」の置物を手に取り、船室に引きあげる支度をしていた。しかしながら船長は他の相手をやり過ごしてから彼に言った。「まだ早いですよ、少し話をしようじゃありませんか、先生……」

「船長さん、眠くてたまりませんよ。明日にしましょう」

「今日です、それも今。いいですか、二流のいかさま師さん、あんたはベレンにいかないで、あんたの旅をレシフェでやめるんだ……」

「だが、船長、何のことです、それは？」

「聞かせてやろう。あんた、私は生まれた時からポーカーをしているんだ。四十年、船に乗り、二十年、アジアで船の指揮をした。船上のプロだったら誰でも知っている……刑務所にいきたくないなら、大人しく降りなさい……」

「だが、私は自分の切符代を払っているんだ……」

「資本をうまく使った、もう多すぎるほど利子を稼いだじゃないか。そのうえ？」

「そうしろと言うんだったら……」議論しなかった。それが彼の人生というゲームの規則の一部をなしていた。ベレンまであがるために他の船を待とう。

ヴァスコは立ちあがり、磁器の置物を取り、引きあげようとした。「お休み……」

「でも船長、失礼、そこのそれですが、あなたが持っていこうとしているのは私の……」

「あんたのだって！　何が？」

「その見事なものですよ……ビンゴゲームで、それも純然たる運で私がもらったんだ。いかさまなしで……」

「いかさまなしでだって？　そうかも知れない……だが、それはポーカーにはひどく縁起が悪いんだ。もっとも、あんたはもうそんな目に遭ってるだろうが……私のところに置いていくほうがいい」

その腕の立つプロはぶつぶつ言いながら出ていった。畜生め、何だって死んだ船長の代わりにすぐ老練な遠洋航海の船乗りを、やくざなことをすべて心得ている油断のならない奴を見つけてきたんだ？　諦めて肩をすくめた。レシフェで商売をやってやろう。甘ちゃんで、ポーカーに目のない製糖工場主がいるさ。あんなに見事な、恋人同士の座った磁器のソファーだけは悔しく思っていた。彼の妻のダニエラにお土産として持って帰りたかった。恵まれた結婚生活を送っており、四人の子供を持ち、男の子が二人、女の子が二人、みんな可愛く、家族を愛し、彼以上に良い夫で父はいなかった。

船長は溜息をつき、「磁器」の置物を取り、夜風のなかへと出ていった。

深く妄想に耽った船長および、救命ボートの陰に彼が見たことについて

船長はその夜も更けた頃、デッキで深く妄想に耽っていた。そっと「磁器《ビスキュイ》」の置物を傍らに置き、夢を育む限りない糧《かて》のような星から時折眼を離して、磁器のソファーに腰掛けた　恋人同士に向けていた。彼の人生はまったくの孤独、長い待ちだった。今と同じように海では自分のパイプ煙草をすい、風に吹かれ鬼火がちらつくなかで独りぼっちで、港、港で船と女を替えた。彼の家庭、それは狭い船室。くる日もくる日も、懐かしさで痩せる想いの妻や、異国情緒ある遠い土地から持って帰るお土産を欲しがる子供など彼を待つ家族のいる波止場に最終的に入港する日ではなかった。どの港にも家を建てたことはなく、疲れた頭を淫売宿の金で買った枕に置き、見知らぬ女の胸に燃える心を休ませた。世界でたった独り。自分の船があるだけだった。彼にあるのは航海だけだった。

それで男が独り、こんなふうに永久に独りぼっちで生きていけるだろうか？　バリスの家は、記憶のなかでおぼろげな姿となった父や母の死以後、けっして家庭と言えるようなものではなかった。事務所や倉庫のなかで梱《こり》と請求書の間で、干肉と、客への手紙の間で成長した。若者だったら誰もがする恋、おそるおそる送る視線、臆病な微笑み、遠くから投げかけるさようなら、束の間の握手、ドアの暗がりで盗む接吻、そのようなものは、事務所でも、気位の高い美しい女性の船客を見習い船員として遠くから眺めていた海でも、何一つなかった。祖父の死で自由になったときには、もう三十代になっており、溜息や甘美な苦悩や花の乙女といったロマンチックな時期はもう失われていた。友人た

ちとともにいても独りぼっちだった。それに本当に彼らの一員になれたときには、バリスの家のベッドで次々に替わっていった女たちが去っていったように、彼らは一人ずつ離れていった。何人かの女がまだしばらくは残り、ドロティは彼の腕に名前とハートを残したが、果てしもない大海原の上を先に進む大西洋航路の女性船客のようだった。遊郭での情事、恋着、娼家での恋愛は何になるんだ？航海中の冒険、不意の恋の焔、濃霧に霞んだ神秘的な港での狂おしい夜が何になるんだ？　愛、家庭と人生を築き、子供たちにまで拡がり、自分の名前を残してくれる変わらない愛、妻の愛情、息子の呼ぶ声、屈強な胸に保護を求める小さな縮れた髪、これらは一度も持ったことがなかった。彼には時間がなかった。バリスや遊廓のベッドでも貨物船や汽船の船上でもいつも航海していたのだ。自分の船で航海していても、難破や嵐や風やサイクロンがあっても、いつも独りぼっちだった。

今、その彼の最後の航海では難破した男のようだった。それが彼の最後の航海で、もう二度と後甲板の揺れる床に戻ることはなく、ペリペリの岩場の高みから眼に双眼鏡を当てて船の出入りを追うことになると承知しているからだ。そして、ますます独りぼっちになり、思い出の重みや、軽率に過ごしたあの生涯の重荷にますます背を曲げ、それを分け持ってくれる人も、頭を休める所も、モンターニャ坂を下りたところの商会の建物の窓のない黒人女ローザの部屋で花開いた欲望の時代のように、むっつりした料理女の肩以外にはほかにはないからだ。

彼がその沿海航路船上でやっているように自分の船を指揮する船長の生活は、そう、確かに美しく羨ましいものだ。これほど多くの人が彼を頼りにし、これほど多くの運命が彼の力のある手で全《まっと》うされ、これほど多くの笑い声があがり、これほど多くの熱い希望が生まれ、重要な政治家や、土地や事業を持つ豊かな人々や、定まった日常を持つ平和な既婚婦人や、閉ざされた展望、不確かな未来を持つ見放された娼婦や、生活し始めたばかりの若者や、自由を賭けた、非合法のプロ賭博師など、誰もが彼に、彼の指揮命令に頼っているのだ。

船長には自分の好悪に従って行動する権利すらない。果たすべき、撤回要求のできない義務がある。印をつけたトランプや、いかさまや、カードのごまかしや、手先の器用さや頭を使い、難しい、危険を伴う職業で生きているプロの博打うちには、いつも彼は好感を持っていた。彼は自由奔放な生活を送っていたあの頃に彼らのうちの数名と親しくし、また何人かとつき合いもし、彼らが寛大で、彼らなりに律儀で、いつも危ない橋を渡っているので何か些細なことで侮辱や殴り合いや投獄になりそうなときには甘んじて退却することができるということを知った。どんちゃん騒ぎをした夜に彼らから秘密を打ち明けられ、彼らとトリックを練習し、教わったことがあった。指揮し、果たさなければならない義務のある自分の船の船長でなかったならば、ステニオに大農場主や事業家や商人や工場主全員から有り金を残らず巻き上げさせることもできただろうし、彼にはどうでもよいことで、ただ微笑し、おそらくその有能なプロに共犯者として片目をつぶって見せただろう。しかし船長は自分の意思や好悪の言いなりにはなれないのだ。自分の船客が海の危険や世間の思いも寄らないことから守られていることを望むのだ。

手をつないだ幸せそうな恋人同士の座った磁器のソファーをわしはステニオから奪った。彼はそれを盗んだのではなく、ペテンなしで運で得たのだ。しかしその絶品はその男の何になるのか？　きっとわし、船長と同じようにその男には家庭も家族もなく、落ち着く港もない、人生を気ままに生きる男だろう。その逸品を売春宿の部屋に、彼と寝る最初の女の手に置いていくのだろう。それにクロチウジはあれほどまでに欲しがっていた……。

まだ間に合うだろうか？　孤独を破り、長い待ちを終わらせるのに？　もう六十にもなり、髪が白くなった。干肉や鱈の荷やバターの大樽を持ちあげたり、並ぶ者のない舵手として嵐の真っ只中で舵をしっかり握ったりした、あの昔の力はもうないが、歳の割には驚くほどの体力をまだ保持している し、心臓は、青春時代のなかったあの青年の頃のもので、完全だし、生涯をかけた大きく決定的な愛にも適している。そう、まだ間に合う。緑の窓が海上で開く家が浜辺の近くにあり、そこには主婦がいず、一人の孤独な男がいて、生きるべき余生と分配するべき過去を持っているのに、その務めを果たすのを助けてくれる者もなく、道がさらに先で狭くなるときに、つかまる腕もないのだから。まだこれから先、どのくらいの間、頭をあげていられるだろうか、悲しみに屈服しないでいられるだろうか、自棄の閉ざされた壁のなかに囚われの身となって降参しないでいられるだろうか？　ああ！　もしも彼女が彼女の気高い態度や彼女の音楽やピアノや彼女の成熟し、苦悩した優雅さや束髪やひきつったような笑い声を郊外ペリペリに移すことを望んでくれたならば、もしも苦悩し、幻滅した心に新しい愛の芽生えを受け入れてくれたならば、ああ！　ますます大きくなる孤独の壁を破り、最後で最終的な航海の末に安らぎの港の庭に花を咲かせるのにまだ間に合うだろう。歳の差はさほど大きくないだろう。クロチウジを四十五歳ぐらいだと踏んでいた。

今にして初めて、彼女に会ってみて、自分の生涯がまったく孤独だったこと、長い待ちだったことを感じた。

呻き声のような圧し殺した物音、消え入るような「ああ」という声がそよ風に乗って彼のところにやってきた。反対側から、救命ボートの陰から聞こえてきた。常に警戒を怠らず油断のない船長は静寂と海の声に慣れた耳を澄まし、慎重な足取りで近づいた。すると、救命ボートの陰で痩せぎすな女優と清廉な上院議員が、彼女は横になり、ドレスをたくしあげ、彼のほうは上着なしの取り乱した格好で、あの恵まれた遊びで溜息をついているのが彼に見えた。

船長は考えながら遠ざかった。公平にするならば、ポーカーのプロにしたように情容赦のない厳しさで処すならば、二人を互いの腕から引き離し、祖国の父たる男に船上ではもっと敬意をもって行動するようにと要求しなければならないだろう。しかし船長はまた柔軟で、自分の船の不名誉や荒廃を避けなければならない。それにあれほど多くの情事を経験した男であるわしが、愛の宴の神聖なる時に浸っている愛人同士に、かりそめの愛人同士だとしても、どうして神経を苛立たせることがあるんだ？　再び舷側に身を乗り出して海軍の、あの別の司令官ジェオルジス・ジアス・ナドローのことを思い出していた。港の暗がりで、一人の混血女《カブローシャ》といるところを現行犯で捕まった水兵のことで苦情が持ち込まれたときに、彼はただ笑うだけで、その後、言い放った。「司教に苦情を言いにいったらいい。わたしゃ、どの女の貞操帯でもないさ」。それにわし自身、船長ヴァスコ・モスコーゾ・ジ・アラガンはある夜更けに、自分の船の後甲板でドロティの震える体、彼女の熱情を自分の腕に抱き寄せなかっただろうか？

あそこで、あの妄想のなかで、クロチウジの手と髪に触れ、彼女の耳もとに情熱的な言葉を囁き、あの流れ星の光のもとで彼女の唇に激しく接吻し、彼女の体を自分の船の床に触れさせることを夢見なかっただろうか？

レシフェの橋や通りの若者たち、および予期しない束の間の光景について

彼はノーヴァ通りでマンガベイラとサポジラの実を彼女にご馳走し、アウロラ通りの波止場では黄色いカジャゼイラの実と緑色のインブゼイロの実を、ソセーゴ通りでは赤いピタンゲイラの実を彼女に差しだし、ボア・ヴィアジェン海岸ではココ椰子のジュースを飲ませた。クロチウジはマンゴー

やカシューナッツ、さまざまな味のパイナップル、アビエイロの実、カジャラーナ、バンジロウの実、アラサーなど、北東部地方の果物に旺盛な食欲をみせた。彼女は気品のある態度を忘れ、弾むような足取りで歩き、船長は彼女の役に立たない日傘を持ってやり、二人はまるで若者のようにレシフェの町の橋や広場や通りを歩きまわっていた。むやみやたらに笑っていたので、船長と女性ピアニストの若やいだ気ままな素振りに気を悪くしたほどの一人の急ぎ足の通行人の女性の言い草によれば「いい歳をした二人のいたずら小僧」という風情だった。

その港には午前中、劇団の女優とパライーバの下院議員が下船した。ステニオ先生もそうした。彼の言ったところによれば、ナッサウ〔オランダが一六三七年レシフェ市を侵略した時の同国の将軍で、総督を務めた〕の町の眺めにとても魅了されたので、その町をさらによく知るために旅を中断して二、三日逗留することにしたとのことだ。タラップに足をかけたときに、非難するような眼差しで船長の姿を捜した。彼がポーカーで行ったペテンを暴露されたためではなかった。遠洋航海船長は寛大で、彼を警察に突き出しもせず、騙された大農場主たちにもその件を何も話さなかった。その非難は「磁器《ビスキュイ》」の置物についてだった。妻へお土産として持っていくのにあんなに美しいのをほかにどこで手に入れられるんだ？　同様にほかにもかなりの数の者たちが下船した。沿海航路船は各港で船客を降ろし、受け入れるのだ。家族が波止場で待っている小麦色の肌の娘も降りた。彼女にとって航海は短かった。そしてそこに着くとセアラー州出身のスポーツマン・タイプの銀行員を両親や叔母たちに紹介した。夕刻には彼女は彼にさようならを告げに停泊地にくることになっていた。彼女の眼は船の航跡を懐かしそうに追うことだろう。

船長は副船長が持って来た書類に署名した後、自由になり、クロチウジを捜したが、彼女はもうほかの船客と波止場に降りていた。おおぜいでいっしょに出たのだった。ヴァスコは失望の色を隠さなかった。彼はその朝と午後の初めには彼女と二人きりになれると期待していた。ほかの書類に署名するために比較的早く船に戻る必要があったからだ。そして彼は、子供で鈴なりの数家族全体の大騒ぎに取り囲まれ、彼が通りやレストランや酒場だけでなく、新生児のおむつの値段も含めて市場の値段まで知っている世界百科事典か何かのように皆からこれ以上はない愚かな、ばかばかしい質問攻めに遭っていた。

あの新婚さんたちをお手本にするわけにはいかなかった。彼らはまるで二人きりで天国にいるかのように、まるでほかの者は存在していないかのように振る舞い、やらないことと言ったら、公園のベンチに横になり、衆人環視のなかで、いきつくところまでいってしまうことくらいだった。接吻し、ぴったりと抱き合い、愛撫し合い、しかしそれらすべては彼らには国により、教会により認められているのだ。判事と神父の許可を得てきたのだから。

ヴァスコはその町でした散歩の最初の部分を忌々しく思った。とりわけ、彼が気づいたクロチウジの唯一の重大な欠陥と言えるジャスミンが、女主人の手を振りほどいて、普通の大きさの純血とはほど遠いフォックステリア種のさかりのついた牝犬の獲得をめぐって中心街の緑の多い広場で繰り広げられている競争に、まるで成功の見込みもないのに加わった時だ。ジャスミンは自分よりも三倍も大きいその狙われた牝犬をうっとりさせる東洋的気高さ、異国情緒溢れる美しさを武器にするとはいえ、歯をむき出したボクサーや、夫としての権利を持ち、ほかの犬からそれを守ろうとしているように見える牡のフォックステリアや二匹の野良犬とどうやって勝負になるだろうか？　野良犬の一匹はグレートデンの血を引き、ボクサーに向かって唸り声をあげ、もう一匹はいっそう浮浪者風で、皮肉な眼つきと愛嬌のある鼻面をしたまったく申し分のない野良犬だった。この犬と、亭主づらのフォックステリアは、ボクサーと大きな野良犬とで、二匹のどっしりとしたチャンピオンの間で交えられる一戦の結果に期待をかけて待機していた。もっともありえそうなことは引き分けで、その二匹が疲れ切って候補者リストから名前が消されることだった。そしてフォックステリアも小さい野良犬も互いに相手の強さを測り、牝犬の獲得を決する第二回戦にもう備えていた。この牝犬ときたら、自分のために行われる争いにうっとりとしているようだった。夫を含め、全員を勇気づけていた、ふしだらな犬だ。

ジャスミンが立候補を登録することに決め、見事なジャンプで競争者の間に割って入ったときに、情勢は根底から変わった。四匹は、唸っている新しい候補者のほうに振り返った。牝犬は虚栄心をくすぐられ、彼に微笑み、勇気づけた。ほんの短い一瞬、ヴァスコは、ペキニーズがボクサーと雑種に、フォックステリアと小さい野良犬の効果的な助けを得て速やかに徹底的にズタズタにされるという楽観的な幻想を抱いた。しかしそうは問屋が卸さなかった。それらの熱くなった犬たちは、時は自分たちのものだと決め込んでいるようで、一向に始めようとせず、唸ったり歯をむき出したり、時々吠えるだけだった。しかも攻撃的に一番吠えたのはジャスミンだった。クロチウジは、ジャスミンがその輪のなかに、四匹の荒々しい闘士の間にいるのを見て気絶せんばかりだった。彼女の唇からヒステリックな小さな叫び声が漏れ、両腕を伸ばし、断末魔のように「ジャスミン、ジャスミン」と言い、失神するかのようにベンチに崩れ落ちた。船長のほうに向いた。「お願い、可哀そうな子を助けて!」

彼女は眼で哀願し、その声は今にもどうかしてしまいそうな人のものだった。それでヴァスコは決意した。気が狂ったような願いだった。どうやってその欲望と憎しみの輪のなかに跳び込み、勇敢と言うよりも無謀に近いことをした向こう見ずのペキニーズをそこから取り出そうか? 近くから枯れ枝を一本見つけ、それで身を固め、心を動かすクロチウジの悲鳴を聞きながら、さながら中世の騎士が自分の貴婦人の命令に従おうと七つの頭を持つ龍に槍で向かい、それらの頭のすべてに火を投げつけるかのように、犬のほうに進んだ。

彼の思いもよらない出現で動揺と混乱が起きた。ボクサーが警戒をゆるめ、一歩後退した。するとそれに乗じて大きな野良犬がボクサーを背後から攻撃した。ジャスミンンは自分がその船長の行動目標だと察して前に跳び出し、牡のフォックステリアを押し倒し、二匹は花壇を転げまわった。それらすべてに乗じて、あの抜け目のない小さな野良犬が、求愛を受けていた牝犬をそこから引きずって、もっと静かで愛に適した近くの裏通りに連れていった。船長は皮紐の端をつかまえ、連れ合いを捜して最後はばかのようになったフォックステリアの歯からジャスミンを引っぱり出すことができた。牡のフォックステリアが足跡を見つけ出し、路地のほうに向かったときには、もう遅かった。雑種犬たちはもう出来上がっていたのだ。

クロチウジは礼の言葉も述べなかった。ペキニーズを胸や顔に押しつけ、傷ついた鼻面に接吻し、骨を調べていた。賞として勝者の傷を優しくなめてくれる牝もいず、今や単に戦いの喜びだけに駆り立てられたボクサーとグレートデンの偽物との間で続けられている素晴らしい戦いにはまったく眼もくれなかった。

世の中には、プラスの面のない物事は何も存在しない。他の船客の笑いと、通りにいた何人かの黒人少年の悪意ある好奇心を掻き立てたあの偉業から、ジャスミンを船に連れ帰る決意が生まれた。町はその可哀そうな罪のない犬には誘惑や危険があまりにも多く満ちていた。このようにされ、こうしてヴァスコはそのほかの同行者の迷惑な、行動を制限するお伴から解放された。

もうかれこれ昼食の時間だったので、二人は船上で鐘の音を待ち、クロチウジはジャスミンの片脚にフォックステリアが残した歯形にヨードチンキを塗るのにかかりきりだった。

こうして暑い午後、彼らはまるで二人の若者のように町のなかを歩きまわった。彼女は午前中の、犬から巻き起こされた心の動揺から立ち直っていた。彼は彼女の願いを聞き入れたときに見せた勇気と敏捷さで株をあげた。

彼らはいくつかの通りや広場を歩きまわった後、アイスクリーム店に足を止めた。そこで食いしん坊の彼女は、その店の自慢のものをすべて食べてみて、彼女の意見では世界で一番というベレンのアイスクリームと比較しようとした。ヴァスコが彼女の食欲に感心していた時だった。彼の心臓は止まったかのようになった。彼はインペラドール橋のほうに（アイスクリーム店はアウロラ通りにあり、そこから古くて由緒あるその橋が見えた）視線を投げかけ、ゆき過ぎていく群衆の間に、一人の子供の手を引き、黒い服を着て、白髪を隠すショールを頭にかけた肥った婦人の姿を突然見た。彼女の顔がおぼろげに見えたのは束の間のことだったが、少年に微笑みかけた年老いた優しい祖母は間違いなくカロウだった。ヴァスコは、傍らにいる自分が誘った婦人のことや、自分が現役の船長であることや、アイスクリームの代金を払うことを忘れ、ドアの外へ跳びだし、束の間の光景が消えていったインペラトリス通りのほうに走り出した。もう彼女の姿は見つからなかった。それでも大声で彼女の名を言い、何人かの通行人を振り返させた。それからアイスクリーム店にクロチウジを独り残してきたことに気づき、あわてて戻った。

彼女は憤慨し、彼に話しかけようともしなかった。彼女にわけを話そうとしたが、彼女は自分なりにその出来事を解釈していた。きっと住所が変わってしまった昔の恋人をずっと捜していたとなぜ私にすぐ言ってくださらなかったの？　私と通りや橋を歩いていても考えは遠くにあって、眼は通行人の顔を観察していたのよ。

「そんなふうに取らないでください。かれこれ二十年も音信のない人を実際見たような気がしたもので」

「女のかた？」

いつかおそらく何もかも彼女に話してやろう。今はそうしても仕方がない。

「女だって、とんでもない……友人です。何隻もの船で十年も私に仕えてくれた一等航海士です。我々は兄弟のように親しい友人だったのです……しかしペルナンブーコのガラニュンス、田舎の町ですが、そこの親類が亡くなって、彼は職を捨てなければならなくなったのです。遺産があったのです。それ以後、消息がないのです……」

橋の上の人々の間に行方のわからなかった友人の顔が見えた時の私の感動をあなたは赦してくれるべきです。兄弟のようだったのです、それほど結びついていたので、もしも一人を切り離せば、もう一人も切り離すことになるのです……。

恋人同士のいさかいはそれが激しければ激しいほど、いっそう甘い和解になるのだ。二人は手をつないで港のほうへとアイスクリーム店を出た。彼女は少し泣き、彼は隅に錨が刺繍してある絹のハンカチで二筋の涙を拭った。彼が戸口で歩道の段を下りるのを助けようと彼女の手を取ったときには、彼女はその後、手を引っ込めなかった。こうして、沿海航路船が貨物と船客を迎えている波止場に向かって、言葉以上にものを言う沈黙のうちに歩いていった。

ブリッジから副船長と一等航海士が、彼らが手をつないでバレエのような弾む足取りで、顔に陽の光を浴び、仕合せそうな表情を浮かべてやってくるのを見た。

「あんたの船長は尻尾を出してきたぞ……」と一等航海士が笑いながら言った。

副船長のジェイール・マトスが尋ねた。「あんたはこれまでにあんなにおつに気取った船長に一度でもお目にかかったことがあるかね？　あんなに船長らしいのに？　抜け目のないアメリコだから、あんな真珠を見つけられたんだ……」

「海の真珠……日本海の、シナ海の、東洋航路の……」

力の強い起重機が砂糖袋を持ちあげ、黒人の沖仲仕が船倉に梱を運んでいた。

語り手、何の口実もなく、しかしこれ以上はないほど苦悩して物語を中断する件《くだり》

皆様、中断したことを、それに気づかれたかどうか、このところの数章での至らぬ点をなにとぞご容赦ください。何はともあれ私がまだ書き続けているのは、公文書館が定めた原稿（およびタイプした写し）の提出期限がこの数日のうちに切れるからなのです。しかし何を書くのかもわからない有様です。世界が私の両肩に崩れ落ちかかっている折に、そんな時に、文体や文法にどうしてかかずらっていられるでしょうか？

いいえ、私は何も原子爆弾や水素爆弾のことや、冷戦のことや、ベルリン、ラオス、コンゴ、キューバの深刻な問題のことや、そこから世界を攻撃するための月の発射場のことを言っているのではありません。かりにそんなことになれば、我々は皆、同時におしまいになってしまうでしょうし、多くの人の災厄は貧しい者には慰めなのです。そうなれば、ドンドカとベッドに潜り込み、彼女とともに死ぬために正確な時間を知りたいとしか思わないでしょう。

私の言っているのは、ここペリペリで最近起きたことなのです。それは、年を越し、この私の論文が栄誉とお宝をもたらすことを願い、また判事殿を午後に、夜はこのあなた方の僕《しもべ》を迎え入れるトレス・ボルボレタスの路地の家庭に協調と平穏が完全に支配し、静かな喜びが持てることを祈りながら私が祝った一九六一年の楽しい正月の直後のことなのです。

そうです、彼がすべてに気づいたのです、甘い無償の生活は水泡に帰してしまいました。

情熱と嫉妬の嵐に、また罵り合いと復讐心の暴風に打たれたそれら三つの魂をこれ以上はない混乱

が支配しているのです。もうさまざまなことがありました。わめき声に汚い言葉、侮辱、告発、非難、謝罪、容赦の求め、動揺した関係、月々の手当と贈物の打ち切り、涙、哀願する眼差しと、憎悪の染み込んだきつい視線、復讐の誓い、さらには殴打までがありました。

私は身分をわきまえた歴史家として詳述する際に順序立てなければなりませんが、そうできるかわかりません。心は千々に引き裂かれ、頭が割れそうに痛むからなのです。頭が痛むと言えば、シケイラ博士こそ苦しんでいたにちがいありません。枝ぶりの良い角《つの》が伸びているのは彼の額であって、私の額ではないからです。それは私には慰めになるべきことでした。しかしそうではないのです。彼女、私のドンドカにもう二度と会えず、彼女の家への途から遠ざからなければならず、彼女の水晶のような悪戯っぽい笑い、もっと船長さんのお話をして、と私にねだる彼女の消え入るような音色の声を二度と聞けない恐れがあるならば、どうして慰めになるでしょうか？

確かにその法律家の様子や眼差しや身振りには不信感が漂っていましたが、突然のことでした。私とドンドカに対する判事の態度には意味深長な変化が起きたことに以前、触れました。その傷ついた小鳥は、ある日あの碩学が彼女のシーツの臭いをかぎ、そこにかぎ馴れない臭いやほかの男の汗がないかと調べているのに出くわしたのです。彼は私をぞんざいに、粗略に扱うようになり、私をねめつけるように厳しく見て、私の以前に倍する称讃にも、以前ならば、その代価として私の文学をほめてくれたこともあったのですが、一向に態度を和らげませんでした。ツェッペリンからのクリスマスプレゼントである、あの頃に判事殿がおろした醜悪な縞のパジャマを称讃するほど、私はまったく申し分のないゴマスリの極致にまで達したのでしたが。それでも彼はしかめ面を崩さなかったのです。私たち、私とドンドカは不安に囚われ、午後には決まったシーツと枕カバーを、夜は別のものを使うほど細心の注意を払いました。私はと言えば、シケイラ博士が我が愛しの女性のところへ午後訪問するときには、同行することを避けました。以前は彼といっしょか、彼が着いた直後にいき、コーヒーをご馳走になり、少々話をしました。その後でそっと引きあげたのです。結局彼が出費を負担し、ある種の権利を持っているので、私はそこで午後ずっと邪魔をして過ごすわけにはいかなかったのです。もちろん、歴史研究や、したためるべき論文があったこともあります。そんなわけでいくのをやめにし、陰に潜み、歩道で話をしようと、毎日の慎重な証拠固めのために夜しか彼に会いにいきませんでした。気高い法学の士は品位ある妻、破廉恥漢によりツェッペリンと綽名されたエルネスチーナさんの無情な指揮棒のもとに行動を統制されていたのです。

そんなことは何も役に立ちませんでした。四日前の暑い夜、ちょうど私がベッドに横になり、判事がバイーアにいった際に持ってきた半ダースの梨の一つをご馳走になろうとした時でした。一方ドンドカはまったく彼女好みの楽しい冗談で私の胸の上に馬乗りになり、前屈みになって、私の眼や耳に接吻したり、私の口から梨の食いかけを奪ったりしていました。

ちょうど、そのような楽しみの真っ最中に、私が彼女の背中に腕をまわし、彼女を私の上に倒したとき、寝室の開いた戸口に、鍔《つば》を下ろしたフエルトの帽子をかぶり、サングラスをかけた優れたアウベルト・シケイラ博士が現れ、ドラキュラのような笑い声をあげ、哀れな声で言ったのです。「それじゃ本当だったんだ！」

少なくともそう見えたのでしょう。確かに彼が私に時間をくれたのであれば、私はそのことを議論する気になったでしょう。というのは、真相を扱わせたら私は本物のストライカーなのです。私は遠洋航海船長についてのこの思い出をしたためているときに、具体的な証拠を持っているから、あるいは自分自身の眼という証拠――いつも過大評価されているのです――を持っているからと言って誰かが通り中を真実だと叫びながら出ていくのが危険な行為であることを学んだのです。つい先日も、チノコ・ペドレイラの、それぞれ妻と義理の姉であるカスーラさんとペケーナさんが、あの彼女たちの二対の眼でこのペリペリの空に空飛ぶ円盤を確かに目撃したと騒ぎたてました。ひどい騒ぎになり、州都の新聞記者までが彼女らにインタビューするためにこの辺りに現れ、二人の老婆が空を指さしている写真が新聞に載りました。その後、火のような二つのサーチライトを持ち、非常に速い銀色の丸い物体がまったく円盤でないことが証明されました。二つの赤い小さな円がつき、陽のもとでは銀色に見える防水の紙で出来た大きな凧を汐が浜辺に打ちあげたのです。糸が切れ、尻尾が千切れ、風に運ばれた迷い凧が、太陽に向けた老婆たちの眼により空飛ぶ円盤にされ、新聞の傾向にしたがって火星の、あるいはソ連のだとされたのです。

しかしながら、そんなことを考えている時ではありませんでした。最初の瞬間、正直言ってその出現の重大性をすっかりとは理解できませんでした。そんなわけで黒眼鏡と、額の上に鍔が下りた帽子に印象づけられました。眼鏡と帽子で誰かペリペリの夜行性の住民に判事だということを隠そうとしていたのです。どうです、判事殿の策略は？　私の胸からベッドの反対側へと跳び出たドンドカの悲鳴で私はこのドラマに完全に目覚めました。私は梨のかけらを飲み込み、言葉に窮しました。

あそこ、寝室の入口で左手を掛金に置いてドアを開けたままにし、右手をベッドのほうに向け、指を高くあげ、声は低く震え、優れた判事は、徳を傷つけられ、信頼を悪用され、友情を裏切られたという完璧な姿、果ては古典的な間男された男、不滅のオセロの申し分のない姿と言ったところでした。私は彼に感嘆せずにはいられませんでした。

私はベッドに横になったまま、口をあんぐり開けて、間男された判事殿を見ているわけにはいかなかったのです。立ちあがり、スリッパをはいて、魂の奥から出た、粉々にされた心から発せられた叫びを耳にしました。「わしのスリッパを脱げ、不届き者め！」

私は脱ぎ、粘土の冷たいタイルの上に裸足になりました。そしてあれほど優れた男のそのような度量の狭さが私に風邪を引かせ、今日でもなお私の生活を悩ませているのです。私が証人かつ登場人物であるその光景は次のように配置されていたのです。部屋の入口に悲劇的に、非難するように退官した判事。窓に近い反対側には、おそらく少々遅きに失した感はありますが、恥じらいと貞節の証として両手で裸体を隠そうとしてドンドカが啜り泣いていました。その二人の間に、まだ温かい罪の場、ベッドと、馬鹿面をして自分の臍を眺めている私。もしドンドカが判事に美しい眼をあげ、優しい声で「ベチーニョ！　ベベート、私の砂糖のかたまり……」と言わなかったならば、我々はその不動の姿勢で数時間、数日間そこにいたかもしれないと私は思います。

書き記せないほどの効果ある言葉でした。私は、判事殿が脳卒中を起こし、そこに地響きを立てて倒れるか――考えてもごらんなさい、とんでもない醜聞になります！――あるいは拳銃を引き抜き、ドンドカに一発、私にもう一発と二発ぶっ放すのではないかと思いました。彼は赤くなり、蒼白くなり、まるで鞭打たれたかのように体を震わせ、ドンドカのほうへ一歩進もうとしたのですが、進めず、話そうとして、何か啜り泣きとげっぷの中間のような喉の音をわずかに発しただけでした。傷ついた瀕死の動物のような眼で無邪気なムラータを見つめ、私には憎しみのこもった脅かすような一瞥をくれ、声に出すことができました。「犬！　ヘボ詩人め！」

私は頭を垂れ、応じないほうがよいと思いました。

「蛇！」

ドンドカに対してでしたが、彼女は私のように黙ってはいませんでした。「いとしいアウベルト、あなたのあたしを赦して……」

「とんでもない！」そして帽子の鍔を引っ張り、私のほうに唾を吐きかけ、我々に背を向け、出ていったのです。通りに面したドアから家の鍵を部屋に投げて寄こしました。我々二人はそこで裸のまま途方に暮れていました。

ドンドカは慰めようがありませんでした。何から何まで一揃い持ち、あのような楽しい安楽な生活に慣れてしまったのです。家、食物、服それにチョコレート。私もやはり判事のスリッパと情婦に馴染んでいたのです。あの夜、我々は一睡もしませんでした。あなた方がご想像なさっていることで忙しかったのではなく、我々の頭上に降りかかった災いを考えていたからです。ドンドカの生活はどうなるのでしょう？　両親の貧しい粗末な家に戻り、ペドロ・トレズモの悪酔いに耐え、母親が服を洗い、糊をつけ、アイロンをかけるのを助けるのでしょうか？　これまで爪にマニキュアを塗り、絹物をまとい、香水をつけ、ほとんど仕事もせず、めかすことに精を出していたのが、これからどうしたらそんなことができるでしょうか？　私には彼女を養うこと、判事の銀行口座が保証していた状態を彼女に提供することは不可能なことです。私の乏しい俸給ではせいぜいなしでは済まされない出費しか賄えず、私はこの郊外で両親と暮らさざるを得ないのです。古文書館の賞を獲得の暁には――ご存じ、私の以前の論文について「有益な情報の宝庫」と意見を述べられた著名なるルイース・エンヒッキ博士が古文書館の運営に当たられているという事実に私は勇気を得ています――服地、靴一足、イヤリング、たぶん指輪か何かをひとつ彼女に贈ることができるでしょう。それは、何かの博士が突如現れて私の褒賞と小切手を横取りしない場合のことです。いずれにせよ、この二万クルゼイロでは、わずかな期間を除いてとうてい彼女を養うには十分ではないでしょう。

ドンドカは愛と慰めの合間、一晩中嘆き悲しみました。私の腕のなかで泣き、最後には私の胸の上で眠ってしまいました。

翌日、事態は悪化しました。ペドロ・トレズモがいつものように判事にカシャッサの飲み代をたかりにいって、司法官が静かに瞑想に耽りながら法学研究の論稿をしたためる書斎の外へ追い払われたのです。彼はいつもそこでドンドカの父親を迎えていたのです。というのはエルネスチーナさんはおおむね彼の瞑想の時間を重んじているからなのです。ペドロ・トレズモは気安くやってきて、判事先生に挨拶し、奥方の健康を尋ねました。いつもと違ったしかめ面のシケイラ博士から、その家への出入り差し止め、信頼したのをいいことにした彼の娘はたちの悪い卑しい娼婦だと聞かされました。金については私のところにもらいにいくように、誰かが彼のカシャッサと娘の出費を賄わなければならないとすれば、それは私だからと言われたのです。

「奴なんか、逆さにしても鼻血も出ねえ……」とペドロ・トレズモが私の財政状態を完璧に推し量って異議を唱えました。

判事殿はその理屈を意に介さず、憤慨した父親の鼻先でドアを閉めました。その酔っぱらいはそこからまっすぐにドンドカの家へいったのですが、お父さんの遣り口だってきれいじゃないわ、カシャッサはどうなの、と痛い所を突かれて、瘤のできるほど彼女を殴り、罪のない娘の背中で新しいほうきの柄を折ってしまいました。もうそれほど経済的に苦しい時なのに、やらなくてもよい損害です。

判事が、誘惑に適用される刑罰の研究で肘鉄の痛みを癒そうと書斎にいることを遠くから確かめた後、私が午後いってみると、ドンドカは背中と腕に青あざをこしらえ、打ちひしがれていました。私は涙に心を打たれ、その愛する体を接吻と愛撫に包んで手当し、慰めようとしたのです。しかし問題は相変わらずで、どうやって勘定を払ったらいいのでしょう？　月末が近づき、家賃と週ごとの食料品の買物と贅沢。

現時点では事態はある解決に向かっているようです。何日か経ってからドンドカの悩んだ母親が判事に謁見したのです。司法官自身の手で連れてこられ、詩を送ったり、訪ねてきたりした詩人気取りの男の甘言の犠牲になった娘の後悔の様子を彼に語りました。「あなたさんご自身がその男を家に入れたんでございますよ……」

以下は本当のことではないのですが、判事殿は知りませんでした。ドンドカは夜は独りぼっちだったので、餌食になったんです。あの娘《こ》には罪はありません。ほとんど力ずくであの男のいいようにされたんです。けれど始終言っているところから察して、あの娘は、彼女の気持を分かってくれない大好きなアウベルト様のことばかり考えているようでございます。一日中泣いてばかりいて、運命を嘆き悲しみ、食物も受けつけず、やせていく可哀そうな娘の心痛の様子を先生にどうあっても見ていただかなければなりませんです。それもこれも、もう先生にお会いできないからなんです……娘の所へいってやって下さいまし、それも情をかけてやるんじゃなくて、不幸な娘が狂気じみたことをするのをとめて頂くためでございます。だってほかのことは何も言わないのです。母親の私が、もしものことがあったら、服に灯油をかけ、体に火をつけ、焔に包まれて死ぬんじゃないかと心配で、あそこで寝ているほどなんでございます。

著名な碩学は感動し、心配もしました。もしもあのたわけが、ばかなことを仕出かしたら、自殺でもしようものなら、醜聞や陰口や警察沙汰は避けられないだろうし、しまいにはエルネスチーナの耳にも入るだろう。それにしてもツェッペリンの反応のことは考えたくもない……。「ほかでもない、不憫に思うからだ」と言ってトレス・ボルボレタスの路地に戻ったのです。

確かに縒《よ》りが戻ったのですが、私を犠牲にしてのことでした。ドンドカとの最後の会見が私に許されましたが、二人きりではありませんでした。台所にペドロ・トレズモが控えていて、ほうきの残りで武装し、道徳と、判事の私有財産を守っていたのです。ドンドカは涙を頬にこぼしながら、アウベルトがあの時のことは赦してくれたが、もう二度と私と口をきかない、絶対に！　という条件つきだと私に語りました。可哀そうな娘、彼女は何をすることができましょうか？　最悪なのは、母親と父親が彼女といっしょに住み、奥の寝室を占め、娘の道徳的純潔と、司法官に対する彼女の完全な貞節の番犬になるという取り決めでした。

「でも日の経つのを待ちなよ、そうすれば僕たちは何とかするさ、ねえ」

「日の経つのを待ちなよ」は言うは易いことです。ペドロ・トレズモは、通りで私に出会うと、私を斜めに脅かすように見ます。母親は、もし私がトレス・ボルボレタスに足を踏み入れたならば、私をほうきで叩くと彼女の決意のほどを隣近所の人たちに告げたのです。どうしたら再び彼女に会えるでしょうか？

今、私はここで女っ気なしです。夜は過ごすには長く、食いしん坊な唇をしたあの屈託のないムラータに対するほど、これまで誰かに激しく欲望し、愛したことはありません。私の時間がこれほど自由になったことはありません。判事との雑談に捧げた時間すら自由に使えます。判事殿はこの彼の無条件の心酔者との付合いを単に頭で合図するだけに留めたからなのです。しかし仕事は捗らず、文章は躓き、私の頭のなかで出来事は混乱し、私は船長と彼の成熟した恋人、ハイ・ミスのクロチウジに的を絞ることができません。成熟、十分に成熟した女と言えば、夏休みを過ごしにきた女が浜辺に一人いて、私を眼で追うのです。未亡人で、何人かの姪たちと夏の数カ月をここで過ごしに初めてきたのです。私を見ると必ず落着きを失い、私に話しかけ、誘い、かじりつかんばかりです。しかしドンドカの小さく固い胸、彼女の形の整った腰を自分の腕に抱いた者なら、彼女の火花のような下腹部に触れたことのある者なら、もっともらしい好奇心からだとしても、至急修理を必要とする、整形外科の手術を要するそんな崩れた女にどんなに小さいものでも欲望をどうして感じられましょうか？

今、私が突きとめたい、明確にしたい、完全に明らかにしたいと思っていることが、トレス・ボルボレタスの路地へ私が夜訪問していたことを判事殿がどのようにして知ったかにあるなら、船長と彼の冒険談についての真実をどうして調査していられましょうか？　匿名の手紙ではないかと思います。私の歴史文学における成功と、ドンドカのベッドにおける私の地位を妬む、テレーマコ・ドーレアやオトニエウ・メンドンサのような、そんな郊外の陰口屋の一人でしょう。シッコ・パシェッコの類はペリペリでは絶滅していないのです。ああ！　しかしもし真実を突きとめたならば、私は船長がしたように破廉恥漢を決闘に誘うことはしないでしょう。最初の街角でそいつの顔を殴りつけてやります。

ガクンときた女に関する科学的理論について

「ほら船長が彼の『ガクンときた女《バキアーナ》』をエスコートしてくる……」と、文学者を気取り、広い社会的な威信を持つパラー州出身の弁護士フィルミーノ・モライス博士が言った。リオへ旅し、あるゴム輪出商会の上告審を連邦最高裁判所で弁護して戻るところだった。その旅行で彼は十万レイス以上の利益を得た。

ラウンジの人の輪は大きく、その中心に上院議員や神父クリーマコ師や一人の年配の婦人がいた。彼女の髪は白い巻き毛で、優しそうな物腰をし、きっと若い時分には人を魅了したと思われる美貌を備え、威厳と品をもって歳を重ねることを心得ていた。孫たちが時折やってきては彼女の膝にもたれ、撫でてもらったり、言葉や接吻を受けたりしていた。フォルタレーザの二人の学生と、白人とインディオの混血娘のほかに新婚の夫婦がそのグループの間にいた。混血娘は、彼女の野生美に感嘆し時々微笑みかけるその感じのよい老女の横に座っていた。まだほかにも何人かの婦人や男性がそこに集まり、布張りの椅子に腰を下ろし、上院議員や偉大な弁護士や尊師や、息子や娘婿たちなど一族が国中に知れわたっているその老女のような著名な人物と親しくできるので満足そうにしていた。

船長が後甲板をクロチウジと並んで通り過ぎるのを眺めていた。

「あなたのおっしゃりたいのは、三十女《バルザキアーナ》では……」と、一人の学生がその年齢にしては当然の知識で訂正した。

「バルザックの女で……」と、上院議員が自分の皮相な文学知識（古典なら、よく知ってるさ）で補足した。

「いいや。本当に『ガクンときた女《バキアーナ》』と言いたいんだ。三十女《バルザキアーナ》というのはそれで一つのこと、『ガクンときた女《バキアーナ》』はそれとはまったく違う、別なものなんだ。クロチウジ・マリア・ダ・アスンサン・フォゲイラは『ガクンときた女《バキアーナ》』なんだ……」

「長い名前ね、家柄のよい……」と新妻が言った。

「父親は商会の代表取締役で一財産作った。弟が商会を大きくし、今はとてもうまくいっている」

白髪の婦人は、立派な指輪が優雅な指のためにいっそう映えている手をあげた。セアラー州出身らしい面長な顔をほころばせて弁護士に向けてある身振りをした。「モライス先生、教えて下さいな、三十女《バルザキアーナ》とガクンときた女《バキアーナ》ではどう違いますの?」

「それでは、ひょっとするとガクンときた女に関する説をご存じないのですか、ドミンガスさん? 有名な説です。心理学者と精神病学者の研究に基づき、それについては文献が一揃いあります。確かフロイトがそれについて本を一冊書いているほどです……」弁護士は異彩を放って満悦し、微笑した。

「バキアーナだって?」と尊師クリーマコが聖務日課書を閉じて遮った。「バッハからきているのですか?」アマゾーナス州の内陸部にある彼の遠い教区では、電蓄とレコードが慰め、命であり、バッハは彼の地上の信仰の的だった。

船は浜辺の真っ白な線に沿って緑の穏やかな水を切っていた。大胆ないかだ舟《ジャンガーダ》が海のなかまで入ってきていた。舷側の船客たちが遠くのちっぽけな帆を眺めていた。船長は立ちどまっていて、指で一隻のいかだ舟を差し示し、双眼鏡をクロチウジに渡した。

「違います、神父さん。バキアーナはバッハからきているのではないのです。それにドミンガスさん、彼女たちは三十女とでは大きな違いがあります。小さい細事が大きな違いを作るのですよ」弁護士は逆説をこよなく愛すのでベレンで名高かった。以前『思考と金言』という小冊子を刊行し、地元の新聞社によりたいそう称讃され、その土地のある批評家によれば、「エルクラーノやガレットやカミーロ〔いずれもポルトガルの古典的な作家〕を彷彿《ほうふつ》とさせる、概念の独創性と文体の厳しさ」だそうだ。彼の学位を示す指輪、ダイヤに囲まれたルビーが聖務日課書の黒い表紙の上に輝きを投げかけていた。

「それではその説を教えて下さいませ、先生。難しくしないで下さいね」と、ドミンガスさんが、前回の航海で知合いになった弁護士の「機知の閃き《ブタド》」をいっそう満喫しようと椅子に座り直して言った。

「その説というのは、申し上げたように高度に科学的なもので、もうある程度の年齢に達している女性について言っているのです」

「私の歳恰好の……」

「奥様、あなたの美しさには年齢などありません。どんなに多くの若い女性がそのおばあ様の優雅さを持ちたいと思ったことでしょう……さて三十女《バルザキアーナ》というのはバルザックによれば三十歳頃の女性でした。今日では、進歩と化粧法により三十では女性はまだほんの小娘です。例えばあのナタルの医者エリオ博士の奥さんをよくご覧なさい。三十五歳です。夫から聞きました。しかしながら娘のようです」

「なかなかの美人です」と上院議員が賛成した。「それに品があり……」

「不釣合いだ。亭主はよぼよぼで……」と学生のうちの一人が論評した。

尊師が彼を遮った。「君、キリスト教的博愛を忘れないで……」

「それにあの戒律を思い出しなさい。『汝他人の妻を欲すなかれ』だよ」と弁護士が補足した。

「貞節限りない婦人ですよ！」と上院議員が、決まりが悪くなった学生を咎めるかのように見た。

「夫は体の具合がとても悪いんですよ。リオの医者たちは彼に希望を与えなかった。それに彼自身医者だから、変な希望も持っていない」

「まあまあ、その可哀そうなご婦人はそっとしておいてあげましょう。まったく同情に値しますわ。モライス先生、その説のほうにまいりましょう。あなたは私を好奇心でたまらなくするのね」とドミンガスさんが割って入った。

「よろしい、今日では四十くらいの婦人をバルザック風と言いますな、そうでしょう、ドミンガスさん？　ちょうど……」挙げた手の助けを借りてぴったり合う言葉を捜しているようだった。「……ちょうど、気難しい盛りの時期で。火山のような年齢と……」

「面白い……」と、明らかにその場に不適切に学生が言った。

「四十で？」上院議員がいつも政府案のすべてにあらかじめ決められて賛成投票する時と同じ深刻な物知り顔でその問題を考えていた。

「さて、バルザック風の女はある時になると、この状況から抜け出す二つの形、二つの方法、二つの形式を持っておるのです。最初のものは、「おばあさん」風で、ドミンガスさん、あなたがほかの人には真似できないようになさっているそれですな。あなたの美しさに白髪による威厳を加えて……」

「まあ悲しいお世辞ですこと……」

「その他の女たち、ちなみに、大多数なのだが、バルザック風の女からガクンときた女の状態に移るのです。これであるウィーンの博学な者によって打ち立てられた、ガクンときた女に関する古典的な定義に達したというわけです。ドミンガスさん、ガクンときた女というのは、突然ガクンと倒れた時のバルザック風の女、つまりガクンときたバルザック風の女のことなのですよ。もっと正確に言えば、四十代も進んで、五十に近づき、もう容器が内容に一致しないで……」

「それ、どういうこと？」自分の椅子でまったく身動きせず、黙って眼を弁護士に向けていた白人とインディオの混血娘が尋ねた。

「外面が内面の必要性にもう一致せず……皺がたるんだ皮膚になり始める時なのですよ。一番悪いことは、ガクンときた女たちの大部分がその状態に気づかず、小娘かバルザック風の女のように振舞うことなのです。例えば、あの娘《こ》クロチウジだが……私は彼女の一家をよく知っています。弟とは友だちなのです」

「でも、あなたは彼女を見損なっていますわ」ドミンガスさんが批判した。「まだそんな状態にはなっていませんわ。そう、バルザック風だけど、ガクンときた女ではないわ。あなたはそのことがそんなによくおわかりですのに、間違いを一つなさったわ」

「間違い、それも重大な間違いを犯したのは、奥様、あなたのほうです。一つの科学の初歩をろくにまだお知りにならないうちに、もう先生をやりこめようというのですね……私はガクンときた女に関する論理をまだすっかり展開していないのですからね。ドミンガスさん、ハイ・ミスというのはいつだって決してバルザック風の女の範疇には属さないのです。小娘から直接ガクンときた女に移るのです」

　後甲板からデッキゴルフの得点のことを議論し合う船客の声が聞こえてきた。新妻はもっとよく聞こうと夫の肩に頭をもたせかけた。

「それはどういうことですか？」と学生のうちの一人が尋ねた。「僕はこのところ十分利用できる独身のバルザック風の女をたくさん見てますよ……僕の友だちの一人が住んでいるカテチの下宿に一人いて――いい体をしていた！」

「違いに気をつけてください、ドミンガスさん、はっきりしてますよ。既婚の、時には愛人のいるバルザック風の女は……」

「何てことをおっしゃる！」尊師が言った。

「……陽気で、生活に満足しています。男がもう彼女たちに物欲しげな眼を向けなくなると、初めて大きな不安に実際、悩み始めるのです」

「きっと悲しいことよね……」と白人とインディオの混血娘が小さい声で話した。

「その時、階級が変わり、ガクンときた女たちの恐ろしい仲間に落ちるのです……」

「そのあなたの説はあまりキリスト教的ではありませんな、先生」と神父が笑った。

「科学的なのです、神父さん」

「貞節な女は魂の永遠の美しさを保ち……」と上院議員が大声で言った。

「モライス先生に続けさせなさいな……」とドミンガスさんがその人の輪を沈黙させた。この上院議員ときたら、愚かだこと。

「それは事実です、上院議員さん。しかし我々が一人の女を見るときは、彼女の魂を見るのではなく、脚を盗み見るんですよ……しかし私はガクンときた女の説を続けます。ハイ・ミスは二十八の境を越え、結婚の希望を失うと、すぐにガクンときた女たちのなかに並ぶのです。神父さん、そうすると彼女たちは教会に通い、祭壇の世話をし、毎日告白し始めるのです。あなたのほうが私よりもこのことについてはよくおわかりでしょう。彼女たちは苦しんでおり、気難しく、悶着を起こしがちで、口が悪いのです。彼女たちは『偉大なるガクンときた女』の範疇に属すのです」

「その範疇というのは何ですか?」

「範疇と亜範疇があります。そのことを研究している博識な人々はガクンときた女たちを二つの基本的な範疇に分けたのです。ハイ・ミスで人当たりが悪く、一般に人類を憎む『偉大なるガクンときた女』。それに既婚あるいは未亡人のガクンときた女によって構成される範疇である『感じやすいガクンときた女』です。『感じやすいガクンときた女』にとって苦悩は知識から起こり……」

「何の知識ですか?」と白人とインディオの混血娘が知りたがった。

「原因を知っていることです、モエーマさん。『感じやすいほう』の苦悩は、ドミンガスさん、知識から起こり、懐かしさになって表れます」

「当てこすり? 私には届かないとあなたに申し上げられますわ」

「とんでもございません。あなたは別の階級なんです。美しく、一家を成したおばあ様の階級です」

そして彼女のまだ美しい手に口づけした。「ハイ・ミス、『偉大なるガクンときた女』にとって苦悩は無知から起こり、試してみたいという気持ちになって表れます」

「きっと恐ろしいことよ……」と、白人とインディオの混血娘は恐ろしい仮説から身を守るかのようにドミンガスさんの手をとりながら呟いた。

「何を試したいんですか?」学生は一つもわからなかった。

「悪魔よ、さがれ《ヴァデ・レトロ》、……」と尊師が言った。

「罪の味を試したいという気持ちです……」

「『感じやすいガクンときた女』は一般に他人の過ち、ばかげた行為、放縦な生活に理解があります。恋を見守ってやったり、婚約や結婚の世話をしてやるのが好きです。ただ過度に信頼すべきではありません。というのは機会があれば……『偉大なるガクンときた女』は美しい女や恋人たちや、マリア・アメリアさん、あなたのような新妻を憎んでいます。妊娠した女は彼女たちにとってはまったく不道徳なのです」

「怖いわ……」新妻は微笑み、夫に近づき、彼の手を握った。

「クロチウジは『偉大なるガクンときた女』の一人です。しかしガクンときた女のもう一つの特徴は、ことにハイ・ミスの範疇では、希望を持っているということです。そして稀なことですが、時には『偉大なるガクンときた女』が結婚して『感じやすいガクンときた女』の範疇に移ることがあります。ピアノの生徒たちが『気絶のチウジーニャ』と綽名をつけたクロチウジがしようとしていることです」

「私に言ったところでは、船長はあの歳で独身だそうだ」尊師は考えた。「互いに生活の支えとなる、二つの孤独な魂の邂逅《かいこう》になるかもしれない……」

「神父さん、あなたは詩人ですな、一度も詩を書いたことがないんですか？」

「処女マリアと御子を称える簡素なものでしたら……」

「どうです、私の思った通りでしょう？　それで、クロチウジ・マリア・ダ・アスンサン・フォゲイラは『心を傷つけられた偉大なるガクンときた女』の典型的なケースです。ドミンガスさん、これは亜範疇なのです。最も興味深い亜範疇のうちの一つなんです。結婚しそうになり、婚約し、独身の罪深い状態を今にも破ろうとした『偉大なるガクンと来た女』たちによって構成されます……」

「神よ、何という邪説だ！」と尊師が両手を挙げた。

白人とインディオの混血娘は嬉しそうに笑い、ドミンガスさんは微笑み、上院議員は賛成とも不賛成ともつかない代議士風の身振りをした。

「……それがある日、婚約者が行方をくらまし、婚約は終わった。クロチウジにこういうことがあったのです。ベレンでさんざん取沙汰されたことです。当時私は二十歳くらいで、彼女はきっと私よりも二、三歳年上に違いありません。私は今四十三歳です」

「そんなに見えないわ……」と白人とインディオの混血娘が思わず叫んだ。

「何が起こったんです？」

「先生、私たちにそれを聞かせてください」

「フォゲイラ家は父と三人の子供、息子が一人に娘が二人でした。クロチウジは三人のなかで一番年上でした。息子は今、羽振りがよいですが、父親のそばで働き出し、父親が亡くなってから、商売をたいそう拡張しましてね。妹はある技師と結婚し、リオで暮らしています。クロチウジは才能も教育もあり、青年たちから非常に望まれました。ゴム輸出商のイギリス人の妻のポーランド人にピアノを教わったんです。音楽が好きで、両親は、娘がピアノを弾くとうっとりしておりましたよ。もしも彼女が望みさえすれば、あの当時、それも良縁があったんですが。器量は悪くなかったし、才能にもこと欠かなかったのですから」

「それで、なぜ結婚しなかったのですか？」

「より好みをしたんですな。彼女の欠点はもったいぶることでした。うっとりした王子様が現れることを望んだのです。気がついたときには、自分の妹は結婚していて、最初の子供がお腹にいました。そんな頃に気取った医者が一人サンルイースからきて、ベレンに現れたのです。診療所を開き、患者のつくのを待ちました。そして待っているあいだに、クロチウジに色目を使ったのです。音楽で彼女の心を射止めました。音楽がわかったのです。彼女のほうももうそんなに注文がうるさくなかったので……」

「今日じゃ、さらにね……船長はお爺ちゃんだし……」

「それほどひどくはないわよ。ハンサムだわ……」

「二十一か二十二の頃でした。女は当時、十五、六で結婚しましたから、もう『年をとった娘』でした。二人は一、二カ月の恋愛期間で婚約しました。短い恋愛期間の割には婚約期間は長かったですな。彼は、音楽はよくわかったのですが、医学についてはまったくだめでした。患者はほんの一握りで、生活するには十分な稼ぎがなかったのです。婚約者の家で昼食、夕食をとり、下宿に間借りしていました。婚約期間はかれこれ四、五年に延びてしまったのです」

「長すぎた春はうまくいったためしがない……」

「最後に、ある日医者の友人たち、マラニャンの政治家たちがリオで職を、市の医者か、何かそんなようなものを彼に見つけてやりました」

「彼はいったきり戻らなかった……」

「まあ落ち着いて、上院議員。私に話をさせてくださいな。結婚式が急ぎ取り決められ、彼はもう妻を連れて就職することになったのです。豪華な結婚式だった。一族は知られていましたので。披露宴の数日後に新郎新婦はリオに向かうことになっていました。さて、ここで一つ重要なことに注意して頂きたいのです。結婚式の当日、南部へいくこういう沿海航路船が一隻ベレンから出ることになっていたのですよ」

彼らは、ヴァスコとクロチウジがゆっくりと散歩しているのを窓越しにもう一度見た。船長は彼のパイプをくわえ、彼女は彼女の小さな犬を抱え、彼はきっと彼女に興奮するような話を語っているに違いなかった。そのガクンときた女は注意深く耳を傾けていたからだ。彼らは二人が船首の方へと消えていくのを待った。

「結婚式は民法上も宗教上も新婦の家で行われるはずでした。当時はそれがはやりで、重要な人は家以外では結婚式を挙行しなかったのですよ。食物、飲物がふんだんに出る、とてつもない祝いになるはずでした。医者は将来の義理の両親の家で昼食をとり、服を着替えた。新婚の夜を過ごすホテルにトランクを送るために出掛けました。民法上の儀式は五時に、続いて、宗教上のものが行われることに決められていました。四時には家は招待客でいっぱいになりました。四時半にその一家の古くからの友人である神父が到着しました。それから十分すると判事が書記を連れてきました」

「それで新郎は？」

「落ち着いてくださいい。新郎は遅れていたのです。五時十分に新婦が花嫁衣裳で部屋に着いたときには、彼はまだ現れていなかったのです。招待客はクロチウジを取り囲み、彼女のベールや花飾りを誉めちぎりました。新郎の遅刻は我慢できる限界の三十分にもなったのです。彼が住んでいる下宿に使いの者をやると、女主人は、医者は結婚するのだと言ってトランクを持って出発したと知らせてくれました。使いの者は六時十分前に戻ってきました。六時には判事は引きあげると言い出し、招待客は居心地が悪く、窮屈な思いにさせられ、仮説を立てていました。六時十分に……」

「わたし、緊張してきたわ……」

「新婦の弟は警察と公共相談所にいこうと家を出ました。七時近くになって何のニュースもなく戻ってきましたが、六時半には判事が抗議しながらもう帰ってしまいました。彼が書記を連れて引きあげたときに、クロチウジは、彼女を『偉大なるガクンときた女』であることを告知する最初の失神を起こしたのです。七時からは招待客がてんでんばらばらに帰り始めました。彼らは、ある者は好奇心に溢れ、またある者は憂いに沈んで出ていきました。食物も飲物も出されませんでした。八時半には、新婦と家族を虚しく慰めようと努めた神父が逃げ出したのですよ。八時に再び事情を調べに出かけていた新婦の弟が九時に信じられないニュースを持って戻ってきました。あの浅ましい男は沿海航路船でリオに向けて発ったのでした。五時ちょうどに、もうタラップを外そうとしていたときに、到着し、船上で切符を買ったということでした」

「何てことを……」

「こうしてクロチウジ・マリア・ダ・アスンサン・フォゲイラは『気絶のチウジ』になり、『心を傷つけられた偉大なるガクンときた女』の亜範疇に直接入ったのです……」

「もう二度と婚約しなかったのですか？」

「もう二度としなかったのです、モエーマさん。先ず第一に自尊心を傷つけられたため、長い間パーティにも散歩にも出ずに過ごしたからです。家に閉じこもり、自分のピアノを弾いていました。その後、彼女が望んだときには、彼女を望む者はもう見つからなかった……兄と暮らし、リオの妹の所へ遊びにいき、ピアノのレッスンをし、自分のペキニーズの世話を見ているのです――『偉大なるガクンときた女』はいつも犬か猫を飼っているのです――それで失神を抑えているのですが、皆さんがご自分の眼で確かめられているようにまだ希望を持っているのです。典型的なガクンときた女です」

「悲しい話ですわね……」とドミンガスさんが言った。「私は彼女が気の毒だわ」

「その医者は、言うならば、はっきりした人間ではなかったのですな」と尊師が論評した。

「それがナタルだったら、そんなふうにはならなかっただろう。少なくとも彼は殴られていたよ」と上院議員がご託宣を下した。

「それで新郎は、彼はどうしたのかしら？」と、白人とインディオの混血娘は好奇心を丸出しにして微笑んだ。

「リオのある金持ちで重要な人物の娘と結婚しました。市役所に相変わらずいたが、舅の金と妻の美しさで上流階級に入りました。毎日午後になるとジョッキー・クラブの入口に現れます。競走馬を所有しています……彼の妻は今日では『感じやすいガクンときた女』です。それも非常に感じやすい女のうちの一人です。というのは、相当の過去を持っているからです。私の聞いた話では、夫の厩舎の雌馬の間で一番有名だそうで……」

「おお！」と尊師は叫び、一方ドミンガスさんは気持ちのよい笑い声をあげた。

「『おお、私の女友だちよ、ファラオの雌馬に私は汝を譬《たと》える……』」と弁護士は大声で言った。「……聖書からですよ、神父さん……」

クリーマコ神父は再び聖務日課書を開いた。「それでは先生、神の途《みち》は時々驚くべきものですと私はあなたに申し上げましょう。おそらく神は彼女を船長のために確保しておいたのでしょう」

「ただ彼女を渡すのが遅きに失しましたな、神父さん。熟し過ぎた果実ですな……」一瞬話をやめ、頭を振った。「いいや、そんなことはない。熟し過ぎた果実は『感じやすいガクンときた女』に当てはまるイメージです。『偉大なるガクンときた女』は生長するまでいかず、しなびた果実ですよ」

「しなびた果実ですって、まあ何て悲しいこと……」と白人とインディオの混血娘が言った。

そのグループは解散した。夕食のために身支度をする時間だった。再び船長とクロチウジが通った。そして二人は好奇心に溢れた視線や、海上で灯され始めた黄昏の灯に無関心に笑っていた。立ちあがらなかった、ただ二人、上院議員と弁護士は白人とインディオの混血娘の艶めかしい歩き方を物欲しげに見つめていた。あれは男を挑発する、野放しの危険物だと弁護士は考えていた。彼女を手に入れるためには妻や子供など家族や、職業や責任や義務を捨て、どんな狂気の沙汰が起きるかも知れない。上院議員は何も考えていなかった。彼の眼は陰気な欲望で曇っていた。

見掛けは重要でないようだが、それぞれが最後の劇的な出来事の一因となった些細な出来事が語られる件《くだり》

パーサーはかなりいらいらした様子で頭を掻いた。「ナタルにはピアノの調律師がいるかどうかもわかりゃしない……ピアノがあるかどうかだって怪しいもんだ……」

ジェイール・マトスが笑った。「あんたは、州都の文化を見下して、一州の住民全体を侮辱しているじゃないか。上院議員があんたの言っていることを聞いたら……」

「けど、ジェイール、あんたはそんなことを考えたことがあるかい？　ピアノを調律するだなんて……ピアニストは一度だって必要だと思やしなかったのさ。奴は三年間俺たちといっしょにいて、毎日あの面倒なピアノを弾いているが、いつも調子がいいと思ってた。ところがその乾物屋の船長がきて、調律師を探せ、だと。レシフェで手配しなかったので、えらい権幕だ……俺にお説教をたれやがった」

「それで何だってあんたはレシフェで調律師を呼ばなかったんだ？　船長の命令は命令だし……ナタルで探しな」

「物笑いになるというのに、イチャイチャとデッキの上で大年増を引っぱりまわしているオペレッタの船長の命令でもですかい？　だってピアニストが必要ないと言うから……」

「おい、あんた、船長を何にしようとあんたの勝手だが、俺たちに与えられた船長だし、バイーアでただ一人手に入った船長なんだ。ほら、確かなことが一つあるんだ。ともかくあの大年増はピアノの

教師で、ものがわかってるんだよ。俺や、そこへいくケチな神父や火夫やこの船のどんな乗組員だって、そのあんたの言うピアニストよりピアノのことがわかるのさ。俺は、あいつが船にきた時には、それまでレコードも電蓄もかけたことがないと睨んでいるんだ。奴が弾き出すと、あんた、まさしく悪夢だぜ。もっとも、船医とピアニストは……俺たちの医者を見てみろ、看護師がいなかったら、浣腸だって処方できやしないだろうよ」

「そう、あんたの言う通りだ。あの船長でこのぼろ船は落ちるところまで落ちたよ。これじゃ、ロイドの船だって……」

「だがな、船長はやたらと権威があるんだ。それは、あんた否定するわけにはいかないよ……胸に勲章をつけ、双眼鏡を放しゃしないんだから……おい、あんたはユーモアがないなあ。俺のようにやったらいい。楽しんだらいいんだ。俺はひどく楽しんでるさ。それにもっともっと楽しんでやるつもりだ……」と先のことを楽しみ、笑った。

「あんた何をたくらんでるんだい？」

「人のことは気にするな、後は俺に任しときな。それから調律師を見つけてこいよ、それもナタルで一番いい調律師を、な」

そのブリッジでの対話は、船長がピアノについてパーサーを厳しく訓戒した結果だった。それでは、船がレシフェに接岸したら、船のピアノをまともにできる調律師を呼ぶように君に命令しなかったと言うのですか？　命令が守られるものと思って安心して陸《おか》に下りたんだ。ところが、素晴らしいピアニストで免状をもった教師で、ショパンやオペラのアリアや難しい曲を見事にこなすクロチウジ嬢にピアノは相変わらず古ぼけたカン同然だと言われた。サンバやたわいないダンスの曲を叩くのであれば、それで結構。若い者は、調子が狂っていたって気にせんし、ラウンジでただ踊って、くっつき合って足を動かしたいだけなんだ。しかしですよ、クロチウジさんのような本物のピアニストはどうなるんです？　そういう人には権利がないんですか、沿海航路社はピアノの使用を彼らに保証しないのですか？」

「船長、その小難しい大年増は文句が多いんですよ。だってこの前の航海の時に、サンパウロのピアニストが乗り込んできて、その男は船でコンサートを開いたぐらいでしたよ。それにピアノのことにケチをつけなかったし……」

船長は憤慨し、怒りを爆発させた。「パーサー君、お願いだ、船客を敬意をもって扱ってくれ。無作法な言い方をしないでくれたまえ。そのサンパウロの何とかというピアニストについては、きっとたかり屋か何かに違いなかったんだ……ナタルに着いたら調律師を探してくれたまえ。必ずですよ」

小難しい大年増だなんて……失敬な、まったく礼儀を知らん奴だ……確かに小娘とは言わんが、年寄りでもない、三十七だと教えてくれた。考えていたよりもいくらか若かった。四十五あたりだと計算していた。わしはもう六十を祝っているから、二人の歳の差は十五だ。そんな大きな差じゃない。彼女が雑談の時に何気なく三十七だと言ったとき、五十五まで下げて、若返らざるをえなかった。だが、どうでもいいことだ。五つや六つ多くたって少なくたって意味のあることじゃない。二つの孤独な心、理解と愛情を求めてやまない二つの心、愛の永遠の宴のなかで過去の傷を癒し、互いに手を差しのべ合い、いっしょに歩むことを望む二つのよく似た魂の邂逅が大切なのだと考えていた。船長は夢中になっていた。そして自分は恋をしているのだということが彼を強く、やる気にさせていた。これからも彼は、自分の命令が杜撰《ずさん》に遂行されることを許さないだろう。

ナタルに到着する前の晩に船客と高級船員を巻き込んだ政治についての激しい議論を除いて、航海は無事に進んでいた。議論は、夕食中に二等航海士がホスト役を務めた食卓で始められた。一方の側には自由同盟の信奉者、反対側には政府の支持者がいて、ジェトゥリオ・ヴァルガスとジュリオ・プレスチスの才能と優越した点、選挙や武力での彼らの可能性を激賞していた。二等航海士は自分が熱烈なジェトゥリオ・ヴァルガス派であることを明かした。航海士はリオグランジ・ド・スル州出身で、フローレス・ダ・クーニャ〔ヴァルガス派の若手将校、後に政界の長老になる〕にかけて誓い、リオグランジ・ド・スルの軍隊が馬に跨り、剣を手に——剣は大草原の男の古典的な武器だから——リオデジャネイロに侵入し、あれらの大泥棒まがいの腐敗した政治家の首をはねると語った。

レシフェで下船した下院議員オットンの席にクロチウジが座っていた、船長のテーブルまで論争のざわめきが届いた。上院議員は、二等航海士が言ったようにジョアン・フランシスコ将軍が指揮するリオグランジ・ド・スル人の剣がもう今にも彼の首を脅かすかのように落着かず、そわそわしていた。議論はほかのテーブルにまで拡がり始めた。大臣と連邦下院議員を息子に持つドミンガスさんは、船長のテーブルから反論し、リオグランジ・ド・スルの騎兵隊の槍と剣に対抗して北東部地方の用心棒《ジャグンソ》の小銃と連発銃を挙げた。「野盗《カンガセイロ》の二、三の部隊でそんなろくでなしを全部片づけてしまうわ。あなたのジョアン・フランシスコ将軍にはランピオン〔ブラジル北東部を荒らしまわった野盗の頭目〕で十分だわ……制服とモールを着けた陸軍の将校なんて必要ないわよ。それにしても、その南部のドイツ人やイタリア人、そのガイジンたちには本当に思い知らせてやる必要があるわ……」彼女の明るく元気に溢れた声が論争相手を圧倒し、沈黙に追いやった。彼女は命令するのに慣れていた。彼女がふだんの穏やかさをかなぐり捨てて声の調子をあげ、こうと決めた時には、息子の大臣ですら彼女の意思に屈した。

「我々はもっとも優れた者同様にブラジル人で……」と二等航海士が反論した。

学生たちは概して自由同盟に賛成で、ヴァルガス派の弁士の演説の比喩を真似し、国の改新、考え方の変更、必要な改革について話していた。

上院議員はその論争にはあまり巻き込まれたくなく、優越感を見せ、しかし蒼くなって微笑していた。中立を保ち、クロチウジに給仕することに余念のない船長のほうに体を向け、小声で尋ねた。

「政府の助成金を受けている企業の沿海航路社はいつから煽動家を雇っているのです？」

「知りませんな、上院議員。前にも申し上げましたように私は沿海航路社のスタッフではありません。本船をベレンまで運んで、あなた方のお役に立とうとしているだけなのです……」

「そうですな、失念しておりました……いずれにせよ、高級船員が食卓で民衆大会を開き、船客を扇動し、公秩序を脅かすようなことをやっているのは私には感心できませんな。結局のところ、私は共和国の上院議員であるし、政府に属しておるのです。それにあの青年ときたら、革命やら上下両院の閉鎖やら高官の殺人を説いているのですから……」

「まったくあなたのおっしゃる通りです、上院議員……」

議論は夕食後、青年たちが、翌朝ナタルに降りる者たちとお別れのダンスをしようとしていたラウンジで続行された。隅に寄せた椅子に座って、一つのグループが大統領や国の情況や物価高や、いつも誤魔化しがある選挙に反対の声をあげ、改新の必要性を叫んでいた。上院議員は憤慨し、引きあげていた。

二等航海士はなかでも一番興奮していた。「あの恥知らずどもに目にもの見せてやる。次の選挙で誤魔化しをやってみろ、自由同盟の候補者の勝利を票の水増しで妨害してみろ、そうしたらそのお返しがすぐいくぞ。国民はもう圧政に辛抱することも、国会でろくでなしを飼っておく気もないのだ。戦いのラッパがリオグランジで鳴り響き、ブラジル人が一斉に叫ぶのだ。槍と剣が……」

船室係の一人が彼の輝かしい演説の結びを遮った。「船長が外であなたを呼んでますよ……」

「すぐいく……」

彼は速やかにサンタカタリーナとパラナ—を横断し、イジドーロとミゲウ・コスタ〔一九二四年に起った一連の反乱のリオグランジ・ド・スルの部隊の司令官〕はもうサンパウロを蜂起させていた。そして二等航海士はフローレス・ダ・クーニャとジョアン・フランシスコと並んでリオデジャネイロに入った。彼はしぶしぶ船長の呼びかけに応じにいった。「あの馬鹿はいったい何の用があるんだ？」白人とインディオの混血娘の眼が俺をじっと見つめている時、こんな時だと言うのに……。

「君、私は君の考えに反対しているのではないが……各人、好きなように考えていい。正直言って、私は今は政治に係わらないことにしている。以前、係わったことがあった、ここ、ブラジルでも、外国でも。ここでは、名誉なことに友人になった懐かしいジョゼー・マルセリーノがバイーアを治めていた頃だ。ポルトガルでは、ドン・カルロス国王の暗殺の折に、その犯罪に憤りを覚え、王族のために身を投じた。しかしそれ以後は、もう決して政治について知りたいと思わなかった。君の言うことはそれなりになりに正しい。私はそれを否定しようというわけではないが……」

「政府は国をどん底に陥れようとしてるんです……」

「私は議論しない……そうかも知れない……私を悪く取らないでくれたまえ、しかし私に言わせれば高級船員が船客をけしかけている図は感心したこととは思えない。私は君を叱っているのじゃないんだ、そんな気は毛頭もない。しかしだねえ、上院議員が抗議しにきたんだ。会社に文書を差し向けるとまで言ってるんだ……君はそのような話を避けるべきだと思う」

「その上院議員は一番悪い奴の一人ですよ。ナタルの港の件は彼を終身刑にしてもいいくらいでしょう。それに彼が上院で雇った女性は？ マーリオ・ホドリゲスが二年ほど前にその件について記事を書いたほどです。あなたはお読みになりませんでしたか？」

「彼は船客の一人で、船にいるのです。それだけが我々に関係のあることです。もう二度とそのような話に加わらないようにと君にお願いする」

「私はブラジル国民の一人です、自分の権利を行使します。好きなことを好きなところで話します」

ヴァスコ・モスコーゾ・ジ・アラガンは自分の前の海を眺め、自分のデッキにすっくと立った。

「だが私は船長なのだ。私は君に命令しておるのだ。お休み」

「この小男は大胆なことをするな」と、何をしてよいかわからず、呆気に取られた二等航海士をそこに残した。航海士は最初ラウンジに戻ろうと考えたが、上院議員の苛立ち、会社に手紙を出すという脅しが彼に熟考させた。ブリッジに向かい、不満をぶちまけにいった。

ヴァスコは、クロチウジが心配そうに彼を捜していたラウンジに入った。近づき、彼女に言った。

「ちょっと待って、すぐに戻ります」

上院議員の姿が見えず、ゲーム室に向った。議員は不機嫌そうに雑誌を読んでいた。

「上院議員、ラウンジにいらっしゃって、私たちとごいっしょして下さい。あなたがいらっしゃらないのを皆さん気にしております」

「侮辱や脅しを聞きたくないのですよ。私は共和国の上院議員の一人なのですから」

「どうぞご安心なすっていらっしゃって下さい。もう必要な措置を取りました」

「それは結構だ。あなた、私をご存じないようだが、私は気が短いんだ。もしもあの青年の乱暴な言いぐさをまだ聞かせられていたら、かっとなって彼の顔に手をあげかねなかっただろう……」

「もうそんなことはお考えにならないで下さい。私の指揮下の船では乗組員は懲戒を受けます。インドでは私は鉄拳と呼ばれておりました……」

クロチウジと十二時まで踊った。彼女に詳しくその出来事を語り、その後、次から次へと話題が変わり、国王ドン・カルロス一世に対する気高い感謝の気持ちにより、ポルトガルの国王派と共和派との争いに参加したことを語った。私はポルトガルからインドへ航海し、そこで船乗りたちに「鉄拳」と「黄金の心」と綽名をつけられました、というのは、そよ風のように穏やかで、乗組員たちと親しくしたのですが、言うことが聞かれない場合には、ハリケーンのように激しく、無情に鉄拳を振るうことがあったからです。

婚約と愛の誓いについて、あるいは、船長が月明かりのもと偉大なるガクンときた女の心にいかに錨を下ろしたかについて

婚約と結婚に関する最初の言葉は、ナタルで船長によりおずおずと発せられた。彼とクロチウジの二人はアレイア・プレタ海岸を歩いていた。そして背景の美しさとその町の魅力は絶大で彼らはいやでもそれらを感じ、形容詞と間投詞を使って気持ちを表現せざるを得なかった。沿海航路船はその港には短時間しか停泊せず、じきにフォルタレーザに向かうことになっていた。二人は若者のように性急に何もかも見たいと思い、偉大なるガクンときた女は浜辺の曲線や白い家並やトレス・ヘイス・マーゴスの要塞や陽を受けて銀色に輝く川を前にして小さな叫び声を洩らしていた。

「あなたは世界でたくさんの物、たくさんのきれいな場所を見たことがおありだから、きっともう飽きてしまって、そう気にも留めないでしょうね？」と、二人がココヤシと砂浜の風景に感嘆して立ちどまったときに、クロチウジが言った。

「たくさんの物を、そう世界中を見ました。しかし独りでいるときは、少ししか目に入りません。見

ても面白くもないし……」

「ああ！」偉大なるガクンときた女が溜息を洩らした。「本当ですわ……面白くもない」

「独りでいる者は気の毒です」

「ああ！」

「一つ教えて下さい、考えないですか、もしもいつか……」

「何ですって？」

「もしも人生の経験のある独りぼっちの男に出会ったなら……愛してくれる心に……あなたの人生をその男の人生に結びつけ、あなたの家を持ち、幸せになることを受け入れるでしょうか？」

「わたし怖いわ。わたし決して幸せになれないと思っていますの……」

頭を下げ、自分の思い出に浸っていた。船長は言葉を探していた。難しかった。一度も女性に求婚したことがなかった。その点についての唯一の体験はマダレーナ・ポンチス・メンジスとワルツを踊った時のことで、話すまでにも至らなかった。今それをどうやったらいいのだろうか？

「わたしのほうは、もしもわたしの好みに合い、老人を理解できる女性に会ったら……」

「あなたが老人ですって？　そんなこと言わないで下さい……」

「だったらわたしはひょっとすると……」

「船長！　船長！」

上院議員が他の二人といっしょに彼らのほうにやってきた。

「感じの悪い人だわ！」とクロチウジが批評した。

「ええっ？」

「その上院議員ですよ……もう船から降りたのに、まだ何の用があるのかしら？」

上院議員はただ船長に親切にしたかっただけだった。彼の権威と航海の知識に印象づけられたからだ。友人を紹介した。一人は州下院議員、もう一人は田舎の大農場主《コロネル》で、二人とも地元で権勢を振るう有力な政治家で彼とは同党派だった。

「こちらがヴァスコ・モスコーゾ・ジ・アラガン船長、多くの航海と冒険をした男です。世界をくまなく歩き……英雄ですぞ」

その二人の政治家は頷き、笑顔を見せ、閣下つまり上院議員によって紹介された英雄をまじまじと眺めていた。

「私といっしょにきて下さい。ナタルの目覚ましいものをひとつお目にかけたい。ここにしかないもの、ブラジルで唯一のもの、稀に見るものです。船長、あなたに知って頂かねばなりません。あなたはいろいろと歩いていらっしゃるだろうが、同じようなものはご覧になったことはないと請け合いますよ」

二人を無理やりある家庭科学校に訪問させた。設備のよい施設で、その目的とするところは、その州の金持ちの娘たちにあらゆる必要な習い事を身につけさせ、結婚の準備をさせることにあった。二人はしぶしぶついていき、船長は決定的な言葉を見つけ主題に入り始めた矢先に、クロチウジとの話を遮った上院議員の好意を呪った。クロチウジはきわめてロマンチックな眼差しで夢見るように、心ここにあらずという様子で雲のなかを歩むようについていった。

二人は急いで船に戻った。思っていた以上にその家庭科学校にいたからだ。女校長はどんなに細かなことでも割愛しなかった。その建物や生徒や習い事や教育を誇って何から何まで説明した。

「さて、船長、あなたがいかれたことのあるどこかで、このようなものをご覧になったことがこれまでにありますか？　これよりも立派なものを、比較になるようなものを？」返事を待たず、つけ加えた。「世界広しと言っても同等のものはありませんよ。ちなみに、スイス人までが……そうなのです、スイス人ですよ！……それを認めておるのです。もうスイスからこの学校について問合わせの手紙が届いているんです。そうなんです、スイスからです！」

「見事なものです、まったく見事なものです！」

あの絶好の機会――クロチウジが浜辺の美しさを前にして感動していた時はよいチャンスだった――を失って失望した船長が同意した。

しかし夜になって夕食が済むと、クロチウジは、ナタルの腕のよい職人によって調律されたピアノを試しにラウンジに急いでいってみた後に、船長にひと回りしたくないかと尋ねた。

「満月の夜ですわ……」そして彼女は例のように出し抜けに笑った。

ヴァスコの心臓の鼓動が乱れた、待ち望んだチャンスだ。彼らは人気のない上の甲板にあがった。

海上で大きくなっていく大きな満月は血と黄金で出来ていた。

「そっと見てごらんなさい……」と彼女は舷側のほうへ歩きながら言った。

月は今まで休んで寝ていた海面のなかから現れ、浜辺や通り、バイーアの波止場、遠くの港、船の甲板にいる恋人たちや愛人たちをいつものように調べ始めようとしていた。濃い油のような月光が北東部地方の緑の海面の上に拡がり、北東部地方の風、つまりペルナンブーコの陸風とセアラーの北東の風が、穏やかなそよ風の吹き返しのなかにある月に挨拶するために南と北からやってきた。月光を浴びて沿海航路船は航行し、その魅力ある夜に包まれてクロチウジの後ろにいた船長が彼女の手を取り、愛と恐れの入り混じった声で言ったのだ。「クロチウジ！　ああ！　邪慳なクロチウジ……」

「邪慳ですって、わたしが？」彼女は震え、声はただ囁きでしかなかった。「船長さん、どうしてそんなことをおっしゃるの？」

「それでは、あなたは何も見ず、何も理解せず、何も感じないのですか?」

「男の人を信じないし……」

「わたしも女性を信じなかった……しかし今はあなたを信じています。死ぬほど愛しています……」

「信じないわ、それに怖いわ……」

しかし自分の手をヴァスコの手から取り戻しもせず、彼にもたれ掛かり、彼の吐息を感じていた。どのようにしてそうなったのであろうか、満月の夜の神秘とでも言うのであろうか、彼女は自分の束ね髪の頭を肩章と錨で飾られた船長の広い肩に乗せた。彼は彼女の腰に腕を回し、彼女は震え、溜息を洩らした。それから彼女を自分のほうに向け、二つの口が重ねられた。そして長い渇きを癒す唇の、昔の飢えを満たす若い心の長い触れ合いとなった。

「ああ!」息がつけるようになると、彼女はまだ彼の腕のなかで溜息を洩らした。「まあ、わたし何をしたのかしら? 恥ずかしい!……それで今度はどうなるのかしら?」

「結婚しましょう、もしあなたがわたしを受け入れてくれるなら……」

その時、彼女は自分の悲嘆に暮れた経験と自分の物悲しい孤独の生活の理由を語った。ある日、一人の男を愛し、自分の無垢な心をその人に許し、無邪気にも全幅の信頼を置いたのですわ。その人はリオからベレンにやってきたとても裕福で、とても有名な医者でしたの。患者は数知れず、診察が間に合わなかったわ。結婚相手としてベレンで一番よい条件を持ち、わたしに夢中でしたの。音楽にくわしくピアノを少々弾くほどで、二人で連弾をし、音楽については兄妹のような心を持っていましたの。クロチウジは話しの合間あいまに溜息をついた。二人は婚約し、永遠の愛を誓い合い、結婚の日取りも決まったのです。当時わたしは十七歳で、地方の臆病で無邪気な女の子でしたわ。医者の品位と愛を信頼し彼に自分の心を預けたのです……。

何が彼女に起ったのだろう？　と、ヴァスコは愕然となって自問した。きっとそのような連弾をした夜のいつか、家族がたまたまいなかったときに、その男は彼女の子供っぽい無邪気さにつけ入り、彼女に悪戯をし、その後逃げたのだろう……失望し、恥ずかしくなった彼女を捨てて。しかし気に病むことは何もない。わしはそうだからといってその分彼女を大事にしないわけじゃない、反対だ。自分の燃えるような愛はいっそう大きくなり、夫としての手を彼女に差しのべる決意はいっそう強くなるだろう……。

あの人の品位と愛を信じて……でも男の人って嘘つきなのね、全員とは言いませんけど……そして、結婚式の前日に何が起きたか想像してみてください……あのことには触れたくありませんわ、ろくに癒されてもいない傷口をまた開けることになるのですから、今でも心が痛むような気がしますの。彼がリオでお針子をしていた貧しい女性の道を誤らせたことがわかったのです。その気の毒な女性は子供を一人生み、彼は月々お金を送っていましたの。婚約と、間近に迫った結婚式のことを知って哀れな女性はわたし、クロチウジに手紙を一通書いて寄こし、洗いざらいぶちまけ、わたしの手に彼女と息子の運命を任せましたの。何ができたでしょう？　心を引き裂く思いで医者との結婚を破棄し、彼にリオに帰り、自分の息子の母親と結婚するように言ってやりましたわ。彼はその通りにして、今では名高い医者ですの、お金持ちで、えらくなり、毎日午後にはジョッキー・クラブにいますの。あのお針子さんは立派な貴婦人になりましたわ……わたしはと言うと、絶対結婚しない、もう二度とどんな男性にも心を開かないと誓いましたの……決して二度と男性の顔に眼をくれませんでしたわ。でも、今度の航海では……。

船長はそれほどの魂の高貴さ、それほど大きな自己犠牲に感動していた。自分は彼女にふさわしくない、彼女の裳裾《もすそ》に接吻するにも値しない。しかし愛は人間を高めるのだから、自分は彼女の眼、彼女の顔、彼女の癒しきれない口にまで高められ、月光のもと口づけをしたのだ。

そして彼もその自分の孤独な生き方、一度も結婚しなかった理由を彼女に聞かせた。あの女《ひと》はドロティと言い、わたしは彼女の名とハートを腕に刺青しています。

「刺青してるんですって？　つまり消えないと言うことなのね？」

「絶対に。シンガポールのそれにかけては名人の中国人に刺青してもらったのです」

「つまり彼女を忘れてないと言うことで、きっとまだ彼女を捜しているのね……」

「彼女は亡くなったのです……」悲劇的な沈黙の一分間にドロティが、彼女の痩せぎすの体、彼女の熱情が月光のもとに立ち現れた。

「結婚前に、二、三日前に死んだのです。離婚したばかりでした。夫がやっと彼女を自由にすることを認めたばかりでした……」

「まあ！　結婚していたの……」

そうです、ヨーロッパとオーストラリアの間を航海していた大型船、ベネディクト号の船上で彼女を知り、愛したとき、彼女は結婚していました。今、沿海航路船でクロチウジ、あなたに感じているものと、そう、ほとんど変わらないほどの電撃的な深い情熱でした。彼女は夫といっしょでした、しかし愛の前には、因襲や法が何の価値があるでしょう？　私は船を、彼女は夫を捨て、アジアの隠れた港に下船し、夫の決心を待ったのです……。

「恥知らずな……結婚しているのに……」

違うのです、クロチウジ、不当なことを言わないで下さい、彼女を悪く取らないで下さい。わたしたちの間には何も起きませんでした、何か起こるほどまでにはいかなかったのですから。ドロティは夫にすべてを話し、あの利己主義者が彼女に離婚を許そうとしなかったので、初めて逃げ出したのです。清らかな接吻以上にはいきませんでした。彼女は聖なる伝道女、シスター・カロウの家にいて待ちました。離婚し、新たな結婚をして初めて互いのものになることに決めていました。ドロティ自身がそのように言ったのです。やっと離婚を勝ち得て、結婚のための書類を準備しているときに、熱病が、私は免疫になっている、あのアジアの恐ろしい熱病が三日間で彼女の命を奪ったのです。彼女と私の職業を。私は気の狂ったようになり、もう二度と船には足を踏み入れないと誓いました。それで今、ベレンまで沿海航路船の指揮を執っているのは、法律がそうするように決めているからなのです。輝かしい競争試験を終えて船長の免状を受けた時に厳粛に約束した義務を果たさないわけにはいかないのです。そんなわけで一度も結婚せず、心を永久に閉ざしたのです。しかしこの航海で……。

彼女は考えさせてくれと言った。ベレンに着く前にお返事しますわ、まだ混乱し、驚いていますの。それにパラーにいる弟の同意を得なければなりませんわ。それからジャスミンにも、と付け加えて微笑んだ……。

月明かりの夜のなかを船は進み、空と海は銀と金に染まっていた。甲板の舷側の近くで船長とクロチウジは愛の誓いを交換していた。二人はわけもなく笑い、溜息をつき、辻褄の合わない言葉を話し、互いに接吻を盗み合い、手を握り合っていた。それは、階段の所で物音が聞こえたので、救命ボートの陰に隠れ場所を求めるまで続いた。甲板にはもう一組の男女が現れた。最初にパラーの弁護士フィルミーノ・モライス博士の姿が見えた。彼は辺りを窺い、すっかりあがりきると、合図をして呼んだ。すると、白人とインディオの混血娘モエーマが彼のほうに手を差し出して現れ、そこで浅ましいほど激しく、性急に抱き合い、接吻した。

「恥知らずな女だわ……」とクロティルデが呟いた。「彼は結婚してるし……」

「愛は」と、船長が彼女に応えた。「因襲を重くみないのです、愛は嵐のようなものです」

彼は彼女の手を取り、二人は反対側からそこを去り、ラウンジへいき、船客たちに合流した。クロチウジは月明かりのもとに誓った約束を秘密にしてくれるようにと彼に頼んだ。彼女は招待客も通知もパーティもなく、自分とヴァスコと自分の弟と義妹だけで式を挙げたかった。それに、そうと決めたら、短期間にしなければならないわ、長い婚約はうまくいかないから……。

「書類を揃える時間だけで……」

彼は、彼女とともにペリペリに戻りたかった。明かりをつけた汽船や黒い貨物船など船のブリッジや遠い孤独な航路で長い間待ち望んでいたあの女性、海で見つけた妻とともに。一条の月明かりのなかに彼女が現れ、孤独は永遠に破られ、長い待ちは終わったのだ。

機械や船倉を訪問し、SOSを打つ権利など、少々たわいない、まことに幸せな章

船長は幸せだった。偉大なるガクンときた女も幸せだった。二人は船の片隅で笑い、優しい眼差しと、はにかんだ微笑を交換し、こっそり手を握り合い、甘い言葉を囁き合い、盗み取った接吻により、また頭に浮かべた計画でも、どちらも生まれ変わっていた。

彼女はロマンチックで、たいそう苦労をしたのだ。苦労のせいで彼女は気難しく、疑い深くなったのだ。ロマンチックな性質のために彼女は謎が好きなのだ。そんなこんなでフルネームを船長に名乗らなかった。ただクロチウジだけだった。ベレンにいる結婚し二人の子持ちの弟と、リオにいる五人の子持ちで夫が技師をしている妹についての漠然としたこと以外には家族について詳しいことを話さなかった。その上、彼がパラー出身の船客に彼女のことを訊くことを禁じた。彼の愛情を試したいの

だ。

「ベレンに着いたら、波止場で私の弟を紹介しますわ。弟は迎えにきてくれますの」

「しかしクロー……」

二十年以上も前にクローと言う女を知ったことがあった。毛の薄い、ミルク色の体の金髪女で、氷山とフィヨルドの間のアイスランドでのことだったか、それともバイーアの遊郭の一つ、カロウかサビーナの娼家だったかは憶えていなかった。あの氷と間歇泉のクローと汚れなきクロチウジの間には何か共通するものがあった。たぶん豊満な胸か、たぶん話し方や身振りの子供っぽいところだろう。クロチウジにクローと言ったとき、過去のあれらの夜や忘れられない白い肉体の思い出を避けられなかった。

「……ねえ君、私は君といっしょに出られませんからね。書類に署名して残っていなければならないんだ。最後の港だし、航海が終わるので船に縛られるだろうから……」

彼女は謎が好きだった。「下船するときに私の姓名と住所を書いた紙をあなたに渡すわ。もう書いてあるわよ、ここにあるの……」と、ドレスの襟ぐりを指した。彼女の家族と船長の新しい家庭のドアを開く鍵である紙を温かい胸もとにしまったのだ。「うちであなたを待っているわ、弟と義理の妹といっしょに夕食を召しあがって下さい。カニのグラタン・マルタン風を作るように言っておくわ。そのほうがかえっていいわ、私が弟と話しをする時間ができるし……」

「しかし、何だってそんな風に何もかも謎めかし、そんな風に秘密にするんですか？……」

「あなたのお気持ちの証を見たいの。わたし自身が好きなのか、わたしの家族のためじゃないのか知りたいの……」

「だが、それではまだわからないのですか？」

「今証拠を掴んでいるところなの……？」

辛抱だ、彼女はこのように、辛抱させたいのだ。実際、たいしたことじゃない、わしが結婚するのは、彼女の姓や親類とではない。彼女の言う通りだ。しかしながら、彼はその秘密について考えを巡らさざるを得なかった。きっとクローは上流階級、パラーのエリート階級のマダレーナ・ポンチス・メンジスのような貴族の特権をもつ大金持ちで名高く慎重な家族の一員なのだろう。それに、彼女のことに気づいたばかりの時、航海の初めの頃に、船客の一人がクローの弟の素晴らしい経済状態について取沙汰しているのを耳にしたことがあった。きっと百万長者に違いないと船長は思いを巡らせていた。一つの国のような、ゴムの樹の森全体のような、インディオやピューマや二十メートルもある蛇がいるアマゾン河の島のような広大な土地の地主だろう。ひょっとしたら、あのように謎めかしているのは、それもこれも、それほど金持ちの相続人と単なる船長、引退した遠洋航海船長との結婚を弟が反対するのではないかと彼女が心配しているせいなのだろうか？　親類はわしのことを花嫁の財産に手をつけようとしている山師、抜け目のない詐欺師と思うかもしれない。

しかしそんなに金満家だったら、なぜピアノのレッスンなんかやっているのだろう？　きっと気晴らし、暇つぶしのために、それに音楽を愛しているせいだ。最初の機会に自分の資産、財産は年金だけではないと知らせておいた。サルヴァドールでも一番格上の海岸の一つ、ペリペリに自分の素晴らしい家があるし、州政府の債権も相当持っているし、自分と、それに彼女に不自由のない快適な生活を保証するのに必要とする以上の収入がある。クローは彼に両手を差しのべた。「たとえあなたがひどく貧しくても」

あの当時、フォルタレーザには船は接岸しなかった。桟橋がなかった。海上に下ろされた梯子から小さな速い舟に跳び移る船客の下船の模様は見ものだった。婦人たちの悲鳴、笑い声、ためらい、それに舟を梯子に近づける筋肉隆々の胸と赤銅色の肌をした漕ぎ手の男たち。パラーの弁護士は小舟の舳先で足を半分開いて釣り合いを取り、力のあるところを見せた。梯子の最後の段でとまってしまった白人とインディオの混血娘モエーマを抱き取り、彼女の腰にしっかりと手を当て、空中に運び、震える体を自分の横に置いた。しばらくの間二人は、波で揺れる舳先にしっかりと風に打たれ美しく屈強に立っていた。船長はそこまでやるわけにはいかなかった。力やその気がなかったわけではないが、嬉しそうなガクンときた女がそのような危険を冒すにはあまりに立派な体をしていたし、また体裁が悪かったからだ。

その前に、彼がブリジにいると、ドミンガスさんがやってきて、別れの挨拶をし、彼に世話になったことを感謝した。「あなたは申し分のない船長でしたわ。あなたと航海するのは楽しいですわ」指輪が輝いている美しい手を彼に差し出した。副船長、航海士たちに挨拶し、つけ加えた。「あなた方は、ヴァスコ船長のような有能な船長が得られて運がいいわね」

「いつか裁かれるでしょう……」と副船長が応えた。やや奇妙な言葉だが、きっと操船に気を取られていたせいだろう。

スポーツ選手のような体つきの銀行員も別れの挨拶をしにきた。彼は航海の残りをもっぱらペルナンブーコの女性に手紙を書いて過ごし、ナタルでは郵便ポストを一杯にした。

「とても品のよいお嬢さんで……」と、船長は、恋に落ちた青年と抱擁の挨拶をしたときに称讃した。

船から陸へと、よく笑った。櫂が船客たちに水しぶきをかけた。それで偉大なるガクンときた女はしぶきを避けようと船長にぴったりと寄り添っていた。町を見物しにいき、その後、イラセーマ海岸にいった。そこでクロチウジは恥ずかしがってショールで顔を隠しながら説明したところによれば、「何枚かの新しい寝間着」のためにレースを買った。そのため突如、ヴァスコは欲望を爆発させ——

乳房がレースのネグリジェから跳び出したもう一人のクローが見えた――漁師やレース売りの女たちの前で彼女に無分別にも口づけした。中心街に戻ると、彼女は教会で祈りをあげたいと思った。信仰篤き頭をうつ向け、偉大なるガクンときた女は祈った。船長はそれを利用して姿をくらました。祈りが終わり、彼女は彼を捜し、影も形も見当たらず、心臓のとまる思いをした。募る不安に襲われながら近所を捜しているあいだに彼女の眼には涙が溢れた。やっと彼の姿が見えた。彼は急いでやってきた。彼女の声は激しい調子になった。「どこへいってたの？　私をここに置いてきぼりにして……」

しかし彼は彼女の腕を取り、人気《ひとけ》のない教会の身廊に戻らせ、ステンドグラスの明るい所までいき、買ったばかりの婚約指輪が二つ入った小箱をポケットから取り出した。こうしてその時、教会の静けさのなかで彼らの婚約を完了させた。しかし外に出て初めて彼は彼女に接吻した。寺院のなかでは彼女は彼を無神論者だ、異端だと咎めて、同意しなかったのだ。

航海の最後の日の前日に――ベレン到着は翌日、午後三時に決められ、そこで沿海航路船は一泊し、次の日の夕方になってから帰りの航海をすることになっていた――偉大なるガクンときた女の気紛れが船内に動揺と混乱を引き起こした。クロチウジが船の内部を見たい、機械室、船倉に降りたい、船の内臓を知りたいと口に出したのだ。船は四十年間もヴァスコの家庭ではなかったかしら？　ロマンチックで理解できる願望だ。将来の夫に関するすべてを最大限手に入れたいと望む婚約者にとっては当然のことだ。このように彼に告白した。すると、彼は接吻して約束した。

明らかに船長は、その企ての難しさを忘れるほど、情熱により混乱させられていた。目につきづらいドアに貼ってある「立入り禁止」を告げる札があるからではない。もちろん、船長や彼の招待客はその限りではない。しかし老練な船乗りである彼がどうして危険な階段や火夫の短い腰巻のことを考えなかったのだろう？　こうして最終寄港の二十四時間前に彼は愛する者の手を取り、船の下腹部へと向かった。禁じられた小さなドアを開けた。奥には奈落があった、そして狭くて垂直な、奈落の上にそそり立つあの鉄製の階段があった。まあ！　とクロチウジは小さな叫び声をあげたが、彼は降り始め、彼女に手を差しのべた。どうして二人は落下しなかったのか、ここに、愛する者たちの神が存在することを今一度証す神秘があるのだ。

機関士長は口をあんぐりと開け、手短な説明をした。ボイラー室では大騒ぎになった。実質上裸の石炭夫と火夫は眼の前に突然その婦人を見て、慌てふためいた。二等機関士は頭を抱えた。クロチウジは、興奮もその極致に達すると、真っ赤なボイラーにシャベルで石炭を一杯投げ入れたいと思った。熱さで真っ赤になっていた。船長は彼女を手伝ってやり、そして、時々やってきて火夫といっしょに働くと、このような自分の見習船員の時代を思い出すと彼女に言った。

商品を積み込んだ船倉にいった。急に呼ばれたパーサーが仏頂面をして降りてきた。考えてもみてくれ、あの気の違った遠洋航海船長ののぼせあがった頭に、船客たちを船の内部へ見学旅行させる計画でも浮かんだとしたら……奴だったら何でもやりかねない……しかし船長は彼に挨拶しただけで、彼には少しの注意も払わなかった。パーサーはブリッジにいき、副船長に言った。「あんたの船長が大年増を船じゅうに連れて歩いているよ。もう機関室とボイラー室にいった。俺は知らないぞ……」「いつから船長は船客に船を見せる権利を持ってないんだ？　特に恋人にね？　放っとけよ……」「階段から落ちるぞ、もし死んじまったら……」「この航海で俺たちが二度目の弔いをしてやる船長になるだろうな。記録だよ……」

対話が終わるか終わらないうちに、ヴァスコとクロチウジがブリッジに現われた。副船長とパーサーは笑いをこらえられなかった。彼女は顔も腕も石炭で汚れ、彼は白い制服を無残な状態にしていた。「クロチウジ嬢に船のなかをお見せしているのです。ラジオ室にお連れする」

「操縦器具をお見せになりませんか?」

「後で、たぶん」

　パーサーは両手を振りながら階段を下りた。ヴァスコは無線電信士の小部屋に向かった。寝そべって休んでいた電信士は船長を見て立ちあがった。

「船が危険な目に遭ったら、ここからSOSを頼むの?」

　そしてもしも彼女に劇的なSOSを打たして下さいと頼まれたら、とヴァスコは思った。しかしその考えは彼には愉快に思え、彼を驚かせなかった。面白い冗談になるだろう。

　ついでに彼の船室、船長の家庭を彼女に見せた。彼女はドアに頭を入れて覗いたが、入らなかった。テーブルの上に一枚の写真があった。銀色の髪の美しい婦人が唇に笑みを浮かべ、その横に、一人は十五、六、もう一人はそれよりも年上の二人の若者が写っていた。

「あの方、どなた?」クロチウジは疑ってかかり知りたがった。

「亡くなった船長の妻と息子たちです……」

　階段を下りていたときに彼女が彼に言った。「わたしが本当に望んでいることは、誰か船長と結婚することかしら……」

「それでは、私は一体何なのです?」

「ええ、もう知っているわ……でも船長と結婚し、船の上で暮らしたいの。いっしょに船でどこへでもいき、世界を町から町へと駆けめぐるの」

「妻を船に乗せることは禁じられています。もう危険を考えてみました? 毎日毎日海の上で、貨物船なら乗組員は粗野な男たちです――火夫を見なかったですか?――それでも船長の妻が船の上ですか? もう想像してみました?」

「妻を連れた船長の、そんなような話の映画があったのよ。とても素敵だけど、わたし諦めたわ……」

船長は微笑んだ。いつか、ペリペリの海の上に突き出た窓のある家で暮らすようになったら、穏やかな家庭の夜に彼女は編物を、自分はパイプをくわえながら、彼女に聞かせてやろう。トルコの海岸線で夢中になった無分別なマホメット教徒の女が一人わしの船室に潜み、その女を発見したときには、もう船は外洋を進んでいた、その時わしに何が起こったかを。多くの話を、SOSの苦悩、アヘンと密輸の港での危険を彼女に聞かせてやろう、彼女に渡すべき、彼女の胸のなかにしまうべき、彼女とともに分かち合うべき興奮するような生活をしてきたのだ。明日、彼女の家族に紹介され、彼女の家で夕食をとり、正式な求婚をしよう。

航海術学の完全で預言者的な知識について

最終段階のあの日の朝、アマゾン河の粘土色の水がもう海に入り込み、河口の潮津波《ポロロカ》の音が遠くに聞こえたときに、ヴァスコ・モスコーゾ・ジ・アラガン船長は彼の長くて波瀾に富む人生において初めて盗みを働いた。もっともすぐ後で、その強い好奇心を追い払い、分別をもって身を処するという自分の誓いを完全に守り、襟を正して行動した。

船長が船の最後の監督を始めた朝もまだ早い時刻にその盗みはまだ人気のないラウンジで行われた。その沿海航路船に親しみを覚えたのだった。航海中、注目すべき出来事はなかった。難破の恐れも、乗組員の騒動も、羅針盤が狂いだしたとか、六分儀がおかしくなったとかという解決すべき運航上の重大な問題も起きなかった。パライーバの下院議員が脅かしたように船内に革命家も見つからなかった。しかし規律を守り、船を導き、人生の伴侶もそこで見つけた。ペリペリへ彼女といっしょに帰り、これまでにないほど意気揚々と友人たちといっしょに暮らそう。今度は誰が自分の称号や自分の偉業を疑うことができようか？　その時、盗もうという考えが彼の頭をよぎった。その沿海航路船が好きになっていた。自分の家の居間の大きなテーブルの上にある航海器具のなかに最後に指揮したその船の思い出となるものを一つ持っていきたかった。今度この船に戻ってくるときは、船客、名誉船客としてだろう。きっと、会社にこれほどの恩義を与えた遠洋航海船長なのだから丁重な扱いを受けるだろう。しかし船や乗組員や船客の運命が任されることはもうないだろう。手軽な思い出の品、とるに足らないものでいい、何か船内の幸せな日々を思い起こさせる物。例えば、会社の紋章と沿海航路船の写真が焼きつけてあるそれらの灰皿を一つ。それらのうちの一つがビンゴゲームの賞品になり、その他はテーブルに置かれて、喫煙者に供されていた。ヴァスコは辺りに視線を巡らし、誰も見当たらなかった。灰皿が上着の右のポケットに消えた。そして、慣れるには一度試してみればいいので、もう一つの灰皿が左のポケットに入れられた。盗癖の発作が突然起きたのではなく、あの善良で義理堅いゼキーニャ・クルヴェロへのお土産にしようと思ったのだ。ほかにこれよりもよい贈物を彼に持参することができようか、友情のよい証となる物がほかにあるだろうか？

　盗みをそのように敏捷に、効果的に働き、船長は後ろめたさを感じなかった。ブラジル沿海航路社は金まわりがよく、その予算からしたら灰皿が二つ余計にあっても足りなくてもどうということはあるまい。しかしながら、それらと同じものが船の売店にあるなら、盗むようなことはしなかったろう。当のパーサーから聞いていた。仕入れた物のなかで最後まで売れ残った物を賞品にしたということを知っていた。相当強制的に偽名のステニオ先生から贈ってもらった磁器《ビスキュイ》の置物には後ろめたさを感じた。しかし盗んだわけではなかった。それにクロチウジをあれほど満足させたのだ。つい昨夜、二人でお別れに月と海を見にいったときに、彼女は、ロマンチックな恋人のカップルが座った磁器のソファーを持っていってやったときに、まさしくわしの愛情を感じ取ったと言ったのだ。

そのような考えに耽りながら後甲板を歩いていると、パラーの弁護士フィルミーノ・モライス博士に出会った。弁護士は舷側に乗り出し、深い瞑想に耽り、あらぬ方を見つめていた。船長の足音に振り向いた。二人は挨拶を交わし、話をした。その愛すべき船客は心配事があり、落着かないという様子だった。まるで彼が考えたり、独りで問題を抱えたり、苦しんだりするのをやめさせてくれる存在が必要だというかのように船長に取りすがった。船長の散歩に同行した。

「それでは、船長、今日我々はグラン・パラーのベレンに着くのですな……」

「午後三時です、モライス先生」時計を見た。「今から八時間後に……」

「快適なよい航海でした」

「穏やかでした。これまで私が指揮したなかでも一番穏やかでした」

「穏やかですって？」弁護士は自問した。「そうだったかな？」

「おや、それでは、なぜ？　嵐もハリケーンもありませんでしたよ」

「たぶん、別な嵐が起きたでしょう……船長、船客の心にですよ」

わしとクロチウジとの恋愛への当てつけだろうか？　彼、フィルミーノ博士と、白人とインディオの混血娘の場合のような、起きたと考えられる性的な関係、甲板での破廉恥な行為をひょっとしたら仄めかそうとしている意地の悪い当てこすりだろうか？

「私はと言えば、先生、いつもできるだけ襟を正して行動しました。それに何かの感情に捉われたとしたら、意図のなかでもっとも清廉なものを備えた品位のある純粋なものでした」

船長は、わしとモエーマとの仲、月光を浴びた甲板を散歩したこと、ほかの船客たちがフォルタレーザの街にいっていて人気のない後甲板で二人きりで話をしたことを当てこすっているのだろうか？弁護士は、自分とその娘の親しい仲、あの禁じられた恋が棘のある論評を受けずに、気づかれずに済むとは思っていなかった。ベレンに着いたら、今度はどうなるのだろう？　彼女に会うのをやめることは彼にはできない相談だと承知していた。彼女、あの夢中になった奔放な生娘は彼の血のなか深く侵入していた。彼にはほかのことを考える頭も、彼女の顔以外にほかの風景を見る眼もなかった。少なくとも一度は彼女を女として手に入れること以外に、もう世の中には望むことはなかった。たとえその後、恥と後悔、妻の泣き声、もう年頃になった娘の驚きに耐えなくてもいいように自殺し、彼女をあやめなければならなくなるとしても。なぜこの船の船長は自分の船の舵を取り、航路を変更し、当てもなく決して終わることのない航海に発ち、大洋へと進んでくれないのだ？

それほど絶望していたので、まるで自分の苦しいジレンマの復讐をするかのように、悪意に満ちた人間にならなければという考えが彼に浮かんだ。きっと「心を傷つけられた偉大なるガクンときた女」、「気絶のチウジ」は（モエーマとのすべてが始まったのは、自分の好みの理論を展開した時のことだった）あの物笑いになった自分の結婚のことを恋した船長には何も言わなかっただろう。彼に話してやろう、そうすれば、たぶん自分の苦悩した心は軽くなるだろう。

「それで船長、清廉なもの以外にどんな感情があなたの胸に宿ることがあるんです？　想像するに、結婚なさりますな。それもきわめてよい結婚をなさりますな、もっとも尊敬に値する家族を作られて。私はクロチウジの弟の友だちなんです、彼は……」

急に船長が彼を遮った。「お願いです、続けないで頂きたい」クローがあれほど執着をみせて隠しておいたことは確かに知りたいと思う。しかし約束したし、彼女との約束は神聖なのだ。「クロー、クロチウジの家族のことについては一言も聞きたくありません。彼女についても……」

「しかしなぜです？　彼女の人格を高めることになることしかあなたに話そうと思いませんでしたよ」

「感謝いたします。しかし誓いを立てたのですし、それを破りたくないのです」

そして弁護士のそれ以上の無分別と係わるのを避けようと、仕事があると言い訳して彼を独り、彼の不運な絶望の戸口に残した。

後甲板が活気づき、クロチウジがジャスミンを連れて現れた。熱帯の暑さが海のそよ風に逆らっていた。船長は、自分の栄光ある過去にふさわしく行動したという意識をもってガクンときた女に近づいた。

その日は神経の疲れる一日だった。船客たちは神経を高ぶらせ、トランクを整理し、到着を待ちかねて時計を見ていた。それらの最後の時間は経つのがもっとも遅かった。クロチウジは神経を高ぶらせ、どのように自分の婚約を弟に言おうか、今自分の指にはめられた婚約指輪をどのように説明しようかと考えていた。船長は神経を高ぶらせ、あのパラー州の重要な家族、あれらの品位ある人々、弁護士から聞いたところでは「最大の敬意に値する者たち」にどのように対面したらよいのかわからなかった。時の歩みは遅く、暑さが増していた。

昼食のテーブルで他の船客たちに頼まれてフィルミーノ・モライス博士が、航海の無事と、全員に尽してくれた親切を感謝し、船長のために乾杯の音頭を手短に取った。ヴァスコは感動し、礼を述べ、船客たち、若い娘たちと青年たち、婦人たちと紳士たちの多幸を祈った。杯をクロチウジと合わせた。するとあの美しい白人とインディオの混血娘が自分の席を離れ、船長に近づき、彼の頬に接吻した。

もう陸は近かった。そして遠くにベレンの家並が見える時になった。ヴァスコはクローの手を握りしめ、ブリッジにあがった。

眼に双眼鏡を当て、その町、ポルトガルの飾りタイルの家並、ヴェール・オ・ペーゾ市場の面白い人の動き、沿海航路船が横づけするパラー港の停泊地を調べた。高級船員たちがパーサーも含めて全員ブリッジに集合した。副船長が命令を下していた。船は近づいていった。ヴァスコの眼は停泊している貨物船や汽船の旗にとまっていた。どうやら沿海航路船はイギリスの貨物船の横にいくのだな。さらに先には無数の蒸気船のほかに、ロイド・ブラジレイロ社の小さな船と仏領ギアナからきたヨットが一隻見えた。イギリス船から金髪の船乗りたちが手を振って挨拶していた。船長は自分の使命は終わったと考えていた。というのも、エンジンがそのリズムを落とし、ほとんど動くのをやめようとしていたからだ。船はその目的地に到着した。書類に署名するだけだ、そうすれば、タラップを下り、クロチウジに追いつき、彼女の姓名と住所が書いてあるあの紙を彼女の手から受け取れるのだ。汚れのない、恋した胸に触れていたのでよい香りがするだろう。書類は、波止場に立っている会社の代表者が手に持っていた。船客を迎えにきているそんなに大勢の人のうちでどの人がクロチウジの弟なのだろう？　ヴァスコは、辛抱し切れないという様子で船に向かって叫んだり、合図したりする群衆のなかのどこに弟がいるのか推測しようとしていた。ポーターたちが雇ってくれと言い、胸の番号を見せていた。万事うまくいったと船長は考えた。ちょうどその時、完全な満足の微笑が彼の唇に浮かんだとき、パーサーも含めて高級船員全員に囲まれた副船長の声が彼の耳もとで響いた。「船長！」

「何です？」

「さて、船長、我々の航海も終わりになりました」

「幸いなことに万事うまくいきました」

「幸いなことです。今はあなたが最後の命令を下すばかりです」彼の前に厳粛に立ち、声をあげた。

「船長、何本の錨綱で船を埠頭に繋留しましょうか？」

「ええ?」

「船長、何本の錨綱で船をベレンの埠頭に繋留しましょうか?」さらにいっそう厳粛に、重々しく繰り返した。

「しかし、君、もう言ったでしょう、私は何にも口出ししたくありません、何の命令も下したくありません。私がここにきたのは、必要に応じるためで、船はよい腕にかかっている」

「失礼ですが、船長、海員法をあれほどよくご存じの老練な船乗りでいらっしゃるあなたは、これが航海の最終港であること、最終港では船を埠頭に繋留すべき錨綱の数を命令するのは、船長、ほかの誰でもなく、船長だけの権限だということをきっとお忘れになっておられるのでしょう」

「最終港だった! なるほど、失念しておった……錨綱は……」

サルヴァドールで、船が出港する前に副船長と、沿海航路社のバイーア代表者、あのアメリコ・アントゥニスの間に視線のやり取りがあったようにわしには思えた。しかしながらアメリコはわしに誓ったし、約束したではないか……。

「船長、待っておるのですが。我々と船客たちが。もうエンジンはほとんど停止しています。何本の錨綱で船を繋留しましょうか?」

ヴァスコは澄み切った眼で彼を見つめた。「何本の錨綱で?」そして詩人たちの預言的才能が彼の額を照らした。間違えるはずがない。「何本で?」

一呼吸置き、命令するのに慣れた彼の船長らしい声で告げた。「すべてで!」

驚き、一瞬呆然とした高級船員たちは互いに見合った。それは期待していた答えではなかった。実際のところ、答えを期待していず、狼狽、混乱、正体暴露を期待していた。しかし短い瞬間の困惑の後に副船長は微笑し——これで冗談は完成だろう——拡声器を口もとに持っていき、驚くべき命令を乗組員に伝えた。

「船長の命令、船をすべての錨綱で繋留せよ！」

高級船員たちは理解し、微笑をこらえた。パーサーは階段を駈け下りた。船客たちに短気を起こさせないように彼らに説明する必要があった。

乗組員のてんてこまいが始まり、波止場にあれほど多くの人を集め、蒸気船も含めてその他すべての船の高級船員たちや水夫たちをその沿海航路船の前方に呼び寄せることになる見ものの幕が切って落とされた。

船長の前で副船長が再び尋ねた。「船長、錨はいくつですか？」

「全部だ！」

拡声器の中で副船長の声が言った。「船長の命令、すべての錨！」

「船長、Uリンクはいくつです？」

「全部だ！」

「船長の命令、すべてのUリンク！」副船長が伝えた。

凄まじい音を立てて錨が下り、船のなかはまったく気も狂わんばかりだった。パーサーは一等船室で船客から船客へと渡り歩き、説明した。

「船長、曳索は何本です？」

「全部だ！」

「船長の命令、すべての曳索！」

水夫たちは曳索を引きずり、波止場に投げ、それを大きな鉄の足に結んだ。一本も残らずすべての曳索が、ロープが空中で揺れていた。

「船長、小索は何本です？」

「全部だ！」

「船長の命令、すべての小索！」縦索、鋼鉄のケーブルが張られ、船を波止場に完全に巻き込んだ。まるで船はまだそこにそれほど深い根元からそのように結びつけられていないかのようで、まるで錨やUリンクや曳索が最悪の嵐や乱暴な台風に対して船をまだ十分に守っていないかのようだった。嵐や台風は、どこの測候所も、もっとも筋金入りの老練な船乗りのもっとも経験ある眼も予測していなかった。天気予報は、爽やかなそよ風が吹く、穏やかな天気だと言っていた。

とめどもない哄笑が波止場から起き、船の一等船室からも聞こえてきた。副船長は続いて言った。

「船長、小さい錨もですか？」

「そうだ」ますます大きくなる笑い声が聞こえ、罠にはまったことに気づいたが、自信に満ちた態度を取っていた、やめるわけにはいかなかった。

その笑いさざめく声、辺り一帯の笑い声がブリッジにまで届いた。

「錨綱で縛りますか、鋼索にしますか？」

「両方で」

「船長の命令、小さい錨を下ろし、それを錨綱と鋼索で縛れ！」

副船長は彼の前で頭を下げた。「船長、ありがとうございました。繋留は完了しました」

ヴァスコ・モスコーゾ・ジ・アラガンは頭を下げた。意気消沈していた。皆の物笑いの種になっていた。波止場中に拡がっていた笑い声が町にまで届き、まるで最後の審判の日がきたかのように、まるで世界が台風と嵐で終わるかのようにベレンの波止場に繋留されたその沿海航路船の光景を見ようと人々が走ってきた。

意気消沈して彼は、あれほど笑いたくて我慢できなかった高級船員の間を通り抜け、クロチウジに追いつこうと、もう荷物をまとめておいた自分の船室に歩いていった。トランクを手に取った。ペリペリの家を売り、イタパリカの家を買うようにとバイーアの誰に電報を打てようか？　州都には友人はいなかった。忘れられない仲間の時代は過ぎ去っていた。それにゼキーニャ・クルヴェロにはそんなことは頼めなかった。もう二度と彼の前に出ること、彼の顔をまともに見ることもできない。いくつかの哄笑が一つだけの異常な哄笑となって船室に入ってきた。

打ちしおれ、一等の後甲板に下りた。タラップが下ろされたところだった。パーサーがもうこれ以上はこらえられないというように笑いながらクロチウジに説明しているのを耳にするのに間に合った。

「……そうなんですよ、奥様、私が申し上げている通りなんです……」

彼女は手に一枚の紙切れを持っていた。彼らの眼と眼が合った。彼女は彼を見下げたように見て、まだ胸のぬくもりで温かい紙、名前と住所を細かく破った。船客はヴァスコを指さし、笑い、横目で彼を見た。クロチウジは顔をそむけ、親類の所へとタラップのほうに向かった。しかし一段目を踏みしめたとき、立ちどまり、もう一度軽蔑の視線を彼に投げつけ、婚約指輪を指から抜き、彼のいるほうに投げつけた。指輪は後甲板の上を転がり、音を立てて金物の上に落ちた。ヴァスコは眼の前が暗くなり、舷側に掴まった。よろめきながらタラップのほうに歩いていくと、誰かの片腕が彼の腕を押さえ、彼を助けた。「船長さん、どうかなさったの？」

白人とインディオの混血娘モエーマだった。そして船と波止場の全群衆のなかで彼女だけが笑わず、彼に言った。「気にしないで……」

声もなく、生きる喜びも失われ、意気消沈し、礼も言わなかった。

タラップに近づいていくと、再び呼び止められた。署名すべき書類をもった沿海航路社の代表者だった。彼は自分の名前をなぐり書きした。義務感のほうが勝っていた。

「グランド・ホテルにお部屋を取ってあります。船は明日、十七時に出ます。あなたのために一等の船室を一つ取って置きます」笑いをこらえようと懸命だった。

彼は応えず、最後の船客たちといっしょにタラップを下り始めた。初めて見る地上では、接岸した数隻の船の水夫や高級船員、税関や港の倉庫の人々、それに町からやってきた黒山のような人々がありったけの錨綱で波止場に繋留された沿海航路船を驚いたように見ていた。船はこのまま翌日まで、出港の時間までこうしているのだ。町中の人々がその前代未聞の光景を楽しみに港にやってくる時間があろう。

そこここで指差され、果てしない笑い声に伴われヴァスコは一人のポーターに近づいた。「安い宿がどこにあるか教えてくれないか？」

「アンパーロさんとこだったら、でも、かなり遠いですぜ……」

「道を教えてくれないか？」

「よかったら、トランク持ちますよ、それから教えますよ……好きなだけくれればいいから」

ブリッジの高みから副船長と航海士たちが、船長がまるで希望を失った難破者のように背を曲げ、心もとない足取りで、急に老け込んだかのように通りの角に消えていくのを見た。波止場には笑い声が続いた。

真実が突然の凄まじい風により井戸の底から引き出される件《くだり》

午後の五時頃、ヴァスコは、歯の抜けた親切な田舎女アンパーロさんの宿に着いた。彼はハンモックが一つ備わった部屋とアンパーロさんの好感を得た。ヴァスコの様子が彼女にアクリの世話好きな知合いを思い出させたのだった。彼女は彼に具合が悪いのかと尋ねた。暑さは息苦しいほどで、ヴァスコはハンモックに座り、考えた。病気なのだろうか？　ちがう、虚しいのだ、そうだとも。自分の考え、バイーアへ戻るにあたって解決しなければならない問題、ペリペリの家の売却、イタパリカ島の家の購入を順序立てることもできない。蒸し暑く、重苦しい通りはまったく静まり返っていたが、彼にはまだあの哄笑が聞こえ、これからもそれらは耳について回るだろう、彼の心のなかで響くだろう。そして鋭い、鋭くて永遠の痛みが。司令官のジェオルジス・ジアス・ナドローよ、今度ばかりはほとほと参ったよ。老練な船乗りは心のなかで挫けた。もう二度と頭をあげられないのだろう。悲しみに屈服していた。町の笑いものだった。

アンパーロさんが夕食に呼びにきたとき、彼はハンモックに身を投げ出したあの同じ姿勢だった。上着すら脱いでいなかった。

いいや、食べたくないんだ。アンパーロさんは広く人生経験を積んだ女だった。泊り客や隣人たちにそう言われていた。彼女には、彼の抱えているのが体の病ではないように思われた。正しくしっかりと診断した。それは嫌気だわ、それもとてもひどい。たぶん、一人息子に死なれたのかも。でも、奥さんに家庭を捨てられたことも、もっとありそうなことだわ。きっと若い女と結婚していて、家に帰ってみたら、知らせだけが待っていた。家財とその可哀そうな男の喜びをもって家を出たという知らせが。アンパーロさんはそのようなケースをいくつか知っていた。

元気を出し、暑さに負けないように一杯ぐらい飲まないかしら？　暑いのと、逃げた女にはカシャッサほどいいものはないんだから。一杯いかが？　彼はうなずいて応じた。彼女はすぐにボトルを持ってきた。一杯ぐらいじゃ足りない。もっと飲む必要があるわ。

ヴァスコは男盛りの頃には名だたる呑べえだった。しかしながらこの頃ではペリペリの自宅でかなり凝って作る熱いカシャッサを何かで割ったものに限られていた。若い頃にやったようにボトルをラッパ飲みにし、やたらに、ためらわずに飲んだ。あの昔の強さの名残を留めていた。立っていられ、もっとカシャッサをもらおうと食堂にいくことができた。奥地のパラーゴム樹液採取人である泊り客たちが彼を物珍しそうに眺めた。彼が新しいボトルを握って廊下に出ていくとアンパーロさんが説明した。

「可哀そうにね。まったく気の毒なことだよ。制服を着て、何もかも持ってる、そんな年を取った男がさ。女房がろくでなしでさ、何の役にも立ちゃしない男と、伍長だが何だかと駆落ちしちまって。可哀そうにあんなになっちまったんだよ……この世の中というのは、人を騙し、悲しいもんだね」

ヴァスコは暑さとカシャッサの影響で深く夢も見ずに寝入った。靴と上着をやっとのことで脱いだ。ズボンとシャツは脱ぐまではいかなかった。最後の一飲みは、もう半分眠りながら飲んだのだった。

こうして彼は、グラン・パラーのベレン市の住民のなかでただ一人その夜これ以上はない恐怖、死の冷酷さ、避けがたい最期が近づいていると心に感じなかったのだ。アンパーロさんとその他の泊り客が不意に目が覚め、大声で神に祈りをあげながらドアの外に出たとき、彼がいたことを思い出しさえしなかったからだ。その命取りになりかねない時に父や母、妻や子供のことを思い出した者は稀だった。

その夜、思いかけず、電撃的に、何の前触れもなく、測候所の専門家たちをやりこめ、天気予報に逆らい、粗野で老練な船乗りたちの肝を冷やさせて、これまで見たことのない大嵐、前例のないハリケーン、赤道のあれらの海の歴史に残るものすべてのなかで最大の暴風雨がベレンの港と町に起ったからだ。

突然、猛り狂った風がやってきた。怒り狂い、憎しみに唸りをあげて、性急に、情け容赦なくやってきた。復讐の台風となり、夢を救うためにすべてを破壊しようと世界の隅々からやってきた。

驚くべき城壁のような砂を巻きあげながら、砂漠の灼熱とともに燃えるようなサハラの熱風《ハルマタ》がきた。モンスーン風が、船長があれほど多く航海したインド洋から到着し、ひしめき合ったグループとなってやってきて、家々をその土台から引き抜き、枯葉のように空中でくるくると舞わせた。西アフリカの乾風《ハルマタ》が黒く、死の歌を吹きながら渦巻いてアフリカから到着し、汽船の繋留を解き、埠頭に投げつけ、マストや煙突を破壊した。貿易風が小舟や帆船やいかだ帆舟《ジャンガーダ》を難破させた。北東風《ミストラル》は仏領ギアナからきたヨットをつかみ、気味の悪い冗談でそれに帰りの航海をさせ、帆を破り、舵を奪い、驚いた亀が村に侵入していたマラジョー島〔アマゾン河の河口にある島〕のほうに投げやった。死の冷たさが凍りつくような冬の風の白い翼に乗ってシベリアのステップからやってきて、町の上を漂った。それらの風は遠くからやってきて、三十分ほど遅れていたが、着いたときには、この世の終わりだった。北東部地方の風つまり陸風《アラカティー》と北東の風がイギリスの船とロイド社の船に取り掛かり、その不十分な錨綱から外し、二つをぶつけ合いさせ、壊れた船体が音を立てた。北東の風はマストも屋根付きの甲板も後甲板もなくなったロイド社の船を外洋へと投げやった。陸風は熱狂した国粋主義者で、イギリスの貨物船を長いこといたぶり、研ぎ澄ましたナイフのようなその舌で、北東部地方の死の舌で金髪の船乗りたちの喉をなめまわした。陸風は、その貨物船をそこに思い出と警告として植えつけるために埠頭近くでつむじ風を起こして難破させた。

風とともにそこから、その近くから、また、湿った密林のなかで眠っていた赤道地帯からきた雨がマラリアやチフスや黒い天然痘で淀んだすべての水を携えて到着した。やってきて、その町を数千の川、小川、大きな流れ、細流に変えた。アマゾン河はふくれ、水の貪欲な歯が土地を喰い、島や死体を作り始めた。河口の潮津波はその叫びをきわめて大きくしたので、その恐ろしい音は数キロに渡り、アフリカの海岸、ダカール市、そして遠くの林でも聞こえた。そこでは震えあがった原住民たちがそれを雷と火の神、シャンゴーの戦いの雄叫びだと考えた。

人々は家を捨て、雷鳴が轟き渡り、電灯は雷に取って代わられ、次々に起る稲妻がおびただしい数だったので、家が倒壊したり、荷車や自動車が水に流されたり、蒸気船がひとりでに川のなかへ動き出し、土手から削り取られた土に、突然の、発見されたばかりの島に乗りあげたりしている様子がすべて見えた。人々は通りを絶望して歩き、泥棒や殺人犯が自由の身になり、男も女もひざまずき、出まかせに祈りを唱え、一人の神父が急ぎ行列を整えようとし、教会は人で溢れ返り、さながら最後の審判といった有様だった。

そして前もって埠頭に繋留された船は、あらゆる方角から風の手で持ちあげられ、錨綱から引き抜かれ、嵐のなすがままにされた。そして雨が降り、貧しい人々は泣き、金持ちは歯ぎしりした。すべてはわずかに二時間ばかりのことだった。そしてもう一時間続いていたら、ベレン市はそのポルトガルの飾りタイルとその古い趣きもろとも、地図から消えていたことだろう。

ベレン市は大洪水に飲み込まれ、台風に吹き飛ばされて消えていただろう。しかし、すべての老練な船乗りのなかでただ一人暴風雨を予測し、それに備えて自分の船の守りを固められた遠洋航海船長ヴァスコ・モスコーゾ・ジ・アラガンの命令を受けた、それらありったけの錨綱で、沿海航路船は埠頭に縛られたままだったろう。そのすべての錨綱で縛られ、動かず、動けずに、しっかりとそこの岸壁に。

やってきた時と同様に思いがけず、急に、このように突如、暴風雨は去った。空気は澄み、軽くなった。そしてその時、真相が青空に浮かんだのだ。

恐怖心が去ると貧しい人々は死者と行方不明者の数を、金持ちたちは損害を計算し始めた。死者はほとんどいず、行方不明者は数名で、損害は数百万にのぼった。今や下水のなくなった町には熱病の危険があった。パラー港の波止場は瓦礫の山だった。その破壊のなかにあって船長により救われた沿海航路船は、不遜にも誇り高い船首をもたげていた。

もう朝も大分経った頃、沿海航路社の代表者と高級船員たちと民衆が、さんざん苦労の末に見つけたアンパーロさんの民宿にやっと着いたときには、まだヴァスコは何も知らず寝ていた。前の日に笑い、泣いた民衆は晴れあがった朝のなかで万歳を叫んでいた。アンパーロさんはもう前夜の恐怖から立ち直っていて、ヴァスコを部屋の戸口から呼んだ。彼は眼を覚ましたが、大声の響きが聞こえたので、そこまで追っかけてきて彼の居所を見つけ、彼を侮辱しようとするあの人々はそんなにも性悪なのかと考えた。

戸を激しく叩き、彼の名を大声で呼ぶので、最後に戸を開け、彼らと対面した。髭は剃っていず、足は靴下を履いていて、ズボンはしわくちゃで、舌はカシャッサでねばねばしていた。彼の前に副船長がいて、人々が廊下でひしめき合っていた。

もうその時刻には国内の電信機と海底ケーブルが国中と五大陸に向けてその巨大な天変地異と、ただ一人暴風雨を予測し、自分の船を救ったヴァスコ・モスコーゾ・ジ・アラガン船長の才能についてニュースを伝えていた。

バイーアの新聞の見出しになった電報は数日間続けてペリペリで貪るように読まれ、ゼキーニャ・クルヴェロにより暗記された。沿海航路社が、向かうところ敵なしの遠洋航海船長に表した敬意、つまり彼が救い、それに乗りサルヴァドールに戻った沿海航路船上での感動的なパーティを報じる電報を含めてのことだ。その快挙を思い起こさせる感謝状と十八金のメダルが彼に渡された。ブリッジから彼は海を見ていた。頭をあげ、彼は謙虚に微笑していた。

この物語の教訓と当世の教訓について

そしてここで私は私の作品、このように物議をかもした話に関するこの調査の終了に漕ぎつけたのです。これ以上何をつけ加えることができましょうか？　迎えにきた音楽隊や、州知事の代理人や港務部長官や狂喜したアメリコ・アントゥニスが待ち受けるバイーアの波止場へ船長が到着した模様についてでしょうか？　新聞に載った彼の写真や、まだ下船しないうちにラジオでしなければならなくなった演説について語ったらよいのでしょうか？　爆竹の音と歓呼の声のなか、二時の汽車で彼が意気揚々とペリペリに下車し、海上に張り出た緑色の窓の家まで友人たちの肩に担がれたことでしょうか？　昨日の敵は、今では彼のもっとも熱狂的な心酔者でした。引越しのほうを選んだシッコ・パシェッコを除いてです。訴訟を抱えた彼と栄光を得た船長はそこにいっしょに暮していられなかったのです。沿海航路船の写真が陶に焼きつけられた灰皿を受け取った時のゼキーニャ・クルヴェロの感動を述べなければならないでしょうか？　船長に矢継ぎ早に浴びせられた質問のことでしょうか？　事細かに、一つも忘れずに話して聞かせろという要求についてでしょうか？　クロチウジのことを思い出した、望遠鏡のある大きな部屋での夜の会話でしょうか？　それは抒情的な時でした。

「まったく美しかった……それに船内にはあれほど沢山の青年がいたのに、私を見て、情熱の虜になったのです……二十歳を越えていなかった。私は月明かりのもと、後甲板で彼女のことをクローと言いました。真っすぐな髪、赤銅色の肌をしたアマゾンの白人とインディオの混血でした……どうです、踊ろうと私を引っぱり出しにきたんですよ。出港の時に私にさようならを言いに波止場にきました」

ご覧のように、また真実を見極め、それから幻想のベールをはぐのがもう難しくなってきました。結局、船長は誰を愛したのでしょうか、甲板で大きな月の出た夜に誰に心を打ち明けたのでしょうか？　成熟し、失神の癖のある「偉大なるガクンときた女」、クロチウジだったのでしょうか、それとも自分の劇的な運命をまっとうしようと急ぐ白人とインディオの混血娘、彼が苦しんでいるときに手で彼の腕を支えた野性的で奔放なモエーマだったのでしょうか？　私はと言えば、わかりませんし、見極めるのを諦めています。

しかしながら一つ、私には確かで、記すに値することがあるように思われます。運命が船長の側につき、彼に好意を見せたとするならば、彼のクロチウジとの婚約解消は、運命の助けによるものだということを忘れてはなりません。「偉大なるガクンときた女」がペリペリでオペラのアリアやソナタをピアノで弾き、遠洋航海船長の栄光ある老年時代を些細な喧嘩や決まり事や失神や不機嫌から成る惨めな毎日に変え、その郊外での生活を地獄にしているのをもうご想像なさったでしょうか？　もしも婚約と結婚、彼女を引っぱってくるという、とんでもない考えを具体化したならば、彼は実際に生きた八十二年を名誉に包まれて、幸せに暮さなかったでしょう。

こうして、もうこれ以上語ることはありません。私の任務は終わったのです。この作品——私には努力と苦悩でした——を、古文書館の館長により任命された審査員団に送ります。もしも賞が得られれば、ドンドカのためにドレスを、それと花を活ける花瓶を買うつもりです。トレス・ボルボレタスの路地の小さな家の明るい小部屋にはそのような物がないからです。

驚かないでくださいさい。私の生きるための戦いのそのような前線で最近起こったことをあなた方にお話しさせて下さい。判事殿は友好的になり、私たち三人は今、完全な理解と平和のうちに暮しております。著名な碩学の品のある肥った妻エルネスチーナさんが、シケイラ博士が夜ドンドカの家へあのように訪問していることに気づいたのです（きっと匿名の手紙でしょう）。黒眼鏡と鍔を下ろした帽子は彼を救わなかったのです。ツェッペリンは怒り狂い、ベレンの暴風雨のようでした。退職した判事には嘘をつく以外に他の解決策は残されていませんでした。道徳上怪しげなあの家にいった、本当だ。しかしそうしたのは義務を果たし、友人を一人助けるためなんだ。ペリペリに醜聞が起きるのを避ける義務。助けるべき友人というのはこの地方の慎み深い歴史家なのだ。エルネスチーナ、あなたは、その哀れな娘の父親ペドロ・トレズモが娘と愛人が同棲している家に押し入ると誓ったことを知らなかったのか？　そのような脅しを知り、その青年の命と名声をおもんぱかり、彼に知らせるために、敢えて自分の性向と主義とを曲げてそこにいったのだ。気高い態度であって、それを恥じることはないのだ。

しかしツェッペリンは証拠を要求し、判事殿はやむなく私の足もとに這いつくばり、私に赦しを求め、私に再び彼とともにドンドカのベッドと色香を分かち合い、しかしながら、彼の妻、動揺した女丈夫の前でそのムラータに関して全責任を負うようにと私に懇願したのです。私は実際にそうして見せたのですが、彼に仕えるため、私の喜び、私の胸のなかで爆発する歓喜を彼には見せずにそれに応じました。というのは、私はすんでのことに「感じやすいガクンときた女」の腕のなかに落ちるところだったからです。前の頁でその横顔を描いたあの成熟し切った未亡人、夏を過ごしにきた女のことです。それほど私は必要に迫られていたのです。しかしドンドカの腕のなかで私の飢えを満足させられました。

それ以来、万事がきわめてうまくいっています。判事殿とドンドカと私は、兄弟のような気の合った者同士です。ロケットや水爆で互いに脅かし合っている政治家たちが許してくれるあいだ、私たちは話をしたり笑ったりして、そのような生活を推し進めます。いつか不注意により爆弾が炸裂したならば、私たちは訴訟の費用を払うつもりでおります。

しかしながら、この青くさい文学の、繰り返しますが、唯一の目的である船長と彼の冒険談に戻るならば、混乱と疑問のなかに沈んだ彼の物語は終わりに近づいたと申しあげなければなりません。

結局、皆さま、真実、完全な真実はどこにあるのでしょうか、皆さまの知識と経験に照らして私に教えて下さい。時として品性卑しい、品位のないこの話から取り出すべき教訓とは何なのでしょう？真実は、日々起きること、日常の出来事、まったく大多数の人間の生活のけちなこと、わずらわしさのなかにあるのでしょうか、それとも、真実は、悲しい状況から逃れるために私たちに見るように与えられている夢のなかにあるのでしょうか？　世界を歩んでいく人間が高められたのは、毎日の惨めなこと、陰謀を通じてでしょうか、それとも境も限りもない自由な夢によってでしょうか？　誰がヴァスコ・ダ・ガマやコロンブスを帆船の甲板に導いたのでしょうか？　誰が博学な人々の手をして、スプートニク〔旧ソ連が史上初めて一九五七、五八年に打ち上げた人工衛星、スプートニク一・二・三号〕の発射レバーを動かし、宇宙のその郊外の空に新しい星、新しい月を作ったのでしょうか？　どこに真実はあるのでしょうか、どうか私に答えて下さい。各人の小さな現実にでしょうか、人間の巨大な夢にでしょうか？　誰が真実を世界中に導き、人間の途を照らしているのでしょうか？　判事殿でしょうか、それとも極めて貧しい詩人でしょうか？　公正さを持ったシッコ・パシェッコでしょうか、それとも遠洋航海船長ヴァスコ・モスコーゾ・ジ・アラガン船長でしょうか？

リオ、一九六一年一月

訳者あとがき

ジョルジ・アマード（Jorge Amado, 一九一二―二〇〇一）はブラジルの小説家のなかで最も世界的に知られた作家のうちの一人である。一九三一年、一九歳の若さで処女作を発表して以来一貫してブラジル北東部地方、特に故郷バイーア州を舞台とした、きわめてブラジル色の濃い小説を三十三作刊行してきた。七十年近い創作活動からすれば当然のことであるが、大きく分けて前半期の作品と後半期のものでは、大きな相違がみられる。前半期のものでは、程度の差はあるが一様に政治的な関心が明白なプロレタリア小説で、文学的にも未熟なものである。それに対して本書『老練な船乗りたち』の長短二篇が属す後半期のものになると、政治臭は一掃され、文学的な成熟を示し、ユーモア溢れる作品を生み出している。後半期のアマードはブラジル的色彩の濃い類まれなストーリーテラーと言うことができるだろう。世界の五十五カ国語に翻訳され、ノーベル文学賞の下馬評に何度か挙げられたこともあった。さらに国内外で映画化、テレビドラマ化された作品も多く、活字に縁のない層にまで知られ、サッカーのペレー、音楽のアントニオ・カルロス・ジョビンなどとともに二〇世紀ブラジルの顔ともいうべき存在であった。

邦訳された小説は前半期では『カカオ』(一九三三、邦訳/田所清克訳、彩流社、二〇〇一)、『砂の戦士たち』(一九三七、邦訳/安部孝次訳、彩流社、二〇〇八)、『果てなき大地』(一九四三、邦訳/武田千香訳、新潮社、一九九六)、『飢えの道』(一九四六、邦訳/神代修訳、新日本出版社、一九七三)の四作、後半期では『丁子と肉桂のガブリエラ』(一九五八、邦訳/尾河直哉訳、彩流社、二〇〇八)、『老練なる船乗りたち』(一九六一、邦訳/高橋都彦訳、旺文社文庫、一九七八)、『テレザ』(一九七二、邦訳/明日満也訳、東洋出版、二〇〇〇)の三作がある。

彼の前半期の文学傾向は多分にその時代の反映であったと考えられる。ブラジルにとりポルトガルからの独立(一八二二)からほぼ一世紀が経った一九二〇年以降は多くの面で新しい世代、新しい力が台頭し始め、変動、波瀾の時代であった。政治・社会の面では、ヴァスコ船長の物語の第三話に見られるように従来の大農園主階級に対抗して新しい政治勢力が生まれ始め、国中が文字通り沸騰していた。文学においても一九二〇年代の初めにサンパウロを中心とした南部からマーリオ・ジ・アンドラージ(一八九三—一九四五)やオズヴァルド・ジ・アンドラージ(一八九〇—一九五四)らの主に詩人たちが起こした近代主義(モデルニズモ)運動(スペイン系アメリカの同名の文学運動とはまったくの別物)は、文学におけるポルトガルからの真の独立を目標にした芸術的ラディカリズムが特徴であった。続いて三〇年前後に北東部地方から次々に新しい小説家アマード、ジョゼ・リンス・ド・ヘーゴ(一九〇一—一九五七)、グラシリアノ・ハーモス(一八九二—一九五三)らが登場し、ブラジル国内でも最も貧しい同地方の社会問題、長期にわたる旱魃、地域的格差、野盗、狂信徒などを題材とした作品を発表し、北東部地方主義作家と呼ばれた。アマードは彼らのなかでも一番若かったせいか、当時、ソ連に発して世界的に急速に広がっていった革命的文学運動におおいに刺激され、社会主義リアリズム小説を矢継ぎ早に発表し、政治運動にも身を投じた。一時は、共産党から憲法制定議会に出るなど、また一九五一年にはスターリン国際平和賞を受賞し、彼の文学・政治活動は成功したかに見えたが、結局、ブラジル共産党は一九四七年に非合法化され、十一度の逮捕と二度の亡命生活を余儀なくされるなど、厳しい現実に晒された。

しかし、これらの苦い経験は、彼のそれまでのプロレタリア文学からの脱却を促した。一九五八年『丁子と肉桂のガブリエラ』を発表し、多くの文芸批評家の目を見張らせた。それまでの作品で再三、取り上げられた同じバイーアの人間模様が旧作とはまったく異なる角度、ユーモアと民衆的なリベラリズムを基調にして描かれ、彼の人間的成長、人生・人間観の拡がり、飛躍的な文学的創作力の獲得が認められた。アマード自身、この小説に触れて述べている。

「私は四十六歳にして初めて政治のパンフレットに代わるもの——さんざん苦労してやっと人間というものがよくわかるようになった者が浮かべる、楽しそうな嬉しそうな微笑——を見つけた」。さらに「以前、私はヒーロー、リーダー、政治的指導者を求めていた。そういう人たちを信じなくなるにつれて、そのたびに、民衆、最も貧しい民衆、惨めで搾取され抑圧された人々の近くに身を置くようになった。ますます、アンチヒーロー……浮浪者、売春婦、酔っ払いたちを求めている」。

彼の前半期の作品の基調が、『果てなき大地』など一部の小説を除いて政治的関心であったのに対して、後半期では、まさしくこの「楽しそうな嬉しそうな微笑」、時に痛烈な皮肉の籠ったユーモア、民衆との一体感が基調をなしているのである。

『老練な船乗りたち』に収められた単・長編、二作、特に「キンカス・ベーホ・ダグアの二度の死」は、二〇〇六年、ジョアン・ウバウド・ヒベイロ、ファビオ・ルーカス、フェヘイラ・グラールなどが参加した雑誌『エントリリーヴロス』で行われたアンケートでアマードの全作品のなかで最も優れたものと評価されている。この二つの作品もバイーアを舞台としている。彼の作品中でバイーアと言われるとき、この後ろに「州」がある場合を除いて、バイーア州の州都サルヴァドールを指している。ブラジルは一五〇〇年、キリスト教の布教と金、銀などの発見を目的としてやってきたポルトガル人によって「発見され」、植民されたが、サルヴァドールは植民地最初の総督府が置かれ、ブラジルの政治・経済の中心であった。したがってこの町はブラジルで最も古く、バロックやロココ風の教会、敷石道、ポルトガル風の古い家並は今でも往時を偲ばせる。同時に、アフリカから奴隷として連れてこられた黒人の文化の色濃い町でもある。香辛料をふんだんに使う独特の食べもの、ターバンに白いレースの服を纏う黒人女性の衣装、それにカンドンブレーあるいはマクンバと呼ばれる、カトリシズムと混然一体となった呪術的物神信仰は、この町に深く根ざしている。この町、特に下町の住民は自分たちの町を「サルヴァドール」(救世主)というよりも「バイーア」(湾)と呼んでいる。このことは、彼らがカトリック教徒的というよりも、むしろアフリカに通じる道である海、湾に代表される自然を愛する異教徒的な存在であることを表しているのだろう。アマードは亡命時代を除いて青春時代を含めてこの町に長く住み、カンドンブレーの重要なメンバーにもなり、この町の生活、貧しいながらも、享楽的と言えるほど陽気で、したたかに人生を生き抜く人々の間に身を置き、彼の小説の材料を得ていた。ヴァスコ船長の物語にも名を上げられた彼の親友ドリヴァウ・カイミがバイーアの海に暮らす人々の生活、心を歌にすれば、彼、アマードは文学の世界でそれを取り上げているのである。

珠玉の短篇「キンカス・ベーホ・ダグアの二度の死」の語り手は、作中の登場人物でもなければ全知全能でもない一人称の視点から、ジョアキン・ソアーレス・ダ・クーニャ、愛称キンカスの死について二つの説があり、これを完全に解明できるかどうかは分からないが、と言いつつも、次のような結論も出している。

死亡証明書から彼が海中に没した時まで――を、もう一度親戚の生活に嫌がらせをし、彼らの生活を不愉快なものにし、彼らを辱め、町の噂話の餌食にしようという意図のもとに、彼が仕組んだ茶番であったと我々は考えてもさしつかえないだろう。（一七頁）

つまり語り手は、キンカスが海に身を投げ出すまで生きていたということにして、キンカスと彼の親友たちが夜のバイーアを動き回ったように叙述しているのである。その一方で、キンカスの行動は自力では動いていず、友人たちに動かされているように、つまり死んでいるように読めるだろう。家族の者についてては、娘のヴァンダを除いて、通夜が行われている汚いアパートで、キンカスが彼らを挑発しているのに気づかない、あるいは無視しているかのように描かれている。ヴァンダは、キンカスが家・家族を捨てた最大の理由である彼女の母でキンカスの妻オタシリアの家庭内の強い権力を受け継いでおり、再三キンカスを連れ戻そうと母とともに試みたときに、侮辱的なあしらいを受けた思い出があった。そのためか柩に横たわるキンカスに対しても過敏になり、キンカスの挑発的な下品な笑いや言葉を体験上、幻覚・幻聴として感じているように解釈できるだろう。対照的にキンカスの四名の友人や娼婦たちはキンカスと心からの付合いでつながった一体感のようなものがあり、訃報を聞いた後でもキンカスの死後の行動を無意識のうちに受け容れているのだと解釈されるだろう。キンカスの訃報に接したときの家族とキンカスの仲間たちとの反応の差が印象的である。家族の者は、キンカスの死に直面しても世間的な見栄、経済的な理由優先の考え方で行動しようという小市民的な規範に束縛され、他方、友人たちはそれらには無縁に自由に自分たちの気持に素直に従って反応し、広くて自由な海を墓場にしたいと言うキンカスの夢の実現に結果的に協力したのだと解釈されるだろう。

こうして語り手はキンカスの二度の死を魔術的リアリズムともいうべき虚実をないまぜにした巧み

な文体を使って神秘的で怪しげなバイーアの下町の仲間ボヘミアンたちや娼婦たち、きわめて強力なキャラクターとともに夢のような夜に溶け込ましている。キンカスの家族の小市民的な道徳、規範は、キンカスを代表とするボヘミアンたちの自由と比べて人間的に極めて息苦しいものだと語り手、つまりアマードはあの楽しそうな嬉しそうな微笑を浮かべて表現しているのだろう。

『遠洋航海船長ヴァスコ・モスコーゾ・ジ・アラガンの物議をかもした冒険談についての紛れもない真実』の語り手は、バイーア郊外のペリペリに住む、うだつの上がらない詩人の男である。三十年以上前に、この郊外に引退した船長だというヴァスコ・モスコーゾ・ジ・アラガンが転居してきて、彼の正体について住民たちを二分させて敵対させる騒動を巻き起こした。語り手はこの騒動の真相を解明し、論文にして、古文書館の文学・歴史コンクールの懸賞金目当てに応募しようと目論んでいるが、錯綜した事実関係に翻弄されている。

この作品は三話から成り立ち、それぞれの話が有機的に機能し、アマードの物語作りの巧妙さが十分に感じられる。第一話は、大部分が退職した高齢者から成るバイーアの郊外ペリペリでヴァスコが退職した遠洋航海船長になり切って行動し住民たちに自分の冒険談を語り、船舶関係の珍しい器具や、遠洋航海船長の免許状、ポルトガル王から叙勲された勲章、船長に相応しいパイプのコレクションなどを見せ住民たちの興味を引き、ペリペリの町での行事にも気軽に船長の制服で出席するなどして住民の心をしっかりとつかみ町の名士になる。他方、これまで住民の関心を一手に集めていた元消費税担当税務官シッコ・パシェッコはヴァスコに人気を奪われ、ヴァスコの元船長という身分を怪しみ、それを声高に叫ぶようになるが、住民はあまりそれを受けつけない。第二話では、ヴァスコの過去についてシッコ・パシェッコが調査してきたという事実が叙述される。ヴァスコは子供の頃に両親を病気で失い、祖父の築いたモスコーゾ商会で従業員同様に質素に育てられ、小学校を終えると、商会で働かされるが、適正も熱心さもない。長じては州政府の高官や港務部長官などの大物と交友関係を結び、彼らとともに娼家やキャバレー通いをしている。しかし、自分だけが地位、身分、学位がないのに悩み、遠洋航海船長の免許状を港務部長官たちに助けられながら取得する。そして時が経ち、徐々にそれまでの遊び仲間たちが転勤などで去っていき、祖父の経営していた商会も昔からの力のある従業員の手に渡り、財産も減っていき、遠洋航海船長としても信用してくれる人が少なくなり、ペリペリに越したのだった。そしてペリペリでもシッコの言うことを信じて彼の正体を疑う人が増えた頃に、船長に急死され、サルヴァドールに緊急入港した沿海航路船の会社の社員が現われ、法律に従って死んだ船長の代わりにベレンまで船を指揮するように要請を受ける。最後の第三話では、沿海航路船の指揮をとりながらヴァスコは船客たちに自分の冒険談を話したりなどしてサービスに努めて船客の人気を得ていく。中でもベレンに戻る一人旅の女性クロチウジとの恋愛沙汰・結婚話や、上院議員と下院議員、船員を巻き込んでの与野党間の政治についての議論など、緊迫した出来事があるが航海は順調に進む。そして最終港ベレンに着き、ヴァスコは馬脚を現し、クロチウジとの婚約・結婚の夢も破綻する。しかしその夜、空前絶後の暴風雨が起き、前日、大勢の人の哄笑の的になった繋留の不手際の汚名を返上し、意気揚々と彼はペリペリに戻ることができる。

以上は前述の語り手によって叙述されるが、この語り手はヴァスコの件に直接関係あることだけでなく、自分の生活、身辺をも臆面もなく記している。特に地元の文化人、元判事やこの判事の愛人、なかなかのやり手ドンドカとの恋愛沙汰などはこの作品にラブコメディー風の彩も添えている。それと同時に、この語り手は自分の体験も引き合いにして、ブラジルの社会がいかに友人関係、しがらみや学位の有無によって個人の評価が決定されるという悪弊に染まっているか、また、いわゆる社会的エリートである裁判官、政治家、学者などの行動を面白おかしく批判し、ついには自分自身の品位のなさを暴露している。これらは一六、十七世紀にスペインに流行ったピカレスク・ロマン的な要素が感じられる。ピカレスク・ロマンはブラジル文学ではあまり見られないジャンルであるが、一九世紀初頭のリオデジャネイロの庶民層の悪戯好きの少年の誕生から結婚までを、当時の風俗習慣を交えて描いたマヌエウ・アントニオ・ジ・アウメイダ（一八三一―一八六一）の『ある在郷軍曹の半生』（一八五四―五五）の悪戯や滑稽な文体にもアマードは影響を受けたと明かしている。

ヴァスコ船長については、セルバンテスのドン・キホーテとの共通性が感じられるだろう。騎士道物語に熱中のあまり自ら遍歴の騎士となり旅に発ったドン・キホーテ。友人たちのお蔭で遠洋航海船長の称号を手に入れるや、船長として行動し、晩年には老練な船乗りになり切ったヴァスコ。しかしながら、セルバンテスの主人公が自分の夢と現実の衝突で傷ついていき、最後には目覚めるのに対して、アマードの主人公は正体暴露の窮地に陥った際に、沿岸航路船の船長の急死という偶然により「不滅の航海」をし、さらに最終港ベレンでは決定的なミスを犯したにもかかわらず前代未聞の暴風雨、天恵を受けて、船長として全うする点が大きな相違であり、ここがいかにもアマードらしさであろう。

日本でも、ブラジル・サッカーの強さ・うまさの一端として、相手の隙や弱点をファールすれすれに攻めることなどを挙げ、それをポルトガル語では「マリシア」と言うことが知られている。もともとこの語には「意地悪」というニュアンスがあるが、日本語の「意地悪」とは少々ニュアンスが異なっている。例えば、相手が少々調子に乗っているようなときに、相手の実力を試すようにからかうような意地悪さである。「キンカス」の物語でも「ヴァスコ」の物語でもこのニュアンスが感じられる箇所がたびたびあるが、このヴァスコの正体暴露の箇所はそれが最も強く感じられる。というのは、副船長、パサーたちは、ヴァスコがあまりにも本物以上の船長を演じて、その上、「偉大なるガクンときた女」クロチウジをあろうことか船倉まで案内をするということまで仕出かしたので、彼をからかってやろうと狙っていたことが明らかであるからだ。しかしヴァスコは彼らの想像を絶した反応を見せる。船を錨綱などでぐるぐる巻きにし港中の人々の笑いの的になり罠にはまったことに気が付き、立ち直れないほど消沈する。だが語り手は、キンカスの物語の最後と同様の、ただしはるかに大規模な自然現象という奥の手を使ったのである。ここにアマードの自分の小説世界の創造者としての「楽しそうな嬉しそうな微笑」があるように感じられるのである。

二つの作品の共通のタイトル「老練な船乗りたち」は実際味わいの深いものである。実は、作者アマードも老練な船乗りと言えるのだろう。ブラジル国内はもとより広く世界を旅し、大小さまざまな船（船は人生の縮図）に乗り寄港地ごとに異なる土地、異なる人々を見たアマードは、確かに老練な船乗りであり、老練な船乗りには語って聞かせることが山ほどある。これが彼の多彩な文学の原点なのではないだろうか？　彼の小説では、大筋とはあまり関係ない興味深いエピソードが次々に語られ、ピカレスク小説的な構造を持っているが、それぞれのエピソードが港で、作品全体が船旅のようである。ヴァスコ船長の物語の第三話、「船長の不滅の航海」はまさしくその典型である。

また、この第三話では、一九二〇年代末のブラジルの政治状況が船上の議論を通じて描かれているが、この議論に対するヴァスコ船長の反応は、意味深い。沿海航路船上の二人の代議士はそれぞれ保守、革新勢力を表しているが、ともに卑小な存在として描かれている。またヴァルガスを激した調子で称揚する二等航海士は、一時期のアマードの姿に似ているように思われる。その航海士をヴァスコ船長は無関心に扱っている。この船長の態度こそが、政治に対するアマードの後半期の姿勢なのだろう。

アマードは、一九九二年、「将来、ぜったい書くことがないであろう思い出の書のための覚書」という副題のついた六〇〇頁以上になる大著『沿岸航海』を上梓している。この作品ではアマードがいかに広くブラジル国内外の著名な作家たちと交流をし、様々な国の古典作家の作品に恩義を感じているかを記しているが、タイトルは彼自身、自らを老練な船乗り、海の男であることを意識していることを表すものだろう。

本書は、一九七八年に今は懐かしい旺文社文庫から刊行したアマード作の短篇・長篇二作を合わせた『老練なる船乗りたち』の復刊である。復刊に当たっては、タイトルも含めて、できる限り読みやすいものに改めたつもりである。一九六一年に刊行されたポルトガル語のオリジナル版でも同じように二作からなっていたが、その後、どういう理由か、別々に刊行されるようになった。今回水声社から上梓するにあたっては、別々に刊行されているものを底本にした。

最後になったが、今回、水声社版「ブラジル現代文学コレクション」の一冊としてこの作品の復刊のお膳立てをしていただいた東京外国語大学副学長の武田千香教授に、また水声社編集部の後藤亨真氏には大変お世話になり、心より感謝申し上げます。

二〇一七年十月

高橋都彦

著者／訳者について――

ジョルジ・アマード（Jorge Amado）　一九一二年、ブラジル東北地方バイーア州に生まれ、二〇〇一年、同地で没した。小説家。一九五一年にスターリン国際平和賞を受賞。主な作品には、『飢えの道』（神代修訳、新日本出版社、二〇〇〇年）、『果てなき大地』（武田千香訳、新潮社、一九九六年）、『テレザ』（明日満也訳、東洋出版、二〇〇〇年）、『カカオ』（田所清克訳、彩流社、二〇〇一年）、『丁子と肉桂のガブリエラ』（尾河直哉訳、彩流社、二〇〇八年）、『砂の戦士たち』（阿部孝次訳、彩流社、二〇〇八年）などがある。

高橋都彦（たかはしくにひこ）　一九四三年、東京都に生まれる。東京外国語大学大学院外国語研究科（ロマンス系言語専攻）修士課程修了。拓殖大学名誉教授。専攻、ポルトガル語学・文学。主な著書に、『現代ポルトガル語辞典』（共著、白水社、一九九六年）、『ブラジル・ポルトガル語の基礎』（白水社、二〇〇九年）、主な訳書に、クラリッセ・リスペクトール『G・Hの受難／家族の絆』（共訳、集英社、一九八四年）、フェルナンド・ペソア『不安の書』（新思索社、二〇〇七年、これによりポルトガル大使館ロドリゲス通事賞受賞）などがある。

装幀——宗利淳一

老練な船乗りたち——バイーアの波止場の二つの物語
二〇一七年一一月二〇日第一版第一刷印刷　二〇一七年一一月三〇日第一版第一刷発行
著者——ジョルジ・アマード
訳者——高橋都彦
発行者——鈴木宏
発行所——株式会社水声社
東京都文京区小石川二—七—五　郵便番号一一二—〇〇〇二
電話〇三—三八一八—六〇四〇　FAX〇三—三八一八—二四三七
［編集部］横浜市港北区新吉田東一—七七—一七　郵便番号二二三—〇〇五八
電話〇四五—七一七—五三五六　FAX〇四五—七一七—五三五七
郵便振替〇〇一八〇—四—六五四一〇〇
URL : http://www.suiseisha.net
印刷・製本——精興社
ISBN978-4-8010-0292-0
乱丁・落丁本はお取り替えいたします。

ブラジル現代文学コレクション

エルドラードの孤児　ミウトン・ハトゥン　武田千香訳　二〇〇〇円
老練な船乗りたち　ジョルジ・アマード　高橋都彦訳　三〇〇〇円
家宝　ズルミーラ・ヒベイロ・タヴァーレス　武田千香訳　次回配本
あけましておめでとう　フーベン・フォンセッカ　江口佳子訳
九つの夜　ベルナルド・カルヴァーリョ　宮入亮訳
ある在郷軍曹の半生　マヌエウ・アントニオ・ジ・アウメイダ　高橋都彦訳
以下続刊
［価格税別］